KB162729

독도
인 더
헤이그

독도
인더
헤이그

정재민 지음

1판 3쇄 발행 | 2019. 10. 15

발행처 | **Human & Books**
발행인 | 하응백
출판등록 | 2002년 6월 5일 제2002-113호
서울특별시 종로구 경운동 88 수운회관 1009호
기획 홍보부 | 02-6327-3535, 편집부 | 02-6327-3537, 팩시밀리 | 02-6327-5353
이메일 | hbooks@empas.com

값은 뒤표지에 있습니다.
ISBN 978-89-6078-193-1 03810

독도 인 더 헤이그

정재민 장편소설

Human & Books

목차

1

카이텐의 후손

일본 서해안 마이즈루항.

해상자위대 제3호위대군 기지 내 검도관에서는 검은 도복의 청년과 흰 도복의 중년 남자가 대련을 펼치고 있었다.

"머리!"

"허리!"

검은 도복은 흰 도복보다 동작이 빨랐지만 공격을 성공시키는 쪽은 언제나 흰 도복이었다. 무릎을 꿇고 앉은 장교들은 믿을 수 없다는 듯 연방 탄성을 토해냈다. 위관급 최고의 기량을 가진 와타나베 해위가 중년에 이른 마쓰이 히데오 해좌에게 밀리리라고는 누구도 예상하지 못했기 때문이다. 흰 도복의 호구 안에서 쩌렁쩌렁한 호통이 터져 나왔다.

"타이밍이 스피드를 이긴다."

와타나베 해위는 자세를 다잡고 날카로운 기합 소리와 함께 질주하는 말처럼 바닥을 구르며 검은 도복을 향해 달려갔다.

"손목! 머리! 머리! 손목! 머리!"

와타나베 해위의 죽도를 한 칼 한 칼 막으며 뒤로 물러나던 마쓰이 해좌는 바람처럼 옆으로 돌아서더니 죽도 끝으로 와타나베의 목 보호대를 찔렀다. 턱 하는 소리와 함께 숨이 막힌 와타나베는 죽도 끝을 아래로 떨어뜨렸다. 대련은 그것으로 끝이 났다. 장교들이 일제히 일어나 욱일승천기 아래 도열해서 꿇어앉았다. 마쓰이 해좌가 호구를 벗었다. 넓은 이마에서 샘솟는 땀방울이 짙은 눈썹을 넘어 날카로운 콧날을 타고 흐르다 두터운 입술에 머물러 맺혔다.

"묵상!"

마쓰이 해좌의 선창에 나머지 장교들이 우렁차게 복창하며 눈을 감았다. 마쓰이 해좌의 심장은 여전히 거세게 고동치고 있었지만 기도에서는 숨 줄기가 가늘고 고요하게 흘렀다. 서서히 잡념의 안개가 걷히고 길의 끝에서 늠름한 군인이 걸어 나왔다. 그는 바로 마쓰이 해좌의 친할아버지이자 카이텐 특공대 대장이었던 마쓰이 류타로 해위였다.

제2차 세계대전 말 하늘에 가미가제 전투기가 있었다면 바다에는 카이텐 잠수함이 있었다. 미 해군이 오키나와 앞바다까지 쳐들어왔을 때, 마쓰이 류타로 해위는 천 명의 여인이 수를 놓은 황색 비단을 배에 동여매고 천황이 하사한 단도를 허리에 차고 천황이 내린 술을 목구멍으로 털어 넣은 후 카이텐 속으로 들어갔다. 모체 잠수함과 연결된 쇠사슬이 풀리고 스크루가 회전하면서 이백 킬로그램의 폭탄을 실은 카이텐은 돌아오지 못할 길을 떠났다. 사방팔방에서 날아든 총알이 드럼통만 한 카이텐을 두들겨 대는 데도 불구하고 인간 어뢰 카이텐은 미국 구축함의 옆구리를 들이 받고 장렬하게 폭발했다. 단 한 명의 군인이 세계 최대의 미국 군함을 격침시킨 이야기는 일본 해군의 전설로 남았다. 전설 속의 그 영웅이 자신의 할아버지라는 사실은 마쓰이 해좌에게 어릴 적부터 자부심과 정체성의 원천이었다.

검도관을 나온 마쓰이 해좌는 군복을 벗고 가죽점퍼 차림으로 부둣가로 향하고 있었다. 그저께 사령관이 그를 방으로 은밀히 불렀다.

"모레 저녁에 기지 입구 근처에 있는 부둣가로 민간인 복장을 하고 나가라. 그곳에서 다나카라는 분을 만나게 될 거야. 자네는 앞으로 그 사람의 지시를 따르면 된다. 궁금한 게 많겠지만 아무것도 묻지 마라."

마쓰이 해좌는 혼란스러웠다. 사령관이 군인에게 군대 안의 지휘계통이 아닌 군대 밖의 누군가의 명령을 따르라는 명령을 한다는 것은 이십 년이 넘는 군 생활 동안 처음 보는 것이었기 때문이다.

부둣가에는 겨울 해풍이 철골 시설물들 사이에서 칼을 갈듯 쇳소리를 내고 있는 가운데 그곳에 어울리지 않는 은색 고급승용차 한 대가 서 있었다. 작은 체구에 머리가 백발인 기사가 운전석에서 내려서 마쓰이 해좌를 보고 허리를 꺾어 깍듯하게 인사하더니 뒷좌석의 문을 열어주면서 말했다.

"마쓰이 해좌님이시지요? 여기 타십시오."

은색 승용차는 서해안 순환도로를 따라 시속 백육십 킬로미터가 넘는 빠른 속도로 내달렸다.

"지금 어디로 가는 겁니까?"

"가보면 알게 됩니다."

"얼마나 더 가야 합니까?"

"그 역시 가보면 알게 됩니다."

노인은 룸미러로 뒷좌석에 앉은 마쓰이 해좌에게 씩 웃어 보이더니 덧붙였다.

"얼굴이 많이 좋아졌군요. 하긴 이라크보다는 마이즈루항이 훨씬 편하겠지요."

"저를 보신 적이 있습니까?"

"후후, 이라크 파견 전 특수부대 시절부터 관심 있게 지켜보고 있었지요."

마쓰이 해좌는 운전을 하고 있는 노인의 모습을 유심히 살펴보았다. 이마가 작은 얼굴의 절반을 차지할 정도로 길고 높이 솟아 있었다. 계기판이 시속 백팔십 킬로미터를 넘기고 있는데도 얇은 입술은 여유 있는 미소를 머금고 있었다.

"대체 누구시죠?"

"내가 다나카요."

노인은 다시 룸미러를 통해 마쓰이 해좌를 향해 웃어 보였다. 입은 웃고 있었지만 길게 찢어진 눈에서는 마쓰이 해좌가 겨루어 본 그 어느 검객보다 강한 기운이 번득거렸다.

"죄송합니다. 직접 운전을 하고 계셔서 못 알아뵈었습니다."

마쓰이 해좌는 기대고 있던 등을 곧추세웠다.

"일부러 내가 직접 나왔소. 늙을수록 뭐든지 자기 손으로 하는 버릇을 들여야 해. 그래야 하루라도 더 젊어지는 거야. 간만에 드라이브도 하고. 앞으로 죽을 때까지 몇 번을 더 하겠어?"

그러면서 다나카는 액셀러레이터를 한층 더 깊이 밟았다. 승용차는 앞서 달리는 차들을 차례로 추월하면서 시속 이백 킬로미터를 넘어섰다.

"아, 짜릿하군. 이대로 죽어도 좋겠네. 젊을 땐 이 차처럼 날렵했는데 지금은 엿처럼 굳어 버렸어. 참, 내 소개를 아직 안 했지? 나는 내각조사실에 있소."

그제야 마쓰이 해좌는 이 상황이 조금은 이해가 되었다. 내각조사실은 총리 직속의 일본 최고의 정보기관으로 요원들의 신원이나 임무 등이 대부분 비밀로 부쳐진 조직이다.

승용차는 어느 허름한 선술집 앞에 멈춰 섰다. 술집 입구에는 젊고 다부진 사내들 서너 명이 서 있다가 다나카를 보고 허리를 구십 도로 꺾어 인사했다. 다다미방에서 다나카는 마쓰이 해좌와 마주 앉아서 술을 따라 주었다.

"나는 마쓰이 해좌의 능력을 높이 사고 있소. 근무하는 부대마다 부대원들을 완전히 장악하는 카리스마, 탁월한 칼 솜씨, 호랑이 같은 배짱과 용기, 민첩한 판단력, 무엇보다도 강한 일본에 대한 비전까지. 영웅의 손자답게 자타가 공인하는 일급 해장(사성장군)감이지. 그래서 우리 일본이 마쓰이 해좌의 도움이 필요해서 이렇게 직접 모시러 온 것이오."

얼핏 들으면 칭찬 같은 그 말들은 마쓰이 해좌를 더욱 긴장시켰다. 다나카가 자신의 성격과 취미, 집안 내력, 사상까지 낱낱이 파악하고 있다는 말이었기 때문이다. 특히 '강한 일본에 대한 비전'이란 대목은 마쓰이 해좌의 우파적인 정치적 성향을 지적하는 것이었다. 일본 사회에서, 특히 자위대 내에서 정치적 성향이 노출되는 것은 달가운 일이 아니었다. 하지만 마쓰이 해좌는 본심을 숨기는 여느 일본인들과는 달랐다.

"제 눈에는 지금의 일급 해장이 할아버지 때의 말단 병사보다 못해 보입니다. 그 시절 일본군은 중국, 러시아를 꺾고 아시아를 대표해서 미국에 맞서던 세계적인 군대였습니다. 그런데 지금 군대는 빌어먹을 헌법 때문에 총 한 발 먼저 쏘지 못하는데 방범대원들과 뭐가 다릅니까? 나라를 지키는 가장 신성한 임무를 짊어지고 있는, 그래서 누구보다도 존경받아야 할 일본 군인들이 전후 일본 사회에서 받은 대접이 어떤 것이었습니까? 자기 아버지가 자위대원이라고, 자기 아들이 자위대원이라고, 일본 사람들에게도 떳떳하게 말하기도 뭣한 그런 직업이지 않았습니까? 제게는 일급 해장이 되는 것보다 우리 자위대가 옛날의 명예와 위상을 회복하는 것이 더 절실합니다."

"나는 마쓰이 해좌의 그런 애국심을 높이 사고 있소. 나라가 있어야 개인이 있는 법이지. 개개인의 이익들을 하나하나 전부 따지다 보면 한 발짝도 앞으로 나아갈 수가 없어. 국가가 약해지면 개인으로서도 모두 손실을 볼 수밖에 없거든. 애국심은 추상적 구호가 아니라 실리적인 공존의 지혜요. 일본인들은 애국심이 부족해. 심지어 애국심을 죄악시하지. 마치 그것이 나라를 망친 원흉인 것처럼. 그러다 개인주의만 창궐해 일본이 이빨 빠진 호랑이로 전락한 것 아니오."

"하지만 그동안 일본의 정치적 리더들이야말로 애국심이 부족하지 않았습니까? 일본을 위해 가장 중요한 목숨까지 바친 분들이 계신 야스쿠니 신사에 참배하는 것조차도 다른 나라의 눈치를 보느라 거부하지 않았습니까? 다른 나라들이 인정해 주지도 않는데도 과도하게 사과와 반성을 하면서 치욕적이고 미련한 자학을 해오지 않았습니까? 역사적으로 미국, 중국, 영국, 프랑스, 스페인, 포르투갈, 러시아가 일본보다 훨씬 더 많은 나라를 침략했는데 다들 일본에 대해서만 과거사를 물고 늘어지는 이유가 무엇인지 아십니까? 그것은 바로 우리가 전쟁에서 졌기 때문입니다. 강해지는 것, 그것만이 과거사를 정리할 수 있는 최선의 방법입니다. 그런데도 자학을 못해서 안달인 일본 정부가 저를 부르는 것이 사실 그리 달갑지는 않습니다."

그 말에 처음 만났을 때부터 지금까지 미소를 띠고 있던 다나카의 표정이 차갑게 굳어지고 눈빛이 살모사처럼 매서워졌다. 마쓰이 해좌는 그 눈빛을 그대로 마주보며 받아냈다.

"하하하하하하. 마음에 들어. 역시 마음에 들어."

다나카는 별안간 호탕하게 웃으면서 혼자서 손뼉까지 쳤다.

"내 생각도 마쓰이 해좌와 다르지 않소. 다만 나는 우리의 지난 정권들이 한 일이 없다고 생각지는 않소. 천하를 통일한 것은 무자비하게 칼을 휘두르던 오다 노부나가가 아니라 온갖 굴욕을 참으며 때를 기다렸던 도쿠가와 이에야스였소. 일본은 그동안 대외적으로 온건한 자세를 취한 덕분에 대내적으로는 힘을 비축할 수 있었소. 방위청을 방위성으로 승격시키고, 미사일 체계를 구축하고, 이지스함을 건조하고, 집단적 자위권을 실현시켜서 사실상 평화헌법을 형해화시켰소. 핵무기 제조 기술을 확보하고 플루토늄까지 구해 놓았으니 조립만 안 했을 뿐 핵무기도 보유하고 있는 것이나 마찬가지요. 역사교과서를 개정해서 젊은이들의 애국심을 고취시켰고 곳곳에 민간 애국단체를 전 국가적인 규모로 키워서 유사시에 전 일본을 사상적으로 조직화할 수 있는 기초도 마련해 놓았소. 우리를 망하게 한 장본인인 미국에게 주변국들이 미국의 여자 친구라고 조롱할 정도로 공을 들여서 미국을 일본의 최고 우방으로 바꾸어 놓았소. 막대한 자금을 기부해서 유엔에서의 발언권을 키웠고 최근에는 그렇게 염원하던 유엔 안전보장이사회 상임이사국까지 되지 않았소."

다나카의 이야기가 계속되는 동안 마쓰이 해좌의 적개심이 봄날에 눈이 녹듯이 녹아내리고 있었다. 다나카가 하는 말들이 의외로 마쓰이 해좌가 평소 가지고 있던 소신과 일치해서 반갑고도 놀라웠다. 그동안의 정부의 태도가 굴욕적이라고만 여기고 있었는데 정부의 정책에 그런 깊은 속내가 있었는지 모르고 비판만 한 자신이 부끄러워질 정도였다.

"하지만 너무 지겨워하지 마시오. 이제 우리 일본도 행동을 할 때가 오고 있소. 마츠오카 총리께서는 조만간 '신메이지유신'을 단행할 준비를 하고 있소. 헌법을 개정하고, 자위대를 정식 군대로 복귀시키며, 천황의 위상을 강화하고, 애국세력을 육성하는 것이오. 패전국가로서의 과거에 종지부를 찍고 어차피 아무리 노력해도 변하지 않는 피해의식에 찌든 중국, 한국을 버리고 다른 아시아 국가들은 포용하는 신탈아입구 외교를 지향하는 것도 핵심이오. 이 틀 안에서 마쓰이 해좌가 꼭 해주었으면 하는 일들이 있소. 어떻소? 우리 함께 일해 보지 않겠소?"

"무엇이든 시켜만 주십시오. 온몸을 바치겠습니다."

마쓰이 해좌는 앉은 채로 차렷 자세를 하더니 고개를 조아렸다. 그는 사무라이가 평생의 주군을 만난 기분이었다.

"고맙소. 그럴 줄 알았소. 우리는 신메이지유신의 일환으로 가장 먼저 한국이 불법점거하고 있는 다케시마를 되찾아올 생각이오."

"다케시마를 찾아온다고 하시니 피가 끓습니다. 러시아에게 빼앗긴 북방 도서와 함께 오래전부터 반드시 제 손으로 되찾아오고 싶었던 땅입니다."

"아무래도 러시아보다는 한국이 만만하니까 우리는 다케시마부터 찾아올 생각이오. 다케시마를 되찾기 위해서 나는 세 단계의 계획을 세웠소. 그중 첫째와 둘째 단계를 마쓰이 해좌가 맡아 주어야겠소. 첫째는 이형준이라는 소설가로부터 《가락국기》라는 문서를 가져오는 것이오."

"이형준이요? 귀에 익은 것 같은데요."

"재일교포 출신의 소설가이지. 일본에도 꽤나 독자들이 있소. 그 때문에 진작 제거하지는 못했소. 하지만 이번에 이형준이 《가락국기》를 순순히 내어놓지 않는다면 죽여도 좋소. 나는 마쓰이 해좌에게 각종 무기, 장비, 부하까지 일을 하는 데 필요한 모든 지원을 아끼지 않을 거요. 먼저 쓸 만한 부하들을 주겠소."

다나카가 부르자 미닫이문이 열리더니 세 명의 사내가 들어와 무릎을 꿇고 고개를 조아렸다.

"너희들의 새 주인을 소개하겠다. 마쓰이 선생이시다."

사내들은 자리에서 일어나 마쓰이 해좌 앞에서 허리를 굽혔다.

"제대로 일을 못하면 죽여도 좋다는 약속을 받고 스카우트해 온 놈들이니 꽤 쓸 만할 거요. 마음에 안 들면 직접 죽여도 좋소."

대체 어디서 스카우트를 해왔다는 것인지 마쓰이 해좌가 궁금해 하고 있는 동안 다나카가 자개 상자를 열고 손잡이에 용 문양이 새겨진 단도를 꺼냈다.

"주인이 바뀌면 신고식을 치러야지."

다나카가 칼집을 벗기자 예리하게 번들거리는 칼날이 드러났다. 그 칼끝이 서서히 마쓰이 해좌의 입 앞으로 다가왔다.

"입을 여시오."

마쓰이 해좌의 눈이 휘둥그레졌다.

"안 들리나? 입을 열라고!"

다나카가 노려보자 마쓰이 해좌는 살모사에게 독을 주입당한 것처럼 자기도 모르게 입을 열었다. 검의 달인의 턱이 작은 칼 앞에서 미세하게 떨리고 있었다. 칼날이 입안을 휘젓자 입천장과 혓바닥에 불덩이가 옮겨 붙은 듯했다. 피와 범벅이 된 침과 함께 기합 소리인지 신음 소리인지가 칼날을 타고 흘러내렸다. 다나카가 칼을 술잔에 담그자 날에 묻어 있던 핏물이 술잔 속에서 분홍색 벚꽃 잎처럼 번졌다.

잔을 입안에 털어 넣은 다나카는 빈 잔에 칼을 꽂고 술을 부은 후 마쓰이 해좌에게 내밀었다. 잠시 주저하던 마쓰이 해좌는 칼을 들고 꿇어앉은 세 사내의 입속에 칼을 집어넣고 손목에 힘을 주었다. 마쓰이 해좌의 동작은 더 거칠었고 칼날이 꽂힌 술잔의 빛깔은 더 붉었다. 다나카는 방정맞게 손뼉을 치면서 깔깔 웃었다.

2

소설의 비밀

도쿄의 한 서점.

와인색 스웨터에 검은 롱코트를 걸친 서준은 형기를 기다리며 잡지를 뒤적이고 있었다. 짧게 자른 머리, 한 일 자로 뻗은 헤어라인, 각이 진 턱이 반듯한 직사각형의 얼굴형을 그대로 드러내고 있었다. 검게 그을렸으면서도 불그스름한 기운이 감도는 뺨과 두 개의 구멍이 나 있는 듯한 깊고 검은 눈이 마치 한 마리 매처럼 강한 인상을 풍기고 있었다.

"형님! 일본에 오신 걸 환영해요."

갈색 패딩을 입고 나타난 형기는 두 팔을 벌리고 환하게 웃으면서 서준을 향해 다가왔다. 그는 거구의 홈런타자처럼 어슬렁거리며 다가와서 두꺼운 손을 들어 서준과 하이파이브를 했다. 서준과 형기는 국정원 입사 직후 훈련 기간 동안 같은 방을 쓴 이래 위험한 작전을 몇 차례 함께하기도 했던 각별한 사이였다.

"오랜만이네요. 중국에서 뵙고 못 뵈었으니 한 오 년 만이죠?"

"벌써 그렇게 되었나? 너는 얼굴 좋아졌는데? 일본에서 재미 많이 보나 보네."

"재미는요. 일본 정보원들 따라붙지, 우리 공장에서도 감시하지, 거기다 얼마 전부터는 마누라까지 도끼눈을 뜨고 있는데 제가 무슨 수로 재미를 보겠어요."

"결혼하면 아내가 무섭긴 무서운가 보네. 허긴 독사 팀장도 사모님 앞에 선 개구리가 된다고 하더라."

독사는 전기용 팀장의 별명이었다. 뱀처럼 무섭고도 두뇌 회전이 빨라서 붙은 별명이었다. 전 팀장은 서준과 형기의 훈련생 시절 훈육관이어서 누구보다 어려우면서도 끈끈한 사이였다.

"참, 미안하다, 형기야. 결혼식에도 못 가보고."

"형이 미안할 게 뭐가 있어요. 일본에서 결혼식 올린 사람이 잘못이죠."

"제수씨가 일본 분이랬지?"

"네. 덕분에 일본 생활이 수월해요."

"애기는?"

"딸 하나 있어요. 좀 있으면 돌이에요."

"재롱 많이 피우겠네?"

형기는 어색한 웃음을 지었다.

"형한테만 말하는 거지만 좀 까다로운 병에 걸려서 팔다리를 잘 못 써요. 태어난 직후부터 지금까지 병원에 입원해 있어요."

"네가 많이 힘들겠다."

"저보다는 와이프가 힘들죠."

"이제 가족도 있으니 너도 좀 덜 위험한 부서로 옮겨. 괜히 스타 될 생각하지 말고."

스타는 국정원 순직자를 의미했다. 서준은 입사 직후 순직자들 숫자만큼 별을 새겨 놓은 벽을 보고 그 별들에 빨려들 것 같은 기분을 느꼈다. 대학생 때 학생운동을 했을 정도로 반정부적이었다가 국정원에 들어올 정도로 생각이 바뀌어 버린 형기와는 달리 서준은 애초부터 뚜렷한 정치적 성향이 없었다. 사회보다는 개인의 내면에 관심이 더 많은 편이어서 사회과학 서적보다는 문학을 읽었고 술자리에서 다른 사람들과도 사회적 이슈에 대한 논쟁을 벌이기보다는 별 말 없이도 서로의 깊은 속을 소통하는 것을 더 좋아했다.

대학생 때 사귄 첫사랑과 헤어진 뒤로는 그저 모든 것이 허무하게 느껴지고 때때로 죽고 싶은 생각이 들 뿐이었다. 그러다 군에 입대했고 군 생활 중에 국정원에 차출되었다가 그 별들을 보게 된 것이었다. 어차피 자살도 생각했던 목숨인데 같은 값이면 국가를 위해서 바치는 것이 훨씬 근사할 것 같았다. 이런 의미에서 서준의 정치적 성향을 굳이 좌우로 나누자면 우파에 가깝다고도 볼 수 있었다. 그것은 정치적, 이론적, 논리적 탐색의 결과라기보다는 어린 시절 할아버지의 영향 때문이었다.

울릉도에서 어업을 하는 아버지는 집에 없을 때가 많았기 때문에 서준은 할아버지와 함께 지낼 때가 많았다. 외모도 아버지보다 할아버지를 더 닮았다는 소리를 들으며 자랐다. 할아버지는 오랫동안 울릉도 경찰관을 지냈던 분으로 독도에 최초로 파견되었던 경찰관이기도 했다. 할아버지는 서준의 귀에 못이 박히도록 자신이 독도에 쳐들어온 일본 관리들을 물리친 이야기를 해주곤 했다.

할아버지에 따르면 일본 관헌들이 독도에 빈번하게 상륙하기 시작한 것은 1953년경이었다. 해방 직후부터 독도를 노리던 일본이 1952년 발효된 샌프란시스코 평화조약에 독도를 일본령으로 명시하는 데 실패하자 공무원들이 직접 독도에 상륙해서 일본령이라고 표시해서 실효적 지배의 실적을 쌓으려고 한 것이다. 일본 배들은 미국 국기를 게양하고 들어와서는 '일본 시마네 현 다케시마', '주의. 일본 국민 및 정당한 수속을 거친 외국인 이외에는 일본 정부의 허가 없이 영해 내에 들어감을 금함'이라고 기재한 팻말을 세우고 가버렸다. 일본인들이 자주 독도에 들어오자 울릉경찰서는 1953년 7월 경기관총 2문으로 무장한 경찰 세 명을 독도에 한시적으로 파견했는데 그중 한 사람이 서준의 할아버지였다. 이들 세 명을 당시 사람들은 '순라반'이라고 불렀다고 한다. 이들은 정규 경찰이라는 점에서 훗날 독도의용수비대라고 불리는 사람들과는 구분되었다. 순라반이 독도에 도착한 바로 다음 날 새벽 5시경 마침 일본 순시선이 독도에 상륙하였다. 서준의 할아버지는 일본 순시선을 검문하고는 그쪽 책임자에게 일본어로 말했다.

"독도가 한국 땅인데 일본인이 왜 들어온 거요? 일단 울릉경찰서까지 같이 갑시다. 조사를 해봐야겠습니다."

"한일회담에서 독도가 누구 땅인지 결론이 나기 전에는 독도가 어느 쪽에 속한다고 할 수 없는 것 아니오?"

일본 순시선의 책임자는 그렇게 말하면서 동행을 거부하고는 도주하였다. 순라반은 순시선을 향해서 기관총을 발포하였다. 이 사건은 일본의 요미우리 신문에도 보도될 정도로 크게 불거졌다. 이후에도 일본인이 계속해서 독도에 상륙하자 한국 정부는 이듬해인 1954년 6월부터 아예 독도에 상주하는 독도경비대를 파견하였는데 이때도 서준의 할아버지가 경비대원으로 포함되었다. 8월에 일본 순시선이 또다시 독도에 접근해 왔을 때 한국 경찰과 일본 순시선 사이에 총격전이 일어나기도 했다. 그 이후부터 독도에 상륙하지 못하게 되자 일본 정부는 할 수 없이 한국에 대해 독도 영유권을 국제사법재판소(ICJ)에서 해결하자고 주장하기 시작했다. 그런 이야기들을 무수히 반복해서 들으면서 서준은 일본으로부터 독도를 지켜낸 할아버지의 자긍심을 알게 모르게 상속받은 것이었다.

"형기야, 목숨을 바치는 것만 나라를 위하는 게 아닌 것 같더라. 장가가서 새끼들 낳고 오순도순 행복하게 살고 자식들 훌륭하게 잘 키우는 것도 나라를 위하는 거야."

"나 참, 누가 들으면 형은 벌써 장가가서 애 낳고 사는 줄 알겠수. 저도 형수님이 지어 주는 밥 좀 먹어 봅시다."

서준은 멋쩍게 웃기만 했다.

"형님, 요즘은 첫사랑이 준 그 목걸이 안 걸고 다녀요? 국정원 들어와서 훈련받던 내내 수호신처럼 걸고 있던 목걸이 말이에요. 지금 말하면서도 손발이 오그라드네요."

"대체 언제 적 이야기를 하는 거야? 유치하게."

형기가 서준의 목덜미를 살펴보고는 웃으며 말했다.

"어, 진짜 없네."

"쓸데없는 소리 그만하고 빨리 일하러 가자."

형기는 서점 안에서 가장 구석진 책장으로 가서 둘째 칸의 책들을 들어낸 다음 그 안에 있던 손잡이를 오른쪽으로 틀었다. 책장 아랫단이 미닫이문처럼 열리더니 작은 통로가 나왔다.

대형 스크린을 통해 서울에 있는 전기용 팀장이 서준과 형기를 맞이했다.

"어서 와. 형기는 오랜만이군."

"팀장님, 그동안 잘 지내셨습니까?"

형기가 스크린에 대고 깍듯이 인사를 하고는 화면 앞자리에 서준과 나란히 앉았다.

"그럼, 서준이가 롤러코스터를 태워 줘서 신나게 살고 있어."

서준은 굳은 표정으로 고개를 숙이며 "죄송합니다"라고 말했다.

서준은 최근 북한에 파견되어 임무를 수행하다가 사고를 쳤다. 북한 국방위원회에 침투해서 전시 핵무기 운용에 관한 문서를 카메라로 촬영하는 데 성공한 후 압록강을 건너 중국으로 넘어오다가 그만 문제가 생겼다. 한 북한 여자가 중국 사내들에게 겁탈당하는 것을 보고 서준이 그 중국 사내들을 때려눕혔는데 그중 한 명이 중국 공안 간부의 아들이었던 것이다. 서준은 자신도 모르는 사이 수배가 되어 이제 중국이나 북한에서 작전을 하기 어렵게 된 것이었다. 최근 일본 관련 업무를 담당하는 부서로 옮긴 것도 그 때문이었다.

"서준이 너보고 북한 여자들 순결 지켜 주라고 북한에 보낸 줄 알아? 넌 왜 항상 잘 나가다가 마지막에 오버를 해? 인간미 있고 일 망치는 놈은 매국노야. 차라리 냉혈한이면서 사고 안 치는 놈이 애국자지. 알겠어?"

"네, 이번 작전에서는 반드시 애국자가 되겠습니다."

다른 사람들 같으면 윗사람이 꾸중을 하면 겉으로는 몰라도 속으로는 못마땅해 할 법도 할 텐데 서준은 진심으로 미안해 했다. 다른 사람으로부터 도움을 받았을 때에도, 다른 사람에게 피해를 주었을 때에도, 그 고

마음과 미안함을 더 큰 도움으로 꼭 갚아야 한다는 부채의식이 유난히 강했다.

"너무 기죽지 마. 이번 작전만 잘하면 명예 회복을 하고도 남을 테니."

스크린 속의 또 다른 화면에 어떤 남성의 사진이 나타났다. 흰머리에 뿔테 안경을 쓴 예순 살쯤 되어 보이는 남자였다.

"다들 이 양반 누군지 알지?"

"소설가 이형준 아닙니까?"

형기가 당연하다는 말투로 답했다. 그는 재일교포 작가로서 한국과 일본 양국에서 꽤나 알려진 소설가였다. 주로 역사소설을 썼고 그중 몇 편은 한국에서도 드라마나 영화로 만들어지기도 했다. 서준은 대답을 하는 것도 잊은 채 그의 얼굴을 멍하니 쳐다보기만 했다. 서준에게는 잊을 수 없는 얼굴이었다.

"맞아. 이형준이 내일 저녁, 이곳 도쿄에서 개최되는 국제펜클럽 행사에 참가할 예정이야."

형기가 고개를 갸우뚱했다.

"팬클럽요? 소설가에게도 한류스타처럼 팬클럽이 있나요?"

"fan이 아니라 'P. E. N.'이야. Poets, Essayists, Novelist의 약자지. 세계적인 문학가 조직이라고 보면 돼. 매년 세계 도시들을 돌아가며 국제대회를 개최하고 있지. 자네들 혹시 이형준이 오래전에 쓴 《바다의 제국》이라는 소설을 알고 있나?"

형기와 서준은 동시에 고개를 저었다.

"지금 그 소설을 아는 사람이 있을 리 없지. 1980년대 말에 우리나라 모 계간문학지에 연재되던 장편소설인데 어찌된 영문인지 딱 두 번 연재된 후 중단되었어. 가야 역사상 가장 위대한 왕이었다는 3대 마품왕이 막강한 철기 문명을 바탕으로 일본, 중국, 인도 앞바다까지 해상 영토를 확장해 나가는 이야기야. 바다의 광개토대왕인 셈이지."

형기가 물었다.

"그 소설이 뭔가 특별한 것이 있습니까?"

"소설 내용 중에 역사적 사실과 부합하는 점이 많거든."

"역사소설을 쓰는 작가들도 완전히 허구에서 시작하는 건 아니지 않습니까. 사료를 기초로 뼈대를 세운 다음 상상력으로 살을 붙였겠죠."

"이미 알려진 역사적 사실과 부합하는 거라면 뭐가 특별하겠나. 그런데 《바다의 제국》은 기존의 사료에 나오지 않는 역사적 사실들을 담고 있어."

이번에는 서준이 물었다.

"기존의 사료에도 없다면 그 내용이 역사적 사실과 부합하는지 어떻게 알 수 있다는 말입니까?"

"예를 들어 보겠네. 자네들 혹시 '파형동기'라고 아나?"

서준과 형기는 고개를 저었다. 화면에 파형동기의 사진이 나타났다. 손바닥 반 정도 되는 크기에 갈고리 모양 날개들이 사방에 달린 바람개비를 닮은 모습이었다.

"파형동기는 이글거리는 태양을 상징하는 청동 장신구야. 일본 전역에서 백여 개가 출토됐는데 모두 다 황실의 터에서 나왔지. 그래서 일본 역사학계에서는 파형동기를 일본 황실을 상징하는 문양으로 보고 있어. 그런데 우리나라 경성대학교 발굴단이 그 이후에 김해 대성동 고분군에서 가야의 무덤을 발굴했는데 그 속에서 파형동기가 나온 거야."

서준이 눈을 반짝거리며 끼어들었다.

"가야와 일본 황실이 서로 관련이 있다는 말이군요."

"맞아. 그 때문에 한국과 일본 역사학계가 모두 충격에 휩싸였어. 일본은 그것을 3세기 중엽에 왜국이 임나 가야를 통해서 삼한을 통제했다는 임나일본부설의 근거라고 보았어. 반면 우리는 일본 황실이 한반도의 영향을 받았다는 증거라고 주장했지. 그런데 놀라운 것은 대성동 고분이 발견되기 십 년 전에 쓰인 이형준의 《바다의 제국》에서 가야 마품왕의 왕실 문양으로 물고기 두 마리가 서로 마주보는 모양의 쌍어문과 함께 파형동기의 문양을 묘사했다는 사실이야. 쌍어문이야 수로왕릉에도 새겨져 있어서 소설이 나오기 전부터 널리 알려진 문양이지만 소설이 파형동기를 묘사했다는 부분은 어떻게 설명할 수 있겠나?"

형기가 싱긋 웃으며 답했다.

"이형준 씨가 신기에 가까운 역사적 추리력을 가지고 있거나 아니면 지금까지 세상에 알려지지 않은 사료를 보고 소설을 쓴 거겠죠."

"바로 그거야! 파형동기는 한 가지 예에 불과해. 이형준 소설에 먼저 나오고 나중에 사료로 검증된 가야의 소품들이 한두 가지가 아니야. 우리 선배들은 이형준이 참고했을 것으로 보이는 그 사료가 바로 《가락국기》라고 추정하고 있었지."

서준이 고개를 갸웃거리며 이런저런 질문을 하기 시작했다.

"《가락국기》요? 가야를 건국한 수로왕의 이야기가 담긴 책 말이죠? 그건 이미 세상에 드러난 책 아닙니까?"

"지금 전해지는 것은 일연 스님이 《가락국기》 원본을 요약해 《삼국유사》에 실어 놓은 것뿐이야. 그동안 원본은 발견되지 않았어."

"그럼 이형준 씨가 《가락국기》를 갖고 있다는 뜻인가요?"

"우리 국정원 선배들은 그렇게 보고 있었어."

"이형준 씨한테 안 물어보셨나요? 《가락국기》를 가지고 있는지에 대해서."

"물어봤지. 대성동 고분에서 파형동기가 나온 직후에 우리 선배들이 이형준을 만나서 물어보았어. 그랬더니 이형준이 그런 건 처음 들어본다고 딱 잡아뗐다고 하더군."

"왜 그러는 거죠? 《가락국기》를 가지고 있다면 굳이 숨길 이유가 있을까요? 역사적으로 엄청난 가치를 가진 문서일 텐데요."

"그 이유는 나도 궁금해. 아무튼 이형준이 《가락국기》를 가지고 있을 거라는 생각에 우리 선배들이 한국과 일본에 있는 이형준의 집이나 작업실을 몰래 뒤져본 모양이야. 그런데 그런 문건을 전혀 못 찾아냈다고 하더군. 그리고 그 일은 흐지부지되었어."

이제는 형기가 묻기 시작했다.

"그런데 그 일이 이십 년이나 지난 지금, 왜 또 문제가 되는 거죠?"

"최근에 일본 정보원들이 이형준의 집이나 작업실을 뒤지면서 《가락국기》를 찾고 있는 움직임이 포착되었어. 우리가 이형준에게 슬쩍 접촉해 보았는데 이형준은 우리 측에 전혀 도움을 구하지 않더군. 그런 와중에 이형준이 이번에 도쿄로 가는 일정을 잡은 거야. 자네들의 임무는 이형준이 《가락국기》를 일본 측에 넘기는지 주시하고, 만약 그렇다면 《가락국기》를 가져오는 거야."

서준이 고개를 저으며 말했다.

"이형준 씨는 오랫동안 품격 있는 역사소설을 써온 분이지 않습니까. 아무리 재일교포라고 하더라도, 그런 분이 설마 한국의 문화재 같은 문서를 일본에 넘기는 짓을 하겠습니까?"

그러자 전 팀장이 눈살을 찌푸리며 힐난했다.

"서준이 이 자식은 언제 정신을 차리려나. 인간은 선하지도 악하지도 않아. 그저 이익에 지배받는 존재야. 성익설이라고 할까. 이익에 따라 선해질 수도, 악해질 수도 있어. 누구도 믿으면 안 돼. 심지어 자기 자신조차도. 나도 믿지 말고 너희끼리도 믿지 마."

"팀장님, 결국 지금 저희 같은 프로들한테 좀도둑질이나 해오라는 것입니까?"

형기가 히죽거리면서 너스레를 떨었지만 전 팀장은 웃지 않았다.

"이번 작전은 너희들이 지금까지 해온 그 어떤 작전보다 더 중요할지도 몰라."

"에이, 팀장님도. 《가락국기》에 무슨 핵무기 설계도라도 들어 있다는 말입니까?"

"그 이상이 될 수도 있어."

뜻밖의 말에 형기의 눈에 힘이 들어갔다.

"네? 그 이상이 뭔가요?"

"그것은 《가락국기》를 가져오면 말해 주지."

다음 날 저녁 서준은 택시기사 복장을 한 형기가 운전하는 택시를 타고 사토 호텔에 도착했다. 손님을 기다리는 여느 택시들과 마찬가지로 호텔 정문 근처에 택시를 기다리게 한 뒤 연회용 양복을 입은 서준만 내려서 호텔 안으로 들어갔다. 로비에는 '국제펜클럽 정기총회'라고 일본어와 영어로 단정하게 쓰인 현수막이 걸려 있었다. 일층 연회장에는 약 이백여 명의 사람들이 연회를 벌이고 있었다. 서준은 그 사람들 사이를 오가면서 베이지색 트렌치코트 차림의 이형준을 찾아냈다. 서준은 손수건을 양복 가슴에 꽂고 웨이터처럼 쟁반을 들고 다른 팬클럽 회원들과 인사를 나누는 이형준에게 따라붙었다. 그때 키가 작고 깡마른 한 노신사가 이형준에게 다가와 일본어로 인사했다.

"이형준 선생님, 안녕하십니까."

"아! 미야자키 선생님. 반갑습니다. 잘 지내시지요?"

한때 신문사 주일특파원이었던 이형준은 일본어가 유창했다.

"덕분에 잘 지내고 있습니다. 요즘은 다큐멘터리를 만드는 작업을 하느라 좀 바쁩니다."

"아, 그렇습니까? 어떤 다큐를 만드시는지요?"

"제가 최근에 규슈의 구마모토 시 방송국에서 파형동기의 기원에 관한 다큐멘터리를 만들자는 제안을 받았습니다. 저희는 파형동기의 모양이 오키나와 이남에서 잡히는 '스이지가이'라는 조개에서 기원했다는 것까지 밝혀냈습니다. 흰색 몸통에 문어발처럼 가늘고 긴 돌기가 대여섯 개씩 나 있는 스이지가이가 파형동기와 꼭 닮았으니까요. 오키나와 사람들을 인터뷰해 보니 고대 야요이 시대 때부터 그들은 그 조개가 마귀를 물리치는 힘을 가졌다고 믿어서 대들보를 비롯한 집안 곳곳에 걸거나 장신구로 사용했다더군요. 참, 그렇지 않아도 이 선생님께 여쭈어 보고 싶은 게 있었습니다. 이 오키나와 사람들의 신앙은 대체 일본 밖 어디에서부터 비롯되었을까요?"

이형준은 한 손으로 입을 만지며 생각에 잠기더니 잠시 후 입을 열었다.

"확실하지는 않지만 제 개인적인 추측을 말씀드리자면, 스이지가이는 일본말로 '소조개'라는 뜻이 아닙니까. 그런데 스이지가이는 소를 전혀 닮지 않았습니다. 게다가 중국 역사가 진수가 쓴 《삼국지》의 〈왜인전〉을 보면 일본에는 소와 말이 없다고 적혀 있습니다. 소가 나지 않는 나라에서 '소조개'라는 이름이 생겼다는 것은 혹시 그 조개 신앙의 유래가 소의 나라에서 비롯되었기 때문이 아닐까요? 그러니 소의 나라인 인도로 한번 가 보지 않으시겠습니까?"

"오호, 그것 참 설득력이 있는 추리입니다. 그런데 인도가 워낙 넓은 나라 아닙니까. 혹시 인도의 어디쯤 가면 스이지가이를 찾을 수 있을지 짚이는 곳이라도 있습니까?"

"《삼국유사》의 〈가락국기〉를 보면 김수로왕의 왕비 허황옥이 태양 왕조인 인도의 아유타국 출신이었다는 기록이 나옵니다. 파형동기가 태양의 모양을 본뜬 것이고 스이지가이도 소가 아니라 이글거리는 태양을 닮았으니 혹시 그 기원은 태양 왕조 아유타국이 아닐까요? 아유타국은 현재 갠지스 강 상류의 아요디아 지방에 그 흔적이 남아 있는 것으로 압니다."

미야자키가 감탄하며 말했다.

"감사합니다. 대단한 추리입니다. 전문 사학자 뺨치시는군요."

"과찬의 말씀입니다."

이형준이 미야자키와 인사하고 돌아설 때 서준은 고의로 그와 몸을 부딪쳤다. 서준이 들고 있던 주스가 쏟아지며 이형준의 가방을 적셨다.

"죄송합니다. 정말 죄송합니다. 제가 닦아 드리겠습니다."

서준은 일본말로 연방 사과를 한 후 쪼그리고 앉아서 냅킨으로 이형준의 가방을 닦아 주었다. 냅킨 속에는 휴대용 투시기가 감추어져 있었다.

"괜찮습니다. 그냥 주세요."

"아닙니다, 선생님. 제가 가방을 닦는 동안 선생님은 등 뒤의 얼룩부터 닦으시지요."

"네? 뭐가 묻었나요?"

그 말에 이형준은 가방을 놓고 일어나 트렌치코트를 벗고 이리저리 살폈다. 귀에 꽂힌 이어폰으로 형기가 말했다.

―오케이. 이제 다 되었어요.

옷을 살펴보던 이형준은 고개를 갸웃거리며 중얼거렸다.

"아무것도 안 묻은 것 같은데……."

"아, 그렇습니까? 죄송합니다. 제가 잘못 본 모양입니다."

서준은 깨끗이 닦은 가방을 공손히 내밀었다. 이형준은 가방을 받아들고는 안경을 손으로 내리면서 맨눈으로 서준을 유심히 쳐다보았다.

"혹시 우리가 어디서 뵌 적이 있지 않았나요?"

"저는 초면입니다만……."

"아, 그렇습니까? 실례했습니다."

그렇게 말하고 돌아선 이형준은 사람들 속으로 사라졌다. 형기가 이어폰으로 이형준의 가방 안에 있던 물건들을 설명해 주었다.

―가방에 《가락국기》로 보이는 건 없는데요. 안경집, 시집 몇 권, 오늘 행사 팸플릿, 그리고 서류봉투 한 장. 이게 전부에요.

"서류봉투?"

―네, 얇은데요. 안에 기껏해야 종이 몇 장 들어가 있을 것 같은데.

"그게 《가락국기》일 리는 없겠군. 《가락국기》는 호텔 방에 놓고 안 가져온 건가?"

―다른 팀이 이형준이 나간 다음 호텔 방을 다 뒤졌는데 《가락국기》 같

은 건 없었대요.

"어디 있는 거지? 이미 일본 측에 넘긴 건가?"

그때 사회자가 이형준을 앞으로 불러냈다.

"그럼 이번에는 삼 년 전 국제펜클럽 회장으로 활동하셨던 한국의 이형준 선생님의 말씀을 듣겠습니다."

이형준은 우렁찬 박수소리에 둘러싸여 단상으로 올라가 영어로 연설을 시작했다.

"우리는 지금 갈등과 반목의 시대에 살고 있습니다. 지구촌 곳곳에서 부자와 가난한 자, 보수와 진보, 구세대와 신세대, 민족과 민족, 종교와 종교, 남성과 여성, 권력을 잡은 자들과 그렇지 못한 자들로 편이 나뉘어져 서로를 공격하면서 한 발짝도 앞으로 나아가지 못하고 있습니다. 절대적인 가치가 실종된 이 세상에서 현재 어느 쪽이 옳은지 정해 줄 기준도 심판도 없습니다. 그 결과 대치 상태가 극으로 치달으며 인류의 평화와 행복은 물론 생존 자체를 위협하고 있습니다. 이런 극한의 대립은 정치로도, 외교로도, 힘으로도 극복이 되지 못하고 오히려 조장이 되고 있습니다. 인류가 공존할 수 있는 방법은 단 하나밖에 없습니다. 바로 서로 다른 조건 없이 인간이라는 이유만으로 존중하고, 인간에 대한 이해에 힘쓰고, 서로 화해하고 소통하는 것입니다."

부드러운 말투임에도 불구하고 이형준의 연설에는 비상한 힘이 깃들어 있었다. 점차 많은 청중들이 이형준의 입을 주시했다.

"바로 이 지점에서 저는 문학의 시대적 소명을 주목하게 됩니다. 우리는 문학을 통해서 인간 삶의 본질을 이해할 수 있습니다. 문학을 통해서 다른 사람들을 보다 깊이 이해할 수 있습니다. 문학을 통해서 사람들은 이

사회의 모순을 이해하고 보다 나은 사회를 꿈꿀 수 있습니다. 문학이야말로 이 세상에 유일하게 남은 깊이 있는 이해와 소통의 수단인 것입니다."

그 대목에서 우렁찬 박수 소리가 터져 나왔다. 박수소리는 좀처럼 잦아들지 않았다. 바로 그때였다. 별안간 정전이 되면서 대회의장이 암흑으로 변했다. 어둠 속에서 실루엣들의 집합이 하나의 짐승처럼 꿈틀거렸다. 이형준을 시야에서 놓친 서준은 당황했다.

"형기야, 헤드라이트로 안을 비춰 봐."

형기는 택시를 후진한 다음 헤드라이트로 호텔 유리벽을 비췄다. 빛줄기 사이로 정체불명의 사내 몇 명이 이형준을 호텔 밖으로 데리고 나가는 것이 어렴풋이 보였다. 서준은 곧바로 따라 나가려 했지만 혼란에 빠진 사람들이 좌충우돌하는 상황이어서 헤집고 앞으로 나아가기가 쉽지 않았다. 서준은 다과가 놓인 긴 테이블의 테이블보를 들어 좌우로 흔들었다. 테이블 위의 잔들과 쟁반들이 양 옆으로 떨어졌다. 놀란 여자들의 날카로운 비명소리가 솟구쳤다. 서준은 테이블 위로 훌쩍 뛰어올라 내달렸다. 사내들이 이형준을 데리고 연회장 밖으로 나가기 직전, 서준은 테이블을 박차고 뛰어올라 사내들을 향해 발길질을 했다. 한 사내가 맞고 나뒹굴자 다른 사내가 서준에게 덤벼들었다.

그동안 나머지 두 사내는 이형준을 호텔 밖으로 데리고 나가 대기 중이던 검은색 벤츠에 태운 뒤 재빨리 그곳을 떠났다. 서준이 택시에 올라타자마자 형기는 힘껏 액셀러레이터를 밟았다. 택시는 열심히 벤츠를 뒤쫓았지만 교통 체증이 심한 도쿄의 저녁 시간이라 거리가 좀처럼 좁혀지지 않았다.

"형, 저 자동차 번호판을 보세요. 숫자가 한 자리예요. 일본에서 저런 번호판은 야쿠자들이 타고 다니는 건데."

"야쿠자가 소설가를 데려가? 뭔가 이상하군."

그때 도로 좌측에서 앰뷸런스 한 대가 요란한 사이렌 소리를 내며 나타나더니 벤츠를 위해서 막힌 도로를 헤치며 길을 열어 주었다. 벤츠와 택시의 거리가 벌어지기 시작했다.

"쓸 만한 연장은 없어?"

"조수석 앞의 콘솔 박스를 열어 보세요."

콘솔 박스 안에는 권총과 칼 몇 자루, 쌍절곤, 수류탄, 가스총 등의 무기가 들어 있었다.

"대체 누가 야쿠인지 모르겠군."

서준은 뒷좌석을 돌아보았다. 좌석 밑에 아이언 골프채가 놓여 있었다.

"너 요즘 골프도 치냐?"

"가끔요."

"자식, 팔자 좋구나."

서준은 골프채를 꺼내 들고 창밖을 살피다가 별안간 차문을 활짝 열었다. 뒤에서 달려오던 피자 배달 오토바이가 급브레이크를 걸며 바닥에 미끄러졌다. 서준은 넘어진 청년에게 갖고 있던 현금을 쥐어 주고는 그 오토바이에 올라탔다. 서준의 오토바이는 이리저리 차를 피하며 내달리더니 얼마 지나지 않아서 벤츠를 따라잡았다.

서준이 벤츠의 운전석 쪽으로 접근해서 골프채로 유리창을 깨버리자 벤츠가 좌우로 비틀거리다 옆 차들을 들이받고 멈추어 섰다. 곧이어 앞에 가던 앰뷸런스가 정차하더니 뒷문에서 십여 명의 덩치들이 회칼을 들고 서준을 향해 달려왔다. 서준은 제일 먼저 덤벼든 사내의 배를 걷어차고 얼굴을 옆에 정차한 차의 유리창에 짓눌러 버렸다. 다음 사내는 발로 가슴을 걷어차 고가도로 난간 밖으로 떨어뜨려 버렸다. 그러나 남은 덩치들을 혼자서 모두 상대하기에는 중과부적이었다. 서준은 필사적으로 품 안의 마이크에 대고 소리쳤다.

"형기야, 지금 어디야?"

"여기요!"

그 순간 등 뒤에서 급제동 소리가 나더니 형기의 택시가 덩치들을 덮쳤다. 차체에 부딪친 덩치들이 쓰러져 이리저리 나뒹굴었다. 택시에서 내린 형기가 남은 덩치들을 향해 가스총을 쏘았다. 덩치들은 숨을 제대로 쉬지 못해 연방 기침을 해댔다.

그 사이 서준은 몸을 일으켜서 벤츠로 달려갔다. 그때 뒷좌석 차문이 열리고 검은 선글라스를 쓴 가죽 코트 차림의 마쓰이 해좌가 내렸다. 차문 사이로 이형준의 겁에 질린 표정이 힐끔 보였다.

"뭐하는 놈들이냐?"

서준이 일본말로 물었으나 마쓰이 해좌는 아무런 대꾸도 하지 않고 쇠막대를 끄집어냈다. 접힌 우산처럼 짧았으나 마쓰이 해좌가 버튼을 누르니 양쪽 끝이 길게 뻗어 나갔다. 서준이 맨손으로 그에게 달려들었으나 마쓰이 해좌의 쇠막대는 보이지 않을 정도의 빠르기로 서준을 공격했다. 서준은 몇 차례 피하지 못하고 머리를 가격당해 바닥에 쓰러지고 말았다. 뺨으로 아스팔트 바닥의 냉기와 야릇한 흙냄새를 느끼는 동안 언젠가부터 사이렌 소리가 귓가에 맴돌기 시작하더니 차츰 눈이 감겼다.

서준은 눈을 떴다. 허연 천장이 몽롱하게 보였다. 누운 채 천천히 고개를 돌리자 뿌연 시야에 흰 가운을 입은 사람들이 부산하게 오갔다. 얼마 후 차츰 사물이 또렷해지고 소리가 들리기 시작하면서 온몸에 뻐근한 통증이 느껴지기 시작했다. 간호사가 오더니 그의 침대를 끌고 일반병실로 옮겼다. 병실 안에 앉아 있던 남자 두 명이 벌떡 일어나 다가왔다. 낯익은 얼굴들이었다.

"형, 괜찮아요?"

형기였다. 한국에서 도쿄로 급히 날아온 전 팀장도 반색하며 서준을 내려다보았다.

"다행이야. 수술도 잘됐고 몸도 워낙 튼튼해서 일주일만 있으면 퇴원할 수 있다더군."

서준이 입을 열고 신음소리처럼 물었다.

"이형준 선생은?"

"도로 위에서 죽은 채로 발견됐어요."

형기의 그 말에 서준은 한숨을 내쉬며 질끈 눈을 감았다. 온몸에 힘이 쭉 빠지면서 통증을 잊을 만큼 서늘한 기운이 날카로운 칼날처럼 가슴속을 파고들었다. 이형준을 눈앞에서 지켜보고 있었음에도 불구하고 그의 죽음을 막지 못했다는 죄책감이 엄습했다.

3

사월의 노래

"최근 유엔안보리 상임이사국이 된 이른바 G4 국가인 일본, 독일, 브라질, 인도 대표에 대한 특별인터뷰 시리즈의 두 번째 순서로 오늘은 일본 총리를 만나 보는 시간을 마련했습니다. 안녕하십니까, 마츠오카 총리님."

"네, 반갑습니다."

CNN 로고가 박힌 화면 속에는 동양계 미국인으로 보이는 여성 리포터가 파란 넥타이를 맨 마츠오카 일본 총리와 마주 앉아 있었다.

"제가 도쿄에 온 것은 십 년 만인데 그동안 스카이라인이 몰라보게 화려해졌더군요. 일본이 장기적인 경기침체를 극복하고 있구나 하는 느낌을 받았어요."

카메라는 두 사람 사이의 창문 밖으로 보이는 오다이바 섬의 스카이라인을 잠시 비추었다.

"그렇습니다. 일본은 제2의 전성기를 향해 모처럼 신나게 달리고 있습니다. 최근 삼 년간 우리 일본은 제2차 세계대전 패전 후 가장 높은 수출 증가율을 보였습니다. 각종 국가경쟁력 지수도 미국에 이어 2위에 올라섰습니다. 올해는 지난 20년 중에서 가장 높은 경제성장률을 기록할 예정입니다. 앞으로는 무엇을 기대하든 그 이상일 것입니다."

마츠오카 총리의 얼굴과 말투는 다소 교만해 보일 정도로 자신감에 차 있었다.

"과거 일본에 대한 비판 중의 하나가 일본은 정치가 취약하다는 것이었습니다. 그런데 최근에는 일본이 유엔안보리 상임이사국이 됨으로써 국제무대에서 정치적 위상이 크게 높아졌습니다. 일본이 유엔안보리 상임이사국이 된 것을 다시 한 번 축하드립니다."

"감사합니다. 저의 공약을 달성하게 되어 몹시 기쁩니다. 모두 일본 국민들과 다른 나라들의 지지 덕분입니다."

"방금 다른 나라들 덕분이라고 하셨는데요, 이번에 유엔안보리 상임이사국이 될 때에도 일본과 가장 인접한 국가들인 중국이나 한국으로부터는 지지를 받지 못했습니다. 여전히 과거사 문제가 발목을 잡고 있는 것인데요, 이 문제는 앞으로 어떻게 극복하실 생각입니까?"

"과거사 문제는 이미 종결이 된 지 오래입니다. 일본은 이미 오래전에 피해국들을 일일이 찾아가서 엄청난 액수의 배상금을 물어주고 국교정상화 협정을 체결했습니다. 그것으로 법률적인 책임은 모두 진 것이지만 그 이후에도 일본은 지금까지도 천황이나 총리 등이 기회가 있을 때마다 과거사에 대해서 사과를 해왔습니다. 지금도 우리 일본은 과거 이웃 국가들에게 피해를 준 것에 대해서 진심으로 미안해 하고 있고 다시는 그런 일이 없어야 한다고 생각하고 있습니다. 그럼에도 불구하고 중국이나 한국과 같은 나라들은 마치 일본이 그동안 단 한 번도 사과를 하지 않은 것처럼, 일본으로부터 거액의 배상금을 받아간 적이 없는 것처럼, 오래전의 과거사 문제로 일본을 끊임없이 공격하면서 망신을 주고 있습니다. 중국이나 한국이 피해의식이 있다는 것은 이해하지만 그렇다고 해서 일본이 영원히 부당한 공격을 당하고만 있어야 하는 것은 부당하다고 생각합니다."

"일본은 중국, 러시아, 한국과 과거사 문제 외에 영토 문제도 아직 현재 진행형인 것으로 알고 있습니다. 이 문제는 앞으로 어떻게 해결해야 한다고 보십니까?"

"북방 도서, 센카쿠, 다케시마 모두 국제법적으로 일본 영토임이 명백합니다. 일본은 아시아에서 가장 먼저 국제법에 눈을 떴고 국제법을 철저하게 준수해 왔거든요. 다행히 센카쿠는 일본이 지키고 있지만 북방 도서나 다케시마는 일본이 곧 찾아와야 할 영토이고 저는 임기 내에 꼭 되찾아올 생각입니다. 영토 문제는 과거사 문제와 별개인 법률문제입니다. 법률문제는 법에 따라 해결하면 되는 일이지요. 그러니까 ICJ에서 재판을 받으면 되는 일입니다. 그런데도 한국은 설득력 없는 논리로 재판을 피하고 있을 뿐만 아니라 대통령이 다케시마를 방문하고, 다케시마를 대상으로 한 군사훈련을 확대하는 등으로 일본을 자극하고 있습니다. 일본이 한국보다 힘이 약해서 가만히 있는 것이겠습니까? 동북아의 평화를 위해 참고 있는 겁니다. 그러나 일본도 참는 데 한계가 있습니다. 한국이 계속 저렇게 일본을 자극한다면 일본도 한국과 똑같이 할 수밖에 없습니다."

"그렇다면 일본도 군사훈련을 하고, 총리가 다케시마를 방문하겠다는 말씀입니까?"

"다케시마의 주인인 일본이 못할 이유가 있습니까?"

이 대목에서 벽걸이 텔레비전을 보던 외교부 국제법률국 영토해양과 차석 배상희 서기관이 자리에서 벌떡 일어났다.

"일본 총리가 CNN에 대고 독도에 대한 군사훈련을 하고 독도를 방문하겠다고 도발을 하다니. 파장이 만만치 않겠는걸요. 아, 또 바빠지겠네. 가만히 보자보자 하니까 일본이 도를 넘는데요."

그러자 안정애 영토해양과장이 자리에서 일어나 텔레비전 앞으로 나오며 배 서기관에게 눈을 흘겼다.

"우리가 가만히 있어서가 아니라 가만히 안 있어서 일본이 저러는 거잖아. 일본도 귀가 있고 입이 있고 자존심이 있는 멀쩡한 나라인데 우리가 공격하는데 가만히 듣고만 있겠어? 이게 다 그동안 우리의 강경 대응, 감정적 대응 때문이야. 그간 우리가 강하게 대응해서 지금 우리가 실리적으로 얻은 것이 뭐야? 오히려 일본의 도발 수위만 더 키워 놓았잖아. 일본 우익 세력들이 독도 문제로 국내에서 영향력을 확대해 나갈 빌미만 주고."

"그렇다고 일본이 독도가 자기 땅이라고 온 세계에 떠들고 다니는데 우리가 가만히만 있을 수는 없는 것 아닙니까?"

"왜 항상 꼭 뭔가를 해야 한다고 생각하지? 섣불리 움직여서 더 상황을 악화시키는 것보다 차라리 가만히 있는 것이 더 나을 때도 있는 거 아니야? 물론 일본이 어떤 나라에 독도가 자기 땅이라고 홍보하면 우리도 하긴 해야겠지만 일본이 홍보한다고 당장 독도의 지위가 위태로워진다고 생각하는 건 지나친 조바심이야. 어떤 나라도 한국을 적으로 돌리면서까지 일본 편을 들 정도로 멍청하진 않아. 기본적으로 세계 사람들은 독도가 어디 붙어 있는지도 모르고 별 관심도 없어. 우리가 다른 나라들을 찾아다니면서 독도가 한국 땅이라고 홍보하고 다니면 특정 종교 맹신자들이 집집마다 다니면서 관심도 없는 자기 종교를 믿으라고 포교하는 것처럼 보여."

"그래도 국민들이 불안해 하니까 우리도 뭔가 하는 걸 보여줘야죠."

"공무원이 심리치료사야? 나는 우리나라의 일부 예민한 사람들의 비정상적인 불안감을 달래 주기 위해서 막대한 혈세와 인력을 들여서 온 세계에 나가서 종교 광신자처럼 아무런 효과도 없는 홍보를 하며 돌아다녀야 한다는 것이 공무원으로서의 양심에 반해."

"국민들이 정부가 일본에 대해서 화를 내고 큰소리를 치는 것을 원하면 국민의 심복인 공무원들은 그렇게 하는 것이 공무원의 도리이고 민주주의 원리에 맞는 것 아닙니까?"

"일본 때문에 화가 나는 것은 당연하지만 그 화를 항상 상대에게 분출하는 것이 현명한 것이라고는 생각하지 않아. 일본에 대한 분노에 차서 하는 행동이라고 해서 항상 애국을 보장해 주는 것은 아니야. 화내는 것은 누가 못해? 그래서 일본의 대중들이 한국을 싫어하고, 재일교포들이 더 차별받고, 한국을 찾는 일본 관광객이 줄어들고, 한국 기업이나 연예인이 일본 진출을 못하면, 그건 아무 상관도 없는 거야? 흥분을 잘하고 자기감정을 쉽게 입 밖에 내는 사람들은 매사 자기감정이 국민감정을 대표한다고 착각하지만 침착하게 최선을 고민하면서 입을 다물고 있는 국민들도 많아. 나도 한 명의 국민으로서, 우리나라 정부가, 일본이 얄미워서 치를 떨 정도로 영악하고 교활하게 일본을 이용하고 일본으로부터 이익을 취했으면 해. 그것이 최선의 복수라고 생각해."

"과장님처럼 말인가요?"

안 과장이 배 서기관을 흘겨보며 차갑게 노려보다 말을 이었다.

"현명한 국민과 변덕스러운 대중은 구별해야 하는 것 아니야? 대중이 원하는 대로 하면 된다면 얼마나 쉬워? 그냥 사안마다 여론조사해서 51% 이상 나오는 정책대로 밀어붙이기만 하면 되지. 그리고 대중이 어떤 사안의 복잡한 양상을 다 알고 오랫동안 고민해서 진중하게 판단하는 거야? 개개 국민들이 일일이 모든 사안을 전문적으로 알기 어려우니까 공무원들을 뽑아 놓은 거 아니야? 정부가 당시에는 대중에게 욕을 좀 먹더라도 국익에 도움이 되면 밀고 나가는 것이 애국이고 공무원의 사명 아니야?"

"그렇게 하면 정부가 국민들과 소통이 안 된다, 관료들이 자기 이익만 챙기려고 말을 안 듣는다는 비난을 받지 않겠어요? 정책의 장단점을 국민에게 제대로 설명을 하고 그럼에도 국민들이 어떤 정책을 원하면 그것을 실현시켜 주는 것이 모든 권력은 국민에게서 나온다는 헌법에 충실한 것 아닌가요?"

"크고 작은 정책들이 얼마나 많은데 그 내용을 어떻게 다 일일이 대중들에게 설명을 해? 설명을 해도 언론이 기사를 내보내야 대중에게 전달이 되는데 언론은 그런 지루하고 복잡한 설명은 실어 주질 않아. 고위직에 있는 누가 실언이나 폭언을 했다, 누구와 사이가 안 좋다는 이야기를 전하는 데만 바쁘지. 아니면 단순한 프레임을 걸어서 쉽게 비난해 버리고. 비난은 누가 못해? 공부 별로 안 해도 쉽게 할 수 있는 게 비난이야. 모든 사람이 만족하는 흠결 없는 정책은 예수나 부처도 못 만들어. 그 모든 문제점들에도 불구하고 작은 한 발자국이라도 앞으로 끌고 나가는 것이 진짜 대단한 거지."

"그런 언론을 이해 못할 바는 아니죠. 요즘 언론사가 경제적으로 어려워지다 보니 클릭 수에 민감해질 수밖에 없으니까요. 옛날 같으면 스포츠 신문에만 나올 기사들이 메인을 장식하잖아요."

배 서기관이 갑자기 부스 뒤에 앉아 있는 도하를 끌어들였다.

"이봐, 이 서기관. 당신은 어떻게 생각해?"

갑작스러운 질문을 받고 도하는 놀란 표정으로 일어나서 안 과장과 배 서기관을 번갈아 쳐다보았다.

"네? 무, 무엇을요?"

안 과장은 혀를 끌끌 차며 핀잔을 주었다.

"대체 어디다 한눈을 팔고 있었던 거야? 일본 총리 인터뷰도 안 보고 있었어?"

"잠시 딴 생각을 하느라……. 죄송해요."

도하는 일을 하면서도 귀는 항상 열어 놓으라고 했던 선배의 조언을 떠올렸다. 과에서 과장이 전화를 받으면서 하는 이야기들이나 다른 직원들이 수군거리는 이야기들도 모조리 엿들어야 팍팍한 외교부 생활에 그나마 눈치 빠르게 적응할 수 있다는 것이었다. 하지만 한꺼번에 두세 가지 일에 관심을 두는 것을 잘하지 못하는 도하에게는 그 조언을 실천하는 것이 여간 어려운 게 아니었다. 그래서인지 몰라도 외교부에 입부한 지 삼 년이 넘었지만 도하는 아직도 막 입부한 시보처럼 외교부 생활이 낯설게 느껴졌다. 재일교포의 딸로서 일본에서 중학교를 졸업할 때까지 그랬던 것처럼, 한국 국적으로 바꾸고 한국에서 고등학교와 대학교를 다닐 때에도 그랬던 것처럼, 자신이 여전히 이방인으로 느껴졌다.

외교관이 처음부터 팔방미인이 되기를 요구당하는 직업이라는 점도 도하에게는 힘든 부분이었다. 외교는 물론 정치, 경제, 법률, 문화까지 골고루 알아야 하니 하루에도 국내 신문, 일본 신문, 미국 신문을 매일 보아야 한다. 적어도 서너 개 언어에 능통하기 위해서는 꾸준히 학원을 다니면서 공부를 해야 한다. 외국의 상대방과만 협상을 하면 되는 것이 아니라, 국회, 언론, 청와대, 다른 관련 부처들과도 상시적으로 부대껴야 한다. 새벽까지 야근하거나 주말에 갑자기 불려 나와서 일해야 하는 것은 예사이다. 급하고 중요한 일들이 수시로 일어나는데 일손은 턱없이 부족하고 그마저도 일을 재빨리 해내야 한다. 자기 일을 하면서도 텔레비전 뉴스와 과에서 과장이나 다른 선배가 하는 이야기에도 귀를 기울여야 한다. 이런 부분이 동시에 여러 가지 일을 하지 못하고 생각이나 동작이 빠르지 않은 도하를 자신감 없고 주눅들게 만들었다.

"넌 좀 죄송해야 돼."

안 과장은 '마녀'라는 별명답게 쌀쌀맞게 핀잔을 주었지만 도하의 머릿속은 아빠에 대한 걱정으로 가득 차 있어서 기분 나쁠 틈도 없었다. 국제 펜클럽 회의에 참석차 일본으로 떠난 아빠가 이틀 전 문자메시지 한 통을 보낸 후 연락이 두절되었기 때문이다. 아빠의 문자메시지에는 아무 설명도 없이 휴대폰 카메라로 촬영한 악보 사진 한 장만이 첨부되어 있었다. 아빠가 제일 좋아하는 가곡 〈사월의 노래〉의 악보였다.

> 목련꽃 그늘 아래서 베르테르의 편지를 읽노라
>
> 구름 꽃 피는 언덕에서 피리를 부노라
>
> 아, 멀리 떠나와 이름 없는 항구에서 배를 타노라
>
> 돌아온 사월은 생명의 등불을 밝혀 든다
>
> 빛나는 꿈의 계절아
>
> 눈물 어린 무지개 계절아

여러 번 전화를 걸었지만 아빠는 끝내 전화를 받지 않았다. 도하는 직전에 아빠에게서 받은 다른 문자메시지들을 살펴보았다.

'세상에서 제일 예쁜 우리 여왕님, 어디야?'

다른 집 아빠들은 딸을 '공주님'이라고 부르곤 하지만 도하의 아빠는 한 술 더 떠 '여왕님'이라고 불렀다.

'아빠, 어디야? 제발 대답 좀 해.'

그 문자메시지를 보내자마자 전화벨이 울렸다. 도하는 부리나케 전화기를 꺼내 들었다.

"방금 CNN 인터뷰 봤어? 시끄러워지겠더라."

애타게 기다리던 아빠가 아니라 은성의 목소리였다.

"응, 벌써부터 전화기에 불이 났어."

이미 영토해양과 전 직원들이 전화를 받고 있었다. 언론사의 문의전화 아니면 시민들의 항의전화였다. 배 서기관은 외교부 홈페이지가 마비되었다고 소리쳤다.

"설마 이 일 때문에 우리 결혼에 지장이 생기지는 않겠지? 그러면 내가 일본 총리를 구속시켜 버릴 거야."

도하는 시선을 잠시 책상 구석에 놓아둔, 은성이 이주일 전 레스토랑에서 준 인형에 두었다. 인형의 머리를 열면 그 안에 더 작은 오뚝이 인형이 반복적으로 나오는 '마트로시카'라는 러시아 나무 인형이었다. 마지막으로 가장 작은 인형의 머리를 열자 그 속에 반짝이는 다이아몬드 반지가 들어 있었다. 그 반지를 받고도 도하는 은성에게 결혼하겠다는 응답을 하지 않은 채 지금까지 시간을 흘려보내고 있었다.

"상견례를 다음 달 초쯤 하면 될까? 식당을 미리 예약해야 해서 말이야."

"은성아, 지금 좀 바빠서 그런데, 그 이야기는 나중에 하면 안 될까?"

"그런데 목소리가 왜 그래? 무슨 일 있어?"

"아니, 별일 없어."

"무슨 일이 있는 것 같은데?"

은성은 예민했다. 논리적으로 치밀할 뿐만 아니라 여자들 못지않게 직감과 눈치가 뛰어났다. 검사가 되기 전부터 그랬으니 직업 때문만은 아니었다. 주변 사람들이 어떤 기분인지, 무엇을 원하는지를 엑스레이로 투시하듯 꿰뚫었다. 그런 은성은 도하가 원하는 것을 말하지 않아도 재깍 가져다주곤 했지만 도하는 은성의 그런 면이 오히려 부담스럽고 불편했다. 그가 상시적으로 감시하고 관찰하면서 자신에게 애정을 달라고 갈구하는 느낌이었다.

"아니라니까."

도하는 조금 짜증이 담긴 목소리로 은성을 뿌리쳤다. 도하는 그날 밤늦게까지 이승철 국제법률국장, 안정애 과장, 배상희 서기관과 함께 마츠오카 총리의 인터뷰에 대한 외교부 장관의 성명 내용을 작성했다. 이승철 국장이 말했다.

"마츠오카 총리가 기자회견이나 정상회담처럼 공식적으로 한 발언이 아니라 인터뷰 중에 불쑥 한 말이라 대응 수위를 어느 정도로 해야 할지 모호하네."

안 과장이 의견을 냈다.

"미리 준비해 온 원고를 읽은 것도 아니고 인터뷰의 문답 과정에서 흘린 말이라 더 그래요. 무슨 말을 할지 모호할 때는 가급적 말을 줄이는 게 좋지 않을까요?"

그러나 배 서기관은 입장이 달랐다.

"이번 일본 총리 발언의 수위가 역대 최고이니까 우리도 최고 강도로 받아쳐야 되지 않겠습니까? 국민들은 우리 정부가 겁쟁이가 되는 것을 원치 않습니다."

안 과장이 받았다.

"필요 이상으로 일본인들의 감정을 자극할 필요가 있을까요? 우리가 강하게 받았다가 정말 일본이 군사훈련이라도 하게 되면 갈등이 더 커질 것이 뻔하잖아요."

회의 중에 도하의 주머니에서 휴대폰 진동이 울렸다. 낯선 전화번호라서 업무 전화일지도 몰라 도하는 문 밖으로 나가서 전화를 받았다.

"여보세요. 이형준 씨의 따님 맞으시죠?"

"네, 그렇습니다만."

"경찰입니다. 이런 말씀을 전하게 돼서 유감이지만 이형준 씨가 도쿄에서 사망했습니다."

나리타공항에서 내린 도하는 버스를 타고 시내로 진입한 다음 택시를 갈아타고 병원으로 향했다. 아빠의 부음을 듣고도 오전에 외교부 대변인이 마츠오카 총리의 CNN 발언에 대한 성명을 발표하는 것을 보고서야 일본으로 출국할 수 있었다. 간밤에 잠을 자지 못해서 얼굴은 초췌했지만 아직 아빠의 죽음이 믿기지 않아서인지 표정은 담담했다.

병원 영안실에 도착하자 일본 경찰이 도하의 신분을 확인한 후 아빠의 시신으로 안내했다. 시체보관실에서 나오는 스산한 냉기가 도하의 상기된 목덜미를 훑었다. 서랍 같은 통에서 꺼내진 아빠의 주검을 보고 도하는 한쪽 손으로 입을 막았다. 아빠의 주검은 예상보다 참혹했다. 코와 입술 주변에 핏자국이 말라붙어 있고 자동차 바퀴에 짓이겨진 목은 너덜너덜했다.

"아빠, 아빠, 왜 아무 말이 없어."

엄마가 사고로 일찍 돌아가신 도하에게, 학교 갈 때 준비물을 챙겨주고, 소풍 갈 때 김밥을 싸주고, 옷을 사주고, 생일상을 챙겨 준 사람이 아빠였다. 도하가 갑자기 정신을 잃더니 땅으로 꺼지듯 그 자리에 풀썩 쓰러졌다. 그러자 뒤에서 가만히 지켜만 보고 있던 서준이 달려들어서 도하를 들쳐업고 위층 응급실로 옮겼다.

"쇼크로 잠시 정신을 잃은 것 같아요. 조금 쉬면 깨어날 거예요."

도하에게 응급조치를 한 여성 의사가 서준에게 그렇게 알려 주었다. 서준은 팔짱을 끼고 선 채로 잠든 도하의 얼굴을 가만히 내려다보았다. 도톰하고 총기로 빛이 나는 이마와 누구와 싸우더라도 상대방을 가해자로 몰 수 있을 만큼 선해 보이는 얼굴은 예전과 달라진 것이 없었다. 여자를 보고 가슴이 떨릴 나이는 이미 지난 줄 알았는데 의외로 마치 첫사랑에 대한 순정이 남아 있기라도 한 것처럼 긴장이 되었다. 목숨이 위태로운 작전을 할 때도 잠잠하던 심장이 도하를 업고 뛸 때 그녀의 가벼운 몸과 체취를 느끼면서 쿵쿵 뛰었다. 한편으로 서준의 마음은 이형준의 죽음에 대한 죄책감으로 물먹은 솜처럼 무거워지고 있었다. 서준 역시 부모를 잃고 홀로 남겨진 기분을 잘 알기에 더욱 무거워졌다.

서준의 아버지는 울릉도에서 과메기를 만드는 일을 했다. 봄부터 초가을까지는 독도 앞바다에서 청어와 꽁치를 잡고, 늦가을부터 겨울까지는 그렇게 잡은 물고기들을 마당에 내다 걸어 얼리고 녹이기를 반복했다. 한

겨울 동안 과메기와 함께 얼고 녹는 서준의 몸에서는 과메기 냄새가 가시지 않았다. 아버지는 한번 바다에 나가면 사흘 만에 돌아올 때도 있고 닷새 만에 돌아올 때도 있었다. 아버지의 배가 항구에 들어오면 서준은 바람처럼 부둣가로 달려가 아버지의 몸에 매달렸다. 아버지는 비린내가 밴다며 거리를 두고 멋쩍어 하면서도 흐뭇한 기분을 숨기지 못했다. 닷새 정도 걸릴 거라며 바다에 나간 아버지가 열흘이 지나도 돌아오지 않던 어느 날 어머니는 초등학생이던 서준의 손을 잡고 항구로 나갔다.

"이제 너그 애비는 안 돌아오신다."

"아부지 어디 가셨는데요?"

"할아버지를 따라 독도로 가셨다. 이름 그대로 홀로 외로운 그 섬에 가셨다. 밀려오는 물 못 막고 쓸려가는 물 못 붙잡고 그저 혼자 기다리기만 하는 독도로 가셨다."

그렇게 말했던 어머니도 서준이 고등학교를 다닐 때 병으로 앓다가 독도로 떠났다. 남편을 잃은 뒤 생활고 때문에 건강을 돌볼 여유가 없었던 어머니는 잦은 구토로 식사를 못하게 될 지경이 되어서야 자신의 병을 알았다. 서준은 어머니의 유분을 독도 앞바다에 뿌렸다. 그러고 나니 서준은 홀로 남은 자신이야말로 독도에 갇혔다는 것을 깨달았다.

도하는 꿈속에서 대학 시절로 돌아가 있었다. 평소 빈혈 증세로 의식을 잃곤 하던 도하는 그날도 도서관 앞에서 갑자기 쓰러져 버렸다. 눈을 뜨고 보니 자신은 보건소 침대 위에 누워 있었고 그 곁에 얼굴이 새카맣게 탄 남학생이 앉아 있었다.

"어, 눈 떴네. 의사 선생님, 여기 눈 떴어요! 이봐요, 괜찮아요?"

그의 말투는 투박하면서도 따뜻했다. 도하는 누운 채 물었다.

"제가 어떻게 된 건가요?"

"갑자기 쓰러져서 내가 업고 왔어요. 의사 선생님이 괜찮데요. 걱정 안 해도 된답니다."

그가 들어 올린 손을 내저으며 웃는데 까만 얼굴에 하얗고 가지런한 치아가 드러났다.

"밥 좀 많이 먹으세요. 이렇게 몸이 말랐으니까 픽픽 쓰러지는 거 아닙니까."

무뚝뚝한 그 한마디에 도하의 핏기 없던 얼굴에 생기가 돌았다.

"저 밥 많이 먹어요."

"에이, 그렇게 안 보이는데……."

"같이 밥 한번 먹어 볼래요?"

그 말에 그는 얼굴이 달아오르며 괜히 다른 곳을 쳐다보았다. 도하는 희석을 향해 팔을 뻗었다. 그러나 희석은 차츰 뒤로 물러나기만 했다. 도하가 몸을 일으키자 희석은 온데간데없이 사라진 후였다.

"오빠!"

도하는 희미한 목소리로 희석을 부르다 서서히 눈을 떴다. 침대 옆에는 일본 경찰 두 명이 서 있었다.

"정신이 좀 드십니까?"

"지금 몇 시쯤 되었나요?"

"오후 한 시입니다. 세 시간 정도 누워 계셨습니다."

"어떻게 된 거죠?"

"갑자기 쓰러지셔서 어떤 남자분이 이리로 옮겨왔습니다."

"그분은 지금 어디 있나요?"

"방금 전까지 있었는데 어디 갔는지는 저희도 모르겠습니다."

도하는 몸을 일으켜 정신을 가다듬은 후 물었다.

"아빠의 사인은 뭔가요?"

"뺑소니 교통사고입니다. 밤에 으슥한 도롯가에서 발견되었습니다. 현재 목격자를 찾고는 있습니다만 안타깝게도 아직까지는……."

"아빠가 그곳에는 왜 가신 거죠?"

"그건 저희도 잘 모르겠습니다. 국제펜클럽 측에도 물어봤지만 회의 중에 갑작스러운 정전이 있은 후 혼자 어디로 가신 것 같다는 답변밖에 듣지 못했습니다."

"아버지를 모셔 갈 수 있도록 절차를 밟아 주세요. 그리고 제게 사고 현장이 어딘지도 알려 주세요. 지금 가보고 싶어요."

사고 현장은 도심에서 떨어진 주택가의 한산한 왕복 이차선 도로였다. 밤이면 차나 보행자가 드물 듯했다. 현장에는 아빠의 시체가 누워 있던 테두리를 따라 흰 선이 그어져 있었다. 그 밖에 달리 특별한 단서로 보이는 것은 없었다. 도하로서는 향후 일본 경찰의 목격자 탐문 수사를 기다려 보는 수밖에 없었다.

병원으로 돌아온 후 병원 직원들의 도움으로 아빠의 관을 영안실에서 앰뷸런스로 옮겼다. 날씨는 야속할 정도로 화창했다. 도하가 올라타자 앰뷸런스가 서서히 출발했다. 그때 도하는 앰뷸런스의 뒷거울 속에서 이쪽을 쳐다보고 있는 한 남자를 발견했다. 짧은 머리에 선글라스를 쓰고 청바지에 점퍼를 입고 있었다. 도하는 직감적으로 그 사람이 실신한 자신을 병원으로 옮겨 준 사람이란 걸 알 수 있었다. 저 남자는 누굴까? 왜 나를 도와줬을까? 혹시 아빠의 죽음에 대해 뭔가 알고 있지는 않을까? 도하는 기사에게 정차를 요구하고는 차에서 내려 그 남자가 서 있는 곳으로 가보았다. 그러나 그 남자는 이미 흔적도 없이 증발해 버린 후였다.

도하는 서울의 어느 병원 장례식장에서 아빠의 장례를 치렀다. 곡을 하는 사람은 없었지만 젊은 여자가 홀로 문상을 받는 것만으로 식장의 분위기는 충분히 침울했다. 은성은 휴가를 내고 사위처럼 도하의 곁을 지켰다. 유명인사의 장례식장이라 문상객이 끊이지 않았다. 이형준이 재일교포로 한국과 일본에서 활동을 하다 보니 일본에서 문상을 온 사람들도 적지 않았다.

"저는 미야자키 이사오라고 합니다. 역사 소설가이면서 다큐멘터리 작가입니다. 이 선생님과는 오랫동안 교제를 하면서 제가 도움을 많이 받았습니다."

"먼 곳까지 와주셔서 너무나 감사합니다."

"불과 며칠 전 국제펜클럽 회의에서 뵈었는데 이렇게 갑자기 돌아가시다니 도무지 믿기지가 않는군요."

도하는 귀가 번쩍 뜨였다.

"아빠를 국제펜클럽 회의에서 보셨다고요?"

"네, 그렇습니다. 제가 지방 방송국과 파형동기의 기원에 관한 다큐멘터리를 만들고 있는데 이번 국제펜클럽 회의에서 이 선생님을 뵙고 몇 가지 자문을 구했지요."

"그러셨군요. 그런데 회의 중에 저희 아빠가 어디 가셨는지 알고 계신가요?"

"아니요. 잘 모릅니다. 회의 때 갑자기 정전이 된 후로 안 보이시더군요. 그때는 그냥 일이 있어 먼저 자리를 뜨신 줄 알았지요."

"그렇군요."

도하는 금세 풀이 죽었다.

"도움이 못 되어 죄송합니다."

"아니에요. 여기까지 와 주신 것만으로도 고마운 걸요. 정말 감사합니다."

미야자키는 자리를 뜨려다가 도하에게 한 가지 부탁을 했다.

"허락해 주신다면 다큐멘터리가 완성됐을 때 엔딩 자막에 선생님의 존함을 넣고 싶습니다."

"그렇게 하십시오. 아빠도 좋아하실 거예요."

미야자키는 도하에게 명함을 내밀었다.

"감사합니다. 혹시 일본에 오시거나 저의 도움이 필요하시면 꼭 연락을 주십시오. 이 선생님께 받은 은혜를 따님에게라도 꼭 갚고 싶습니다."

"알겠습니다. 감사합니다."

밤이 깊어 문상객이 뜸해졌을 때 은성은 영정 앞에 쪼그리고 앉아 있는 도하에게 다가가 벽에 등을 기대고 나란히 앉았다.

"뭐 좀 먹지 그래. 종일 아무것도 안 먹었잖아."

"입맛이 없어."

"조금이라도 먹어야 버티지. 산 사람은 살아야 하잖아."

"은성아, 내일은 출근해. 여기 오지 말고."

"괜찮아. 장인어른 되실 분이 돌아가셨는데 나를 자기 일만 보는 나쁜 놈으로 만들 셈이야?"

"그런 뜻이 아니라……."

"미리 말 좀 해주지 그랬어. 아버님하고 연락이 끊겼다고. 우리 사이에 그 정도 말은 해줬어야 하는 것 아냐?"

"미안해. 불안해서 아무한테도 말하기 싫었어. 말하고 나면 진짜로 무슨 일이 일어날 것만 같아서."

"그런데 어떻게 사고를 당하신 거래?"

"뺑소니 사고래."

"누가? 일본 경찰이?"

"응. 믿을 수 있을까?"

"내가 친일파 후손이라서가 아니라, 일본 경찰이 그렇게 엉터리로 일을 처리하지는 않을 거야."

은성의 유일한 콤플렉스는 자신의 집안이 친일파로 낙인찍혔다는 것이었다. 일제강점기 때 검사장을 지낸 은성의 할아버지는 《친일인명사전》에 수록될 정도로 독립투사들을 처벌하는 데 앞장을 섰다. 은성의 아버지도 검사장을 지냈고 은성까지 검사가 되었지만 사람들은 은성의 집안을 두고 법조 명문가라고 하기보다는 부당한 혜택을 누려온 친일파 집안이라며 비아냥거렸다. 그럴 때마다 은성은 자신도, 자신의 아버지도, 사법시험을 누가 대신 봐준 것이 아니라며 발끈했다.

"그런데 아빠가 돌아가시면서 나한테 왜 이런 문자메시지를 보내신 걸까?"

도하는 휴대폰을 꺼내 은성에게 문자메시지를 보여 주었다.

"이건 노래 악보잖아?"

"응. 그런데 아무 메시지가 없어. 악보 사진 외에는."

"좀 이상하네. 아버님이 돌아가시기 직전에 아무 메시지도 없이 달랑 악보 사진 하나만 보내다니. 〈사월의 노래〉? 이 노래, 무슨 특별한 의미가 있어?"

"아빠가 좋아하시던 노래라는 것 말고는 다른 특별한 의미는 모르겠어."

은성은 한참 동안 엄지와 검지로 아랫입술을 잡은 채 문자메시지를 살펴보다 입을 열었다.

"도하야, 노래 한번 불러 봐."

"뭐?"

"이 악보대로 노래 한번 불러 보라고. 난 음치니까 음을 잘 몰라. 악보 제목이 〈사월의 노래〉라고 해서 음도 〈사월의 노래〉라는 법은 없잖아."

장례식장이라 내키지 않기는 했지만 도하는 악보를 따라 나지막이 흥얼거려 보다가 뚝 그쳤다.

"정말 음이 〈사월의 노래〉가 아니네."

"그래? 그럼 다른 곡인가?"

"아니 그런 거 같지도 않아. 작곡 규칙에 안 맞고 선율도 너무 이상해."

은성은 악보를 유심히 쳐다보며 말했다.

"이거 혹시 암호가 아닐까? 아버님께서 위험이 닥치자 악보를 통해 너한테 무슨 메시지를 전하려고 하신 게 아닐까? 혹시 아버님이 그동안 너한테 악보로 메시지를 전한 적 없어?"

"글쎄…… 없었던 것 같아."

"아무래도 우연은 아닌 것 같아. 그리고 이것 좀 봐. 문자메시지에 담긴 이 악보도 촬영 당시 약간 주황색 조명을 받았잖아. 급박한 상황에서 서둘러 촬영한 것이 분명해."

"듣고 보니 그런 것 같기도 해. 하지만 이 악보가 뭘 의미하는지는 도저히 모르겠어."

"그건 앞으로 차차 시간을 두고 생각해 봐야지. 도하야, 내키지 않을지도 모르지만 아무래도 부검을 해봐야 할 것 같아."

"부검을?"

"응, 아버님이 어떤 메시지를 남기고 돌아가신 거라면 단순 뺑소니 사고가 아닐 수 있어. 사인을 분명히 밝혀야 할 것 같아."

"일본 경찰은 전형적인 교통사고 사체라면서 부검할 필요가 없다고 했어."

"전형적인 사체라는 건 없어. 항상 의문스러운 사체만 있을 뿐이야. 내가 도와줄 테니까 최대한 빨리 부검을 하자."

이형준의 시신은 국립과학연구소의 철제 부검대 위에 누웠다. 은성은 도하가 안 보는 것이 좋을 것 같다며 도하를 밖으로 내보냈다. 부검의가 든 시퍼런 메스 날이 목젖 부분에서 잠시 멈췄다가 푸르스름한 피부 속으로 파고들었다. 단번에 살가죽이 벗겨지지 않아서 메스는 같은 곳을 두세 번씩 반복해서 지나갔다. 그 길을 따라 살가죽이 지퍼를 내린 코트처럼 벗겨졌다. 살가죽 안쪽의 샛노랗고 두터운 지방층과 그 밑의 얼룩덜룩한 근육들, 가슴판을 이루는 뼈들이 차례로 드러났다. 부검의가 장갑을 낀 손으로 가슴판을 잡아떼자 폐와 복강이 드러났다.

"검사님, 보시다시피 복강 내에 출혈이 있습니다. 골반 뼈는 모두 분쇄되었고요. 자동차 무게 때문인 것 같습니다."

부검의는 계속해서 위장, 십이지장, 소장을 조금씩 갈라 능수능란한 손

놀림으로 내용물을 추출했다.

"위에서 독극물이나 수면제 같은 약물은 보이지 않는군요."

부검의는 이어서 두개골을 전기톱으로 절개하기 시작했다. 분홍색 빛이 감도는 뇌의 왼쪽 뒷부분에 끈적끈적한 핏자국이 들러붙어 있었다.

"뇌에 출혈이 좀 있습니다. 두개골에 외상이 없는 것을 보니 외부의 직접적인 충격으로 뇌출혈이 생긴 것 같지는 않고 자동차에 몸이 깔려 뇌압이 급격히 상승해서 혈관이 터진 것 같습니다. 특별한 외상이 없는데다 자동차 바퀴 자국이 몇 줄씩이나 있는 것을 봐서는 전형적인 교통사고 사체가 맞습니다."

"자동차 바퀴 자국으로 외상이 지워졌을 수도 있지 않습니까?"

"제가 보기에는 그렇지 않습니다. 그리고 설사 외상이 자동차 바퀴 자국으로 지워졌다고 하더라도 보시다시피 피부가 벗겨져서 외상을 알아볼 수가 없어요."

부검의는 장갑과 마스크를 벗기 시작했다. 그러나 은성은 집요하게 요청했다.

"그러면 목 내부도 한번 살펴봐 주세요. 바깥쪽 흔적은 알아볼 수 없어도 안쪽은 무슨 흔적이 남아 있을지도 모릅니다."

"그럴 가능성은 거의 없습니다."

"가능성이 조금이라도 있다면 조사해 봐야죠. 목 내부도 확인해 주십시오."

부검의는 못마땅한 표정으로 입맛을 다시고는 다시 장갑을 꼈다. 부검의가 시체의 고개를 뒤로 젖힌 후 메스로 목을 찢고 살펴보더니 멋쩍은 듯 말했다.

"음. 과연 설골이 골절되었군요. 액사입니다."

부검이 끝난 후 은성은 밖으로 나와서 도하에게 부검 결과를 알려주었다.

"아버님이 액사를 당했대. 목이 졸려 돌아가셨다는 뜻이야."

"그럼 아빠가 타살되었단 말이야?"

"그렇지. 그 후에 누가 자동차로 시체를 뭉개 교묘하게 교통사고로 위장한 거야."

"대체 누가 아빠를⋯⋯."

설마 했던 일이 사실로 확인되자 도하의 가슴 아래에서 슬픔과 분노의 감정이 치받아 올랐다. 도하의 단아한 얼굴에는 슬픔과 분노가 불길처럼 일렁거렸다. 부들부들 떨리는 도하의 몸을 은성은 긴 팔로 꼭 감싸 안으며 다짐했다.

"내가 무슨 일이 있어도 아버님을 죽인 놈을 꼭 잡아서 복수해 줄게."

4

태양의 남매

오키 섬 앞바다 해상자위대 구축함.

갑판 위에 선 다나카와 마쓰이 해좌는 밤바다를 내려다보고 있었다. 다나카의 입에 물린 시거의 불빛이 어둠속에서 올빼미의 눈동자처럼 시뻘겋게 타오르다 이내 자욱한 연기에 잠기기를 반복했다.

"한밤중에 바다 한가운데 나오면 아직도 무대에 오르는 것처럼 마음이 설레. 정보기관에서 일하는 건 흑인 재즈 가수가 어두운 무대에 오르는 것과 같지. 가수도 무대도 분간이 안 되는 컴컴한 어둠 속에서 나는 지난 삼십 년간 노래를 했어. 사람들은 잘 모르지만 80년대 일본의 찬란한 경제 성장부터 최근의 유엔안보리 상임이사국까지 일본의 영광 뒤에는 우리들의 그림자가 있었어. 우리 정보기관원들은 얼굴 없는 가수야. 정치인들처럼 가수가 얼굴이 노출되면 사람들은 가수의 노래보다는 그의 외모와 사생활에 더 많은 관심을 갖기 시작하고 결국 그 가수의 노래에 금방 싫증을 내게 되지. 그래서 나는 정보기관에 있는 거라네. 내 노래를 오래 부를 수 있거든."

다나카는 담배를 깊이 빨아들인 후 천천히 연기를 토해 냈다. 담배 연기는 일장기가 그려진 군함들 사이로 스멀스멀 헤엄쳐 나갔다.

"이번 다케시마 건은 내 인생 최후이자 최고의 공연이 될 거야. 데이비드 카퍼필드가 자유의 여신상을 사라지게 만든 것처럼 난 다케시마를 한국 지도에서 사라지게 만들 거야. 이미 대본은 다 완성되어 있어. 제일장은 이형준의 제거, 제이장은 총리님의 CNN 인터뷰, 그리고 제삼장은 바로 내일 자네가 진두지휘할 다케시마 방어훈련이야."

"한국이 총리님의 인터뷰에 항의하는 성명을 발표한 지 얼마 되지도 않아 우리가 다케시마 방어훈련을 실시하면 한국 측이 단단히 화를 내겠군요."

"원래 약이 잘 오르는 놈들 아닌가."

"한국을 불필요하게 자극할 필요가 있을까요?"

"필요하니까 자극하는 것이지. 놈들은 쉽게 흥분하거든. 흥분하면 악수를 두게 되는 법이고."

다나카는 씩 웃으면서 마쓰이 해좌의 어깨를 두드리고는 자리를 털고 일어났다. 헬리콥터가 굉음을 내며 프로펠러를 돌리기 시작했다. 다나카는 마쓰이 해좌와 함께 헬기를 향해 걸어가며 말했다.

"내가 이 작전으로 일본인들에게 되찾아 주려는 것은 단지 땅덩어리만이 아니네. 내가 찾아 주고 싶은 것은 바로 애국심과 야성이야. 다케시마나 일한 간의 과거사 갈등은 이미 일본인들의 의식에 혁신적인 영향을 미치고 있네. 역사 교과서에 다케시마에 관한 내용을 수록해 놓았더니 어린 학생들이 자발적으로 인터넷에서 한국인들과 논쟁을 벌이고 다른 나라 사이트를 돌아다니며 다케시마를 홍보하고 있지 않은가. 젊은이들은 국내 문제를 들이대면 좌파가 되기 쉽지만 국제 문제를 들이대면 우파로 만들기 쉽거든. 우리가 이번에 다케시마를 되찾아서 엄청난 해양 영토와 막대한 메탄하이드레이트 자원까지 얻게 되면 일본 국민들은 아하, 우리 일본이 나아가야 할 방향이 바로 이것이구나 하고 무릎을 치지 않겠나. 그때가 되면 평화헌법도 자연스럽게 개정될 것이고 당신들 자위대도 왕년의 명예와 지위를 회복할 수 있을 거야. 다케시마 방어훈련을 잘 부탁하네."

잠시 후 다나카를 태운 헬기는 사뿐히 날아올라 구축함 상공을 한 바퀴 돈 후 본토를 향해 날아갔다. 마쓰이 해좌는 헬기가 보이지 않을 때까지 경례를 올린 손을 내리지 않았다.

다음 날 외교부 영토해양과 텔레비전에서는 일본의 '다케시마 방어훈련' 속보가 반복적으로 나오고 있었다. 다소 흥분된 앵커의 설명과 함께 오키 섬 근해의 관련 영상이 비추어지고 있었다.

"해상자위대의 주력인 4,600톤 타카나미급 구축함 열두 척이 오키 섬을 독도로 상정하고 섬을 선회하면서 한반도를 향해 함포를 조준합니다. 이지스함 두 척도 오키 섬과 일본 본토 사이에 머물면서 합동 작전을 벌입니다. 일본 구축함에서 출격한 수십 대의 SH-60J 헬기들이 오키 섬 상공을 한참 동안 비행하다 섬 위에 착륙합니다. 오키 섬 안에서는 시마네 현 주민들이 '다케시마여 돌아오라'고 적힌 대형 플래카드를 들고 한국을 규탄하는 집회를 열고 있습니다."

일본의 군사훈련 때문에 장례식이 끝나고 출근한 첫날부터 도하는 화장실에 갈 시간도 없이 정신없이 뛰어다녔다. 조그마한 상황 변화가 생길 때마다 차석, 과장, 심의관, 국장, 차관보, 차관, 장관, 청와대, 국회 등에 보고를 해야 했다. 라인에 있는 간부들이 이런저런 내용을 변경하거나 보고서의 문구를 수정하면 그것을 고쳐서 처음부터 다시 라인을 밟아서 올라가야 했다. 담당 실무자는 한두 명에 불과한데 보고를 받고 지시를 하는 사람들은 십 수 명이라서 실질적인 업무를 하는 데보다 보고를 하는데 훨씬 더 많은 시간과 노력이 소모되었다. 그러면서도 수시로 걸려오는 기자들이나 국회 보좌관들의 전화에도 성의껏 응대해야 했다.

도하가 기안한 외교부 성명 초안이 여러 차례 수정된 끝에 마침내 발표되었다. 일본의 군사훈련을 대한민국 영토에 대한 무력도발이자 동북아시아 평화에 대한 위협으로 간주하고 즉각 중단할 것을 요구하는 내용이었다. 그러나 일본 외무성은 "다케시마 방어훈련은 그 명칭에서 알 수 있듯이 한국의 선제적인 군사훈련에 대응하여 일본 영토인 다케시마를 방어하기 위한 필요 최소한도의 조치"라며 일축해 버렸다.

국회에서는 독도특별위원회가 긴급 소집되었다. 스무 명가량의 국회의원들이 외교부, 국방부, 해양수산부 장관을 상대로 질의를 했다. 짙은 눈썹 아래 부리부리한 눈으로 김규현 의원이 정동수 국방부 장관을 몰아붙였다.

"국방부 장관! 일본 해상자위대가 '다케시마 방어훈련'을 왜 했다고 보고 있습니까?"

"저도 납득할 수가 없습니다. 일본이 해서는 안 되는 일을 했다고 생각합니다."

"일본이 군사훈련을 한 것은 무력으로 독도를 치고 들어오기 위한 것 아닙니까?"

"그럴 가능성은 낮다고 봅니다. 일본은 헌법에 타국을 침략할 수 없도록 못 박고 있을 뿐 아니라 독도 공격은 곧 우리나라와 전쟁을 하자는 것인데 일본이 그렇게 무모하지는 않을 것입니다. 우리나라의 독도 군사훈련에 대한 강한 항의의 표시일 뿐이지 실전을 전제로 하는 훈련은 아니라고 봅니다."

김 의원의 목소리가 커졌다.

"일본이 독도를 공격할 가능성이 없다고 어떻게 장담합니까? 만약 일본이 쳐들어오면 국방부 장관이 책임을 질 수 있습니까?"

"일본의 도발 가능성은 낮다고 보지만 저희 군은 혹시 모를 위기 상황을 위해 철통같이 대비하고 있습니다."

"철통 같은 태세를 취하고 있다고 하는데, 정작 독도에는 군대가 없지 않습니까? 일본이 기습을 해오면 군이 미처 닿기도 전에 독도를 빼앗길 수도 있는 것 아닙니까?"

"현재 독도에 있는 경찰의 전투력도 상당한 수준일 뿐만 아니라 울릉도나 진해에 있는 해군과 대구에 있는 공군이 유사시에 즉각 투입될 수 있습니다."

"아무리 경찰이 강하다 해도 군대보다는 못할 것 아닙니까. 울릉도, 진해, 대구에서 출발하는데 어떻게 즉각 군대가 투입될 수 있다는 말입니까. 독도에 군대를 파견해야 하는 것 아닙니까."

강경론은 김 의원과 같이 컨텐츠가 부족한 정치인에게 유혹적이다. 우선 자극적이어서 언론이 보도해 줄 가능성이 많다. 연예인처럼 어떻게든 언론에 이름이 오르내리며 유권자들에게 존재감을 과시하기를 원하는 정치인으로서는 비록 그리 좋은 일이 아니라고 해도 이름이 언급되는 것이 전혀 언급되지 않는 것보다는 훨씬 남는 장사이다. 세상 사람들은 워낙 다양하기 때문에 강경론에 찬성하는 사람들은 소수나마 있기 마련이고 강경론을 좋아하는 사람들은 자기가 좋아하는 정치인에 대해서 충성도가 높을 때가 많다. 특히 독도에 대한 강경론은 정치인 개인의 입장에서는 손해 볼 것이 없었다. 어떤 이슈보다도 언론이 보도해 줄 가능성이 높고 상대방 당으로부터 공격받을 가능성도 낮다. 일본을 공격하면 애국자처럼 되니 자신의 아버지가 《친일인명사전》에 수록된 김 의원으로서는 친일파라는 이미지를 세탁하는 데 요긴하게 사용할 수 있었다. 김 의원에게 시달리던 정동수 국방 장관은 마지못해 이렇게 답했다.

"정부와 여당에서 독도에 군대를 파견해야 한다는 입장이라면 국방부는 이를 따를 것입니다."

김 의원은 오후에 시작된 박기대 외교부 장관에 대한 질의시간에도 강공 기조를 유지했다.

"일본이 저렇게 나오는 것은 그동안의 외교부의 독도 정책이 실패한 것이라는 증거 아닙니까? 외교부가 그동안 일본의 독도 도발에 대해서 미지근하게 반응하니까 일본이 만만히 보고 저러는 거 아닙니까? 저는 독도의 실효적 지배를 강화하기 위해서 독도에 군대를 파견해야 한다고 보는데 외교 장관께서는 어떻게 생각하십니까?"

"외람되지만, 독도에 군대를 파견하면 군사적 긴장이 고조되어 국민들이 불안해 하고 독도가 분쟁지역화 된다고 생각합니다."

"박 장관! 국민들이 독도에 우리 군대가 파견되는 것을 불안해 하겠습니까, 독도를 빼앗기는 것을 불안해 하겠습니까? 원래 경찰은 나라 안의 적으로부터 나라를 지키는 것이고, 나라 밖의 적으로부터는 군대가 지키는 겁니다. 독도에 실효적 지배를 최대한으로 강화하려면 뭐니 뭐니 해도 군대를 파견하는 게 최고입니다. 이래도 독도에 군대를 파견하는 것을 검토 안 할 겁니까?"

"의원님 말씀을 검토해 보겠습니다."

"박 장관! 일본이 지난번에도 독도 문제를 ICJ에 회부하자고 제안해 왔는데 외교부에서는 소송 준비를 하고 있습니까?"

"ICJ는 어느 한 나라가 소송을 원한다고 재판을 해주는 것이 아니라 두 나라 모두가 재판하는 데 동의해야 재판을 해줍니다. 우리나라는 독도 문제로 재판을 받을 이유도 없고 그에 대해 절대로 동의를 해주지도 않을 것이기 때문에 독도 문제가 국제사법재판소에 갈 가능성은 없습니다."

"참 나, 이 정부는 장관들이 대체 뭘 믿고 이리 자신감이 넘치는지 모르겠네. 국방 장관은 일본이 쳐들어올 일은 없다고 하고, 외교 장관은 일본이 독도 문제로 소송할 가능성이 없다고 하고. 다들 정신감정이라도 받아봐야 되는 것 아닙니까?"

정신감정이라는 발언에 발끈한 야당 의원들이 김 의원에게 발언을 취소하고 사과하라며 고함을 쳤다. 그러자 김 의원과 다른 여당 의원들이 자리에서 벌떡 일어나서 맞고함을 지르며 삿대질을 했다. 위원장이 의사봉을 두들기며 제지했지만 소용이 없었다. 회의는 거기서 더 이상 진행되지 않았다. 박기대 외교 장관을 수행하러 국회에 온 도하는 김 의원이 촉발한 상황을 보면서 누구보다도 마음이 착잡해졌다. 은성과 결혼하면 김 의원은 자신의 시아버지가 될 사람이었기 때문이다.

일본의 군사훈련으로 반일 감정이 그 어느 때보다 고조된 시기라 독도에 군대를 파견해야 한다는 김규현 의원의 주장은 언론과 여론의 전례 없는 관심을 받았다. 한 일간지의 여론조사 결과 독도에 군대를 파견해야 한다는 의견이 70퍼센트에 육박했다. 큰 선거를 얼마 남겨두고 있지 않은 상황이라 여당은 결국 독도에 군대를 파견할 것을 정부에 건의했다. 며칠 뒤 국방부 대변인은 기자들 앞에서 엄숙한 표정으로 성명서를 읽어 내려갔다.

"그동안 일본은 독도에 대해 침탈 야욕을 버리지 못하더니 마침내 독도를 빼앗으려는 군사훈련을 벌이기에 이르렀습니다. 이것은 대한민국의 영토에 대한 침략 시도이며 동북아의 평화를 위협하는 행위입니다. 이에 우리 대한민국 정부는 최대한 빠른 시일 내에 독도에 군대를 파견함으로써 일본의 도발을 방지하고 독도에 대한 실효적 지배를 강화하기로 결정했습니다."

한국의 군대 파견 결정이 있은 바로 다음 날, 일본 외무성 대변인은 미리 준비라도 하고 있었던 것처럼 신속하게 공식 성명을 발표했다.

"다케시마는 국제법적으로나 역사적으로나 일본의 영토인데도 한국은 일방적으로 다케시마가 자국의 영토라고 우기며 불법 점거해 왔습니다. 그럼에도 불구하고 일본은 동북아의 평화를 위해 참고 또 참았습니다. 그러나 한국은 일본의 인내를 유약함으로 착각하여 다케시마에 군대를 파견하겠다는 결정을 내렸습니다. 일본 영토에 다른 나라가 군대를 파견하겠다는 것은 사실상 일본에 대한 선전포고입니다. 일본은 즉시 군대 파견 결정을 철회할 것을 한국 정부에 강력히 요구하는 바입니다. 만약 한국이 조만간 군대 파견 결정을 철회하지 않을 시에는 그 후 발생하는 결과에 대해서는 그 책임이 전적으로 한국에 있다는 것을 분명히 경고합니다."

한일 간에 상황이 급박하게 돌아가면서 도하는 매일 새벽까지 일을 해야 했다. 그 와중에도 간간히 아빠의 암호를 떠올려 보았지만 해독의 단서를 찾지 못하고 있었다. 은성은 일본 검찰에 아빠의 부검 결과를 보내고 재수사를 요청했지만 속 시원한 답변은 듣지 못하고 있다고 했다. 그러던 어느 날 점심시간에 공익근무요원인 케빈이 도하에게 다가와서 말을 걸었다.

"누나, 점심 먹었으면 좀 쉬어야지 곧바로 일해요? 쉴 때는 쉬어야 일도 잘되죠. 누나, 우리 옥상에 올라가서 커피나 한 잔 하고 올까요?"

"알았어요. 그럼 십 분만 바람 쐬고 와요."

케빈의 본명은 신나라였다. 영어, 불어, 이태리어에 모두 능통하여 번역 업무를 담당하고 있었는데, 한국말은 조금 어눌했다. 국적은 한국인이지만 외교관인 아버지 때문에 초중고교를 모두 외국에서 다녀서 사고방식은 한국인과 다른 점이 적지 않았다. 한국적인 예의를 잘 모르는 케빈을 다른 과원들은 못마땅해 하면서 곧잘 핀잔을 주었지만 도하만큼은 친근하게 대해 주었다. 케빈을 볼 때마다 일본에서는 한국인이라고 따돌림을 당하고 한국에서는 마치 일본인처럼 편견 어린 시선을 받았던 학창 시절이 떠올랐다. 한일 축구경기를 관람할 때에는 유독 괴로웠다. 일본에 대해 거친 욕을 해대면서 구경하는 한국 친구들 틈에서 그들로부터 한국 편을 드는지 일본 편을 드는지 관찰을 당해야 했기 때문이다. 한국팀이 지면 마음이 좋지 않았지만 일본팀이 져도 주변 한국 친구들처럼 마냥 기쁘지만은 않았다. 케빈은 자신을 한국어 중에서 가장 좋아하는 단어들 중 하나인 '누나'라고 불러줌으로써 도하의 한국 국적을 의심하지 않는 드문 친구였다. 옥상 휴게실로 올라가니 선선한 바람이 인왕산 신록의 향기를 안겨 주었다. 이런저런 이야기를 나누다 케빈이 불쑥 물었다.

"누나, 어릴 적에 한국어를 먼저 배우셨나요, 일본어를 먼저 배우셨나요?"

"일본어를 먼저 배웠어요."

"한국어 배우기가 어렵지 않았어요? 나도 영어를 먼저 배우고 나중에 한국어를 배웠는데 정말 힘들었어요. 내가 마음만 먹으면 뭐든 다른 사람들보다 빨리 배우는 편이라 가능하긴 했지만요."

"저도 많이 힘들었어요. 어릴 때 아빠가 저한테 한국어를 가르쳐 주시려고 별의별 방법을 다 고안하셨죠. 단어 카드를 벽에 세워 놓고 가져오라고 하시기도 하고 피아노 건반으로 기역 니은을 가르치기도 하고⋯⋯."

기역, 니은을 그려 보이며 시각적으로 한글을 가르치는 다른 부모와는 달리 아빠는 도하에게 음을 하나씩 들려주며 이건 기역, 이건 니은 하는 식으로 청각적으로 한글을 가르쳤다. 절대음감을 가진 덕에 말보다 음을 먼저 배운 도하에게는 그 방법이 안성맞춤이었다. 흰 건반은 자음이고 검은 건반은 모음이었다. 아빠가 자음과 모음에 해당하는 건반을 누르면 도하는 그것에 맞는 단어 카드를 골라 오곤 했다. 도하는 그 대목에서 말을 멈추고 갑자기 휴대폰을 꺼내 아빠가 보낸 악보를 쳐다보며 마음속 건반으로 그 음들을 쳐보았다. 그러자 마치 구구단을 외울 때 반사적으로 답이 떠오르는 것처럼 각각의 음에 해당하는 한글의 자음과 모음이 머릿속에 떠올라 서로 조합되었다.

가락국기는 태양의 남매가 잠든 곳에
삼족오 한 쌍은 팔대의 상궁으로 날아갔네

북두 위의 상궁에서 태상의 방향으로 거북의 가슴을 파고들라

"케빈 씨, 고마워요. 정말 고마워요."

영문을 모르고 감사 인사를 받은 케빈은 닭 쫓던 개처럼 멍한 표정으로, 뛰어가는 도하의 뒷모습을 쳐다보았다.

도하는 퇴근 직후 은성을 만나 암호를 해독해 주었다.

"가락국기는 태양의 남매가 잠든 곳에, 삼족오 한 쌍은 팔대의 상궁으로 날아갔네, 북두 위의 상궁에서 태상의 방향으로 거북의 가슴을 파고들라."

"정말 놀랍군. 그런데 대체 그 암호의 뜻은 뭐지?"

"잘 모르겠어. 그래서 네 명석한 두뇌가 필요한 거야."

은성은 손으로 턱을 만지며 골똘히 생각에 빠져 있다가 입을 열었다.

"《가락국기》는 가야에 관한 역사서 이름이겠지. 그러니까 '태양의 남매가 잠든 곳에' 《가락국기》가 있다는 거잖아. '잠든 곳'이란 무덤을 의미할 것이고. 일단 《가락국기》에 대해 좀 알아봐야겠어."

은성이 스마트폰의 검색창에 '가락국기'라는 글자를 쳐 넣자 다음과 같은 설명이 나왔다.

고려 문종 때 이름을 알 수 없는 금관지주사金官知州事가 편찬했다.

완전한 내용은 전하지 않지만 《삼국유사》에 간단하게나마 기록되어 있어 가락국의 역사를 이해하는 데 도움이 된다. 가락국 시조인 김수로왕에 대한 이야기, 신라에 합병된 이후 고려 때까지의 김해 지방의 연혁, 가락국의 왕력이 실려 있다.

"《가락국기》는 원본이 전해지지 않는 책이었군. 그래서 아버님이 아마도 네게 《가락국기》 원본의 위치를 알려 주려 하신 것이 아닐까?"

"그러면 '태양의 남매'는 무슨 뜻일까?"

"단서는 그 앞에 있는 《가락국기》라는 단어밖에 없어. '태양의 남매'가 가야와 관련 있다는 뜻 아닐까?"

"가야의 태양의 남매? 가야에 관한 기록에 '태양의 남매'라는 것이 있었나?"

"그것부터 한번 찾아봐야 되겠네."

악보의 암호를 읽어냈을 때 모든 문제가 풀린 줄 알았던 도하는 더 깊은 미궁에 빠진 느낌이었다. 아빠가 대체 왜 《가락국기》라는 책의 행방을 자신에게 알려려고 했는지, 아빠의 죽음이 《가락국기》와 무슨 관련이 있는지 등의 의문들이 도하의 머릿속에서 어지럽게 맴돌았다.

은성은 바로 다음 날 도하에게 전화를 걸었다.

"도서관에 가서 《삼국유사》의 〈가락국기〉에서 태양과 관련한 기록들을 모두 찾아봤어. 가장 두드러진 것이 바로 수로왕의 왕비인 허황옥이더군. 허황옥은 태양왕조인 아유타국에서 시집을 왔어. 허황옥이 꽃가마 배를 타고 바닷길을 따라 가야로 오니까 수로왕이 섬으로 마중을 나갔대. 허황옥이 수로왕 앞에서 비단 속옷을 벗고 폐백을 드리는 장면이 인상 깊게 묘사되어 있었어. 그리고 수로왕의 이름인 '수로'가 인도어로 태양을 의미한다는 기록도 찾았어. 그렇다면 '태양의 남매'란 태양왕인 수로왕과 태양왕조 출신인 허황옥이 낳은 남매라는 추론이 가능하지. 그런데 문제는 말이야, 《삼국유사》의 〈가락국기〉에는 남매가 나오지 않는다는 거야. 수로왕과 허황옥의 첫째 아들인 거등군에 대한 이야기만 나와. 거등군은 수로왕의 뒤를 이어 가야의 두 번째의 왕이 되지. 그런데 나머지 자녀에 대한 기록은 없어."

"그럼 거등왕이 수로왕의 독자였다는 말이야?"

"〈가락국기〉에 기록이 없다고 해서 수로왕과 허황옥이 아들 한 명만 낳았다고 단정할 수는 없겠지. 그래서 난 김해김씨 족보를 찾아보기로 했어. 내가 부산에 근무할 때 우연히 알게 된 어느 서지학 교수님한테 어디에 가면 김해김씨 족보를 구할 수 있겠느냐고 물어봤더니 김해문화원이라는 곳을 알려 주셨어."

"김해문화원?"

"응. 김해의 역사나 문화재 보존에 관한 일을 하는 곳인가 봐. 거기 전화해서 김해김씨 족보나 수로왕 자녀에 대해서 물었더니 이효제 선생님이라는 분을 소개시켜 주셨어. 그분이 향토역사회 회장이시자 국사사료편찬위원이신데, 지역 역사에 대해 훤히 아시고 가야 역사 연구로 박사학위까지 받으셨대."

"그래? 그럼 그분을 한번 만나 봐야겠구나."

"그렇지 않아도 내가 벌써 전화를 드렸지. 그랬더니 김해로 한번 내려오라고 하시더라."

바로 그 주말에 도하와 은성은 비행기를 타고 김해로 향했다. 지난주까지는 주말에도 빠짐없이 출근을 했지만 한일관계가 소강상태에 접어든 국면이라서 이번 주에는 시간을 낼 수 있었다. 국방부는 독도에 대한 군대 파견을 추진하고 있었고 일본은 더 이상 반격하지 않았다. 이번 사태는 이 정도 선에서 봉합될 것이라는 관측이, 이른바 전문가들을 인용한 언론에서 흘러나오고 있었다.

김해공항에 내려서 택시로 삼십 분 정도 달리니 김해문화원이라는 2층짜리 흰 건물이 나왔다. 건물 앞에 널찍하게 펼쳐진 흰 계단 위에는 화가처럼 빵모자를 쓰고 줄에 매단 펜을 목에 건 노신사가 인자하게 웃으며 서 있었다.

"예, 전화 주신 학생들이시지요? 잘 오셨심더."

은성이 이효제 선생에게 자신들이 박사과정 학생이라고 둘러댄 모양이었다.

"바쁘실 텐데 저희 때문에 귀한 시간 내주셔서 감사합니다."

"어은제. 집에 있어도 그냥 신문이나 보고 있었을 끼라."

이 선생은 자신의 차에 도하와 은성을 태웠다. 이십 년이 넘은 오래된 승용차였지만 차체에 반들반들 윤이 날 정도로 손질이 잘되어 있었다.

"김해에 왔으면 제일 큰 어른한테 인사부터 하는 기 우선입니더."

이 선생이 두 사람을 데리고 간 곳은 수로왕릉이었다. 입구에 '崇化門(숭화문)'이라는 현판이 걸린 큰 기와건물이 서 있고 머리를 처든 돌 거북이가 그 앞을 지키고 있었다. 그 옆에는 여느 관광지처럼 수로왕릉 안내도와 설명문이 한글과 영어로 쓰여 있었다.

수로왕릉 – 사적 제73호

서기 42년 구지봉에서 탄생하여 가락국을 세운 수로왕의 묘역으로서 납릉이라고도 불린다. 지름 22m, 높이 6m의 원형 봉분으로 능비, 삼석, 문무인석, 숭안전, 안향각, 신도비각 등이 배치되어 있다. …(중략)… 《삼국유사》의

〈가락국기〉에는 199년 수로왕이 158세로 돌아가자 대궐 동북쪽 평지에 빈궁을 짓고 장사를 지낸 뒤, 주위 3백 보의 땅을 수로왕 묘로 정했다고 기록되어 있다.

태극문양이 그려진 문을 지나 '가락루'라는 현판이 붙은 이층짜리 기와 누각 안으로 들어서자 좌우로 기와 건물들이 열을 지어 서 있었다. 이 선생은 도하와 은성을 그중 아담하고 단아한 건물 안으로 데려갔다.

"여기에 수로왕과 수로왕비의 영정이 있지요."

영정 속에서 수로왕은 붉은 도포를 입고 흰 수염을 길게 늘어뜨린 채 용상에 앉아 있었다. 눈동자가 유난히 크고 선명해서 영혼이 매달려 있는 것 같았다. 그 오른쪽에 앉아 있는 허왕후는 하늘색 도포를 입고 양손을 차분하게 모으고 있었다. 수로왕보다 얼굴이 작고 희미해서 보다 신비한 느낌을 주었다.

"이곳은 '숭선전'이라고 하지요. 바깥에 이곳보다 더 큰 건물이 있는데 그곳은 가야의 이 대부터 구 대까지의 왕과 왕비의 신위를 모신 곳으로 '숭안전'이라고 합니다."

왕들의 신위라는 말에 도하는 아빠의 암호 중에서 '팔대의 상궁'이라는 단어가 떠올랐다. '상궁'은 왕이 사는 궁궐을 뜻하니 '팔대의 상궁'은 가야의 여덟 번째 왕의 궁궐일지도 몰랐다. 도하는 숭안전으로 가서 가야의 여덟 번째 왕의 신위를 찾아보았다. 신위에는 '질지왕'이라는 이름이 붙어 있었고 그 아래에 간단한 설명이 붙어 있었다.

질지왕 혹은 김질왕은 금관가야의 8대 왕이다. 452년 시조 수로왕과 허황옥 왕후의 명복을 빌기 위해 수로왕과 허왕옥이 처음 만난 자리에 왕후사라는 절을 짓고 밭 10결을 바쳤다. 왕비는 방원이며 왕자 겸지왕을 낳았다.

도하가 이 선생에게 물었다.

"질지왕의 궁궐이 어디였고, 어디서 죽었고, 어디에 묻혔는지에 대해서는 아무 기록이 없나요?"

"그런 건 없심더. 내가 《삼국유사》를 꿰고 있는데, 저게 다입니더."

도하는 '팔대의 상궁'에서 '팔대'는 여덟 번째 왕을 의미하는 것이 아니라는 것을 깨달았다.

일행은 수로왕릉 바로 입구의 기와건물 앞에 섰다.

"저기 저 단청을 보이소."

단청에는 사 단짜리 탑을 사이에 두고 물고기 두 마리가 서로 마주보며 대칭을 이루는 그림이 그려져 있었다.

"저 문양이 바로 '쌍어문'입니다. 저 문양은 제가 향토연구회에서 인도 탐사를 갔을 때 옛날 아유타국이 있었던 아요디아 지방에서도 보았습니다. 태양왕조인 아유타국의 왕실을 상징하는 문양인데 아마 허황옥이 가야로 시집을 오면서 가지고 왔나 봅니다. 인도에서는 물고기가 아주 신성하게 취급됩니다. 아요디아라는 나라 자체가 한 마리의 물고기 모양이었심더. 물고기 두 마리가 마주보고 있는 저 탑도 인도식 탑이라 카대요. 《삼국유사》에는 허황옥이 인도에서 가야로 시집을 올 때 저런 돌탑을 배에다 싣고 왔다고 전합니더. 요 옆 허황옥릉에 가면 그 돌탑이 아직도 있지요."

선뜻 믿어지지 않을 정도로 신기한 이야기들이라 도하가 감탄했다.

"사실 허황옥 이야기는 설화인 줄로만 알았어요. 그런데 여기 와서 선생님 이야기를 듣고 보니 허황옥 이야기가 역사적 사실일지도 모른다는 생각이 드는군요.”

“그건 역사적 사실입니다. 제가 인도도 몇 번 다녀오고 해양과학청에 가서 자료도 수집해 보니까 그런 확신이 들대에. 허황옥이 가야로 올 때 그 오빠도 같이 왔다고 합디다. 그 오빠는 보옥 선사라는 스님이었는데 저는 그 오빠를 통해 우리나라에 인도의 남방불교가 전해졌다고 봅니다.”

마침내 그들은 수로왕릉을 대면했다. 잘 가꾸어진 잔디 정원 위에 작은 산처럼 우뚝 솟아 있었다. 왕릉을 따라 한 바퀴 걷고 난 뒤 은성이 이 선생에게 말했다.

“아까 안내판에 ‘주위 삼백 보의 땅을 수로왕 묘로 정했다’고 적혀 있었죠? 제가 방금 걸으면서 세어 보니 이백 보 정도 나왔어요. 제 키가 백팔십오 센티미터 정도 되니 옛날 사람들 보폭이 저보다는 짧았다고 생각해 보면 얼추 정확한 것 같네요.”

“맞십니다. 옛 기록들은 우리가 생각하는 것보다 훨씬 정확합니다.”

은성이 물었다.

“안내판에서 ‘대궐 동북쪽 평지에 빈궁을 짓고 장사를 지냈다’고 하는데, 그럼 반대로 여기서 서남쪽에 대궐이 있다는 말인가요?”

“추리력이 좋으시구만요. 수로왕릉 남서쪽에 있는 봉황대에 가면 ‘가야의 왕궁터’라는 비석에 세워져 있심더. 근데 학생들은 배 안 고픕니까?”

도하가 시계를 보니 점심시간이 훨씬 지나 있었다.

“어머, 죄송해요. 선생님 말씀을 듣다 보니 시간 가는 줄을 몰랐네요. 어서 식사하러 가시죠.”

김치 전골이 끓기를 기다리면서 은성이 물었다.

"선생님, 수로왕님께 인사도 드렸으니 이제 수로왕님 자녀들에 대해서 여쭈어 봐도 되겠습니까?"

"아, 참. 그 때문에 내려오셨제. 나이가 들면 깜빡깜빡한다 카이. 《삼국유사》의 〈가락국기〉에는 거등군만 나오지만 다른 기록과 구전에는 수로왕에게 아들이 총 열 명, 딸이 두 명 있었다 캅니다. 둘째 아들은 이름이 '거칠'이라고 했는데, 거칠 왕자는 왕이 못 되고 김해 인근의 성주가 되었다고 하지예. 허황옥이 이 둘째 거칠 왕자를 가장 좋아해서 수로왕에게 거칠 왕자가 자신의 성을 따르게 해달라고 했답니다. 이래서 김해허씨가 생겨났지예."

은성이 무릎을 쳤다.

"아, 김해김씨와 김해허씨가 동성동본이나 다름없다고 해서 서로 결혼을 안 하는 이유가 거기 있었구나. 도하야, 네가 허씨가 아닌 게 정말 다행이다."

도하가 조금 어색한 미소를 짓는 동안 이 선생의 설명이 이어졌다.

"나머지 일곱 왕자는 지리산에 들어가서 도를 닦아 성불을 했는데 거기가 섬진강 상류에 있는 '칠불암'이란 곳입니다. 일곱 왕자가 그 이후에 일본으로 넘어갔다는 말도 있지예. 지금도 일본 규슈 남단의 가고시마에 가면 일곱 왕자를 기리는 '나나야시로 신사'라는 곳이 있고, 일곱 왕자가 축성했다는 '시치쇼', 즉 '칠성(七城)'이 있습니다."

은성이 묻기 시작했다.

"칠이라는 숫자가 자주 나오네요. 일곱 왕자도 그렇고, 칠불암도 그렇고, 칠점산도 그렇고요. 칠이라는 숫자가 가야와 관련이 있습니까?"

"가야 사람들은 북두칠성을 섬기는 칠성 신앙이 강했심더. 《삼국유사》에도 이런 구절이 있습더. '1에서 3을 이루고 3으로부터 7이 이루어짐이니 칠성이 머물 곳으로는 본시부터 이곳이 합당함이니라.'"

"수로왕의 딸들은 어떻게 되었습니까?"

"수로왕에게 공주가 둘 있었는데 그중 한 명은 신라 구 대 벌휴왕의 왕후가 되었심더. 나머지 한 명의 딸과 한 명의 아들에 대해서는 정확한 기록이 없지예. 대신 《김해김씨왕세계》라는 기록에 '선견이란 이름의 왕자가 신녀와 더불어 구름을 타고 떠났기에 거등왕이 강에 있는 돌섬 바위에 올라 선견 왕자를 부르는 그림을 새겼는데 고로 이 바위를 초선대라 한다'라는 기록이 있는데, 여기서 선견 왕자와 신녀가 바로 그 아들과 딸이라는 설이 있지예."

도하는 은성과 마주보며 시선을 교환했다. 바로 그 선견 왕자와 신녀라는 행적이 묘연한 1남 1녀가 아빠의 암호에 나오는 '태양의 남매'라는 확신이 든 것이었다. 도하가 물었다.

"신녀는 어떤 사람인가요?"

"신녀는 신에게 올리는 큰 제사를 주재하고 신과 소통하면서 국가의 대소사를 결정하는 데 영향력을 미치던 여성입니다. 고대에는 동서양을 막론하고 제사를 주재하는 사람의 정치적, 종교적 지위가 막강했지예."

"저, 선생님. 시간이 괜찮으시다면 그 초선대라는 곳에 가볼 수 있을까요?"

"괜찮다마다요."

이 선생의 낡은 승용차는 평평한 지역을 한 십오 분 정도 달리는가 싶더니 어느새 언덕 위로 올라가고 있었다. 따뜻한 바람에 졸음이 느껴질 때쯤 이 선생이 차창 밖을 가리켰다.

"저곳이 바로 칠점산입니다. 일곱 개의 산이 점을 찍어 놓은 것 같다고 해서 붙여진 이름이지예. 2003년경 경남고고학연구소가 칠점산 위에서 5세기경에 만들어진 것으로 보이는 가야 성벽을 발견했심더. 《숭선전지》라는 문헌에 보면 가야가 성벽을 '증토'로 쌓았다고 기록하고 있는데 칠점산에서 발견된 성벽이 바로 그 증토로 만들어졌다 카대요. 그 근처에 왕실이 있었을 수도 있는 게지요."

도하가 물었다.

"증토가 뭔가요?"

"물기를 증발시킨 흙이란 뜻입니다. 칠점산 너머로 보이는 데가 바로 아까 말한 초선대라는 곳입니다. 옛날 거등왕이 거기에 신선들을 초대해 거문고와 바둑을 즐겼다는 전설이 있지요. 한때는 김해의 금릉팔경 중 하나로 꼽힐 정도로 경치가 좋았습니다."

차가 금선사라는 작은 절 앞 주차장에 멈추었다. 뒤뜰로 들어가자 산위로 우뚝 솟은 초선대가 한눈에 들어왔다. 사람 키의 다섯 배는 돼 보이는 큰 바위에 거등왕이 머리 뒤에 후광을 단 채 마치 마애불의 모습으로 그려져 있었다. 민머리에 코가 넓적하고 입술은 두툼하고 넓었으며 소매 속에서 양손을 맞잡고 앉아 있었다.

"거등왕이 동해 바다를 내려다보고 있는 것은 선견 왕자와 신녀가 동해 바다를 건너갔다는 뜻인가요?"

"그런 추론이 가능합니다. 〈김해김씨왕세계〉에는 선견 왕자와 신녀가 구름을 타고 멀리 떠났다고 기록되어 있는데, 야사에는 구름이 아니라 거북의 등을 타고 떠났다는 말도 있심더. 바다를 건넜다는 말이겠지예."

그것은 아빠의 암호에 나오는 '태양의 남매가 잠든 곳'이 동해 건너 일본 땅에 있다는 것을 의미했다. 도하는 말없이 넘실거리는 동해 바다를 바라 보았다. 한국에 있다고 해도 찾기 어려운 마당인데 일본에 있다니. 넘실거 리는 동해 바다가 그 어느 때보다 아득해 보였다.

5
사쿠라의 부활

새벽 세 시 동해.

그믐달 아래 암흑에는 하늘과 바다의 구분이 없었다. 네 척의 군함이 일으키는 네 줄의 물거품이 쇠갈퀴에 긁힌 듯한 흔적을 남기고 있었다. 기함의 함교에서는 호위대 사령관 마쓰이 해좌가 연설을 하고 있었다.

"오늘밤 우리는 '사쿠라의 부활'의 주인공이 된다. 오늘 이후 일본인들은, 봄을 보고 아름답게 피고 지는 사쿠라를 떠올리듯이 다케시마를 보고 우리를 떠올릴 것이다."

이어서 그가 비단 천을 동여매고 단도를 찬 채 카이텐에 들어갔던 할아버지의 각오를 떠올리며 태평양 행진가를 부르기 시작하자 부하들이 웅장한 목소리로 따라 불렀다.

피었다면 지는 것은 각오한 것

멋지게 지자 나라를 위해

너와 나는 동기인 벚꽃

같은 병 학교 뜰에 피는

피를 나눈 사이가 아닌가

꽃이 만발한 도쿄의 야스쿠니 신사

봄의 가지 끝에 피어서 만나자

마쓰이 사령관은 앞의 화면을 보며 지휘를 시작했다. 화면에서는 항해 장교 와타나베 대위가 보고했다.

"현 위치 보고! 북위 36도 56분 12초, 동경 132도 40분 43초, 침로-속력, 300도 20노트! 다케시마 방위-거리, 265도 39마일."

"선수 방위각 2-6-5, 속도는 25노트로 항진하라."

"네. 선수 방위각 2-6-5, 속도는 25노트로 항진하겠습니다."

마쓰이 사령관은 옆에 서 있던 다카사카 삼등 해좌에게 물었다.

"무데키 함대와 치쿄우 함대는 출발했나?"

"네, 두 함대 모두 다케시마를 향해 진격하고 있습니다."

무데키 함대와 치쿄우 함대는 각기 네 척의 구축함 또는 상륙함으로 구성되었다. 한국의 눈을 속이기 위해 무데키 함대는 북쪽에서, 치쿄우 함대는 남쪽에서 각기 독도로 진격하는 중이었다.

일본 해상자위대의 기습을 한국은 전혀 눈치채지 못하고 있었다. 울릉도의 해군조기경보전대에서 일본 군함들을 발견하기는 했지만 그 지역에서는 평소에도 일본 군함들의 움직임이 잦기 때문에 특별하다고 인식하지 않았다. 교전수칙상으로도 일본군이 독도 15마일 전방까지 접근하기 전에는 대응할 수 없었다. 하지만 15마일은 전속력으로 항해하면 30분도 채 걸리지 않는 짧은 거리였다. 한참 후에야 일본 배들을 뒤늦게 발견한 한국 해양경비함이 방송을 시작했다.

"여기는 대한민국 경찰입니다. 소속과 지금 대한민국 영해에 들어오는 목적을 밝히기 바랍니다."

일본 측에서 아무런 답이 없자 한국 측의 교신 내용이 다급해졌다.

"즉시 정지하고 신원과 목적을 밝혀라. 반복한다. 즉시 정지하라. 즉시 돌아가라!"

일본 배들은 이에 아랑곳하지 않고 독도를 향해 내달렸다. 얼마 후 와타나베 해위가 보고했다.

"사령관님, 한국이 대응을 시작한 모양입니다. 동해 앞바다의 1함대가 독도 쪽으로 함수를 돌렸습니다. 대구와 강릉공항의 전투기들이 이륙 준비를 하고 있고 부산 앞바다의 광개토대왕함을 비롯한 구축함들도 출격 준비를 하고 있습니다. 울릉도에 있는 두 척의 경비함들도 이미 출격했습니다."

"상관없다. 다케시마를 향해 전속력으로 돌진하라."

한국의 구축함들은 독도까지 오는 데 세 시간 넘게 걸리기 때문에 작전에 방해가 되지 않았다. 한국 공군의 KF-16은 독도까지 날아오면 8분도 못 돼 돌아가야 할 정도로 작전 시간이 짧았다. 한국의 해양경비함 세 척으로는 세 방향에서 밀고 들어오는 열두 척의 최정에 일본 군함들을 막을 수 없었다. 그나마 가장 위협적인 것은 KF-15였다. 작전 시간이 50분 정도로 꽤 길기 때문에 대구공항에서 독도까지 오는 데 걸리는 15분을 빼더라도 35분가량은 작전을 펼칠 수 있었다.

"사령관님, 한국 공군의 KF-15 편대가 출격했습니다. 모두 열 두 대입니다. 곧 KF-15의 하푼 미사일 사정거리 안에 들어갑니다. 우리가 먼저 쏘지 않으면 당할 것입니다. 함대공 미사일을 준비할까요?"

다카사카 해좌가 다급한 목소리로 물었지만 마쓰이 사령관은 별다른 대꾸 없이 고개를 젓고는 눈앞의 모니터만 주시했다. 모니터에는 한국의 전투기들을 표시한 빨간 점들이 빠르게 다가오고 있었다. 얼마 후 와타나베 해위가 보고했다.

"사령관님, 한국의 KF-15 편대가 다케시마 10마일 거리까지 접근했습니다. 저희 호위대와는 9분 후에 접촉할 것으로 추정됩니다."

"좋아, 그럼 이제부터 전격 후퇴한다."

"네? 지, 지금 뭐라고 하셨습니까?"

대원들은 뜻밖의 명령에 귀를 의심했다.

"안 들리나? 전 함대는 최대한 빠른 속력으로 후퇴하라."

대원들은 어안이 벙벙해 하면서도 침착하게 사령관의 명을 따랐다. 전투정보실에서 함수를 틀자 군함 전체가 무겁게 삐걱대는 소리와 함께 큰 원을 그리며 방향을 돌렸다. 일본군보다 더 당황한 쪽은 한국군이었다. 해양경비함들이나 군함들은 독도 쪽으로 계속해서 다가가고 있었지만 제한된 연료 때문에 계속해서 떠 있을 수 없는 KF-15 편대는 영해 밖으로 물러나기 시작한 일본 군함들을 더 이상 쫓지 않고 한반도 방향으로 기수를 돌렸다.

마쓰이 사령관은 모니터에서 한국 전투기들을 표시하는 빨간 점들을 주시하고 있었다. 얼마 후 그 빨간 점들이 대구공항과 독도의 중간 지점까지 돌아갔을 때 또다시 지시했다.

"일제히 함수를 180도로 틀어라. 다케시마로 다시 진격한다."

"예? 다시 돌아가란 말입니까?"

대원들은 서로 얼굴을 쳐다보며 의아해 했다. 다케시마로 진격하다가 갑자기 함수를 틀어 일본으로 복귀하는가 싶더니 몇 분 지나지 않아 다시 또 다케시마로 진격하라고 하다니.

"뭣들 하는가. 모두 전속력으로 다케시마로 진격하라!"

열두 척의 일본 군함들은 또다시 뱃머리를 돌려서 전속력으로 독도를 향해 진격하기 시작했다. 한국의 KF-15 편대는 낭패에 빠졌다. 독도로 다시 돌아가기에는 연료가 부족했고, 기지로 복귀했다가 다시 오려면 연료 보충과 정비 때문에 시간이 많이 걸렸다. KF-15 편대는 어쩔 수 없이 육지를 향한 기수를 그대로 유지할 수밖에 없었다.

일본 함대는 세 방향에서 전속력으로 독도를 향해 돌진했다. 한국의 해양경비함 한 척이 호기롭게 막아서서 기관총과 함포를 발사했지만 제대로 명중시키지 못했다. 그 사이 일본 함대가 함포를 발사했다. 바다 위로 거대한 물기둥들이 솟구치고 그 사이에서 포격을 당한 해양경비함이 균형을 잃고 빙글빙글 돌다가 동력이 끊겨 버렸다.

마쓰이의 함대는 마치 적군이 버리고 간 빈 성을 접수하듯 수월하게 독도로 밀고 들어갔다. 십여 척의 군함들은 꼬리에 꼬리를 무는 대형으로 독도를 원형으로 둘러싼 뒤 함포를 겨눴다. 바다 위에 성곽을 쌓은 형국이었다. '사쿠라의 부활' 작전은 대성공이었다. 피 한 방울 흘리지 않고 독도를 접수한 것이다. 군함마다 기미가요가 우렁차게 울려 퍼지고 천오백 명이 넘는 호위대 대원들이 일제히 만세를 외치며 서로 부둥켜안았다.

"천황 폐하 만세!"

"일본 만세!"

동이 터오는 수평선을 배경으로 군함마다 게양된 욱일승천기들이 힘차게 펄럭였다.

도하는 성가시게 울리는 전화벨 소리에 잠을 깼다.

"여보세요!"

"이 서기관, 새벽에 전화해서 미안해."

"아, 차석님. 아니에요. 무슨 일이죠?"

"자꾸 이런 전화해서 미안한데, 지금 출근해야 될 것 같아."

"무슨 일인가요?"

"일본이 오늘 새벽 독도로 쳐들어왔어."

도하는 허둥지둥 외교부로 차를 몰았다. 차 안의 라디오에서 뉴스 속보가 반복적으로 흘러나왔다.

"오늘 새벽 네 시를 기해 일본 해상자위대 군함 열두 척이 기습적으로 독도를 포위했습니다. 뒤늦게 독도 앞바다에 도착한 해군이 전투 준비를 마치고 대기 중입니다. 일본 자위대가 언제 상륙을 시도할지 모르는 상황이라 독도에 주둔 중인 경찰은 긴장의 끈을 놓지 않고 있습니다. 대통령은 잠시 후 열릴 국가안전보장회의에서 군사공격 여부를 결정할 예정입니다. 현재 독도 앞바다에는 일촉즉발의 전운이 감돌고 있습니다."

지난번 '다케시마 방어훈련'에 대한 보도가 나왔을 때와는 차원이 다른 충격과 공포가 도하의 가슴을 훑고 지나갔다. 도하가 사무실에 도착하자 배 서기관이 심각한 표정으로 도하를 맞이했다.

"국장님과 과장님은 장관님을 모시고 방금 청와대로 출발하셨어."

"어떻게 이런 일이 일어날 수가 있죠? 무서워요."

"아, 아무도 예상치 못한 기습이었어. 일본이 이렇게까지 나올 줄이야……"

그때 텔레비전에서 일본 관방장관의 긴급 담화가 뉴스 속보로 방송되었다.

"케빈, 볼륨을 높여 봐."

"그동안 한국이 일본 영토인 다케시마를 오랫동안 불법 점거해 왔지만 일본은 평화를 위해 참고 또 참아 왔습니다. 그런데도 한국은 계속해서 일본을 자극하더니 급기야 다케시마에 군대를 파견하겠다는 결정까지 했습니다. 주권국가로서 일본은 더 이상 가만히 지켜보고 있을 수만은 없어서 오늘 새벽 최소한의 방어조치를 취했습니다. 하지만 아직도 우리 일본은 이번 사태를 합법적, 합리적, 평화적인 방법으로 해결하기를 희망하고 있습니다. 이에 우리 일본국 정부는 오늘 날짜로 유엔안보리에 이번 다케시마 문제를 해결해 줄 것을 공식적으로 요청하는 바입니다."

배 서기관이 분통을 터뜨렸다.

"일본 놈들은 역시 잔머리가 잘 돌아간단 말이야. 자기네가 먼저 무력을 행사해 놓고는 곧바로 평화 운운하면서 전쟁을 벌일지 여부를 우리한테 떠넘기고 있잖아."

도하가 물었다.

"일본의 저 계획을 미국이 사전에 알았을까요?"

"그렇지 않아도 우리 장관님이 미국 측에 물어봤는데 독도 포위 직후에 미국에 통보해 주더래."

"하긴 미리 말했다면 미국이 반대했겠죠."

"문제는 이제 우리나라가 독도에 들어온 해상자위대를 공격하려고 해도 미국이 막을 거란 말이야."

"이미 일본이 유엔안보리 소집을 요청해 놓았으니 유엔안보리의 결정을 기다려 보자고 하겠지요. 그런데 우리가 무력 공격을 하면 일본을 이길 수 있나요?"

"해군력은 일본이 압도적으로 우위에 있다고 들었어. 아는 장교가 말하길 조폭과 중학생의 싸움이라고 하더군. 물론 싸움이란 건 막상 붙어 봐야 아는 거지만."

"어떻게 전쟁이 금지된 나라의 군사력이 휴전 중인 나라의 군사력보다 더 강할 수 있죠?"

"그러게 말이야. 군사력 차이를 떠나서 다른 나라와 전쟁을 치른다는 것이 어디 쉬운 일인가. 우리가 전쟁을 하려고 하면 미국이나 유엔의 압박이 장난이 아닐 거야."

"유엔안보리에 가면 아마 ICJ에서 재판으로 해결하라고 권고할 거예요. 유엔헌장 제36조 제3항은 유엔안보리가 '일반적으로 법률적 분쟁이 ICJ에 회부되어야 한다는 점을 고려해야 한다'고 규정하고 있어요. 유엔안보리가 ICJ행을 권고한 선례들도 있고요. 1946년에 영국과 알바니아가 콜퓨 해협에서 분쟁이 생겼을 때에도 유엔안보리가 ICJ행을 권고해서 결국 ICJ 재판이 열렸어요. 1976년에 터키와 그리스가 에게 해 섬을 놓고 전쟁 직전까지 갔을 때에도 유엔안보리가 소집되어 ICJ행을 권고했어요. 비록 터키와 그리스 사이에 소송 대상을 무엇으로 할지를 놓고 지금까지도 합의가 안 되어서 재판이 열리지 않고 있지만요."

"우리가 정말 전쟁을 할 생각이면 유엔안보리가 결정을 하기 전에 움직여야겠군. 실컷 유엔안보리 결정을 기다리다가 유엔안보리가 ICJ로 가라고 하는데 전쟁을 벌이면 모양새가 더욱 안 좋아지잖아."

"그렇다고 당장 ICJ 재판을 하는 것도 무리잖아요. 그동안 독도 문제로 재판을 하지 않는다는 것이 정부 방침이었으니 준비가 충분히 안 되어 있잖아요."

도하는 독도 영유권의 근거는 우리가 더 많다고 보지만 소송 자체의 수행 능력은 일본이 앞선다고 평가하고 있었다. 지금까지 단 한 명도 ICJ 재판관을 배출하지 못한 한국과는 달리 일본은 수십 년 동안 ICJ 재판관을 배출해 왔다. 일본 국제법 학자들의 저변도 한국보다 두텁다. 한국은 국제공법소송 경험이 전혀 없지만 일본은 이미 ICJ나 ICJ의 전신인 PCIJ에서 국제공법소송을 여러 차례 한 경험이 있었다. 독도 문제에 있어서도 일본은 1950년대부터 소송을 하자고 주장해 온 만큼 소송 준비가 많이 되어 있는 반면 한국은 소송할 이유가 없다고 주장해 온 만큼 소송 준비가 되어 있지 않았다. 소송은 일종의 스포츠 게임과 같은 성격이 있어서 소송 수행자의 능력에 따라서 거짓이 진실을 이기는 경우가 적지 않다. 배 서기관은 긴 한숨을 내쉬었다.

"청와대가 골치가 아프겠어. 전쟁을 하기도 쉽지 않고 소송을 하기도 만만치 않고. 어느 쪽을 선택하더라도 여론은 정부를 비난할 거야."

일본이 독도를 포위한 뉴스 속보가 전해진 이후 전쟁의 불안감이 급속도로 확산되었다. 텔레비전과 인터넷에 수시로 나오는 욱일승천기가 붙은 군함들에 둘러싸인 독도의 모습은 국민들에게 엄청난 심리적 충격을 주었다. 아침 9시에 주식시장이 열리자마자 대부분의 주식이 하한가를 기록했고 마트는 생필품을 사재기하려는 주부들로 북새통을 이루었다. 인터넷에서는 당장 일본을 무력으로 공격해야 한다는 주장과 전쟁만은 안된다는 주장이 치열하게 대립했다. 일본이 침략하는 것을 정부 내 친일파들이 알고도 방조했다는 주장이 인터넷에서 점차 확산되기 시작했다.

한편 북한 조선중앙방송은 "일본의 이번 독도 침공은 동북아시아의 평화를 짓밟는 노골적인 야망을 드러낸 것이자 남조선뿐만 아니라 온 겨레에 대해 불집을 터트려 보려고 작정한 특대형 도발"이라고 규정하면서 "남조선은 일본 호전광들을 한 놈도 남기지 말고 무자비하게 죽탕쳐 버려야 한다"고 조언하며 필요시에는 북조선도 이에 동참하겠다고 하였다. 그러나 이에 대해 우리 정부나 일본 정부는 아무런 대꾸를 하지 않았다.

뉴스 속보에서 청와대 대변인이 국가안전보장회의에서 난 결론을 낭독했다.

"일본은 오늘 새벽 대한민국의 영토인 독도에 대한 불법 무력침공을 감행했습니다. 오랫동안 아시아 국가들이 우려해 온 대로 일본은 백 년 전과 마찬가지로 무력으로 아시아의 평화를 파괴하기 시작했습니다. 대한민국은 일본에 대해 당장 독도에서 군을 철수시키고 오늘의 불법적인 무력공격에 대해 사과할 것을 엄중히 요구합니다. 동시에 대한민국은 아시아를 비롯한 세계 각국에 일본의 무력침공 행위를 규탄하고 응징해 줄 것을 요청합니다. 조만간 유엔안보리가 정의로운 결정을 할 것이라고 확신합니다."

대변인의 말이 채 끝나기도 전에 기자들이 일제히 손을 들었다.

"현대일보의 이은정 기자입니다. 조금 전의 성명은 정부가 일본에 대한 군사공격을 포기한다는 뜻입니까?"

"군사공격을 할 수도 있습니다. 모든 가능성은 열려 있습니다."

"그 말은 어쨌든 지금 당장은 군사공격을 하지 않겠다는 뜻 아닙니까?"

"당장은 그렇다고 볼 수도 있습니다."

"NBC의 이재원 기자입니다. 당장 군사공격을 하지 않는 이유가 무엇입니까? 일본보다 군사력이 열세이기 때문입니까?"

"우리가 무력공격을 할 경우 독도를 불법 무력침공한 일본의 불법성이 희석될 수 있고, 동북아의 평화가 깨진다는 점을 고려했습니다. 비상 상황이기 때문에 기자회견은 일단 이쯤에서 끝내도록 하겠습니다. 양해해 주시기 바랍니다."

정부가 막상 무력공격을 하지 않는다는 취지의 발표를 하고 나자 여론에서는 오히려 무력공격을 해야 한다는 목소리가 커지기 시작했다. 그러자 정부는 이미 배치된 광개토대왕함과 대조영함 외에 독도함과 세종대왕함을 독도 근해에 추가로 배치했다. 일본군의 상륙을 막기 위해서 포항의 해병대 1사단 일부 병력이 울릉도에 진을 쳤다.

광화문 광장과 일본대사관 앞에서 시민들은 낮에는 플래카드를, 밤에는 촛불을 들었다. 그들은 한국 정부를 상대로는 미흡한 대응을 질책하고 일본 정부를 상대로는 독도 침공을 맹비난했다. 일부 한국인들은 일본에서 인기가 있는 한류 스타들에게 독도가 한국 땅이라고 선언하라고 추궁했다. 시위대는 일본 총리의 인형을 불에 태우거나 물에 익사시키는 퍼포먼스를 벌이기도 했다. 이를 보도하던 일본인 기자와 카메라맨이 시위대에게 몰매를 맞는 사고가 벌어져 양국 국민들의 감정을 더욱 악화시켰다. 그러자 일본에서도 혐한 시위가 줄을 이었다. 교포들은 상점의 문을 닫고 밖으로 나가지 않았다.

유엔안보리는 신속하게 소집되어 심리에 들어갔다. 국내외의 시선은 온통 유엔안보리의 회의 결과에 쏠렸다. 한국 네티즌들이 유엔 홈페이지에 들어가 일본을 비난하느라 유엔 홈페이지가 마비되기도 했다. 한국 취재진들은 뉴욕의 유엔 본부 앞에 진을 치고 안보리회원국 관계자들의 일거수일투족을 날마다 보도했다. 미국의 국무 장관은 이번 일이 평화적으로 해결되기를 바란다는 원론적인 발언만 되풀이했다.

도쿄의 야스쿠니 신사.

다나카는 대나무로 된 물푸개로 물을 떠 양손을 씻은 후 왼쪽 손바닥에 물을 받아 입을 헹구었다. '하라이'라는 정화의식이었다. 신임 외무성 조약국장 야마자 카이토도 같은 동작을 따라했다. 하얀 얼굴 위에 긴 눈썹이 화선지에 세필로 그은 듯 새카맣고 가늘었다.

야마자 카이토는 일본이 영토분쟁소송을 위해서 오래전부터 키워온 비밀병기였다. 동경대 법대 대학원에서 국제법을 전공한 야마자 카이토를 일본 외무성은 진작부터 발굴해서 키워 왔다. 세계 최고의 영토분쟁전문가로 꼽히는 옥스퍼드 대학교의 조나스 존슨 교수에게 보내 박사학위를 받도록 하고, ICJ에 있는 일본인 재판관의 연구관으로도 근무하게 하며, 뉴욕과 헤이그와 같은 국제법과 관련이 많은 공관에서 근무를 시키고 외무성 본부에서는 조약과장 자리를 맡겼으며, 심지어 한동안 영토분쟁전문 로펌에 파견 근무까지 시켰다.

다나카는 본당 앞으로 가서 천장에 걸려 있는 줄을 잡아당겼다. 딸랑거리는 방울 소리가 널찍한 경내로 퍼져 나갔다. 다나카는 양손을 모은 채 허리를 깊이 숙여 두 번 절을 한 후 박수를 두 번 쳤다. 처음 치는 박수는 잠자고 있는 신을 깨우기 위한 것이고 두 번째 치는 박수는 소원을 빌러 왔음을 알리는 것이었다. 다나카는 야스쿠니 신사에 안치된 부친에게 다케시마를 성공적으로 탈환할 수 있도록 해달라고 마음속으로 기원했다.

종전 후 일본의 전범들을 재판했던 이른바 도쿄재판에서는 당시 일본 총리였던 도조 히데키를 비롯한 7명에게 사형을, 17명에게 종신형을, 그리고 나머지 1명에게는 7년의 금고형을 선고했다. 그때 종신형을 받은 사람 중 한 사람으로 전쟁 당시 국무대신이었던 인물이 바로 다나카의 아버지였다. 종전 후 중국과 북한이 공산화되고 소련과의 이념 대립이 격화되면서 위기의식을 느낀 미국은 일본과 한국의 기득권 세력을 약화시키기보다는 그들을 반공세력으로 키우는 게 급선무라고 인식했다. 이런 분위기에서 주요 전범들이 감형되고 석방되었는데 그중에 다나카의 아버지와 마츠오카 총리의 조부도 포함되었다. 석방된 다나카의 아버지는 몇 년 후 중의원선거에서 당선되어 화려하게 정계에 복귀한 후 천수를 누렸다. 1978년 야스쿠니 신사가 도조 히데키 전 총리를 비롯한 A급 전범 14명의 위패를 은밀히 합사해서 국제적으로 큰 물의를 일으킨 일이 있었는데 다나카의 아버지도 이때 합사자 명단에 포함되어 있었다.

참배를 마치고 나오는 길에 다나카가 말했다.

"전쟁에서 이겼든 졌든 일본은 우리의 조국이 아닌가. 조국의 영광과 오욕을 함께 하는 것이 국민의 도리이자 운명 아닌가."

"그렇습니다. 언젠가 천황께서도 동참하실 날이 오겠지요."

야마자 카이토가 그렇게 말을 받았다. 히로히토 일왕은 A급 전범이 합사된 이후 죽을 때까지 야스쿠니 신사를 참배하지 않았고 그 아들 아키히토 일왕도 참배하지 않고 있다. 다나카와 야마자 카이토는 일본 유일의 전쟁박물관인 유슈칸을 둘러보았다. 그곳에는 태평양전쟁 때 사용된 카이텐 잠수함, 잠수부가 직접 안고 물에 뛰어들었다는 수뢰, 가미카제 비행기,

핏자국이 선연하게 남아 있는 마후라 등이 전시되어 있었고 옆에 있는 비문에는 무려 6천여 명이 자살 공격으로 장렬히 순국했다는 내용이 적혀 있었다.

다나카는 신사를 빠져나오다가 길가에 서 있는 한 동상 앞에 멈춰 섰다. 1946년 도쿄재판 때 인도인 재판관이었던 라드하 비노드 팔(Radha Binod Pal)의 기념비였다. 야마자 국장이 팔 재판관의 판결에 대해 회상했다.

"그 우스꽝스러운 도쿄재판에서 다른 재판관들이 모두 연합국의 꼭두각시 노릇을 할 때 오직 이분만이 소신에 따라 판단해서 반대의견을 내셨지요. 팔 재판관님은 서구제국주의와 미국의 원자폭탄 사용은 기소하지 않고, 재판관들은 모두 승전국 출신이었던 도쿄재판소가 법과 정의의 옷을 입고는 있지만 사실은 복수의 갈증을 채우기 위해서 세워진, 불공정하고 불합리하며 평화에 아무런 기여를 하지 못하는 승자들만의 법정이라고 일갈하셨습니다. 그리고는 죄를 저지른 이후에 만들어진 법으로는 처벌할 수 없다는 만국 공통의 원리인 소급입법금지의 원칙을 근거로 모든 피고인들에게 무죄를 선고하셨지요. 승전국들은 팔 재판관님의 책 한 권 분량의 이 반대의견을 출판하지 못하도록 막았다가 일본이 1952년에 이 재판의 합법성을 어쩔 수 없이 인정하고 난 뒤에야 허락했습니다."

다나카가 냉소적인 말투로 쏘아붙였다.

"전범이라는 것은 전쟁 범죄를 저질렀다는 의미가 아니라 전쟁에서 패한 것이 죄라는 의미이지."

"그 이후에 국내법적으로는 이미 모든 전범이 공무로 사망한 것으로 처리가 되었기 때문에 법적으로 범죄자가 될 수가 없습니다."

"도쿄재판은 오직 일본만을 범죄자로 몰았을 뿐, 일본에 원폭을 투하한 미국이나 시베리아에서 일본군을 집단으로 학살한 소련에 대해서는 죄를 묻지 않았어. 일본의 행위들 중에서도 오로지 미국에게 대든 죄만 문제 삼았지. 만주나 중국 침략에 가담한 일본인들 중에서도 미국 침공에 개입하지 않은 사람들은 기소조차 하지 않았어. 그게 무슨 재판이야.

인도나 다른 남아시아 국가들도 당시 일본에게 그리 적대적이지 않았어. 러일전쟁에서 일본이 이겼을 때 인도의 네루 수상은 아시아의 작은 섬나라 일본이 세계 최강의 군대를 가진 러시아를 격파하는 것을 보고 자기네 국민들도 용기를 얻었다며 일본을 자랑스러워했지. 1994년 무라야마 총리가 말레이시아를 순방했을 때 마하티르 총리는 '일본이 50년 전 일을 계속 사과하는 것을 이해할 수 없다'라고 말한 적도 있어."

"오로지 중국과 한국만이 끝없이 옛날 일로 일본의 발목을 잡으려고 하는군요."

"피해자로서의 피해의식과 열등한 이웃이 으레 가지는 시기심 때문이지. 우리가 아무리 사과를 해도 더 심한 것을 하라고 할 거야. 우리가 무엇을 하든 절대로 만족시킬 수 없는 인종들이야."

"후쿠자와 유키치 같은 대선생도 백삼십 년 전에 이미 중국과 한국에게 질려서 탈아입구를 주장하지 않았습니까."

"하하하하. 맞아, 맞아. 그건 그렇고, 마쓰이 해좌가 토끼를 막다른 골목으로 잘 몰았으니 이제 야마자 국장이 법정에서 토끼를 잡는 일만 남았어. 잘 부탁하네."

"크게 걱정하지 않으셔도 됩니다. 유엔안보리는 ICJ행을 권고할 것이고 한국은 소송에 응하는 것 외에는 달리 뾰족한 수가 없을 것입니다."

"소송 준비는 다 되어 있겠지?"

"정부의 전폭적인 지원으로 매우 순조롭게 진행되고 있습니다."

일본 소송팀은 소송에 필요한 국제법, 역사학, 지리학, 지질학, 고문학, 서지학 등의 지식 습득을 이미 마쳐 놓은 상태였다. 자문 교수도 일본 내 최고의 교수들뿐만 아니라 세계적인 석학들까지 초빙되었다. 이미 수십 년 전에 완성해 놓은 ICJ 제출용 변론서도 최신 판례나 이론이 나올 때마다 개선되어 왔다. 세계적으로 유명한 교수들이나 국제공법소송을 전문으로 하는 로펌과 변호사들도 모두 섭외해 놓은 상태였다.

"최근에는 이미 가상의 한국팀을 꾸려서 모의소송을 연습하기도 했습니다. 심리학자들을 동원해서 재판관들의 성향도 일일이 분석하고 있습니다. 소송 전략을 자문해 주는 팀도 별도로 만들었습니다. ICJ 재판을 경험했던 다른 나라의 은퇴한 실무자들도 스카우트해서 살아 있는 조언들을 받고 있습니다. 한국에게는 소송에서 지는 게 더 어렵습니다."

"지는 게 더 어렵다? 그 말이 아주 마음에 드는군. 마음에 들어."

다나카는 아이처럼 손뼉을 치면서 큰 소리로 웃었다.

"내가 은퇴 전에 자네들 덕분에 큰 보람을 느끼게 되었네. 죽어서 이곳 야스쿠니 신사에 다시 들어오더라도 먼저 계신 조상들에게 부끄럽지 않겠어. 자네 할아버지도 자네를 무척 자랑스러워하실 거야."

"이제는 할아버지를 넘어서고 싶습니다."

외무성 내에서는 물론 학자들 사이에서도 영토 문제에 관한 한 경쟁자가 없을 정도로 출중한 외교관이자 법률가가 된 야마자 카이토가 넘어서고자 하는 사람은 오로지 단 한 사람, 그의 할아버지 야마자 엔지로뿐이었다. 야마자 엔지로는 일본의 최전성기 때 눈부신 활약을 펼친, 특히 비범한 안목과 과감한 실행으로 한국을 일본의 식민지로 만들고 무엇보다도 다케시마를 일본에 편입시키는 데 가장 주도적인 역할을 했던 전설적인 외교관이었다.

야마자 엔지로는 도쿄대 법학부를 최우수 성적으로 졸업하고 1892년 부산에 있는 일본 총영사관에서 외교관으로서 첫 근무를 시작했다. 그가 부산에 지원한 것은 일본의 발전을 위해서는 조선을 청나라의 영향으로부터 독립시킬 필요가 있다고 보았기 때문이다. 청은 건국 당시부터 조선과 조공관계를 구축한 이래 구한말까지 계속해서 조선을 지배해 오고 있었다. 청은 1882년 조선의 구식 군인들이 폭동을 일으킨 임오군란을 진압하기 위해 위안스카이를 비롯한 3천 명의 군대를 조선에 파견하고, 1884년에는 개화파가 일으킨 갑신정변을 또다시 위안스카이와 군대를 출동시켜 3일만에 제압했다. 이듬해부터 위안스카이는 아예 조선 정부 내에 총리교섭통상대신이라는 직책으로 머물면서 내정에 깊숙이 관여하기 시작했다. 이런 정세 속에서 일본은 조선을 삼키기 위해서는 우선 중국의 손아귀에서 조선을 빼내야 한다고 판단하고 조선을 '독립'시키는 데 대조선 외교의 주안점을 두게 된 것이다.

부산에 부임한 야마자 엔지로는 청일전쟁을 준비하기 위해서 경성에서 부산까지 이른바 경부선 철도를 부설하고자 했다. 그 전제로 측량을 해야 하는데 남의 나라 땅에서 철도를 놓기 위해서 측량을 한다고 하면 문제가 생길 것이므로 그는 꾀를 내었다. 조선 정부에는 일본 총영사가 부산에서 경성까지 엽총을 들고 다니면서 일본 박물관에 박제를 해놓기 위해서 조선의 새들을 사냥하러 다닌다고 거짓말을 해놓은 다음, 그 주변은 위험할 수 있으니 다른 사람들이 접근하지 못하도록 차단목을 설치해 놓고 그 안에서 몰래 측량을 하는 것이었다. 야마자 엔지로는 이런 식으로 불과 40

일 만에 측량을 완성하여 비밀리에 조선 지도를 만들었는데, 이렇게 만든 조선 지도는 1894년 청일전쟁 때 유용하게 사용되었다. 이 일화만 보더라도 야마자 카이토는 자신의 할아버지가 얼마나 머리가 비상하고 추진력이 뛰어난 외교관이었는지를 짐작할 수 있었다.

야마자 엔지로가 부산에서 근무했던 1892년부터 3년 동안 조선에서는 격변의 역사가 펼쳐지고 있었다. 1894년에는 동학농민운동이 일어났다. 수십만 명의 농민들이 봉기하자 조선 정부는 이를 제압하기 위해 청나라 군대를 불러들였다. 그러자 일본군도 조선에 파병을 할 때에는 일본과 중국이 연락해서 결정하기로 한 톈진 조약을 근거로 조선에 들어왔다. 이 과정에서 동학농민운동은 진압되었으나 남아 있던 청나라와 일본은 조선 땅에서 청일전쟁을 벌이기 시작하였다. 청나라를 상대로 승리한 일본은 1895년 4월 시모노세키 조약을 체결하였는데 그 내용은 중국이 일본에게 요동반도, 대만, 팽호도를 할양하고 조선에 대한 종주권을 포기한다는 것이었다. 이로써 일본은 청나라를 물리치고 조선에 대한 지배권을 획득할 수 있었다. 그러나 러시아가 일본의 기세에 찬물을 끼얹었다. 남하정책을 추진하던 러시아는 일본이 요동반도를 차지한 데 위협을 느끼고 1895년 독일, 프랑스와 함께 일본에 대해 요동반도를 청나라에게 돌려주도록 압력을 넣는, 이른바 삼국간섭을 일으켰다. 청일전쟁의 승리로 한창 들떠 있던 일본은 커다란 충격을 받았고 이때 품은 일본의 원한이 훗날 러일전쟁의 원인이 되었다.

러시아의 위력을 본 조선의 민씨 일파는 친러 내각을 구성하였다. 이에 분노한 일본의 공사 미우라 고로는 1895년 10월 8일 일본 낭인들을 시켜서 민씨 일파의 핵심이었던 민비를 죽였다. 이 사건 후 고종은 신변의 위협을 느끼고 이른바 아관파천을 단행하여 1896년부터 1년 동안 러시아 공관에서 국정을 보았다. 이때부터 조선에서 러시아의 영향력이 커져가고 일본은 밀려나기 시작했다.

이 무렵 조선 업무를 마친 야마자 엔지로는 영국으로 건너가서 주영 공사관의 서기관으로 근무하기 시작했다. 그곳에서 그는 1902년 다른 나라가 일본을 공격하면 영국이 막아준다는 내용의 영일동맹을 성공시켰다. 영국을 등에 업은 일본은 1904년 2월 마침내 한국과 만주의 지배권을 놓고 러시아와 전쟁을 일으켰다. 러일전쟁이 일본의 승리로 귀결되어 가던 1905년 7월 일본은 가쓰라-태프트 밀약을 통해 미국으로부터 한국 지배를 묵인받았다. 또한 같은 해 8월에는 영국과 2차 영일동맹을 체결하여 영국으로부터도 한국 지배를 승인받았다. 러일전쟁에서 승리한 직후인 같은 해 9월에는 포츠머스 조약을 통해 러시아로부터도 한국에 대한 지배권을 인정받았다.

야마자 엔지로가 다케시마를 일본 영토로 편입시킨 것도 바로 이 무렵이었다. 이 일은 나카이 요자부로라는, 러시아 블라디보스토크와 일본 오키 섬 근해에서 잠수 장비를 사용한 어업을 하던 사업가로부터 시작되었다. 우연히 다케시마에 강치가 서식한다는 것을 알게 된 나카이는 1903년 5월 다케시마에 어부 10여 명을 데리고 가서 움막을 짓고 본격적인 강치잡이에 착수하였다. 당시는 러일전쟁이 임박하였다는 소문이 무성한 때여서 가죽 값, 기름 값이 급등했는데 강치를 잡으면 가죽을 얻고 기름을 추출할 수 있었기에 다케시마의 바위 위에 강치가 지천으로 널려 있는 것을 보고 나카이는 노다지를 발견했다며 기뻐했다.

아예 다케시마를 독점적으로 임대하고 싶어진 나카이는 강치잡이가 끝난 직후 1904년 9월 어업을 관할하는 주무부서인 농상무성을 찾아가 수산국장 마키 보쿠신을 만났다. 다케시마가 조선령이라고 알고 있던 나카이는 마키 국장에게 조선 정부로부터 다케시마를 임차할 수 있는 방안을 문의하였다. 당시 일본인이 조선의 영토나 시설을 임차하고자 할 경우 조선 정부에 직접 요청할 수 없고 일본 정부에 요청해야 했기 때문이다. 그런데 마키 보쿠신은 다케시마가 한국령이 아닐지도 모르므로 해군 수로부장인 기모쓰키 가네유키에게 확인할 것을 권유하였다.

나카이는 곧바로 기모쓰키 수로부장을 찾아갔다. 기모쓰키는 측량전문가로 16년간 해군성 수로부장을 지내고 해군 중장에까지 오른 인물이었다. 기모쓰키는 나카이에게 "다케시마는 주인 없는 땅이며, 본토로부터의 거리도 일본 쪽이 10해리는 더 가깝다"고 설명하였다. 이에 나카이는 1904년 9월 29일자로 일본 정부에게 다케시마를 편입한 후 자신에게 임대해 줄 것을 청원하는 문서를 내무성, 외무성, 농상무성 대신 앞으로 제출하였다.

나카이의 청원에 대하여 당시 내무성 당국자인 이노우에 서기관은 "이 시국에 한국령으로 여겨지는 풀 한 포기 나지 않는 암초를 얻어 우리를 주목하는 여러 나라에게 일본이 한국을 집어삼키려는 야심이 있다고 의심하게 하는 것은 득보다 실이 많으며, 일을 성사시키는 것이 결코 쉽지 않다"라고 말하며 나카이의 청원이 각하될 것이라고 하였다. 이노우에 서기관이 언급한 '이 시국'은, 하나는 러일전쟁이 벌어지고 있는 상황을 말하고, 다른 하나는 일본이 한반도를 집어삼키려는 의도가 있다고 의심을 받고 있던 국제적인 상황을 말하는 것이었다. 그러니 이 상황에서 한국령으로 여겨지는 다케시마를 편입한다면 한국에 대한 침략 의도가 국제적으로 노출될 수 있다는 우려를 한 것이었다.

내무성 관리가 청원이 각하될 것이라고 하자 마키 수산국장도 외교상 문제가 있다면 도리가 없다고 답하였다. 그러나 나카이는 포기하지 않고 지인의 소개를 통해 당시 외무성 정무국장으로 승진한 야마자 엔지로를 찾아갔다. 나카이의 말을 들은 야마자 엔지로는 "작은 바위섬 편입은 사소한 일일 뿐이며 내무성과 같은 외교적 고려는 필요하지 않다. 외교 문제는 다른 사람이 관여할 일이 아니다"라고 못을 박았다. 외교 문제는 외무성이 담당하는 것인데 내무성 관리가 외교적 고려 운운하는 것이 기분이 나쁘기도 하였을 뿐 아니라 평소 일본이 아시아의 맹주가 되어야 한다는 소신을 가지고 있던 야마자 엔지로서는 오히려 더 적극적으로 일본의 영토를 확대해야 한다고 보고 있었기 때문이었다. 그는 "망루를 세우고 무선 또는 해저전선을 설치하면 적함 감시에 극히 편리하다. 현 시국이야말로 다케시마 편입이 시급하게 필요하다"고 하면서 오히려 나카이에게 서둘러 청원서를 외무성으로 보낼 것을 촉구하였다. 나카이는 경제적 이익 취득을 위해서 다케시마 편입과 임대를 시도한 반면 야마자 엔지로는 러일전쟁에서의 효용이라는 안보적인 관점에서 다케시마 편입을 추진한 것이었다.

마침내 일본 내각은 1905년 1월 28일 각의에서 나카이의 청원을 승인하였고, 이에 따라 내무성은 2월 15일자 훈령 제87호로 각의의 결정을 관내에 고시하도록 시마네 현 지사에게 지령했다. 시마네 현 지사는 1905년 2월 22일 '시마네 현 고시 제40호'로 "북위 37도 9분 30초, 동경 131도 55분, 오키도(隱岐島)로부터 서북 85리에 있는 도서를 다케시마라 칭하고 이제 본현 오키도사의 소관으로 정하여짐"이라는 내용을 고시하였다. 이로써 일본은 다케시마를 자신의 영토로 편입한 것이었다. 당초 편입을 신청했던 나카이도 다케시마를 한국령이라고 생각했고, 그에게 편입을 조언한 기모쓰키 수로부장도 다케시마를 조선령으로 본 책을 편찬했으며, 내무성 관리도 다케시마를 한국령으로 보았음에도 불구하고, 야마자 엔지로는 다케시마를 일본령으로 편입한 것이었다. 만약 할아버지의 특별한 판단과 남다른 용기가 아니었다면 일본은 오늘날 다케시마에 대한 영유권을 주장할 근거를 거의 가지지 못했을 것이다.

위대한 외교관이었던 야마자 엔지로는 야마자 카이토 조약국장에게 따라야 할 표상이면서도 넘어서야 할 산이었다. 그동안 다른 외교관들이 자신을 야마자 엔지로의 손자로만 부르는 것이 자랑스러우면서도 자신의 존재감이 희석되는 것 같아서 자존심이 상할 때도 있었다. 그러나 이번 다케시마 소송에서 승리해서 다케시마를 법적으로, 물리적으로 되찾음으로써, 그는 앞으로 자신이 '야마자 엔지로의 손자'로 불리는 대신 야마자 엔지로가 '야마자 카이토의 할아버지'로 불리게 하리라는 야심을 품고 있었다.

6

꼼쁘라미

　"유엔안보리는 일본과 한국에 대해 서로 더 이상의 군사적 조치나 무력 사용을 삼갈 것을 엄중히 요청하면서, 다케시마 또는 독도의 영유권 문제를 ICJ에 회부함으로써 이번 사태를 평화적으로 해결하기를 권고합니다."

　사무실에서 텔레비전 생중계로 유엔안보리의 결정을 지켜보던 배 서기관은 바람이 빠진 풍선처럼 소파에 털썩 주저앉았다.

　"결국 저렇게 돼 버렸네. 지금까지 우리 정부가 독도 문제로 소송할 일은 없다고 수도 없이 장담해 왔었는데……."

　안 과장이 미간을 찌푸리며 중얼거렸다.

　"강경대응을 고집할 때부터 예고되었던 결말이잖아."

　도하는 유엔안보리의 결정을 예상하지 못했던 것도 아닌데 막상 그런 결정이 나오는 것을 보고 나니 섬뜩했다. 한국을 소송이라는 막다른 골목으로 몰아넣은 후 합법을 가장해서 독도를 빼앗으려 하는 일본을 보며 교통사고로 위장해서 아빠의 목숨을 빼앗아 간 범인이 연상되었기 때문인지도 몰랐다.

유엔안보리의 결정이 발표된 날, 일본의 키무라 마사오 외상은 즉시 기자회견을 열어 유엔안보리의 결정을 환영한다고 하였다. 사실상 한국도 어서 유엔안보리의 결정을 수용하라는 무언의 압박이었다. 여론은 ICJ로 갈 수밖에 없다는 주장과 지금이라도 일본과 전쟁을 벌여야 한다는 주장이 팽팽하게 맞섰다.

그동안 일본 정부가 독도 문제를 ICJ에서 해결하자고 공식적으로 요구한 것은 모두 세 차례였다. 첫 번째는 한국 정부가 독도에 경찰을 상주시킨 직후인 1954년 9월 25일이었다. 독도에 한국 경찰이 상주하는 상황이 지속되면 국제법적으로나 정치적으로나 한국이 점차 유리해질 것이라는 위기감 때문에 일본은 그 시점에서 독도 영유권 문제를 매듭짓기 위해서 ICJ행을 제안한 것이었다. 이에 대해 한국 정부는 "만약 어떤 나라가 가고시마를 그의 영토라고 하여 ICJ에 제소하면 일본은 이에 응할 것인가? 수백 년 전부터 독도는 한국의 영토이다. 독도가 한국에 귀속되어 있는 점은 역사가 증명하는 바이며 점유 이후 금일까지 우리 어민이 이를 계속하여 이용하고 있다"면서 이 제안을 단박에 거절하였다.

일본이 두 번째로 ICJ행을 제안한 것은 한일회담 중인 1962년경이었다. 이에 우리 정부의 대표 역할을 했던 김종필은 독도 문제를 ICJ 대신 법적 구속력이 없는 제3국의 조정에 맡길 것을 제안하였지만 일본은 이를 거부하였다. 당시 한국은 ICJ에 일본인 재판관이 있어 한국에게 불리한 면이 있고, ICJ에 제소하면 판결 전에 한국이 독도에 설치한 시설과 경비대를 철수해야 할 가능성도 있으며, 북한이 이해관계국으로 재판에 참가할 가능성도 있다는 분석을 하고 있었다. 1965년 6월부터 한일 양국은 분쟁해결에 관한 교환공문 교섭을 시작하였는데 그 적용 대상이 되는 분쟁의 범위를 두고 줄다리기가 계속되었다. 한국은 '분쟁' 앞에 '생기는'이라는 단어를 추가하여 미래의 분쟁만을 대상으로 한정함으로써 독도 문제를 빼려고 한 반면, 일본은 교환공문에 '독도'를 명시하고 분쟁 해결 수단으로 법적 구속력이 있는 '중재'를 넣기를 고집하였다. 한일협정 조인식이 예정된 시간을 불과 25분 남겨둔 시점에 양국은 한국이 요구하던 '생기는'을 삽입하지 않는 대신 일본이 요구하던 '독도'와 '중재'를 넣지 않고, 법적 구속력이 없는 '조정'만을 분쟁 해결 수단으로 남겨두는 것으로 합의를 하였다. 이때부터 한국은 이 분쟁 해결에 관한 교환공문은 독도 문제를 대상으로 하지 않는다는 입장을, 일본은 독도 문제까지 포함한다는 입장을 각기 취하게 되었다.

세 번째로 일본이 ICJ행을 제안한 것은 2012년 8월 이명박 대통령이 독도를 방문한 직후였다. 이에 발끈한 일본은 일본 외교관을 한국 외교부로 보내서 독도 문제를 ICJ에서 해결하자고 제안하였으나 한국은 이를 무시했다. 그러자 일본 정부는 독도 문제를 ICJ에 단독 제소하겠다고 선언했으나 끝내 제소하지는 않았다. 일본이 단독 제소를 해보아도 한국이 이에 응하지 않으면 소송이 성립되지 않기 때문이다.

그러자 이번에는 일본이 독도를 무력으로 쳐들어온 다음에 유엔안보리가 ICJ행을 권고하게 만든 것이었다. 유엔안보리의 권고 결정이 법적 구속력이 있는 것은 아니었지만 한국이 유엔 회원국이고 사무총장을 배출했던 나라로서, 이를 무시하기는 쉽지 않았다. 무엇보다도 독도 앞바다에 들어와 있는 일본 군함들을 물리칠 수 있는 뾰족한 수가 없었다. 정부는 결국 ICJ행을 수락하는 성명을 발표했다.

"유엔안보리가 대한민국의 영토인 독도를 불법적으로 침공한 일본에 대해 즉각 철수하라는 결정을 내리지 않은 점에 대해 우리는 매우 유감스럽게 생각합니다. 그러나 우리나라는 유엔 회원국으로서 유엔안보리 결정을 존중하여 빠른 시일 내에 국제사법재판소에서 독도영유권에 관한 재판을 받고자 합니다. 국제사법재판소가 국제법에 입각해 정의로운 결정을 내릴 것으로 기대합니다."

탕, 탕, 탕, 탕, 탕.

서준은 국정원 본청 사격장에서 권총 사격을 하고 있었다. 표적에 도하의 얼굴이 어른거렸다. 총알구멍이 과녁 중앙을 좀처럼 꿰뚫지 못하고 있었다. 서준의 등을 누군가 손으로 쳤다.

"실력이 왜 이래? 너답지 않게. 무슨 고민이 있나?"

전기용 팀장이었다. 전 팀장은 서준을 구석 창가 자리로 데리고 갔다.

"조만간 정부에서 독도 소송을 위한 실무팀을 구성하는데 자네도 그 팀에 좀 들어가 줘야겠어."

"네? 그게 무슨 말씀입니까?"

"이형준의 휴대폰 사용 내역을 조사해 보았더니 죽기 직전 딸에게 휴대폰 문자메시지로 암호를 보냈더군."

전 팀장은 서준 앞에 한 장의 사진을 내밀었다.

"〈사월의 노래〉라는 노래의 악보야. 박목월 작사, 김순애 작곡."

서준의 머릿속에 사토 호텔에서 이형준의 가방에 들어 있던 서류봉투 안의 문서가 떠올랐다. 그 문서가 바로 이 악보인 모양이었다.

"이 악보에 무슨 특별한 의미라도 있는 겁니까?"

"국정원 암호분석팀이 이 악보는 일종의 암호가 틀림없다는 거야. 아무래도 《가락국기》의 행방을 알리는 메시지인 것 같아. 이형준이 죽기 직전에 자기 딸에게 이런 암호를 보냈다면 분명 그 딸이 해독할 수 있을 거야. 이형준의 딸 이도하 서기관은 외교부 영토해양과에 근무하니 필시 이번 소송실무팀에 참여할 거야."

전 팀장이 무슨 지시를 내리려고 하는지 서준은 감을 잡았다. 독도 문제에 기여하는 데 대해서는 한국 국민으로서 뿐만 아니라 독도를 지킨 경찰이었던 할아버지의 손자로서 관심이 많았다. 하지만 도하에게 몰래 접근해서 비밀을 빼오는 일은 도무지 내키지 않았다.

"저, 팀장님. 이도하 씨에게 정식으로 암호 해독에 협조해 달라고 요청하는 게 어떻습니까?"

"이형준이 우리한테 고문서를 안 넘기고 일본으로 빼돌리려 했는데 그의 딸이 우리한테 협조한다는 보장이 어디 있나? 우리가 《가락국기》를 찾고 있는 걸 알면 우리가 도저히 찾을 수 없는 곳에 숨겨 버릴지도 몰라."

서준은 한참 망설이다 어렵게 입을 열었다.

"저, 팀장님. 죄송하지만 이번 임무는 여기까지만 하면 안 되겠습니까?"

전 팀장은 이맛살을 찌푸렸다.

"그동안 너무 쉬지 않고 달려온 것 같습니다. 지난번 임무가 끝나자마자 곧바로 투입된 것도 부담이 되었고요. 그래서 이형준 씨가 죽는 사고도 일어난 것 같습니다. 이렇게 계속하다 보면 더 큰 사고가 생길 수도 있습니다. 재충전할 시간을 주셨으면 합니다."

"단지 그 이유 때문에 이번 임무에서 빠지겠다는 건가?"

서준은 전 팀장의 시선을 피하며 맥없이 그렇다고 대답했다. 전 팀장은 창가로 다가가서 바지주머니에 양손을 찔러 넣은 채 밖을 내려다보았다. 바위 위에 새겨진 '자유와 진리를 향한 무명의 헌신'이라는 문구가 유난히 크게 눈에 들어왔다.

"자네가 이번 일의 중요성을 몰라서 그런 한가한 소리를 하는 것 같군. 일본이 그냥 고문서 하나 찾으려고 그 난리를 치고 있는 줄 아나?"

"무슨 말씀이신지……."

"내가 지난번에 《가락국기》가 핵무기 정보보다 더 중요하다고 했었지? 이제 그 이유를 말해 주지. 이형준의 소설 《바다의 제국》은 가야의 마품왕이 철기 문명을 기반으로 일본, 중국을 비롯해 동남아시아와 인도 동해까지 이어지는 거대한 해상제국을 이룬다는 내용이야. 역사학계에서도 가야가 동해를 주름잡던 해상세력이었다는 점에 대해서 거의 이견이 없어. 가야가 그 정도로 동해를 주름잡았다면 당시 울릉도와 독도는 누구 땅이었겠나?"

"가야의 땅이었단 말씀이신가요?"

"그렇지. 독도에 대한 가장 오래된 기록이라고 알려져 있는 《삼국사기》에는 신라의 이사부가 서기 512년에 우산국을 정벌했다는 기록이 나와. 하지만 《바다의 제국》에 따르면 마품왕이 해상제국을 건설한 건 이사부보다 훨씬 앞선 서기 280년경이야. 《바다의 제국》에는 마품왕이 폭풍우를 피해 독도에 정박하거나 그곳에 죄수들을 가두어 두었다는 내용이 아주 상세히 나오지. 독도뿐만이 아니야. 《바다의 제국》에는 마품왕이 대마도와 오키 섬을 지배했다는 내용까지 등장한다고. 이형준은 《가락국기》에 기반해서 《바다의 제국》을 썼을 테니 《가락국기》를 찾으면 분명 그런 내용이 담겨 있겠지."

"《가락국기》가 담긴 《삼국유사》는 가야 시대가 아니라 고려 때 일연 스님이 쓴 것이 아닙니까?"

"그것은 《삼국유사》이고, 《삼국유사》의 원본이 된 기록들은 그보다 이전에 쓰였지."

"그렇다면 일본이 독도를 침략한 것이 이형준 씨의 사망 직후인 것도 우연이 아닐 수 있겠군요."

"그렇지. 이형준이 죽음으로써 《가락국기》가 완전히 사라졌다고 판단해서 당장 독도 소송을 하겠다고 나선 것이겠지. 《가락국기》만 찾으면 독도 소송을 이길 수 있을 뿐만 아니라 한일 간의 고대사를 송두리째 바꿔 놓을 수도 있어. 자네가 앞으로 평생 국가정보원에서 나라에 기여할 수 있는 일들보다 더 많은 업적을 이룩할 수 있다고. 그래도 쉬고 싶다면 할 수 없지. 한 반 년 동안 푹 쉬게."

"아닙니다. 소송실무팀에는 언제부터 나가면 됩니까?"

독도 문제가 결국 ICJ에 가게 되자 그동안 강경 대응을 주장했던 사람들에 대해 비판이 쏟아졌다. 가장 비난의 표적이 된 사람은 바로 은성의 아버지 김규현 의원이었다. 공천을 한 번 더 받으려고 독도에 대한 군대 파견을 주장했는데 바로 그 이유 때문에 내년 총선에서 공천을 받을 가능성이 희박해졌다. 비난이 고조되는 분위기 속에서 김규현 의원 집안의 친일 내력이 언론과 인터넷에서 재조명되었다. 김 의원의 아버지가 일제강점기 때 검사로서 독립투사들을 탄압했던 사실이 부각되고 김 의원의 아들인 김은성 검사가 친일파 집안의 후광으로 검찰 내에서 요직을 거쳐 오고 있는 것처럼 묘사되었다. 인터넷에서는 친일파 집안인 김 의원이 독도를 일본에 넘겨주려고 일부러 독도에 군대를 파견하자는 운동을 벌인 것이 아니냐는 말까지 나왔다.

은성은 집에 돌아온 아버지와 마주치자마자 분통을 터뜨렸다.

"온 국민이 아버지가 정치적 쇼를 하는 바람에 일이 이렇게 되었다고 비난하고 있어요. 우리 집안이 친일파이기 때문에 일본을 위해서 이런 짓을 벌였다고요. 제가 왜 아버지 때문에, 할아버지 때문에 이렇게 더럽게 욕을 먹고 살아야 합니까?"

은성의 특유의 이글거리는 눈빛, 고집스러운 표정, 공격적이고 차가운 말투, 성마른 태도는 다른 사람들보다 아버지 앞에서 한결 뚜렷해졌다. 목소리까지 크고 허스키해서 더욱 거칠고 통제 불가능한 인상을 풍겼다. 반면 자기 편, 남의 편을 가르지 않고 사납고 거칠게 경멸조로 핀잔을 주는 김규현 의원은 아들 앞에서만큼은 비교적 침착하게 설득조로 말하려고 애썼다.

"정치인은 원래 쇼를 하는 것이 본분이야. 정치인은 하루 중에도 슬픈 일이 있는 사람들에게 가서는 우는 척이라도 해야 하고 기쁜 일이 있는 사람들에게 가서는 억지로라도 웃어야 해. 그걸 위선이라고 손가락질하는 것은 연기자들이 연기하는 것을 욕하는 것과 마찬가지야. 국민들이 독도 문제로 일본에 분노를 느끼고 있고 군대가 주둔했으면 좋겠다고 생각하고 있는데 그런 목소리를 정치인들이 나서서 대변해 주지 않으면 누가 대변해 주겠나."

"국민들의 정서를 대변하기 위해서 그러신 것이 아니잖아요. 언론의 관심을 끌려고, 공천을 받으려고, 그런 무리한 쇼를 하신 것 아닌가요? 그 때문에 결국 일본이 독도에 쳐들어온 것 아닙니까?"

김 의원의 목소리가 갑자기 커졌다.

"검사라는 놈이 누가 범인이고 누가 피해자인지도 몰라? 쳐들어온 일본
놈들이 잘못이지, 내가 잘못이야?"

"일본이 저렇게 움직일 빌미를 아버지께서 주지 않았습니까?"

"내가 어디 위법한 빌미를 주었나? 경찰이 강도에게 칼 버리라고 고함을
쳤다가 강도가 흥분해서 인질을 죽이면 경찰이 살인의 빌미를 준 건가? 경
찰이 칼 버리라고 말도 못하나?"

"돌발적이고 무리하게 하지 않고, 사려 깊게 말을 할 수도 있는 것이죠."

김 의원의 목소리가 다시 누그러졌다. 은성의 날카로운 성격을 빚어낸
상처를 자신도 잘 알고 있기 때문이었다.

"아들아, 아무튼 미안하다. 친일파라는 무거운 멍에를 너에게까지 물려
주어서. 하지만 이 애비는 어떠했겠는지 생각해 보았느냐? 너는 친일파의
손자지만 나는 친일파의 아들이었다."

그 말에 은성은 더 이상 반박을 하지 못하고 명치를 맞은 것처럼 숨만
가다듬었다.

박기대 외교부 장관을 본부장으로 하여 외교부에 독도소송본부가 꾸려
졌다. 그 속에 실무팀이 꾸려져서 사실상 대부분의 소송 업무를 맡게 되
었다. 실무팀원을 구성하는 작업도 도하가 초안을 작성했다. 외교부에서는
영토해양과 직원 전부와 동북아1과의 일부 직원들 외에도 해외 공관에 나
가 있는 독도 문제에 해박한 직원들, 사서관, 전직 외교관들 등이 차출되었
다. 외부에서는 법무부 검사와 국제법 교수들 및 국가정보원, 동북아역사
재단 독도연구소, 국회도서관, 국립박물관 등에서 차출된 인원들이 포함되

었다.

법무부에서도 검사를 한 명 파견했는데 그가 바로 은성이었다. 법무부에서 그 자리가 공고가 나서 은성이 자원하려고 했을 때 도하는 만류했다. 소송팀 내에서 연애를 한다는 말이 돌게 되면 자칫 외부에서 큰 비난을 할 위험이 있었다. 그러나 은성은 발끈하면서 자원을 고집했다. 그가 소송팀에 참가하려는 것은 도하와 함께 시간을 보낼 수 있다는 것보다도 자신이 소송팀에서 일본을 이기면 대대로 내려오는 친일파라는 꼬리표를 뗄 수 있으리라는 바람 때문이라고 했다. 도하는 대신 자신과의 관계는 비밀로 해두자고 은성에게 부탁했다.

팀장은 손태진 국제법률국장이었다. 그는 머리가 벗겨지고 배가 불뚝 나온 게으른 인상의 중년 남자로 실상 법률을 그리 잘 알지 못하는 사람이었다. 학교에서 법을 전공한 적도 없고 국제법률국에서 근무했던 경험도 없으며 해외 공관에 있을 때에도 국제법 업무를 한 적이 없었다. 자신이 원하던 북미국장 자리에서 밀리자 국제법률국장 자리를 꿰차고 들어온 것이었다. 외교부를 비롯해서 여러 부처에서 장차관급 고위직을 지낸 친인척들이 밀어준 결과였다.

이들 외에도 '고문'이라는 직함이 부여된 열 명 남짓의 인사들도 있었다. 주로 은퇴한 외교관이나 학자였는데, 이들 중 상당수는 이미 오래전부터 외교부에서 독도 관련 연구용역을 받아서 용역비를 지급받아 오고 있었다. 그중에는 물론 진정한 실력자도 없지는 않았지만 별 도움이 안 되는 사람들도 적지 않았다. 후자의 경우, 외교부가 먼저 그들을 필요로 했던 것이 아니라 그들이 먼저 도움을 주겠다며 빈번하게 찾아오고, 그들의 요청을 거절하면 보복으로 종종 외교부 간부들에게 담당자에 대한 험담을 흘릴 가능성이 있으며, 수백에서 수천만 원의 용역비를 받아 놓고도 의미 있는 연구 성과를 내어놓은 적이 없다는 공통점이 있었다. 그들의 연구 결과라는 것은 기존의 자료를 짜깁기해서 낸 것이거나, 학문적 근거나 객관적 균형감각이 없는 독단적·궤변적인 것이거나, 심지어 젊은 학생이나 아는 외교부 직원을 시켜서 만든 것이었다.

학문적인 성과나 기초도 없고 그렇다고 독도 문제 해결에 기여할 수 있는 값어치 있는 경험도 없는데도 어쩌다 언론에 좀 나오면서 자칭, 타칭으로 독도 전문가가 되어 버린 사람들도 고문이 되었다. 이들은 논문을 발표해서 검증을 받지도 않은 채, 다분히 국수주의적이고 비약이 많은 부정확한 논리를 소리 높여 주장하는 경우가 다반사였는데 바로 그 유별난 점때문에 언론에 나올 수 있었던 셈이었다. 그런 맥락에서 독도에 관해 소설을 쓴 적이 있다는 머리가 유난히 큰 젊은 판사도 와 있었는데 그 역시 별로 도움이 될 것 같지는 않아 보였다.

소송실무팀은 처음 모인 자리에서 한 명씩 차례로 자기소개를 했다. 서준이 인사를 시작하자 책상 위의 문서에 놓여 있던 도하의 시선이 곧장 서준의 얼굴로 향했다. 다른 남자들보다 두 음 정도 낮은, 타는 장작처럼 바스락거리는 그 목소리는 오래된 레코드 음반을 모처럼 턴테이블 위에 건 것처럼 익숙했기 때문이다. 도하는 서준의 얼굴을 뚫어져라 쳐다보았다. 얼굴 윤곽이 희석과 비슷하긴 했지만 아무래도 같은 얼굴은 아니었다. 희석이 짙은 경상도 억양을 가졌던 것과는 달리 서준은 완벽한 서울말을 구사하고 있었다. 서준의 목소리를 들은 후부터는 도하의 귀에 다른 사람들의 소개는 들어오지 않고 과거의 추억들만 눈앞에 어른거렸다.

도하와 희석은 캠퍼스 커플이었다. 도하는 정치외교학과였고 희석은 국문학과였다. 도서관 앞에서 정신을 잃은 도하를 희석이 보건소에 데려다준 이후 서서히 자주 만나게 되면서 연인이 되었다. 희석은 과묵하고 무뚝뚝한 전형적인 경상도 남자였다. 남자 친구들과는 늘 유쾌하게 어울리면서도 여자와 함께 있는 것은 어색해 했다. 자상하지도, 애교가 많지도 않았지만 도하는 희석이 자신을 깊이 사랑하고 있다는 것을 느낄 수 있었다. 그는 도하가 자주 앉는 도서관 의자가 고장이 나면 조용히 고쳐 놓는, 약속장소에 먼저 도착하고도 아직 도착하지 않았으니 천천히 오라고 전화하는, 자신은 고아이면서도 엄마 없는 도하를 더 안쓰러워하는, 그런 사람이었다.

　말이 많지 않은 대신 도하가 이야기를 하면 세상에서 가장 재미있는 이야기를 듣는 것처럼 눈빛을 맞대고 집중해서 들었다. 함께 듣던 강의가 휴강이 되었을 때 강의실에 남아 나누던 이야기들, 학교 연못가 노란 벤치 위에 앉아 이어폰 한쪽씩을 각자의 귀에 꽂고 듣던 음악들, 전철역으로 향하는 마을버스 가장 뒷자리에서 나눈 이야기들은, 비록 이제 그 내용은 기억나지 않지만 장면들만은 조각조각 도하의 추억 속 가장 귀한 서랍 안에 담겨 있었다. 그 마지막 날, 저녁을 함께 먹고 벤치에 나란히 앉았을 때 도하가 밤하늘을 올려다보며 말했다.

　"오늘은 낮에 비가 와서 그런지 별이 많이 보이네. 평소에도 이렇게 별을 볼 수 있으면 좋겠어. 심지어 낮에도 말이야."

　"하루 종일 별을 보려면 소혹성 B-612로 가야지."

　"B-612? 어린 왕자의 고향별 말하는 거야?"

　"그래. 의자만 이곳저곳으로 옮기면 해가 뜨는 모습도, 해가 지는 모습도 계속 볼 수 있는 곳이잖아."

"그런 데가 진짜로 있으면 좋긴 좋겠다. 의자 갖다 놓고 계속 별 보면서 오빠 얘기만 들을 수도 있고."

"있어, 진짜로."

"에이, 오빠는. 내가 그렇게 허술해 보여?"

"아니야. 나도 설마 했는데, B-612는 화성과 목성 사이에 있는 수많은 소혹성들 중 하나라더라. 터키의 한 천문학자가 발견해서 국제천문학회에 보고도 했대. 생텍쥐페리가 파일럿이었으니까 아마 천문학에 대해서도 관심이 많았겠지."

"정말이야?"

"정말이래도. 여기서도 잘하면 볼 수 있어. 자, 저길 봐. 보이잖아."

희석이 밤하늘을 살피다가 한 지점을 가리켰다.

"어디? 안 보이는데?"

"저기 있잖아. 잘 봐."

도하도 일어서서 발뒤꿈치를 들었다.

"안 보이는데. 오빠는 보여?"

"좀 더 가까이서 보고 싶어?"

"응."

희석은 밤하늘을 가리키던 손을 도하의 손 위에 내려놓았다. 도하의 손바닥 위에는 놀랍게도 소혹성 B-612 두 개가 놓여 있었다. 작은 구슬에 석고를 발라 울퉁불퉁한 소혹성 모양을 만들고 그 위에 밝은 청록색 물감을 덧칠한 다음 투명한 기름으로 코팅을 입힌 목걸이였다. 소혹성의 몸통에는 'B-612'라는 글자가 금색으로 세밀하게 새겨져 있었고 그 끝에 가늘고 검은 목걸이 줄이 달려 있었다. 자신이 손수 만든 것이라며 서준은 그 목걸이 하나를 도하의 목에 걸어 주었다.

그것이 희석을 마지막으로 본 것이었다. 희석은 그 후로 연락이 되지 않았다. 희석이 쓰던 전화기도 끊기고 희석이 살던 자취방에도 다른 사람이 살고 있었다. 그 후로 희석의 소식을 아는 사람을 만날 수 없었다. 사랑이 끝나서 헤어진 것이 아니라 별안간 사람이 사라져서 사랑이 끝난 것이었다. 소진하지 못한 그 사랑은 갑작스런 교통사고로 죽어 버린 사람의 영혼처럼 어디로 가야할지 모른 채 기존에 서 있던 자리를 지키며 황망하게 떠돌기만 했다.

팀원들의 소개가 끝나고 나자 안정애 과장이 나와서 소송 절차를 설명하기 시작했다.

"국제사법재판소에 꼼쁘라미를 제출함으로써 소송이 시작됩니다. 꼼쁘라미는 영어로 'Compromise', 즉, 타협이라는 뜻이에요. 양 당사국이 ICJ에서 재판을 받겠다고 합의하고 그 의사를 재판소에 표시하는 것으로 국내 소송으로 치면 소장 같은 거예요. 이 꼼쁘라미를 ICJ에 제출하면 재판이 시작됩니다. 그 다음에 우리나라는 임시재판관(Judge ad hoc)을 지명해야 합니다. ICJ 규정에 따라서 현재 일본이 자기 나라 국적의 재판관을 ICJ에 두고 있기 때문에 그렇지 못한 우리나라는 우리나라 국적의 임시재판관을 선정할 수 있는 것입니다. 유능한 카운슬(Counsel)을 고용하는 것도 중요합니다. 카운슬은 국내 소송으로 치면 변호사로 주로 저명한 국제법 교수나 변호사가 맡아요. ICJ에서 변론을 여러 번 해본 카운슬들은 세계적으로 고작 열댓 명 안팎이기 때문에 좋은 카운슬들을 일본보다 선점하려면 지금부터 열심히 뛰어야 해요. 그러나 무엇보다도 중요한 것은 우리 팀원들이 독도 소송에 관한 쟁점들을 잘 아는 것입니다. 카운슬들도 소송기법이나 적용되는 국제법 법리를 잘 알 뿐이지 독도 문제 자체에 대해서는 우리보다 더 잘 알 수가 없습니다. 독도 문제는 국제법과 역사학, 지리학 등이 겹쳐져 있는 분야인데 여기 각 분야의 전문가들이 계시기는 하지만 다른 분야를 잘 이해하지 못할 수도 있기 때문에 여러 차례 내부 세미나를 거쳐서 각자 다른 분야의 쟁점이나 논의들도 익힐 필요가 있습니다."

정부가 소송 준비를 시작한 것과는 반대로 여론에서는 소송을 반대하는 목소리가 커져 갔다. 상당수 언론들은 정부가 소송을 하기로 결정한 것에 대해 자기 땅에 불한당이 침입해 땅 소송을 하자는 걸 받아준 꼴이라고 하거나 정부가 독도를 놓고 위험천만한 불장난을 하고 있다고 했다. 모 언론사가 실시한 여론조사에서는 소송 반대 의견이 68퍼센트에 달했다. 인터넷에서는 한국이 소송에서 패할 수밖에 없는 이유들이 수십 가지씩 묶여 유포되었다. 텔레비전 시사토론에서도 독도 소송을 놓고 찬반논쟁이 벌어졌다. 소송 반대 촛불집회도 시작되었다. 광화문 외교부 청사 앞의 촛불의 숫자가 일본대사관 앞의 촛불의 숫자들보다 더 많아졌다.

소송 반대를 당론으로 채택한 야당은 꼼쁘라미를 체결하려는 정부에 대해서 헌법에 따라 국회의 동의를 받을 것을 요구했다. 헌법 제60조는 '주권의 제약에 관한 조약' 등을 체결 및 비준할 경우에는 국회의 동의를 받도록 규정하고 있는데 꼼쁘라미는 독도를 일본에게 내어줄 수 있는 가능성을 내포한 조약이므로 이러한 조약에 해당한다는 것이었다. 그러나 정부와 여당은 꼼쁘라미가 양국이 소송을 한다는 내용만 담겨 있을 뿐 독도 영유권을 일본에게 내어준다거나 제약하는 내용이 있는 것이 아니고, ICJ에서 영토 소송을 한 다른 나라들의 경우도 꼼쁘라미 체결 시에 국회의 동의를 받은 전례가 거의 없다며 국회의 동의를 받을 필요가 없다는 입장을 고수했다. 이런 상황들 사이로 정부 내에서 친일파가 물밑에서 독도를 일본에게 그냥 넘겨주려고 공작을 벌이고 있다는 음모론이 흘러다녔다.

그 와중에 손태진 실무팀장이 한 방송국 뉴스와의 생방송 인터뷰에서 심각한 무리수를 두었다. 앵커로부터 독도 소송에 대해 우리가 일본의 계략에 말려든 것 같다며 불안해 하고 있는 국민들을 위해서 한마디해 달라고 요청을 받자 손 팀장은 "전혀 걱정하지 않으셔도 됩니다. 독도는 역사적으로나 지리적으로나 국제법적으로나 우리 땅이기 때문에 소송에서도 당연히 우리가 이길 수밖에 없습니다. 일단 연말까지만 참아 주십시오"라고 답변한 것이다. 그러자 앵커는 "방금 연말까지만 참아 달라고 하셨는데 그렇다면 올해 연말까지는 소송에서 이겨서 독도에서 일본 해상자위대를 몰아낼 수 있다는 말씀입니까?"라고 물었고, 손 팀장은 "네, 연말까지는 소송에서 이길 것이고, 일본 해상자위대를 철수하게 만드는 것은 그보다 더 빠를 수 있습니다. 꼼쁘라미 협상 때 우리가 소송에 응하는 것을 조건으로 일본 함대의 조속한 철수를 요구할 생각이니까요"라고 대답했다. 사무실에서 함께 이 방송을 보던 도하를 비롯한 직원들은 경악했다. 실무팀원들과 아무런 사전 조율이 없었던 이야기였기 때문이다. 안 과장이 가시 돋힌 음성으로 벌컥 화를 냈다.

"올해 말까지 소송을 마친다는 건 불가능한 이야기야. 소송이 적어도 삼 년은 걸리는데 팀장님이 왜 저런 말씀을 하시지? 배 서기관, 당신이 인터뷰 문답을 저렇게 작성한 거 아니야?"

"아니에요. 저건 팀장님의 애드립입니다. 제가 왜 저런 황당한 답변을 쓰겠어요. 우리가 소송을 서두르면 준비를 많이 한 일본만 좋다는 걸 뻔히 알고 있는데."

도하가 안타까워했다.

"해상자위대 철수도 소송을 하겠다는 선언을 할 때부터 주장했다면 몰라도 이미 소송을 하겠다고 선언한 마당에 꼼쁘라미 체결 조건으로 제시할 것은 아닌 것 같은데요."

배 서기관이 미간을 찌푸리며 받았다.

"팀장님은 아직 꼼쁘라미가 뭔지조차도 감을 못 잡고 있는 눈치야."

손 팀장의 설익은 발언은 한국은 물론 일본 언론에도 대서특필되었다. 청와대에서 자신의 발언의 배경에 대해서 확인을 요청하자 손 팀장은 실무팀 내에서 충분한 토의를 거쳐 도출된 내용이라고 거짓 해명까지 했다. 그러나 팀원들은 막상 손 팀장 앞에서는 쉽게 불만을 털어놓지 못했고 특히 외교부 소속 직원들은 더욱 그럴 수밖에 없었다. 손 팀장이 오현호 청와대 외교안보수석과 절친한 실세인 데다가 자신에게 반기를 드는 사람에게는 반드시 불이익을 주는 성격으로 알려져 있었기 때문이었다. 그러자 은성이 소송전략회의에서 그 문제를 짚고 넘어갔다.

"팀장님, 올해 안에 소송을 끝낸다는 것은 불가능합니다. 이 소송을 제대로 준비하려면 최소 3년은 필요합니다. 준비 시간이 짧아질수록 이득을 보는 쪽은 일본입니다. 더 늦기 전에 기자회견을 다시 열어서 지난번 발언은 개인적인 바람이었을 뿐 실무팀의 공식 의견이 아니었다고 정정해 주셔야 합니다."

"시간이 뭐가 그렇게 중요합니까? 다들 한 발씩만 더 뛰면 시간은 극복할 수 있어요. 나는 진실의 힘을 믿습니다. 독도가 역사적으로나 국제법적으로나 우리 영토인 게 확실한데 어떻게 우리가 소송에서 질 수 있겠습니까? 시간 평계는 무능한 사람들이나 하는 말입니다."

"소송 준비에 시간이 얼마나 필요한지 제대로 판단하는 것도 능력입니다."

은성의 말에 손 팀장의 표정이 단박에 일그러졌다.

"이것 봐요, 김 검사! 지금 밖에서 소송 반대 여론이 눈덩이처럼 커지고 있는 것을 모릅니까? 어차피 이 상황에서 소송을 오래할 수도 없어요. 우리 국민들이 조바심이 얼마나 심한지 잘 알지 않소. 그리고 소송을 오랫동안 유지하게 되면 이 정권은 끝이 날 때까지, 아니 다음 대선까지도 계속 수세에 몰리게 돼요."

"지금 손 팀장님의 말씀은 여당 대표가 당 회의를 주재할 때나 하는 말이지, 정치적 중립을 지켜야 하는 공무원이 할 말이 아니라고 생각합니다."

"나 참, 김 검사는 지금 우리가 하는 소송이 국내 형사재판이라고 착각을 하고 있는 모양인데 이 소송은 국제 재판입니다. 여러 가지 정무적 판단도 같이 해야 하는 것입니다. 다른 사람도 아닌 김 검사가 자꾸 이런 식으로 터무니없이 딴죽을 거니까 친일파가 독도를 넘겨주려고 공작을 벌인다는 소문이 퍼지는 거 아니오."

손 팀장은 수세에 몰리자 은성의 가장 치명적인 약점을 자극한 것이었다. 논리적인 반박에 능한 은성이었지만 '친일파의 자손'을 내세우는 공격 앞에서는 감정이 요동쳐 대꾸할 말을 쉽게 찾지 못했다.

꼼쁘라미는 제3국인 미국의 하와이에서 체결했다. 호텔 대회의실 안팎에서는 내외신 기자들이 대표단의 일거수일투족을 카메라에 담았다. 양국 대표단은 한국 국기와 일본 국기가 사선으로 꽂힌 긴 테이블 위에 자신의 명패를 찾아 자리를 잡고 앉았다. 박기대 외교부 장관은 키무라 마사오 외상과 테이블을 사이에 두고 악수를 한 상태로 취재진들을 향해 포즈를 취했다. 양측 대표들이 차례로 일어나 간단히 직함과 이름을 소개한 뒤 박 장관이 먼저 인사를 건네면서 회의가 시작되었다.

"최근 한일 양국 간에 매우 불미스러운 일이 발생해서 동북아뿐만 아니라 전 세계에 걱정을 끼치고 있습니다. 오늘 이 자리가 양국 간 갈등을 해소하고 세계 평화에 기여하는 데 도움이 되기를 바랍니다."

"그동안 일한 관계를 어렵게 했던 다케시마 문제가 공정하게 해소됨으로써 앞으로의 일한 관계가 더욱 돈독해질 것이라 믿습니다."

양국 대표는 인사말을 끝내고 입을 다문 채 취재진이 물러나기를 기다렸다. 회의 첫 부분과 마지막 부분만 취재진에게 공개하기로 사전 합의가 돼 있었다. 취재진이 퇴장하자마자 키무라 외상이 먼저 포문을 열었다.

"무릇 좋지 않은 일은 빨리 끝을 보는 것이 좋습니다. 다케시마 소송도 가능한 한 빨리 시작해 빨리 끝내는 것이 양국 관계와 동북아의 평화를 위해 이로울 것입니다."

"일본의 군함이 독도를 침략함으로써 동북아의 평화가 깨졌습니다. 평화를 진정으로 원하신다면 재판과는 별도로 하루 빨리 독도 앞바다에서 군함을 철수해 주셔야겠습니다."

"철수는 불가합니다. 해상자위대가 물러나면 한국 측에서 재판을 안 하겠다고 나올 수도 있지 않습니까? 또 재판을 하더라도 일본이 재판에서 이길 경우 한국이 결과에 불복해 해상자위대의 재진입을 막을 수도 있는 것 아닙니까?”

“대한민국을 약속을 안 지키는 나라로 폄하하지 말아 주시기 바랍니다.”

“그럼 재판과 해상자위대 철수를 결부시키지 말아 주시기 바랍니다.”

“어쨌든 일본 측의 요구대로 우리가 재판을 하기로 하지 않았습니까. 우리가 먼저 양보를 했으니 일본도 양보를 하는 것이 공평하지 않습니까?”

키무라 외상이 어이가 없다는 듯 웃었다.

“한국이 양보를 했다고요? 그동안 우리가 거듭 재판을 하자고 할 때는 줄곧 무시하다가 해상자위대가 다케시마를 포위하니까 어쩔 수 없이 재판에 동의한 것 아닙니까. 한국이 승소하면 일본은 한국이 제발 좀 더 있어 달라고 해도 알아서 물러날 겁니다. 그러니 우리 함대를 빨리 몰아내고 싶으시면 속전속결로 재판을 끝내면 됩니다. 혹시 재판에서 이길 자신이 없어서 이러는 것 아닙니까?”

“일본이 총을 겨누고 있는 상황에서 우리가 제대로 재판을 할 수 있겠습니까? 일본이 총을 겨누고 있는 것이야말로 재판에 자신이 없어서 그런 것 아닙니까? 총이 아니라 재판으로 문제를 해결하겠다는 쪽이 어째서 재판을 하는 내내 총을 겨누고 있으려고 하십니까?”

“한국이 지난 육십 년 동안 다케시마에서 별의별 도발을 하면서 일본인들을 자극하는 데에도 우리 일본 정부는 우리 국민들을 진정시키고 달래면서 그저 꾹 참고만 있었습니다. 그런데 한국은 고작 소송이 끝날 때까지도 못 참겠다는 겁니까? 그거야말로 도리가 아니지요. 한국이 소송에서 이길 자신이 있다니까 소송기간이 짧으면 짧을수록 더 빨리 해상자위대를 몰아낼 수 있겠군요. 그럼 소송 마감 시한을 언제로 잡을까요? 우리는 당장 다음 달도 좋습니다.”

"만약 일본이 군대를 즉시 철수시켜 준다면 소송을 올해 말까지 끝내는 것으로 하겠습니다."

키무라 외상은 씩 웃으면서 고개를 좌우로 저었다. 일본도 손태진 팀장이 한국 언론에 대고 연말까지 소송을 끝내겠다고 장담한 사실을 잘 알고 있었다. 다시 말해서 자신들이 군이 해상자위대를 철수시켜 주지 않더라도 한국 측이 소송을 연말까지 끝낼 수밖에 없는 입장임을 잘 알고 있는 것이다. 결국 한국은 일본으로부터 함대의 조기 철수 약속을 받아내지 못한 채 꼼쁘라미 체결에 합의하고 말았다. 소송시한도 연말로 잡혔다.

장관들이 굵직한 이슈들을 결정한 이후 손태진 팀장과 야마자 카이토 조약국장이 보다 세부적인 사항에 대해 논의에 들어갔다. 야마자 국장은 간결하면서도 설득력 있는 언변으로 논의를 주도했다. 그는 여러 이슈에 대해 다양한 근거와 대안들을 제시하면서 한국 측이 도저히 수긍하지 않을 수 없게 만들었다. 반면 기본적인 내용조차 충분히 숙지하지 못한 손 팀장은 동문서답을 하는 경우가 비일비재했다.

다시 취재진들이 들어와서 카메라 셔터가 터지는 가운데 박기대 장관과 키무라 외상이 아래와 같은 꼼쁘라미 정본에 서명을 마쳤다. 며칠 후 이승철 주네덜란드 대사가 일본의 주네덜란드 대사와 함께 직접 ICJ로 가서 사무국장(Registrar)에게 공동으로 꼼쁘라미를 제출했다. 이로써 독도 소송이 법률적으로 개시된 것이었다.

대한민국과 일본국 간의

독도/다케시마 영토 분쟁 해결을 위한 특별협정

대한민국 정부와 일본국 정부는 독도/다케시마의 영토 분쟁을 해결하기 위하여 이 문제를 국제사법재판소에 제소하기로 하고 다음과 같이 합의하였다.

제1조 합의

양국은 위 분쟁을 국제사법재판소 규정 제36조 제1항에 따라 국제사법재판소에 제소하는 데 합의한다.

제2조 재판 대상

국제사법재판소는 독도/다케시마가 대한민국과 일본국 중 어느 나라의 영토주권에 속하는지 결정한다.

제3조 명칭

특별협정에 사용되는 '독도'와 '다케시마' 또는 '다케시마'와 '독도'의 명칭의 순서는 판결에 아무런 영향을 미치지 않는다.

제4조 절차

1. 소송 절차는 서면 절차와 구술 변론 절차로 이루어진다.

2. 서면 절차에 필요한 서류는 꼼쁘라미 제출 후 6개월 내에 국제사법재판소 사무국장에게 제출해야 한다.

3. 구술 변론 절차에서의 진술 순서는 양국 간 합의에 의해 결정한다. 다만 그 순서는 입증 책임에 영향을 주지 않는다.

4. 판결 선고는 구술 변론이 끝난 후 1개월 이내에 이루어진다.

제5조 판단 근거

국제사법재판소는 국제사법재판소규정 제38조 제1항에 따라 국제협약, 국제관습, 문명국에 의하여 인정된 법의 일반원칙, 사법판결, 가장 우수한 국제법학자의 학설 등에 의해 본 사건을 재판한다.

제6조 이의 금지

양국은 국제사법재판소의 판결에 이의를 제기하지 않고 충실히 따를 것을 합의한다.

제7조 효력

1. 본 특별협정은 비준 문서가 교환되는 즉시 효력을 발생한다.
2. 양국은 유엔 헌장 제102조에 따라 본 특별협정을 유엔사무국에 등록한다.

이상의 증거로 양국의 대표는 하와이에서 서명한다.

대한민국 정부 대표	일본국 정부 대표
외교부장관	외무대신
박기대	키무라 마사오

꼼쁘라미가 체결된 날 저녁 무렵 피곤해서 일찍 쉬려고 호텔 방으로 올라가는 도하에게 은성이 말을 걸었다.

"아래 바에서 술이나 한잔 할까?"

"팀에 있을 때는 개인적으로 안 만나기로 했잖아."

"그럼 케빈도 끼워서 같이 한잔 할까?"

"미안해. 몸도 좀 안 좋아서 그래."

"아, 그래? 몸이 안 좋으면 쉬어야지."

도하가 방으로 들어가고 난 후 은성은 혼자서 해변을 터벅터벅 걸었다. 야자수 밑에서는 피에로가 퍼포먼스를 펼치고 있었고 해변에서는 노인이 근사하게 하모니카를 불고 있었으며 연인들은 곳곳에서 키스를 나누고 있었다. 도하와 가까이 있으면서도 저렇게 함께 즐거운 시간을 보내지 못한다고 생각하니 못내 서운했다.

도하는 샤워를 한 후 테라스에 나와 해변의 낙조를 구경하고 있었다. 바다 위에서는 웃통을 벗은 사내들이 저물어 가는 태양을 등진 채 서핑을 즐기고 있었고 해변가에서는 고래 기름을 태우는 가스 횃불들이 하나씩 솟아올랐다. 아이스크림처럼 시원하고 달콤한 풍경 덕분에 아빠가 돌아가시고 독도 사태가 터진 뒤 정신없이 시달려 온 마음이 다소 풀어지는 느낌이었다. 그때 도하의 시선이 해변에서 바다 쪽을 바라보고 있는 한 남자에게서 멈췄다. 다름 아닌 그가 분명했다. 도하는 허겁지겁 옷을 걸쳐 입고 방문을 나서서 그 남자가 서 있는 해변으로 달려갔다. 그는 선글라스를 이마 위로 올리고 도하를 향해 머쓱한 웃음을 지어 보였다.

"아, 저는 또 누구시라고요."

도하는 아무 말 없이 서준을 빤히 쳐다보았다. 눈, 코, 입을 찬찬히 뜯어보았다.

"저…… 당신은 대체 누구시죠? 저를 원래 알고 계셨죠?"

도하가 자신의 정체를 알아차렸다는 생각에 얼굴이 굳어진 서준은 아무런 대답을 하지 않은 채 도하를 가만히 쳐다보며 십 년 전의 일을 떠올렸다.

어느 날 도하의 아버지인 이형준이 시내의 한 제과점으로 희석을 불러냈다. 그러고는 자신이 하나뿐인 딸을 얼마나 사랑하는지, 얼마나 많은 공을 들여 키웠는지 찬찬히 설명했다.

"내 딸은 자네가 아주 착하고 믿음직한 젊은이라더군. 이렇게 보니 내 딸의 눈이 틀리지는 않은 것 같군. 하지만 유감스럽게도 자네가 내 딸의 짝이라고는 생각지 않아. 지금은 내 말이 야속하게 들리겠지만 나중에 자네도 딸을 길러 보면 나를 이해할 수 있을 거야."

희석은 쟁반에 쌓인 빵만 쳐다보았다. 영화나 드라마에서 사랑하는 남녀가 부모의 반대쯤은 쉽게 극복하는 걸 많이 보았지만 직접 그런 상황에 처해 보니 저항을 해볼 엄두가 나지 않았다. 부모도 없고 장래도 불투명한 자신의 처지를 생각하면 자신이 도하의 아버지라도 딸의 짝으로 못마땅할 것 같았다. 서준이 무슨 말씀인지 잘 알겠다고 하자 이형준은 빵값을 내고 먼저 일어났다. 제대로 말 한마디 못하고 고개만 숙이고 있었던 자신이 희석은 두고두고 부끄럽고 비참했다. 얼마 후 희석은 도하에게 말하지 않고 입대를 했다.

얼마 후 국정원 물색조가 희석을 국정원 요원으로 발탁했다. 영민하고, 운동신경이 좋고, 애국심이 강한 데다 가족까지 없는 희석은 특수공작요원으로 제격이었다. 국정원에 들어간 이후부터 희석은 성형수술과 더불어 이전까지 '최희석'으로 살아온 인생을 지워 버리고 '최서준'으로의 인생을 새롭게 시작했다. 그리고 십 년의 세월이 흘렀다.

십 년이란 세월은 도하를 잊기에 충분했다. 여전히 그녀의 얼굴과 과거의 추억들이 문득문득 떠오를 때도 있었지만 예전처럼 그 연상에 감정이 실려서 전해 오지는 않았다. 그런데 얼마 전 이형준의 시신 곁에서 쓰러진 도하를 업고 응급실로 옮기는 짧은 시간 동안, 서준은 목숨을 건 작전을 수행할 때에도 느끼지 못한 미세한 떨림이 마음속에서부터 번지는 것을 느꼈다. 그 떨림이 무슨 의미였는지 앞으로 자신을 어떤 일로 이끌 것인지 알 수 없었지만 막연히 불안했다.

"맞죠? 저를 원래 알고 계셨죠?"

도하는 거듭 서준을 몰아붙였다. 서준은 여전히 결단을 내리지 못하고 있었다. 끝까지 부인해야 하는지, 사실대로 털어놓아야 하는지 가늠이 되지 않았다. 그 사이 이미 침묵으로 긍정을 해버린 셈이었다.

"도쿄 병원에 왔었던 분이죠?"

서준은 내심 안도의 한숨을 내쉬었다. 그녀는 도쿄에서 자신을 본 기억만을 떠올렸을 뿐, 자신이 희석인 줄은 모르고 있었다. 그것은 오히려 묘하게 서운한 기분을 불러일으키기도 했다. 서준은 천천히 고개를 끄덕였다.

"왜 그곳에 계셨죠?"

나직이 묻는 그녀의 음성은 고함을 지르며 추궁하는 그 누구보다도 그를 압박했다.

"국정원 본부에서 아버님이 돌아가셨다는 소식을 입수한 후 저를 보내 살펴보게 한 것일 뿐 별다른 이유는 없습니다."

"국정원이 교통사고로 죽은 사람들 시신까지 일일이 찾아 다닐 정도로 한가한 조직이었던가요?"

"이 서기관님 아버님은 유명 인사라서 갔던 겁니다."

도하의 목소리가 불안정하게 떨리기 시작했다.

"저보고 그 말을 믿으라고요? 최 사무관님, 저는 그렇게 눈치 없는 바보가 아닙니다. 우리 아빠의 죽음에 대해서 뭔가 알고 있는 거죠? 그렇죠?"

서준은 괴롭고 난처했지만 전 팀장에 의해 봉인된 비밀을 함부로 누설할 수는 없었다.

"우리 아빠는 살해당한 거래요. 누가, 왜 아빠를 죽였는지 저는 알아야 한다고요! 뭔가 아신다면 제발 좀 알려 주세요. 당신 아빠가 죽었다고 생각 좀 해보시라고요. 제발 부탁이에요, 뭐든 좀 알려 주세요!"

도하의 두 눈에서 뺨을 타고 흘러내리는 눈물을 보니 서준의 마음이 흔들렸다. 그리고 얼마 전의 그 떨림이 한층 더 강한 힘으로 가슴에서 번져 갔다.

"아버님은 일본 정부가 계속 추적해 오고 있었습니다. 아버님께서 어떤 고문서의 행방을 알고 계셨기 때문입니다."

"《가락국기》 말인가요?"

"이미 알고 계셨군요."

"저야말로 최 사무관님이 《가락국기》를 알고 계셨다는 게 놀라운 걸요. 말씀해 주세요. 《가락국기》가 대체 어떤 책이기에 우리 아빠의 목숨을 빼앗아 간 것인지."

"제가 듣기로는 《가락국기》에 독도가 가야 땅이라는 것을 입증할 수 있는 대목이 있다고 하더군요. 그 때문에 한국과 일본이 모두 《가락국기》를 손에 넣고자 했어요. 그 쟁탈전 중에 불행히도 《가락국기》의 행방을 아는 유일한 사람인 아버님이 희생되신 거고요."

"그러면 국정원은 왜 진작 아빠에게 직접 그 책을 달라고 하지 않았죠?"

"했었습니다. 하지만 아버님은 모른다고 하셨지요."

"아빠가 왜 그러셨을까요?"

"그건 저희도 모릅니다. 그 때문에 사실 국정원에서는 도하 씨 아버님을 신뢰하지 못했습니다."

"그렇다면 아빠가 《가락국기》를 일본에 넘기려 했다는 말인가요?"

"그렇다고 보았습니다."

"그럼 국정원에서는 아빠뿐만 아니라 저까지도 못 믿겠군요."

"저는 이 서기관님을 믿습니다."

"왜죠?"

서준은 한동안 할 말을 찾지 못하다가 겨우 대답했다.

"이 서기관님을 직접 보면 누구나 믿을 수 있을 겁니다."

믿는다는 말에 도하의 눈에 물기가 차올랐다.

"그럼 저도 최 사무관님을 믿어도 될까요?"

놀란 눈으로 잠시 그녀를 응시하던 서준이 고개를 묵직하게 끄덕였다.

"그럼 저와 함께 《가락국기》를 찾아요. 그래서 일본의 편을 들려고 했다는 아빠의 누명을 벗기고 싶어요."

서준이 입을 꽉 다물며 고개를 끄덕거리자 도하의 눈물 아래로 밝은 기운이 은은하게 감돌기 시작했다. 먼발치에서 은성이 두 사람을 굳은 표정으로 내려다보고 있었다.

다음 날 귀국길에 비행기 탑승을 기다리면서 도하는 서준으로부터 들은 이야기를 조용히 은성에게 전했다.

"최 사무관님도 우리를 도와서 함께 《가락국기》를 찾기로 했어. 잘된 것 같아. 《가락국기》를 찾는다면 소송에도 큰 도움이 되고 아빠의 명예도 회복할 수 있을 거야."

"그 사람을 어떻게 믿어? 그 사람 말대로라면 아버님은 일본과 내통한다는 오해를 받으면서까지 국정원에 《가락국기》를 넘기지 않았어. 그건 아버님이 국정원을 못 믿는 어떤 이유가 있어서일 수도 있잖아. 그런데도 너는 그 이유가 뭔지 알아보지도 않고 무턱대고 국정원 직원을 끌어들이려고 하고 있어. 네 말대로라면 그 사람은 도쿄의 병원까지 너를 미행했고, 이제는 여기 소송본부까지 너를 쫓아온 셈이야. 우리가 나누는 이야기들을 최 사무관이 국정원에 시시각각 보고하지 않을 것 같아? 우리 주변에 도청장치가 되어 있을지도 몰라. 누가 알아? 그 사람이 바로 네 아버지를 죽인 범인인지."

"그건 너무 심한 말 아니니?"

평소에 화를 거의 내지 않는 도하가 발끈했다.

"네가 지금 나랑 합리적인 대화를 하고 있다고 생각해? 너는 지금 최 사무관의 말을 덮어 놓고 믿고 있잖아."

도하는 입을 꾹 다물어 버렸다. 마음이 약해진 은성이 먼저 사과를 했다.

"미안하다. 어쩌면 예민한 건 나인지도 모르겠어. 네 말대로 최 사무관과 같이 암호를 파헤쳐 보자. 우리가 그쪽으로부터 도움을 얻을 수 있을지도 모르겠네."

그때 도하가 말했다.

"내가 그 사람을 덮어 놓고 믿는 건 아니야. 그 사람은 직접 보면 누구나 믿을 수 있는 그런 사람이니까."

이번에는 은성이 입을 꾹 다물었다.

7

삼족오 한 쌍

꼼쁘라미 체결 후 실무팀은 본격적인 소송 준비에 착수했다. 매일 아침 소송전략회의를 열어 소송과 관련한 모든 문제를 논의했다. 국제법, 역사학 등 세미나를 열어서 쟁점에 대한 의견들을 교환하고 이후에는 전문 분야별로 팀을 나누어 ICJ에 제출할 변론서의 초고를 작성했다. 막상 착수하고 보니 난관이 한두 가지가 아니었다. 우선 열 명 안팎인 외국의 유명한 카운슬들은 대부분 일본 팀에 참여한다고 밝혔거나 일본 팀에 참여하지 않더라도 오래전부터 독도 문제에 대해서 일본 정부에게 자문을 해준적이 있어서 한국 팀에 참여할 수 없다는 입장을 전해 왔다. 그동안 한국은 독도 문제로 소송을 하지 않는다는 입장이었기 때문에 카운슬들과 미리 교류를 할 필요성을 전혀 느끼지 못하고 있었던 반면 오래전부터 소송을 하고 싶어 했던 일본은 수십 년 전부터 유능한 카운슬 후보자들을 자기편으로 만들어 놓았던 것이었다. 한국 팀에 참여하겠다고 나선 카운슬들은 고작 한두 명이었는데 이들은 평판이 떨어지는 사람들이었다. 아쉬운 대로 이들을 부르기는 했지만 사실상 소송 준비는 실무팀 자체적으로 해결해야 하는 상황이 되었다.

실무팀의 팀워크도 좋지 않았다. 다들 나름대로 전문가들이었기 때문에 자신이 한번 제시한 의견을 좀처럼 철회하거나 변경하려고 하지 않았다. 논쟁이 불필요하게 격화되어 감정싸움으로 번지기 일쑤였고 그 당사자들은 회의가 끝난 지 한참 지난 후에도 감정이 풀리지 않아서 뒤에서 은근히 서로를 헐뜯었다. 그러다 중도에 더 이상 못하겠다고 팀을 나간 경우도 있었다. 설득력이 떨어지는 견해를 주장하는 사람들일수록 고집이 강한 반면 합리적인 사람들은 자기 의견도 틀릴 수 있다며 겸손해 하다 보니 결국에는 설득력 약한 의견이 관철되는 경우가 비일비재했다.

조직이나 출신에 따라서 편이 갈라지기도 했다. 외교부 직원들은 검사들이나 국내 변호사들이 국제법은 모른다고 무시했고 검사들이나 국내 변호사는 외교관들은 소송 경험이 없다고 무시했다. 학자들은 공무원들이 학문적 기초도 없이 아무 내용이나 머릿속에 떠오르는 대로 막 주장한다고 무시했고, 공무원들은 학자들이 책임감이 없고 막상 뚜껑을 열어 보니 자기 전문 분야 한두 가지 빼고는 공부한 것이 없다면서 비아냥거렸다. 외교부를 은퇴한 선배들은 후배들이 예의가 없다고 하고, 후배들은 선배들이 옳지 않은 주장을 하는데도 할 말을 다 하지 못하고 고개만 끄덕이고 있어야 한다고 탄식했다.

사사건건 의견충돌이 일어나서 일의 진척이 느려지자 적지 않은 사람들이 식사 자리에서 이럴 바에는 차라리 가장 특출한 한두 명이 모든 결정을 내리고 변론을 준비하는 것이 훨씬 낫겠다며 투덜거렸다. 그러나 서로에 대한 비난의 수위가 높아지면서 시비에 휘말리지 않기 위해서 자기가 총대를 메고 일을 추진해 나가려는 사람들은 점차 줄어들었다. 손태진 팀장은 이런 갈등을 수습하고 팀원들을 통합할 능력이 없었기에 문제가 개선될 희망도 보이지 않았다.

은성, 도하, 서준은 틈틈이 암호를 해독하는 일에도 힘을 썼다. 일과를 마친 저녁에 휴게실 근처 빈방에서 은성이 자신이 찾은 자료를 소개했다.

"먼저 발이 세 개 달린 '삼족오'를 인터넷 백과사전에서 찾아보았어. 그랬더니 이렇게 설명되어 있더군."

태양이 하늘을 건너가기 때문에 조류와 관련시킨 얘기는 이집트나 한국의 고구려 벽화에서도 그 예를 찾을 수 있다. 한나라 때의 책인《춘추원명포(春秋元命包)》는 태양이 양(陽)이고, 3이 양수(陽數)이므로 태양에 사는 까마귀의 발이 세 개라고 풀이하고 있다.

"앞서 '태양의 남매'가 나오더니 '삼족오'도 태양과 관련이 있었던 것이었어. 나는 '삼족오'의 '오(烏)' 자도 주의 깊게 관찰했어. '까마귀 오' 자야. 인터넷 한자사전을 뒤져 보았더니 관련 단어들 중에 '오토(烏兔)'라는 것이 있었어. 이것도 봐봐."

烏兔 : 태양 속에는 세 발 돋친 까마귀가 살고 달 속에는 토끼가 산다는 전설에서 비롯된 것으로 해와 달을 달리 이르는 말

"여기에도 '세 발 돋친 까마귀', 즉 '삼족오'가 나오지. '까마귀 오' 자는 까마귀를 가리킬 때도 있지만 삼족오를 가리키기도 하는 것이야. 나는 '삼족오 한 쌍'을 찾기 위해서 까마귀 오 자를 쌍으로 쓰는 단어들을 찾기 시작했어. 그러다 마침내 그 단어를 찾아냈지. 까마귀 오 자를 쌍으로 쓰는 단어는 단 하나뿐이었어. 바로 연오랑세오녀(延烏郞細烏女)야."

"연오랑세오녀?"

도하와 서준이 동시에 반문했다. 연오랑세오녀는 이미 널리 알려진 설화였다.

신라시대 동해 바닷가에 연오와 세오 부부가 살고 있었다. 어느 날 연오가 바다에 나가 해초를 따고 있는데 별안간 바위 하나가 나타나 그를 싣고 일본으로 가버렸다. 바위를 타고 온 연오를 보고서 일본인들은 범상한 사람이 아니라고 생각해 왕으로 세웠다. 남편이 돌아오지 않자 이상하게 생각한 세오는 바닷가를 뒤지다가 남편이 벗어 놓은 신을 발견했다. 그녀가 목 놓아 울며 애타게 남편을 부르자 다시 바위가 나타났고 세오는 그 바위를 타고 일본으로 건너가서 연오를 재회하여 잘 살게 되었다.

그런데 연오와 세오가 일본으로 가버리자 그 직후 신라에서는 해와 달이 광채를 잃어 버렸다. 놀란 왕이 해를 담당하는 관리인 일관(日官)을 불러 그 연유를 물었더니 일관이, "우리나라에 해와 달의 정기가 내려와 사람이 되어 있었는데 그 두 사람이 일본으로 건너가는 바람에 이런 변고가 생겼습니다"라고 답했다. 그 말을 듣고 왕은 당장 일본으로 신하를 보내 연오와 세오에게 신라로 돌아와 달라고 청했다. 하지만 연오는 그 신하에게 비단을 내주며 이렇게 말했다.

"내가 이 나라에 온 것은 하늘의 뜻인데 어찌 돌아갈 수 있겠소. 그러나

내 왕비 세오가 짠 고운 비단이 있으니 이것을 가져가 하늘에 제사를 드리면 아무 일도 없을 것이오."

왕이 세오가 짠 비단으로 하늘에 제사를 드리자 과연 해와 달이 원래의 광채를 되찾았다. 이후 왕은 하늘에 제사 지낸 곳을 해를 맞이한다는 뜻으로 영일현(迎日縣)이라고 부르게 하였는데 이곳이 바로 오늘날 포항의 영일만이다.

"암호에 나오는 '삼족오 한 쌍'은 바로 이 연오랑세오녀였던 것이야. 태양의 남매, 즉 수로왕의 행방이 묘연한 1남 1녀이자 선견 왕자와 신녀도 모두 연오랑세오녀였어."

은성이 확신을 담아서 말하자 서준이 의문을 제기했다.

"하지만 연오랑세오녀는 가야 사람이 아니라 신라 사람인 데다가 남매가 아니라 부부가 아닌가요?"

"연오랑세오녀가 신라인이었다고 해서 가야인이 아니었다고 할 수는 없죠. 가야가 신라에 흡수되었으니 가야 사람들을 신라 사람들이라고 불러도 틀린 말이라고 할 수 없으니까요. 이야기가 전래되면서 남매가 부부로 각색될 가능성도 충분히 있는 것이고요."

도하도 생각하면 할수록 연오랑세오녀와 수로왕의 남매의 연관성을 믿게 되었다.

"그러고 보면 수로왕의 남매와 연오랑세오녀가 비슷한 점이 많은 것 같아. 둘 다 남녀 한 쌍이고, 둘 다 일본으로 건너갔고, 둘 다 태양과 밀접한 관련이 있으니까."

도하와 은성은 실무팀원 중 한 명인 홍정운 역사학 교수에게 나머지 암호의 해독에 관해 도움을 청해 보기로 했다. 피부가 거칠고 주름이 많아서 나이가 좀 들어 보이지만 눈빛이 초롱초롱하고 얼굴은 동안인 홍 교수는 실무팀에 있는 전문가들 중에서 몇 안 되는 믿음직스러운 사람이었다. 도하는 특히 그가 "학자는 진리만 말해야 하는 사람입니다. 우리가 옛날에 노예였으면 노예였다고 해야지, 왕이었다고 미화하면 안 됩니다"라고 말하는 것을 듣고 그를 신뢰하게 되었다.

홍 교수는 독도 문제와 위안부 문제를 비롯한 한일 간의 과거사 문제의 뿌리는 일본의 한국에 대한 식민지 지배의 불법성에 대한 인식 차이에 있다고 보았다. 일본은 중국 등 다른 나라는 전쟁을 일으켜서 무력으로 침략했는지 몰라도 한국은 조약을 통해서 합법적으로 식민지 지배를 하였다고 보고 있는 반면, 한국은 당연히 그것이 불법적이라고 보고 있으니, 오늘날의 독도 문제, 위안부 문제 등 과거사 문제가 해결되지 않는 것이라고 했다. 한국에 대해서 불법적인 일을 한 적이 없다고 생각하는데 어떻게 과거사에 대해서 진정으로 참회와 사과를 할 수 있으며, 한반도 전체를 빼앗은 것이 적법하다고 보는데 그 과정에서 이루어진 독도 편입만 불법이라고 할 수 있겠느냐는 것이다.

그런 맥락에서 한국 정부는 무라야마 담화보다도 간 나오토 담화를 더욱 강조해야 한다고 했다. 2차 세계대전 종전 50주년 기념으로 1995년에 이루어진 무라야마 담화는 "식민지 지배와 침략으로 아시아 제국의 여러분에게 많은 손해와 고통을 줬다. 의심할 여지없는 역사적 사실을 겸허하게 받아들여 통절한 반성의 뜻을 표하며 진심으로 사죄한다"는 것으로 아시아 국가 일반에 대한 반성과 사죄를 언급한 것이었다. 반면 한일강제병합 100주년을 기념해서 2010년에 이루어진 간 나오토 담화는 "3·1 독립

운동 등의 격렬한 저항이 나타내듯, 정치적, 군사적 배경 하에 당시 한국인들은 그들의 의사에 반하는 식민지 지배에 의해 나라와 문화를 빼앗겼고, 민족의 긍지에 깊은 상처를 입었습니다'라고 하여, 한국만을 대상으로 식민지 지배의 강제성을 인정했다는 점에서 진일보한 것이라고 했다. 강제성을 인정한 이상 특별한 위법성조각 사유가 없는 이상 불법성이 추정되기 때문에 일본이 과거사의 불법성을 인정하는 데 한 걸음 더 다가섰다는 것이다.

그러나 일본은 이후에도 끝내 과거사의 불법성을 인정하지는 않았는데 이를 두고 홍 교수는 "강도 행위를 했지만 불법은 아니다"라고 말하는 것과 마찬가지의 궤변이라고 비판했다. 일본이 1993년 고노 담화를 통해서 위안부 모집에 강제성이 있었고 일본 정부도 이에 가담했다는 사실을 인정했으면서도 끝내 불법이었다고는 인정하지 않는 데 대해서도 홍 교수는 이것이 "강간은 했지만 불법은 아니다"라고 말하는 것과 다를 바 없다고 지적했다.

홍 교수는 일본이 과거사의 불법성을 인정하지도 않는데 1965년 한일협정을 체결해서 과거사 문제를 끝내려고 했다는 점이 오늘날까지 과거사 문제에 한일이 발목을 잡히는 원인이라고 했지만 외교관인 도하는 외교나 협상이라는 것이 나름의 이해관계를 가진 상대와 벌이는 것이어서 우리 마음대로 모든 것을 관철할 수 없다는 생각을 하고 있었다. 외교든, 정치든 모든 협상의 결론은 절충안일 수밖에 없는 것이다. 우리가 원하는 것이 100이고 상대가 원하는 것이 반대쪽으로 100일 때, 결과적으로 우리가 50을 얻으면 보통을 한 것이고, 60을 얻으면 잘한 협상이고, 70을 얻으면 대성공인 것이다. 상대가 바보가 아닌 이상, 우리가 상대를 속이거나 힘을 써서 억누르지 않는 이상, 상대로부터 80, 90, 100을 얻는 것은 불가능한 것이다. 그런데도 대중들이 이루지 못한 나머지 부분만을 지적하면서 실패한 외교, 정치, 협상이라고 쉽게 비난하거나, 협상을 통해서 100을 찾아오라고 추궁하는 현실을 도하는 쉽게 납득할 수 없었다. 100을 얻기 위해서는 협상이 아닌 재판을 해야 한다. 재판은 100을 얻을 수도 있지만 100을 잃을 수도 있는 것이었다. 그러나 대중들은 재판을 하면서도 얻을 100만을 기대할 뿐 100을 잃을 수 있다는 가능성은 무시했다. 그것은 독도 재판도 마찬가지였다.

도하, 은성, 서준이 연오랑세오녀에 관하여 따로 자문을 구하러 갔을 때 홍 교수는 기대 이상의 새로운 정보를 알려 주었다.

"연오랑세오녀의 '오(烏)'가 삼족오라는 것은 학계에서도 널리 알려진 견해입니다. 하지만 수로왕의 자녀가 연오랑세오녀라는 말은 솔직히 처음 들어봅니다. 그런데 듣고 보니 상당히 설득력이 있군요. 신라가 가야 이야기를 신라 이야기로 둔갑시킨 경우는 왕왕 있었기 때문에 연오랑과 세오녀가 가야인이었을 가능성도 충분히 있다고 봅니다. 연오랑세오녀가 일본의 어느 지역으로 갔느냐에 대해서 가장 가능성이 높은 곳으로 지목되는 곳이 일본의 오키 섬인데, 오키 섬에 전해 내려오는 고서인 《이마지 유래기》에 오키 섬에 최초로 도착한 사람이 '가라(加羅)'에서 온 목엽인(木葉人; 나무와 잎으로 옷을 해 입은 사람) 남녀'라고 기록되어 있습니다. 그렇다면 연오랑세오녀는 '가라', 즉 가야인이 되는 셈이지요."

수로왕의 자녀를 연오랑세오녀와 연결시킨 자신의 추리가 홍 교수의 지지를 받자 고무된 은성은 또 다른 질문을 했다.

"수로왕의 1남 1녀가 연오랑세오녀라면 수로왕의 1남 1녀도 일본에서 왕이 되었다는 결론이 나옵니다. 그런데 과연 이것이 역사적 근거가 있는지 궁금합니다. 역사서에 한반도에서 건너간 남자와 여자가 왕이 되었다는 기록이 있습니까?"

그러자 홍 교수는 다음날 두꺼운 역사서들을 들고 와서 보여주었다.

"이것은 중국에서 가장 권위 있는 역사서인 《삼국지(三國志)》의 복사본입니다. 여기에는 우리나라에 관한 기록이 담긴 〈동이전(東夷傳)〉과 고대 일본에 관한 기록이 담긴 〈왜인전(倭人傳)〉이 있는데, 제가 가져온 것은 바로 〈왜인전〉입니다. 여기를 보면 일본 최초의 왕국인 야마이국에 대해 이런 기록이 나옵니다."

왜국은 본시 남자로 왕을 삼았다. 그녀가 왜국 땅에 머문 지 칠팔십 년쯤에 전쟁이 일어났다. 서로 싸우다가 마침내 모두가 한 여자를 왕으로 세웠는데 그 이름을 비미호라 하였다. 그녀는 귀신의 도를 섬기며 능히 무리를 미혹케 하였고 나이가 과년하도록 남편이 없었으며 남동생이 있어 나라 다스리는 일을 보좌하였다. (其國本亦以男子爲王, 住七八十年, 倭國相亂, 共立一女子爲王, 名曰卑彌呼, 事鬼道, 能惑衆, 年己長大無夫, 有男弟佐治國)

"즉 일본 최초의 왕국 야마이국의 초대 왕이 비미호 여왕이고 그녀가 남동생과 같이 나라를 다스렸다는 내용입니다. '그녀가 왜국 땅에 머문 지 칠팔십 년쯤에'라는 말에서 비미호 여왕이 다른 나라에서 건너온 사람이라는 것을 알 수 있지요."

비미호 여왕이 '귀신의 도를 섬겼다'는 내용은 이효제 선생으로부터 들은 '신녀'에 대한 설명과 일치했다. 비미호 여왕이 남동생과 함께 통치했다는 부분은 '신녀'와 함께 떠났다는 '선견 왕자'를 연상시켰다. 김 교수는 책자의 뒷부분을 가리키며 설명을 이어갔다.

"이 부분에는 비미호 여왕이 죽은 뒤의 이야기가 나옵니다. '다시 남자 왕을 세웠더니 나라 안이 복종치 않아 또다시 서로 죽이고 죽어 천여 명이나 죽었다'고 기록되어 있지요. 그런데 그 후의 상황이 흥미롭습니다. 여기도 보세요."

이에 다시 일여라는 이름을 가진 비미호의 종녀를 왕으로 세웠는데 일여는 열세 살에 왕이 되었다. 이에 나라 안이 마침내 안정되었다. (復立卑彌呼宗女, 壹與年十三爲王, 國中遂定)

"종녀는 종가의 여자, 즉 종갓집 딸이라는 뜻이지요. 비미호 여왕을 이은 왕도 여왕이었지요. 여성에게만 왕권이 승계되던 왕조. 그 자체로 흥미롭지 않나요?"

은성이 또 물었다.

"여기서 종갓집이란 비미호 여왕의 원래 집안, 즉 수로왕의 집안을 말하는 것으로 봐도 될까요?"

"저도 그렇게까지 생각해 본 적은 없는데 듣고 보니 가능할 것 같습니다."

암호문이 가리키는 '태양의 남매가 잠든 곳'이 보다 분명해졌다. 그것은 바로 비미호 여왕과 그 남동생의 무덤이었다. 이번에는 도하가 홍 교수에게 질문했다.

"그럼 비미호 여왕의 무덤은 어디에 있나요?"

"비미호 여왕의 무덤은 수십 년 동안 일본 정부와 학계가 찾아 헤맸지만 아직도 찾지 못했습니다. 우리가 단군의 무덤을 찾고 싶어 하는 것처럼 그들이 최초의 왕인 비미호 여왕의 무덤을 찾고 싶어 하는 것은 당연하지요. 일본에서는 비미호 여왕을 히미코 여왕이라고 부르는데 1970년대에는 '히미코 열풍'이라는 말까지 있을 정도로 일본 국민들 사이에서 관심이 대단했습니다. 그때에도 일본 정부는 물론이고 학계나 민간의 수많은 사람들이 규슈 일대를 온통 헤집고 다녔지만 결국 비미호 여왕의 무덤을 찾는 데는 실패했습니다. 다만 제가 보여드린 《삼국지》에 비미호 여왕의 무덤에 대한 설명이 짧게 있긴 합니다. 여길 보세요."

비미호가 죽으매 지름이 백여 보나 되는 큰 무덤을 만들고 노비 백여 명을 순장하였다. (卑彌呼以死, 大作塚, 徑百余步, 徇葬者奴婢百餘人)

은성이 눈을 반짝거리면서 말했다.

"도하야, 지난번 수로왕릉에 갔을 때, 수로왕릉의 둘레가 삼백 보였던 것 기억나?"

"응. 내가 직접 수로왕릉 주변을 걸으며 확인도 했잖아."

"원주는 지름 곱하기 원주율이잖아. 원주율이 3.14, 즉 대략 3이니까 지름이 백 보면 둘레가 삼백 보라는 거잖아. 수로왕릉과 비미호 여왕의 무덤의 규모가 일치한다는 뜻이지."

"그러네. 비미호 여왕이 수로왕의 딸이라는 심증이 더욱더 굳어지네."

잠자코 듣기만 하던 서준이 홍 교수에게 물었다.

"교수님, 그럼 '팔대의 상궁'은 어디인지 아십니까? 아마 일본에 있는 어떤 지명 같습니다만."

김 교수는 고개를 서서히 저었다.

"아니요. 저도 일본을 많이 돌아다녀 본 것은 아니라서 그런지 '팔대'라는 지명은 처음 들어보는데요."

"그럼 연오랑세오녀가 간 곳으로 추정되는 일본의 지명들 중에 '팔대'와 관계 있는 곳은 없나요?"

"연오랑세오녀가 처음 도착한 곳으로 가장 유력한 곳은 지난번에 말씀드린 시마네 현 오키 섬입니다. 한반도에서 가장 가깝고 해류를 고려할 때에도 도착할 가능성이 가장 높은 곳이지요. 그 다음 후보지는 시마네 현 이즈모 시입니다. 이즈모 시는 '이즈모국'이라는 신들의 나라가 있었다는 곳이지요. 이즈모에 고대 왕국을 건설했다는 신은 폭풍의 신인 '스사노오'입니다. 이 스사노오의 누나가 바로 태양의 여신이자 일본 천황가의 시조인 '아마테라스 노오미카미'이고요. 《일본서기》를 보면 스사노오가 신라국 소시모리에 살다가 배를 타고 동쪽으로 와서 이즈모국에 닿았다고 기록되어 있습니다. 그런데 이 두 곳은 제가 비교적 자주 가봤지만 '팔대'라는 지명은 못 들어봤습니다. 다만, 《삼국지》에 비미호 여왕이 통치한 야마이국의 위치를 추단할 수 있는 부분은 있습니다."

김 교수는 《삼국지》의 다른 부분을 손가락으로 짚었다.

남으로 야마이국 여왕의 왕도로 가는 데 물길로 열흘, 육로로 한 달이 걸렸다. 대방군에서 여왕국까지 만이천여 리였다. (南至 馬壹國女王之所都, 水行十日陸行一月, 自郡女王國萬二千餘里)

"대방군은 논란이 있기는 하지만 지금의 황해도 봉산군이라고 보는 설이 유력합니다. 당시의 '리'는 지금 우리가 사용하는 0.4킬로미터를 의미하는 것은 아닙니다. 나라마다, 지역마다 달라서, 당시 1리가 정확히 몇 킬로미터인지는 불명확합니다. 차라리 '물길로 열흘, 육로로 한 달이 걸렸다'는 말에 더 주목해야 할 겁니다."

은성이 추리를 시작했다.

"하루에 걸을 수 있는 거리가 약 20킬로미터라고 치고, 물길로 열흘 동안 가서 규슈 북부에 도착한 다음 한 달을 걸었다고 보면 규슈 북부에서도 거의 600킬로미터는 남쪽으로 내려가야겠군요. 그렇다면 규슈 남부 지방이 되겠네요. 교수님, 규슈 남부에 가야의 흔적이 있는 지역들이 좀 있습니까?"

"유명한 곳이 있지요. '가라쿠니다케'라는 산입니다. 일본의 고대 역사서인《고사기》에는 일본의 초대 천황인 신무 천황의 증조부 '니니기노미코토'가 '쿠지후루다케'에 강림해 제전의식을 올린 후 인근의 가라쿠니다케로 올라가 북쪽 하늘을 바라보면서 '여기는 좋은 곳이다. 가라쿠니를 바라보고 있기 때문이다'라고 했다고 적혀 있습니다."

도하는 귀가 번쩍 뜨였다.

"'쿠지후루다케'요? 그건 '구지봉(龜指峰)'의 일본식 독음 아닌가요?"

"그렇습니다. 수로왕의 탄생 설화와 일본《고사기》의 천손강림 신화는 흡사한 면이 많습니다. 수로왕이나 니니기노미코토 모두 하늘에서 내려왔다는 점에서 유사하고, 수로왕은 붉은 비단에 싸여 내려왔는데 니니기노미코토는 이불에 싸여 내려왔다는 점도 유사하지요. 게다가 니니기노미코토가 올랐다는 산인 '가라쿠니다케'도 한국말로 번역하면 '가야국의 봉우리'입니다. 일본 천황의 시조가 '가야국의 봉우리'에 올라가서 '가라쿠니', 즉 '가야국'을 바라보고 '좋다'라고 한 것은 일본의 건국이 가야에서 비롯되었을 가능성을 강하게 암시합니다. 규슈 남부 지방에 기리시마야쿠시마 국립공원이 있는데, 그 국립공원에서 가장 높은 봉우리가 바로 가라쿠니다케입니다. 그 봉우리에 오르니 팻말에 '한국악(韓國岳)', 즉 한국의 산이라고 적혀 있더군요."

도하가 두 눈을 동그랗게 뜨고 물었다.

"일본이 비미호 여왕의 무덤을 찾을 때 그곳은 살피지 않았나요?"

"왜 안 살펴봤겠습니까? 하지만 실패했지요."

그 말에 도하는 저절로 한숨이 나왔다. 김 교수는 참고하라며 《삼국지》와 《삼국유사》의 복사본을 건네 주었다.

벽에 걸려 있는 작은 그림인 줄 알았던 아빠의 암호는 베일이 벗겨질수록 온 성당 천장과 벽까지 뒤덮은 벽화처럼 거대하게 다가왔다. 일본 황실의 조상이 한국인이라는 이야기를 종종 듣기는 했지만 그것은 국수주의적 사고방식을 가진 일부 재야 사학자들의 무리한 결론이라고 치부해 왔었다. 그러나 중국과 일본의 역사서들과 일본 현지의 지형지물, 아빠의 암호 등, 그 어느 하나도 믿지 않을 수 없는 이 세 가지 근거가 결합되어 보여주는 결론을 의심할 틈은 없었다. 수로왕의 남매는 암호에 나오는 태양의 남매와 삼족오 한 쌍이자, 역사서 속 신녀와 선견 왕자, 설화 속 연오랑과 세오녀, 〈왜인전〉의 비미호 여왕과 그 남동생, 일본 신화 속 아마테라스 노오미카미와 스사노오와 대응되었다. 태양의 남매가 세운 나라이기에 일본(日本)이라는 나라명도 당연한 것이었다.

아빠가 암호를 통해 가리키고 있는 장소가 바로 비미호 여왕의 무덤이라는 사실까지는 밝혀졌지만 그 위치에 대해서는 규슈 남단의 어느 지점이라는 것만 추단할 수 있을 뿐이었다. 보다 구체적인 단서는 암호의 다음 문구인 '팔대의 상궁' 속에 숨어 있을 터였다. 하지만 '팔대의 상궁'이 무엇인지에 대해서는 좀처럼 그 답을 찾기 어려웠고, 그 답을 모르고서 무턱대고 일본으로 떠날 수는 없었다. 이상하게도 아빠의 암호를 한 단계씩 이해할수록 희망은 이제 곧 닥쳐올 거센 폭풍 앞에 피어난 꽃처럼 미약하게 느껴졌다.

서준은 퇴근길에 지하주차장에서 자신의 지프차를 향해 걷다가 걸음을 멈추었다. 도하의 승용차 앞에 다른 차들이 겹주차를 해놓은 것을 본 것이었다. 도하의 차가 잘 빠져나갈 수 있도록 다른 차를 밀어 주던 서준은 등 뒤에서 인기척을 느끼고 흠칫 놀라 돌아섰다. 양손을 바지주머니에 찔러 넣은 채 차가운 시선으로 노려보던 은성이 서준에게 물었다.

"이런 과잉 친절을 베풀고 있는 이유가 무엇인지 물어봐도 됩니까?"

"그냥 차를 뺄 때 불편할 것 같아서요. 고생하는 동료를 위해서 조금 배려해 주는 것이 그리 과한 친절이라고는 생각하지 않습니다만."

"제 차 앞에도 겹주차가 되어 있는데 왜 제 앞에 있는 차는 안 빼주시는 건가요? 저는 고생하는 동료가 아닌가요?"

서준이 아무런 대답을 하지 못하자 은성의 눈동자에 서서히 공격성이 고였다.

"설마 도하한테 특별한 감정이 있는 것은 아니죠?"

정곡을 찌르는 은성의 직설화법은 전혀 피할 틈을 주지 않았다. 서준은 입을 한일자로 굳게 다물고 있다가 작심한 듯 열었다.

"특별한 감정, 가지면 안 되는 건가요?"

서준 자신도 말을 뱉고 나서야 자기가 얼마나 대담한 말을 했는지 깨달았다. 은성의 얼굴이 한동안 분노인지 당혹스러움인지 분간하기 어려운 표정으로 일그러졌다.

"후후. 저와 도하가 팀 내에서 비밀로 해서 잘 모르고 이러시는 모양인데 도하와 저는 곧 결혼할 사이입니다. 그러니 오지랖 넓은 행동은 다른 데서 해주시기 바랍니다."

은성은 그렇게 쏘아붙이고는 퇴근하려다 말고 도하를 찾으러 사무실로 올라갔다. 그때 도하는 케빈과 휴게실에서 커피를 마시고 있었다.

"제 일본인 여자 친구 유미의 말을 들어 봐도 한국 사람들은 일본에 대해서 너무 간섭이 심한 것 같아요. 일본 학생들은 어린 시절부터 과거 일본이 전쟁을 일으킨 것이 정말 잘못된 선택이었고 그로 인해 다른 나라들에게 많은 피해를 주었다고 귀에 못이 박히도록 교육을 받아왔대요. 그리고 일본 천황이나 총리 등이 과거사에 대해서 서른일곱 번이나 사과를 했대요. 그런데도 한국은 아무리 사과를 해도 인정해 주지도 않고 오히려 사과를 할수록 더 많은 것을 요구한다는 거예요."

도하도 어린 시절 일본에서 컸기 때문에 일본인들이 어떤 생각을 가지고 있는지 잘 알고 있었다. 그러나 도하는 케빈에게 한국인들의 사고방식을 알려 주어 균형을 잡도록 해주고 싶었다.

"사과라는 것이 진정성이 담겨 있어야 하는데 일본이 사과를 한 이후에 하는 행동들을, 그러니까 야스쿠니 신사 참배, 교과서에서의 과거사 미화, 군비확장 등을 보면 한국 사람들의 입장에서 그 사과의 진정성을 믿기가 어려운 거죠."

"유미가 그러는데, 야스쿠니 신사를 참배하는 것은 거기 있는 사람들이 전쟁을 잘 일으켰다, 우리 후손들도 본받아서 전쟁을 일으키겠다는 마음으로 하는 것이 아니래요. 결과적으로는 잘못한 일이긴 하지만, 그 사람들이 목숨을 바칠 정도로 조국에 대한 사랑이 강했던 것이니까 그 애국심에 대해서만 감사를 한다는 것이죠."

"독일 총리가 히틀러의 묘지를 정기적으로 참배하면서 히틀러가 다른 나라 사람들에게 피해를 준 것은 잘못이지만 독일인의 입장에서는 독일의 국익을 위해서 일했기 때문에 그 마음과 희생에만 감사를 한다고 말한다면 유럽 사람들이 이해할 수 있을까요?"

"교과서 문제에 대해서는 유미의 말은 어느 집에서 아버지가 자식을 가르치는데 다른 집 사람들이 이렇게 가르쳐라, 저렇게 가르쳐라 할 수는 없다는 거예요. 다른 나라들도 자신들의 역사를 어느 정도 미화하는 건 마찬가지라고도 하고, 한국이야말로 자기 역사나 자기 나라를 과장하고 미화하는 것이 세계 최고 수준이라고 하던데요."

"피해자와 가해자의 입장은 좀 다른 것 같아요. 피해자가 피해를 당한 과거를 미화하는 것은 남에게 피해를 안 주지만 가해자가 과거를 미화하면 그렇게 교육받은 아이들이 나중에 다른 나라를 침략할 가능성이 높아지지 않을까요? 그러니 그것은 그 나라 내부만의 문제가 될 수 없는 것이겠죠."

"그런가요? 유미 말을 들으면 유미 말이 맞는 것 같고, 누나 말을 들으면 누나 말이 맞는 것 같고……."

케빈을 보며 도하는 세대가 빠르게 바뀌어 가고 있음을 새삼 깨달았다. 훗날 일본의 유미들이 한국의 케빈들에게 사과를 할 것인가, 사과를 한다

한들 그것이 진심 어린 사과가 될 수 있을까? 진심 어린 사과라고 한들 한국의 케빈들이 일본을 용서할 자격이 있을까?

"누나, 두 나라가 독도를 놓고 싸우지들 말고 그냥 독도를 공유하면 안될까요? 섬 이름도 평화의 섬이나 우정의 섬이라고 붙이고 근처 해역도 공동개발하고요. 그러면 한국한테도 좋고, 일본한테도 좋고 완전 일석이조 잖아요. 어차피 독도 문제는 이대로는 천 년이 지나도 풀리지 않을 것 같아요."

"어린 왕자가 수천 송이의 장미꽃이 핀 꽃밭을 지나면서 이렇게 말했죠. '너희들은 내 별에 있는 내 장미꽃만큼 아름답고 수천 송이나 되지만 내겐 아무런 의미가 없어. 내게 의미가 있는 것은 오로지 내 별에 있는 내 장미꽃뿐이니까. 내가 물을 준 꽃은 그 꽃이니까. 내가 유리 덮개를 씌워 준 꽃은 그 꽃이니까. 내가 바람막이로 보호해 준 것은 바로 그 꽃이니까. 나는 그 꽃을 위해 벌레도 잡아 주었지. 내가 불평하는 것, 잘난 척하는 것, 어떤 때는 침묵을 지키는 것까지도 들어준 것은 바로 그 꽃이기 때문이야'라고. 일본에게는 독도가 수천 개의 섬들 중의 하나일 뿐이지만 우리나라 사람들에게 독도는 어린 왕자의 장미와 같은 것이에요. 다른 섬들로 대체할 수가 없는 섬이지요. 특히 독도는 일본에게 나라를 빼앗길 때 가장 먼저 빼앗긴 땅이니까 일본과 공유한다는 것은 한국인들에게 생각지도 못할 일이지요."

대화를 하는 동안 케빈이 휴대폰에 매달린 뭔가를 빙빙 돌리는 것을 도하가 유심히 쳐다보았다. 개구리 같은 얼굴에 거북이의 등껍질을 달고 있는 인형이었다. 그것이 무엇이냐고 물었더니 케빈이 자랑하듯 말했다.

"여자 친구 유미가 준 건데, 이름이 '갓파' 또는 '가랏파'라고 하는 일본의 전설적인 동물이래요. 바다에 살다가 상륙한 건데 정수리에 물이 없으면 힘을 못 쓴대요. 일본 도깨비의 일종으로 미국의 미키마우스처럼 일본에서는 모르는 사람이 없다던데요."

그러고 보니 도하도 일본에 살 때 마스코트처럼 그려진 갓파의 문양을 종종 보았던 기억이 났다. 케빈이 핸드폰에서 갓파 인형을 떼어 불쑥 내밀었다.

"누나, 이거 가져요."

"아, 괜찮아요. 여자 친구가 준 거라면 저한테 주면 안 되잖아요."

"아, 유미랑은 깨졌어요."

"벌써요? 불과 서너 달 전에 사귀기 시작했다고 하지 않았나요?"

"맞아요. 근데 걔는 담배를 너무 많이 피워서 키스를 하면 꼭 재떨이를 핥는 것 같더라고요. 그래서 제가 깼어요. 누나는 담배 안 피우죠?"

"네."

"그럼 저랑 한번 사귀어 보실래요?"

도하가 놀란 눈으로 케빈을 쳐다보기 전부터 옥상 문가에서 케빈을 쳐다보고 있던 커다란 그림자가 있었다.

"야, 너 뭐하는 수작이야?"

은성이 성큼성큼 다가와서 케빈을 무섭게 노려보았다.

"어, 형, 오셨어요?"

"내가 형이라고 하지 말랬지?"

"아, 네, 검, 검사님."

은성은 케빈의 손에 들린 갓파 인형을 집어 들고 이리저리 살폈다.

"이거, 일본인 여자 친구가 준 거라고?"

"뒤에서 다 듣고 있었던 거예요?"

"어떻게 아는 친구야?"

"나이트에서 놀다 만났죠. 제가 어디서 만나겠어요."

"지금 일본하고 심각한 상황인 것 몰라? 그 애가 일본 첩자인지 어떻게 알아? 너 혹시 우리 소송 준비 상황들, 걔한테 가서 몽땅 고해 바치는 건 아니지?"

눈이 동그래진 케빈은 고개를 도리도리 흔들었다.

"유미, 걔 그런 애 아니에요. 머리 나쁜 애예요."

"고해 바친 적 없다고 말하지 않는 걸 보니 시시콜콜 다 말하긴 하나 보구나."

"아, 벼, 별말 안 했어요."

"만에 하나 네가 흘린 이야기 때문에 문제가 생기면 넌 법적인 책임을 져야 될 거야."

법적 책임이라는 말까지 나오자 케빈은 잔뜩 겁을 먹은 눈치였다. 은성은 갓파 인형을 자기 핸드폰에 매달았다. 깜짝 놀란 케빈이 따지고 들었다.

"형, 아, 아니 검사님. 뭐하는 거예요, 지금?"

"이건 내가 압수한다. 일본 여자가 준 거니까 무슨 도청장치가 숨어 있을지도 모르잖아. 넌 빨리 내려가서 유미인지 뭔지 그 여자애하고 관계나 정리해. 나는 이도하 서기관과 할 말이 있으니까."

케빈이 마지못해 내려가는 걸 보고 도하는 은성에게 타일렀다.

"케빈한테 좀 잘 해줘. 낯선 땅에서 많이 외로울 거야."

"니가 우리 사이를 공개 안 하니까 자꾸 이상한 놈들이 와서 집적거리는 거 아니야."

"케빈은 그냥 어려서 저러는 거야."

"케빈만 이야기하는 게 아니야."

누구도 서준의 이름을 입에 올리지 않았지만 은성이 서준에 대한 이야기를 한다는 것을 도하도 알고 있었다. 도하와 서준 사이에 친밀함이 조금씩 쌓여 가고 있는 것을 세 사람은 서로 느끼고 있었다. 그의 목소리가 희석의 흔적과 닮아서만은 아니었다. 딱히 친절하거나 자상하지는 않지만 호위무사처럼 은은하게 곁을 지켜 주는 것 같은 묵직하고도 익숙한 서준의 존재감에 기대어 도하는 아버지를 잃은 상처를 치유하고 있었다.

"도하야, 우리, 상견례는 생략하자."

"응? 그게 갑자기 무슨 말이야?"

"아버님이 돌아가셨으니 상견례를 할 수 없게 되었잖아. 그러니까 이제 곧바로 결혼을 하자고."

"일단 소송 끝나고 생각해. 아빠 돌아가신 지도 몇 달 안 됐고 소송 준비 때문에 눈코 뜰 새가 없잖아."

"그럼 소송 끝나면 바로 결혼하는 거야?"

도하는 즉답을 하지 않았다. 그러자 은성의 목소리가 한층 더 커졌다.

"도하야, 소송 끝나면 바로 결혼하는 거 맞니?"

"오늘 너답지 않게 왜 이렇게 사람을 불편하게 해?"

"사람을 불편하게 하는 게 대체 누군데?"

도하는 자리에서 일어났다.

"그만 들어가자. 나 곧 퇴근해야겠어."

"나랑 이야기를 끝내고 가."

"아니, 오늘은 이야기하고 싶지 않아."

도하는 자리를 떠났다. 그러자 은성은 성큼성큼 걸어가서 도하의 앞을 가로막고 서서는 무슨 결심을 한 듯 크게 숨을 들이마시고 물었다.

"도하야, 내가 놓아주길 바라니?"

은성이 판결을 기다리는 피고인처럼 불안해 하고 있는 것을 도하는 느낄 수 있었다. 괜찮다고, 너를 사랑한다고, 너와 결혼할 테니 아무 걱정 말라고 다독여 주고 싶었지만 도하는 솔직히 자신이 없었다.

"은성아, 너는 나한테 너무 과분한 사람이야. 나는 지금까지 너한테서 얼마나 많은 걸 받았는지 몰라. 하지만 사실 나는 확신이 없어. 미안해."

쓸쓸하게 웃던 은성이 숨을 힘없이 내쉬며 말했다.

"내게 미안해 할 필요 없어. 인연이었으니 너를 만났고, 인연이 끝났으니 헤어져야 하는 것이겠지."

은성은 몇 마디 더 하려다 말고 먼저 자리를 떠났다. 그의 긴 그림자가 비틀거리듯 흔들리며 멀어져 갔다. 도하는 고개를 젖혀 들어올려 밤하늘을 쳐다보았다. 물기에 젖은 별들이 반짝거리다 흘러내렸다.

8
잠정조치

　독도 소송에 대한 반대여론의 불길은 갈수록 거세어지고 있었다. 야당
은 꼼쁘라미의 체결과 비준 과정에서 정부가 국회의 동의를 받지 않았다면
서 헌법재판소에 권한쟁의심판 청구를 했다. 정부 내에서 이 반대여론의
불길을 끌 방안을 모색하던 중에 손태진 팀장이 어디서 듣고 왔는지 별안
간 잠정조치재판을 하자고 제안했다. 잠정조치는 국내소송으로 치면 가처
분 같은 것이다. 소송이 끝날 때까지 현재의 상황을 방치할 경우 돌이킬
수 없는 손해가 발생할 우려가 있을 때 재판부는 잠정적으로 필요한 조치
를 명할 수 있다.

　"일본군을 독도에서 당장 철수시키라는 잠정조치를 얻어내면 큰 성과이
지 않겠소? 반대여론도 잠재울 수 있을 것이고 국제소송 경험이 없는 우리
에게 모의고사를 치는 것 같은 효과도 있고."

　꼼쁘라미를 체결할 때 일본군의 철수를 조건으로 내걸겠다는 공수표를

날린 손 팀장이 자신의 실수를 만회하기 위해서 안을 낸 것이었다. 그러나 팀원들은 대체로 반대했다. 먼저 은성이 나섰다.

"여기 있는 사람들 중에서 시간만 넉넉하다면 잠정조치를 신청해서라도 하루 빨리 일본군을 몰아내고 싶지 않은 사람이 어디 있습니까? 하지만 잠정조치재판을 하려면 그만큼 시간이 추가로 듭니다. 헤이그에도 왔다 갔다 해야 합니다. 가뜩이나 본재판 준비에도 시간이 부족한데 잠정조치에까지 시간을 빼앗기면 본재판 준비에 차질이 생길 수 있습니다. 게다가 잠정조치재판의 쟁점은 독도가 누구 땅이냐가 아니라 지금 현 상태가 유지되면 회복 불가능한 손해가 발생하는지 여부입니다. 다시 말해서 본재판에서 우리가 치열하게 입증해야 할 쟁점과는 동떨어져 있다는 말입니다. 본재판을 준비하기에도 시간이 부족해서 쩔쩔매고 있는 상황에서 잠정조치재판을 하는 것은 실익 없이 귀한 시간만 허비하는 짓입니다."

배 서기관도 반대 의견을 냈다.

"만약 잠정조치재판에서 져버리면 소송 반대여론이 지금보다 훨씬 더 강해져서 우리가 본재판을 치를 수 없게 될지도 모릅니다. 반대로 우리가 잠정조치재판에서 이긴다고 하더라도 본재판에서 져버린다면 잠정조치재판에서 힘을 빼서 본재판에서 졌다고 비난을 받을 겁니다."

몇몇 이들의 반대가 계속 이어졌지만 손 팀장은 끝내 잠정조치를 밀어붙였다. 갑작스러운 잠정조치 결정으로 실무팀원들은 한 달 동안 사무실에서 쪽잠을 자면서 준비를 해야 했다. 마침내 소송팀은 해상자위대를 독도 앞바다에서 철수시켜 달라는 내용의 잠정조치 신청서를 ICJ 사무국에 제출했다. ICJ는 잠정조치재판의 변론 기일을 지정하고 그로부터 한 달 이내에 관련 자료를 모두 제출하라는 명령을 양국 정부에 통보했다.

다음 소송전략회의에서는 한국 국적 임시재판관을 누구로 선임할 것인 지를 논의했다. ICJ 재판관은 모두 15명이다. 관행적으로 대륙별 할당 인원 이 있는데 아프리카 3명, 라틴아메리카 2명, 아시아 3명, 서유럽 등이 5명, 동유럽 2명이다. 유엔안보리 상임이사국인 미국, 영국, 프랑스, 러시아, 중 국은 지속적으로 재판관을 배출하고 있고 ICJ에 가장 많은 기부금을 내 고 있는 일본도 짧은 기간을 제외하면 지속적으로 자국 출신 재판관을 두 고 있다. 한국이 ICJ에 재판관을 내려면 아시아 몫 세 자리 중에서 중국과 일본을 제외한 나머지 한 자리를 차지해야 하는데 이렇게 되면 아시아 내 에서 한중일 동아시아 3개국이 전체를 다 차지하는 셈이라서 중앙아시아, 동남아시아 등 다른 아시아 국가들의 반발을 사기 십상이다. 일본인 재판 관이 ICJ에 있는 반면 한국인 재판관은 없으니 이 점에서는 한국에게 재판 이 불리하다. 따라서 ICJ 규정 제31조는 재판관들 중 소송 당사국의 국적 을 보유한 사람이 있는 경우 다른 당사국이 자국 국적 재판관을 임시재판 관(ad hoc Judge)으로 선임해 재판부에 참여시킬 수 있도록 하고 있다. 안정 애 과장이 팀원들에게 임시재판관의 자격 요건에 대해서 설명했다.

"임시재판관의 요건은 정규재판관과 마찬가지로 그 나라에서 최고 재판 관이 될 자격이 있는 인물이거나 저명한 국제법 학자여야 합니다."

손태진 팀장이 서둘러 의견을 냈다.

"박기용 교수가 어떻소? 우리와 세미나도 같이 해서 교감이 잘 이뤄질 것 같은데. 국제법 분야에서도 상당한 권위자가 아니오?"

박 교수는 연구보다는 정치적, 사회적 지위에 관심이 많은 퇴직한 원로 교수였다. 퇴직한 이후는 물론이고 마흔의 나이에 박사 학위를 받은 이후 부터 사실상 연구 성과가 거의 없었다. 몇몇 논문이라기보다는 에세이 같은 글들을 학회지에 발표하긴 했지만 대부분 제자들이 대신 써준 것들이었다. 대신 인맥이 넓고 정치력이 좋았다. 외교부 간부들과도 잘 알아서 연구용역을 많이 받았는데 그 결과물은 대외비라는 이유로 공개를 하지 않았다. 대신 언론에만 자신이 많은 연구를 해놓았다고 선전을 해서 많은 사람들은 그가 독도 문제에 대한 깊은 연구를 장기간 해온 줄 알지만 사실 외교부 내에는 그가 한 연구보고서가 별로 남아 있지 않았다. 소송실 무팀이 결성되고 세미나를 열었을 때 그가 강사로 나서기도 했는데 강의 내용은 학부 1학년생의 국제법 강의보다도 기초적이고 이미 오래전의 구닥다리 이론들로 범벅이 된 내용들이 절반이었고 나머지 절반은 자기 자랑이었다. 말이 길어서 한번 입을 열면 혼자서 두세 시간씩 말을 쉬지 않고 하는 바람에 제대로 회의가 진행되지가 않았다. 손 팀장을 통해서 저렇게 적극적으로 임시재판관이 되려고 하는 것을 보면 그는 처음부터 비록 임시이지만 ICJ 재판관의 직함을 가지고 싶었던 것이었다. 어차피 한국에 한 표를 던지면 임무를 완수하는 것이니 그리 어렵지도 않을 거라고 판단한 모양이었다. 은성이 반대하고 나섰다.

"박 교수님은 곤란하다고 생각합니다. 국제법 지식이 충분하지 못해서 다른 재판관들을 충분히 설득시킬 정도가 되지 못한다고 생각합니다."

배 서기관도 반대했다.

"임시재판관은 평의과정에 계속 참가하고 평의과정은 한두 번의 회의로 끝나는 것이 아니라 판결문 초안을 작성하는 과정에서 지속적으로 커뮤니케이션이 이루어지는 작업이기 때문에, 역할만 잘한다면 카운슬보다도 더 효과적으로 다른 재판관들을 설득하는 데 기여할 수 있습니다. 그런데 박 교수님은 일단 영어가 그리 유창하질 못합니다. 물론 간단한 회화나 미리 준비한 인사말을 영어로 할 수는 있겠지만 법리에 관한 토론이 벌어질 때에는 내용도 복잡하고 격론이 벌어지면 서로가 수시로 상대방 말을 끊기도 하는데 이런 과정에서 상대방의 말을 다 알아들으면서 자신의 주장을 제대로 펼치려면 훨씬 더 높은 수준의 영어구사능력이 필요합니다. 임시재판관은 꼭 우리나라 국적일 필요는 없으니 외국의 저명한 국제법 교수나 변호사를 임시재판관으로 선임하는 것이 좋을 것 같습니다."

그러나 손 팀장은 이번에도 자기 마음대로였다.

"그런 게 뭐가 중요해? 어차피 우리 국적 재판관은 독도가 우리 땅이라고 판결할 텐데 누가 뽑히든 상관없잖아. 게다가 독도 재판에서 임시재판관을 외국 사람으로 쓰면 모양새가 안 좋지 않소. 아무래도 우리나라 사람이 더 열심히 하겠지."

이번에는 도하도 나섰다.

"ICJ 규정상 임시재판관은 당사국의 대리인, 보좌인 혹은 변호인 자격으로 활동한 적이 없어야 한다고 규정하고 있는데 박 교수님은 이미 우리 대표단의 세미나에 참석하고 있어서 자격 요건이 안 될 것 같습니다."

그러나 손 팀장은 끝까지 박 교수를 밀어붙였다.

"박 교수가 세미나에 참여하긴 했지만 공식 직함도 없었고 몇 번 참여하지도 않았어. 게다가 외부에 그 사실이 알려진 적도 없으니 우리만 입을 다물고 있으면 문제될 가능성은 없잖아? 시간이 많다면야 천천히 적임자를 뽑아도 되겠지만 지금은 시간이 촉박한 상황이잖아. 박 교수를 재판관으로 빨리 정하고 조금이라도 더 소송 준비에 몰두해야지. 자, 다 같이 만장일치로 박 교수를 재판관으로 정하는 걸로 합시다."

잠정조치재판 일주일 전에 선발대가 헤이그로 출발해서 대표단이 머물 호텔의 회의실에 전기, 통신, 컴퓨터, 보안 시설을 설치하고 ICJ 법정에서 오디오, 컴퓨터 또는 프로젝터 스크린 등의 장비들이 작동하는지 사전 점검했다. 소송팀은 재판 사흘 전에 출국했다. 출국 당일 인천공항은 재판에 반대하는 시위대와 취재진으로 북새통을 이루었다. 암스테르담 스키폴공항에 내리자 이승철 네덜란드 대사 일행이 실무팀원들을 마중 나와 있다가 헤이그까지 차로 태워 주었다.

네덜란드의 수도는 암스테르담이지만 대부분의 관공서는 헤이그에 위치해 있었다. 헤이그에 처음 온 도하에게 가장 인상적이었던 것은 하늘이었다. 어린 시절 만화영화에서나 보던 파스텔 톤으로 스며든 맑고 푸른 색이 하늘을 뒤덮고 있었다. 사방이 평지이고 높은 건물도 별로 없어서 파란 하늘은 낮은 주택의 지붕 위까지 내려앉아 있었다. 이승철 대사는 맑고 좋은 날씨는 이제 곧 끝이 난다고 했다. 10월부터 이듬해 봄까지는 햇빛을 잘 볼 수 없는 흐린 날씨가 계속 되어서 사람들이 비타민 D를 먹지 않으면 우울증에 걸리기 십상이라고 했다.

잠정조치재판 날 한국 대표단은 호텔 회의실에서 마지막 회의를 마치고 숲길을 십여 분 정도 걸어서 ICJ가 있는 평화궁으로 갔다. 왼쪽에 거대한 시계탑이 서 있고, 오른쪽에 첨탑 두 개가 서 있는 매력적인 신르네상스 스타일의 평화궁은 숲속에다 누군가 그림으로 그려 놓은 것처럼 비현실적으로 아름다웠다. 정의의 여신상 아래로 난 문으로 들어가 대법정에 들어서니 천장에서 샹들리에가 평화롭게 노란빛을 뿜어내고 창문의 모자이크는 청량한 청록색으로 반짝거렸다. 긴 의자들이 가지런히 놓인 법대 위에는 짙은 녹색 천이 덮여 있었고 그 앞에는 다채로운 색의 꽃들이 꽂힌 꽃병들이 놓여 있었다. 법대를 마주보고 왼쪽에 한국 대표단의 자리가, 오른쪽에 일본 대표단의 자리가 있었다.

야마자 국장을 필두로 한 일본 대표단은 이미 자리를 잡고 앉아 있었다. 한국 대표단 자리의 가장 앞줄에는 이승철 네덜란드 대사, 손태진 팀장, 안정애 과장이, 그 뒷줄에는 배상희 서기관을 비롯해 도하, 은성, 서준 등이 앉았다. 방청석 뒤에서는 수많은 기자들의 카메라들이 플래시를 터뜨리고 있었다.

"일동 기립!"

법정 경위의 구령에 사람들이 일제히 자리에서 일어서면서 어수선하던 법정에 침묵의 카펫이 깔리고 그 위로 가슴에 하얀 레이스를 받치고 검은 법복을 입은 재판관들이 차례로 들어와 제각기 자리를 찾아 앉았다. 맨 마지막으로 들어온 사람은 박기용 교수였다. 재판관들이 착석하자 가운데 앉은 흑인 재판장이 마이크를 켰다.

"존경하는 재판관 여러분과 소송 관계자, 방청객 여러분. 지금부터 일본과 한국 사이의 잠정조치재판을 시작하겠습니다. 본 사건은 특별 협정에 의해서 일본과 한국 두 나라가 합의하에 제소한 것이므로 두 나라를 원고 측, 피고 측이 아니라 일본 측, 한국 측이라고 호명한다는 것을 고지합니다."

이어서 재판장은 재판관들을 한 명씩 소개한 다음 마지막으로 박기용 교수를 소개했다.

"제일 왼쪽에 앉아 계신 분은 이제 곧 임시재판관으로 선임될 한국의 박기용 교수입니다. 박 교수는 법대 앞으로 나와 주시기 바랍니다."

뚱뚱한 박 교수가 법대에서 내려와 재판장을 마주보고 섰다.

"한국은 ICJ 규정 제31조 제2항에 따라 박기용 교수를 임시재판관으로 추천했습니다. 박기용 교수는 대한민국의 저명한 대학의 명예 교수이면서 한때 한국 국제법학회 회장으로 활동했던 분입니다. 한국이 이처럼 훌륭한 분을 재판관으로 추천한 것에 대해 본 재판부는 매우 기쁘게 생각하며 박 교수를 ICJ 임시재판관으로 임명합니다. 국제재판소 규정 제20조는 모든 재판관은 임무를 수행하기 전에 공개된 법정에서 공평하고 양심적으로 재판할 것을 엄숙히 선서해야 한다고 규정하고 있습니다. 박 교수님, 선서해 주십시오."

박 교수는 혼인서약을 하는 신랑처럼 상기된 표정으로 선서했다.

"본 재판부는 박기용 교수의 엄숙한 선서를 받아들이며 박 교수가 본 사건의 임시재판관이 되었음을 선언합니다."

재판장은 이어서 취재진을 내보냈다.

"이제부터 더 이상 촬영을 허용하지 않겠습니다. 방청객 여러분도 개인적으로 카메라나 휴대폰이나 녹음기를 가지고 있다면 모두 법정 밖으로 반출해 주시기 바랍니다. 자료 화면이 필요하다면 이후 재판소가 제공하는 화면을 이용할 수 있습니다."

취재진들이 자리를 떠나느라 법정 안이 한동안 어수선해졌다가 다시 조용해졌다.

"지금부터 본격적으로 재판을 진행하겠습니다. 먼저 사무국장은 한국 측의 잠정조치재판 신청취지를 낭독해 주시기 바랍니다."

재판장의 지시에 따라 법대 끝에 앉아 있던 ICJ 사무국장이 신청취지를 낭독했다. 신청취지란 소송을 신청한 쪽이 재판을 통해서 받기를 희망하는 판결의 주문을 말한다.

"대한민국이 신청한 청구취지는 '일본은 즉시 독도 또는 다케시마를 포위하고 있는 자국 군대를 철수해야 한다'입니다."

이어서 재판장이 진행을 계속했다.

"그럼 이제 본격적인 변론 절차로 넘어가겠습니다. 먼저 잠정조치를 신청한 한국 측에서 변론해 주십시오."

한국에서는 손태진 팀장이 자신의 희망에 따라 변론을 맡았다. 그는 두 시간 동안 실무팀원들이 적어 준 변론문을 지루한 톤과 불분명한 발음으로 읽기 시작했다.

"잘 아시다시피 두 달여 전 일본의 해상자위대가 독도를 침공했습니다. 일본은 가공할 무력을 가진 군함들을 동원해 독도를 포위했고 지금 이 순간에도 한반도를 향해 함포를 겨누고 있습니다. 이런 상태에서 우리나라가 어떻게 제대로 재판에 임할 수 있겠습니까? 입장을 바꿔서 일본 열도 상공에 원자폭탄을 탑재한 폭격기가 떠 있다면 일본이 제대로 재판을 할 수 있겠습니까? 공정하고 평화로운 재판이 이루어질 수 있도록 즉시 일본의 해상자위대를 독도 밖으로 철수시키는 잠정조치를 발령해 주시기 바랍니다."

일본 측에서는 자주색 비단 띠가 달린 검은 가운 차림의 야마자 국장이 변론을 했다. 그는 손 팀장과 단번에 비교될 정도로 선명한 발음과 세련된 매너로 먼저 일본 대표단원들을 차례로 소개한 다음 변론에 들어갔다.

"존경하는 재판관 여러분, 저는 우선 한국이 '침공'이라는 용어를 쓴 것에 대해 유감을 표명하고 싶습니다. 침공은 타국의 군대가 자국의 영토를 침범했을 때 쓰는 용어입니다. 그러나 다케시마는 한국의 영토가 아니라 일본의 영토입니다. 일본의 영토에 일본군이 들어간 것이 어떻게 침공이 될 수 있습니까? 다케시마를 침공한 것은 일본이 아니라 오히려 한국입니다. 한국은 60년 정도 전에 일본의 영토인 다케시마에 중무장한 경찰을 파견하고 지금까지 불법점거를 하고 있습니다. 십여 년 전부터는 일본을 겨냥한 군사훈련까지 정기적으로 실시하더니 급기야 몇 달 전에는 다케시마에 군대를 파견하겠다는 어처구니없는 조치를 발표했습니다. 이것이야말로 침공이고 도발입니다. 일본 자위대는 그 설립취지에 따라서 한국군이 일본 영토 안으로 침공하기 전에 다케시마를 봉쇄할 수밖에 없었던 것입니다. 이 세상 어느 나라가 자국 영토에 타국의 군대가 들어온다는데 가만히 앉아 쳐다보고만 있겠습니까? 몽고가 중국에 쳐들어온다는데 중국이 가만히 있겠습니까? 독일 군대가 프랑스로 진입한다는데 프랑스가 가만히 있겠습니까? 어떤 나라가 미국을 상대로 도발을 하면 미국이 가만히 있겠습니까?"

그 대목에서 야마 국장은 중국, 프랑스, 미국 국적의 재판관의 눈을 일일이 맞추며 변론했다.

"게다가, 존경하는 재판관님들께서도 이미 인지하고 계실 것으로 생각합니다만 한국의 주장은 잠정조치재판의 쟁점과 동떨어져 있습니다. 한국의 주장을 들어보면 잠정조치재판이 무엇인지, 잠정조치의 요건이 무엇인지조차 제대로 모르고 있는 것 같습니다. 한국의 주장은 자국 영토인 다케시마 근해에 일본 함대가 들어와 있어 불안해서 재판을 진행할 수 없으니 내보내 달라는 것입니다. 그러나 잠정조치는 그런 이유로 신청할 수 있는 것이 아닙니다. 잠정조치를 하려면 잠정조치를 하지 않고 방치했을 경우에 '돌이킬 수 없는 손해'가 발생할 우려가 있어야 합니다. 그런데 현재 한국이 대체 무슨 '돌이킬 수 없는 손해'를 입고 있습니까? 돌이킬 수 없는 손해는커녕 돌이킬 수 있는 손해조차 입고 있지 않습니다. 지금 이 순간에도 다케시마에는 한국의 국기가 펄럭이고 있고 한국의 무장 병력이 주둔하고 있습니다. 일본 해상자위대는 한반도를 향해 함포 한 발, 총탄 한 발쏜 적이 없고, 앞으로도 쏘지 않을 것입니다. 그런데 대체 한국에 무슨 돌이킬 수 없는 손해가 발생한다는 것인지 저로서는 도무지 이해할 수가 없습니다."

"한국 대표단, 반론이 있나요?"

예상치 못했던 재판장의 질문에 손태진 팀장이 당황하기 시작했다. 최초 변론은 실무팀이 써준 원고를 그대로 읽기만 하면 됐지만, 일본 측 반론에 대한 재반론은 즉석에서 해결해야 했다. 하지만 그는 그럴 준비도 돼있지 않고 그럴 능력도 없었다. 손 팀장은 뒤에 앉은 안정애 과장을 돌아보았다.

"안 과장, 나 대신 좀 이야기 해봐. 난 목이 좀 안 좋아서 말이야."

자신이 변론할 것이라고는 예상하지 못했던 안 과장이 당황한 표정으로일어나서 잠시 머뭇거리다가 짤막하게 반박을 했다.

"현재 해상자위대의 독도 침공으로 인해 한국 국민들은 몹시 불안해 하고 있습니다. 학생, 직장인, 주부 할 것 없이 정상적인 일상생활을 못하고있습니다. 우리 국민들의 이런 충격을 무엇으로 위로할 수 있고 무엇으로회복시킬 수 있겠습니까? 이러한 정신적 손해들이 바로 한국이 입은 돌이킬 수 없는 손해입니다. 재판부에서 속히 잠정조치 결정을 내려 독도 근해에서 일본 함대를 철수시켜 주시기 바랍니다."

그러자 야마자 국장이 여유 있는 태도로 나와서 반박했다.

"재판관 여러분, 다들 잘 알고 계시겠지만 잠정조치 발령을 위한 돌이킬 수 없는 손해에는 정신적 손해는 포함되지 않습니다. 한국 측은 기본적인 이론조차 모르고 감정적 호소를 하고 있습니다."

반박을 당하자 안 과장의 얼굴이 굳어지고 입이 더 이상 떨어지지 않았다. 실전에서의 위압감은 예상보다 큰 모양이었다. 재판장이 더 이상 반론이 없느냐고 묻는데도 누구도 나서서 반박하지 못했다. 도하는 은성을 쳐다보았다. 순발력과 언변이 뛰어난 은성이라면 무슨 말이든 해줄 수 있을 것 같았다. 얼마 전 이별한 후로 서로 대화가 거의 없던 상태라 말을 건네기가 어색하고 어려웠지만 도하는 용기를 내어 은성에게 반박을 해줄 것을 요청했다.

"은성아, 한마디 해줘. 이대로 한국으로 돌아갈 수는 없잖아."

은성은 난처한 표정을 지었다. 재판장은 변론을 종결하려고 했다.

"그럼 변론 절차를 이것으로 종결하고 평의에 들어가겠습니다."

"잠깐만요."

은성이 그렇게 말하고는 자리에서 일어나 재킷의 단추를 채우고 법대 앞으로 나갔다. 그러고는 '내가 과연 잘할 수 있을까?' 하는 눈빛으로 도하를 돌아보았다. 도하는 은성을 향해 고개를 끄덕여 주었다.

"낙엽이 질 때 사람들이 걱정하는 것은 이미 다가온 가을이 아니라 곧 닥쳐올 추운 겨울입니다. 20세기 초 일본은 러일전쟁을 일으키기 위해서 독도를 편입했고 그로부터 채 오 년도 지나지 않아 한국 전체를 침탈했습니다. 이어서 동아시아 전체가 전쟁의 광풍에 휘말렸습니다. 최근 일본 함대가 독도를 점령한 것을 보고 있는 한국을 비롯한 동아시아 국가들의 심정이 바로 낙엽이 지는 것을 바라보며 겨울을 걱정하는 심정입니다. 일본이 군함들로 독도를 강점한 것만 해도 충격이지만 그 뒤에 숨은 더 큰 야욕이 우리 국민들과 동아시아 국가들을 불안하고 분노하게 만듭니다. 방금 전에 안정애 과장이 말한 불안감을 일본 대표는 단지 정신적 손해라고 폄하했는데, 그것은 일본이 독도뿐만 아니라, 한반도 전체를, 다른 아시아 국가들을 침탈할 위험성을 지적한 것입니다. 나라를 송두리째 빼앗긴다면 그보다 더 큰 돌이킬 수 없는 손해가 어디 있겠습니까?"

그때 야마자 국장이 은성의 말을 자르면서 끼어들었다.

"존경하는 재판관님들, 한국 측은 마치 일본이 한국 전체를 침공할 것처럼 말하고 있습니다. 그러나 이것은 아무런 근거도 없는 터무니없는 주장입니다. 한국 측이 이런 주장을 하는 것은 일본의 국격과 이미지를 훼손시켜서 재판관님들에게 부정적인 선입견을 심으려는 비열한 수작입니다."

"방금 근거를 말씀드렸는데 근거가 없다고 하시니 저는 일본 대표에게 대체 저의 변론을 경청하고 있었는지 묻고 싶습니다. 그 근거는 일본이 불과 백여 년 전에 독도를 편입하고, 이어서 한국 전체를 침탈했으며, 중국, 러시아 등과 전쟁을 일으키고 동남아시아 국가들을 침략했다는 역사적 사실입니다. 역사는 반복되는 것이라 미래의 일에 대한 증거로는 과거의 역사만큼 증명력이 강한 것이 없습니다. 그것도 불과 백여 년 전의 역사입니다. 독일이 폴란드를 침공하면서 제2차 세계대전이 시작되었습니다. 만일 오늘날 독일이 다시 폴란드를 침공한다면 프랑스를 비롯한 다른 나라들이 아무런 위협을 안 느끼겠습니까?"

야마자 국장이 다시 자리에서 일어났다.

"일본이 한국에 이의를 제기하는 영토는 단 한 군데, 다케시마뿐입니다. 일본은 다케시마를 제외한 한반도 전체와 울릉도, 거문도, 제주도, 기타 모든 섬들에 대해서 단 한 뼘도 한국 땅이 아니라고 주장한 적이 없습니다. 앞으로도 그 모든 땅들을 한국 땅이라고 인정할 것입니다. 샌프란시스코 조약 때문에라도 인정할 수밖에 없습니다. 일본은 헌법상 다른 나라를 침공할 수도 없고 침공할 의사도 없습니다. 다만 타국이 일본 영토를 침략해 올 경우에는 필요 최소한의 방어를 할 수 있고 또 해야 합니다. 한국이 먼저 다케시마에 군대를 파견하겠다고 해서 우리 해상자위대가 그것을 막기 위해 그에 대응하는 필요 최소한의 조치를 취했을 뿐입니다. 한반도를 향해서 대포 한 발, 총 한 발 쏜 적이 없고 단지 다케시마를 포위했을 뿐입니다. 그것을 두고 일본이 한국 전체를 침공하려 한다고 호들갑을 떠는 것은 ICJ 재판관들의 판단력을 우습게 보는 소위 할리우드 액션에 불과합니다. 한국 측은 막연한 소설 쓰기를 중단하고 구체적으로 어떠한 돌이킬 수 없는 손해가 발생했는지 분명히 밝혀 주시기 바랍니다."

"좋습니다. 좀 더 구체적인 이야기를 해드리겠습니다. 해상자위대의 독도 침입 이후 한국은 주식이 폭락하고, 외국인 투자가 취소되고, 기존 투자금까지 외국인들이 빼가서 경제 전체가 휘청거리고 있습니다. 언론에서는 올해 경제성장률이 작년보다 2퍼센트나 떨어질 것으로 전망하고 있습니다. 이런 손해들을 돌이킬 수 있습니까? 경찰 전투함들이 독도 주변에 와 있는 바람에 서해에서 불법 어업을 하는 중국 어선들이 무더기로 한국 수역으로 넘어와서 조업을 하고 있습니다. 중국에게 빼앗기는 물고기들을 일본이 전부 다 우리나라 바다에 집어넣어 줄 것입니까? 북한을 방어해야 할 우리 해군 전력의 대부분이 독도 주변에 몰려 있는데 만약 지금 북한이 도발해서 한국의 국민들과 영토에 피해가 발생한다면 일본이 그 피해를 전부 다 배상해 줄 수 있습니까? 재판을 받는다는 것은 무력을 사용하지 않고 평화적으로 문제를 해결하자는 뜻 아닙니까? 그런데 재판을 하자고 하면서도 상대방에게 여전히 총을 겨누고 있다는 것은, 소송에서 자기가 이기면 판결에 따르고, 만일 자기가 지면 총을 쏘겠다는 뜻 아니겠습니까?"

"재판관 여러분, 지금 다케시마에는 일본의 군인들이 단 한 명도 없습니다. 대신 다케시마에는 한국의 무장병력이 지금 이 순간에도 총과 박격포를 들고 일본인들을 겨누고 있습니다. 대체 누가 누구에게 무력을 쓰지 말자는 말을 해야 하는 것인지 재판관님들께 묻고 싶습니다."

"재판관 여러분, 저도 묻고 싶습니다. 경찰과 군인이 같습니까? 고작 서른 명의 경찰과 한 척당 150명이 탑승한 최신예 군함 열두 척이 같습니까? 독도에 있는 경찰들은 일본을 공격하기 위한 것이 아니라 독도의 치안을 위해서, 그리고 독도가 우리나라 땅이라는 상징적인 의미로 파견되어 있는 것입니다."

"M-16 소총과 박격포로 중무장하고 5천 톤급 무장선을 띄운 병력이 보통 경찰입니까? 한국 경찰들은 서울 시내에서도 M-16과 박격포를 들고 다니는지 묻고 싶습니다. 그리고 다시 말하지만 일본은 한국 정부가 다케시마에 군대를 주둔시키겠다며 도발을 했기 때문에 우리 영토 수호를 위한 최소한의 조치를 하고 있을 뿐입니다."

"일본 측의 주장을 들어보니 일본의 입장을 충분히 이해할 수 있을 것 같습니다. 우리가 군대를 파견하려고 하니까 일본 정부 입장에서는 그것을 막을 수밖에 없었겠지요. 그렇다면 저희는 본국에 요청해서 즉시 독도에 군대를 파견하기로 한 결정을 취소하도록 하겠습니다. 한국 측이 군대 파견 결정을 취소하겠다면 일본 측도 군대를 파견할 이유가 없어지는 것 아니겠습니까?"

야마자 국장의 표정에서 여유롭던 미소가 처음으로 사라져 버렸다. 일본이 독도를 포위하고 있는 가장 큰 명분은 한국이 독도에 군대를 파견하려고 했다는 것인데 한국이 그 결정을 취소한다면 그 명분이 사라질 것이기 때문이었다. 그러나 야마자는 순식간에 반론을 만들어냈다.

"현재 다케시마에도 한국 무장 병력이 주둔해 있고 그 주변을 한국의 해군과 경찰이 둘러싸고 있습니다. 이런 상황에서 일본만 군을 철수한다는 것은 공평하지 못합니다. 공평하게 하기 위해서는 양국이 모두 군이나 경찰 및 군사시설들을 철수해야 합니다. 그런데 한국이 다케시마에 설치한 군사시설들을 모두 제거하는 것은 시간이 많이 걸려서 이 재판이 끝날 때까지도 완료하지 못할 수도 있습니다. 판결이 나면 한국이 이기든 일본이 이기든 다시 군사시설을 설치해야 하는데 이것은 양국에 큰 비효율을 초래할 것입니다. 따라서 그냥 소송이 끝날 때까지 양쪽이 모두 현재 상태로 그대로 있는 것이 공평하면서도 효율적이라고 생각합니다."

"일본 측은 재판의 본질을 착각하고 있는 것 같습니다. 재판은 무엇이 더 효율적인가, 비효율적인가를 따지는 게 아닙니다. 무엇이 더 정당한가를 따지는 겁니다."

"저희가 효율성을 언급한 것은 한국이 군이 비효율적인 잠정조치를 요구하는 저의가 무엇인지 되새겨 봐야 한다는 뜻이었습니다. 존경하는 재판관 여러분, 앞으로 본재판이 얼마 남지 않아서 그것을 준비하기에도 시간이 모자라는 한국이 왜 군이 잠정조치까지 신청했을까요? 이 대목에서 우리는 한국의 저의를 의심할 수밖에 없습니다. 한국의 의도는 오로지 일단 일본 함대를 다케시마에서 철수시키는 것이 아닐까요? 다시 말해서 본재판의 결과에는 관심이 없는 것이 아닐까요? 즉, 일본이 본재판에서 이기더라도 다케시마를 계속 불법점거하려는 것이 아닐까요? 무려 60년 이상이나 한국이 다케시마를 불법점거해 왔다는 사실을 고려해 보면 이것은 지나친 억측이 아닙니다."

"일본은 이 법정에서 방금 전까지도 해상자위대를 파견한 이유가 한국의 군대 파견 결정 때문이라고 했습니다. 그런데 한국이 군대 파견 결정을 취소하겠다고 하는데도 굳이 해상자위대를 철수시키지 않겠다고 합니다. 대체 누구의 저의가 의심스러운 걸까요?"

야마자 국장이 반론하려고 할 때 재판장이 끼어들어 마무리했다.

"이제 시간이 다 되었습니다. 양쪽 변론은 충분히 들었다고 생각됩니다. 선고는 사흘 뒤 이곳에서 하겠습니다."

그때 갑자기 야마자 국장이 자리를 떠나려던 재판관들을 불러 세웠다.

"존경하는 재판장님, 대단히 죄송하지만 절차 진행과 관련하여 매우 중대한 문제가 있습니다."

돌발적인 상황에 법정이 소란스러워졌다.

"대체 무슨 문제입니까?"

"저는 지금 이 자리에서 한국 국적의 박기용 임시재판관의 자격에 대한 문제를 지적하지 않을 수 없게 된 것을 참으로 유감스럽게 생각합니다. 한국 측 임시재판관인 박기용 재판관은 선임 직전 한국 소송팀에게 국제법을 지도한 사실이 있습니다. 이것은 '재판관은 일방 당사자의 대리인, 보좌인 혹은 변호인 등의 자격으로 사전에 관여한 바가 없어야 한다'는 ICJ 규정 제17조를 위반한 것입니다. 이와 관련한 증거를 제출하는 바입니다."

야마자 국장의 발언에 도하의 가슴이 철렁 내려앉았다. 그동안 임시재판관 자격이 문제된 경우는 거의 없었기에 재판관들도 서로를 쳐다보며 놀라워했다. 법대 위에 앉아 있던 박기용 재판관의 얼굴도 흙빛으로 변했다. 재판장이 말했다.

"만약 박기용 재판관에게 그런 문제가 있다면 잠정조치의 재판 결과보다 우선해서 판단하고 넘어가야 합니다. 우리는 잠정조치의 당부를 판단하기에 앞서서 먼저 박기용 재판관의 자격 여부를 합의하여 결정하겠습니다. 결정은 바로 내일 선고하겠습니다."

전혀 예상치 못한 일격이었다. 도하를 비롯한 한국 대표단은 공황 상태에 빠지고 말았다. 법정을 나오는 길에 손태진 팀장이 실무팀원들을 돌아보며 고함을 질렀다.

"어떻게 박 교수 이야기가 일본 팀에 새어나간 거요? 박 교수가 세미나 지도를 했다는 건 비밀에 부치기로 하지 않았소? 대체 누구요? 이번 소송이 잘못되면 모든 책임은 비밀을 누설한 사람이 져야 할 거요."

도하는 화가 치밀어 올랐다. 박 교수가 자격 결격으로 문제가 될 수 있다는 점이 소송전략회의에서 지적되었는데도 끝내 박 교수를 임시재판관으로 밀어붙인 사람은 바로 손 팀장이었다. 자신이 책임을 져야 할 상황에서 문제의 초점을 비밀 누설로 변경시켜서 오히려 다른 사람에게 책임을 전가하고 있는 것이었다.

다음 날 법정에서 재판장이 박기용 재판관의 자격에 관한 결정을 낭독했다.

"박기용 재판관의 자격 문제에 대한 합의 결과를 발표하겠습니다. 일본 측이 제출한 자료와 박기용 재판관의 자백을 종합할 때, 일본 측의 주장대로 박기용 교수가 사전에 한국 소송팀의 소송 준비에 관여했던 정황이 인정되었습니다. 이에 따라 박기용 재판관은 다른 재판관들의 만장일치로 이번 사건의 임시재판관 자격을 상실했음을 알려 드립니다. 아울러 본 잠정조치재판은 물론 본재판에서도 한국 측의 임시재판관은 더 이상 허용하지 않습니다."

그리고 이틀 뒤 잠정조치 신청에 대한 결정도 선고되었다.

"한국 측이 신청한, 다케시마 또는 독도 근해에 주둔한 일본군의 즉시 철수 신청에 대하여 재판 결과를 선고하겠습니다. 인용 의견과 기각 의견이 7대 7이었으나 재판장이 캐스팅 보트를 행사하여 다음과 같이 결정했습니다. 현재 다케시마 또는 독도는 그 영유권이 일본과 한국 중 어느 나라에 있는지 밝혀지지 않은 상태이므로 일본과 한국 두 나라 중 어느 쪽도 상대국에 대해 이 섬에 대한 배타적 권리를 주장할 수 없습니다. 다시 말해 일본과 한국 중 어느 나라도 이 섬을 무력으로 점령할 수 없습니다. 그렇다면 가장 이상적인 것은 본 재판소가 이 섬의 영유권이 어느 나라에 있는지 최종적으로 판결할 때까지 다케시마/독도에 있는 양국의 인력과 장비 및 시설들을 모두 철수시키는 것입니다. 그러나 이미 한일 양국 모두가 이 섬에 무장병력을 파견한 상태라는 점, 교전이나 기타 위험한 상황이 발생하고 있지 않은 점, 본재판이 앞으로 얼마 남지 않은 데 반해 한국 측의 군사시설을 철거하는 데 상당한 시간이 필요할 것으로 보이는 점, 양측이 각기 자신들의 시설이나 군사력을 모두 철거한 다음 본재판 이후에 다시 설치하는 것은 매우 비효율적인 점 등을 고려하여 우리 국제사법재판소는 규정 제41, 48, 73, 74조에 따라 한국의 잠정조치 신청을 기각하는 바입니다."

잠정조치재판의 결과가 뉴스 속보로 알려지자 국민들은 마치 독도가 일본 땅으로 확정되기라도 한 것처럼 충격을 받았다. '독도 재판, 일본 승소'라는 식의 자극적인 인터넷 기사의 타이틀들이 의도적으로 국민들의 오해를 증폭시키기도 했지만 잠정조치재판의 패소는 실망스러운 소식이 아닐 수 없었다. 외교부 대변인이 부랴부랴 기자회견을 열어 잠정조치재판의 결과는 독도가 일본 땅이라고 판단한 것이 아니고 본재판과는 별개라고 해명했지만 여론은 오히려 정부가 진실을 은폐하려 한다고 분노했고, 친일파가 독도를 일본에게 의도적으로 넘기려고 하고 있다는 음모론은 더욱 확산되었다. 모 일간지의 여론조사 결과 본재판에서도 우리나라가 일본에게 질 것이라고 응답한 사람들의 비율이 87퍼센트로 나왔다.

소송 반대여론은 더욱 뜨거워졌다. 일부 방송에서는 ICJ에서 문제를 해결하라는 유엔안보리 결정에도 불구하고 소송을 거부했던 터키의 전직 외교부 담당자들의 인터뷰를 소개하면서 ICJ행을 택한 정부를 비판했다. 신문에는 한 국제법 교수가 지금 소송을 중지했을 때 어떤 결과가 일어날지에 관해 칼럼을 쓰기도 했다. 인터넷에는 실무팀원들 개개인에 대한 비난과 함께 개인정보가 공개되었다.

가장 뜨거웠던 문제는 역시 박기용 교수가 임시재판관 자격을 박탈당한 사실이었다. 정부가 사과 성명을 거듭 발표해도 민심의 분노는 사그라질 줄 몰랐다. 결국 박기대 외교부장관이 박 교수의 재판관 선임과 관련된 모든 책임을 지고 자진 사퇴했다. 전쟁 중에 장수를 바꾸어서는 안 된다는 반론도 만만치 않았지만 국민들의 실망과 불안이 이만저만이 아니어서 장관의 사퇴가 불가피하다는 의견이 우세했다.

새로 임명된 외교부장관은 오현호 전 외교안보수석이었다. 그는 바로 손태진을 실무팀장에 앉혀 준 장본인이었다. 오현호 장관은 취임 직후부터 박기용 교수의 재판관 선임 건에 대한 진상조사를 벌였다. 그러나 조사의 초점은 처음부터 결격 사유가 있었던 박 교수를 임시재판관으로 임명한 사람이 누구인지가 아니라 박 교수의 결격 사유를 일본 측에 누설한 사람이 누구인지로 변질되어 있었다.

조사 결과가 언론을 통해서 발표되었는데 그 당사자는 케빈이었다. 케빈이 여자 친구인 유미를 통해서 박 교수의 비밀을 일본 측에 넘겼다는 것이었다. 케빈은 그런 적이 없다고 눈물을 흘리며 부인했지만 오현호 장관은 케빈을 검찰에 고발하고 조사를 마무리지었다. 도하는 케빈의 빈 책상을 볼 때마다 실무팀을 떠나야 할 사람은 바로 손 팀장인데 왜 케빈이 떠나야 하는 것인지 납득하기 어려웠다. 그러나 거기서 더 문제를 제기하는 사람은, 적어도 내부에는 없었다.

9

팔대의 상궁

실무팀은 ICJ에 제출할 서면을 작성하는 작업에 몰두했다. 독도가 왜 한국 땅인가를 설명하는 메모리얼(Memorial)과 독도가 일본 땅이라는 일본의 주장을 반박하는 카운터메모리얼(Counter-Memorial)을 우선 만들었다. 추후 재판소가 필요하다고 판단되면 추가로 기존 서면들에 대한 반박문인 리플라이(Reply)나 리조인더(Rejoinder)를 작성해야 했다. 파트별로 초안 작성자를 나누고 완성된 초안을 돌려보면서 코멘트를 한 후 최종 초안을 확정하는 방식으로 작업이 진행되었다. 고문이라는 사람들은 대부분 자신이 직접 초안을 작성하지는 않고 다른 직원들이 열심히 뭔가를 작성해 오면 몇 가지 훈수를 두는 정도로만 관여했는데 그 훈수라는 것이 적절치 않을 때가 적지 않았다. 반면 은성은 가장 적극적으로 관여하면서 참신한 의견을 많이 내어서 점차 팀원들의 신임을 얻었다.

소송이라는 것 자체가 스트레스를 받는 일인 데다 시간에도 쫓기니 팀원들의 신경이 갈수록 날카로워졌다. 손 팀장이 고함을 지르는 횟수가 잦아졌고 서로 논쟁을 하다가 감정이 상하는 경우도 빈번하게 일어났으며 몸이 아픈 사람들도 속속 나타났다. 마감 기한에 다가갈수록 팀원들은 점점 더 시간 부족을 겪었다. 서면에 각주, 첨부 문건, 사진, 지도를 만들어 붙이는 작업에도 시간과 공이 많이 들어갔다. 출퇴근 시간을 제외하고는 바깥 공기를 쐴 여유가 없었고, 사무실 안에서도 창밖을 내다볼 시간조차 나지 않았다. 마감일을 열흘 앞두고는 하루 세끼를 모두 배달시켜 사무실에서 해결해야 했다.

완성된 메모리얼은 천 페이지가 넘는 방대한 분량이었다. 그나마 ICJ가 서면의 양을 줄이라고 단단히 요청을 해서 줄이고 또 줄인 것이었다. 한국 측 주장의 요지는 크게 다음과 같이 세 부분으로 요약될 수 있었다.

첫째, 신라 지증왕이 이사부를 시켜 우산국을 정복한 이후부터 고려시대, 조선시대에 이르기까지 독도는 한국의 영토였고 그에 관한 기록이 《삼국사기》, 《삼국유사》, 《고려사》, 《세종실록지》, 《동국문헌비고》, 《만기요람》 등에 이어져 왔다. 이들 기록에는 동해에 두 섬이 있었음을 인식하고 있고 그 두 섬 모두가 하나의 권역임을 확인하고 있다.

둘째, 17세기 말 조선과 일본은 울릉도를 놓고 이른바 '울릉도쟁계'라고 하는 영토분쟁을 벌였는데 일본이 독도를 포함한 울릉도가 조선의 땅임을 인정함으로써 종결되었다. 일본은 그 이후 1905년까지도 〈조선국교제시말내탐서〉, 〈태정관 지령문〉 등에서 볼 수 있듯이 독도를 조선령이라고 인정해 오고 있었다.

셋째, 일본은 1905년의 독도 편입과 샌프란시스코 강화조약 등을 근거로 독도가 일본령으로 확인되었다고 주장하고 있으나, 이러한 역사적 과정에서도 한국은 독도에 관한 영유권을 일본에게 내어준 적이 없다.

서면들 원본이 완성된 후 ICJ 재판관들과 연구관들, 사무국 직원들, 일본 당국, ICJ 도서관, 헤이그 국제법 도서관, 국제 프레스센터, 유엔 도서관, 유엔 정보국, 한국의 각 도서관 등에 송부할 부본들을 책자 형태로 제작했다. 이들 서류들은 외교 행랑으로 네덜란드로 운송되었고 이승철 네덜란드 대사가 직접 ICJ 사무국을 방문해 메모리얼을 제출했다. 이승철 대사는 며칠 후 ICJ 사무국을 통해 넘겨받은 일본 측 메모리얼을 즉시 서울의 소송실무팀으로 송부했다. 실무팀원들은 일본 측 메모리얼을 입수하자마자 검토에 들어갔다. 일본 측이 주장하는 내용은 크게 네 가지였다.

첫째, 1618년부터 일본은 오야 가문과 무라카와 가문에게 도해(渡海)면허를 발급해 주는 등의 방법으로 다케시마를 이용 및 관리해 왔다.

둘째, 한국이 20세기 이전에 다케시마에 대한 영유권을 취득했다는 증거가 없다.

셋째, 1905년 일본은 다케시마를 시마네 현으로 편입함으로써 다케시마의 영유의사를 재확인했다.

넷째, 1951년 샌프란시스코 강화조약에서도 다케시마를 일본령으로 확인하였다.

일본 측의 주장들 자체는 예상에서 크게 벗어나지 않았지만 이를 뒷받침하는 논리나 근거는 기존에 공개되었던 자료들보다 정교하고 치밀했다. 이 때문에 도하는 한층 더 절실하게 《가락국기》를 찾아야 할 필요성을 느꼈지만 아빠의 암호 해독 작업은 '팔대의 상궁'이라는 벽에 부딪쳐 더 이상 나아가지 못하고 있었다.

도하와 헤어지고 난 후 은성은 실연의 아픔을 잊기 위해서라도 더욱 열심히 소송 준비에 몰두했다. 하지만 사무실에서 도하를 마주치거나 목소리를 들을 때마다 상처가 쓸려서 아프고 덧났다. 처음엔 이별이 실감이 나지 않아서 사무실에서 커피를 탈 때 습관적으로 두 잔을 탔다가 혼자 두 잔을 다 마실 때도 있었다. 편의점에서 우유를 사면 빨대를 두 개씩 가져오는 버릇도 잘 고쳐지지 않았다.

그날 저녁 은성은 습관적으로 휴대폰을 만지다 도하에게 전화를 걸고 싶은 충동을 억누르고 있었다. 휴대폰에서는 이미 도하의 전화번호를 지워 버렸지만 머릿속의 전화번호부에서는 지워지지 않았다. 휴대폰에는 예전에 케빈에게서 빼앗은 갓파 인형이 매달려 있었다. 이것을 다시 케빈에게 돌려주어야 하나 고민하던 중에 은성의 머릿속에 생각 한 자락이 바람처럼 스쳐지나갔다. 은성은 갓파를 들고 곧바로 컴퓨터 앞으로 달려가 인터넷으로 무엇인가를 검색하더니 이별 후 처음으로 도하에게 전화를 걸어서 옥상으로 불러냈다.

옥상에는 선선한 가을 바람이 불고 밤하늘에는 별인지 인공위성인지 모를 무엇인가가 반짝거리고 있었다. 두 손을 바지주머니에 찔러 넣은 채 광화문 도심을 내려다보고 있던 은성은 도하가 나타난 것을 보고 다가갔다. 두 사람은 헬리콥터 착륙장의 'H' 문양 위에서 마주보고 섰다.

"매일 보는데도 오늘은 왠지 오랜만에 보는 것 같네."

은성이 한쪽 입술을 치켜들고 멋쩍게 웃으며 그렇게 말하자 도하는 별대답 없이 웃어 보였다. 두 사람은 벽 밑에 놓인 벤치에 나란히 앉았다.

"도하야, 우리 다시 시작해 볼까?"

"응? 그게 무슨 말이야?"

"《가락국기》 찾는 일 말이야. '팔대의 상궁'의 의미를 찾을 실마리를 발견했어."

은성은 휴대폰을 들어 보였다. 휴대폰에 대롱대롱 매달린 갓파 인형이 좌우로 흔들거리고 있었다.

"얘가 가르쳐 줬어."

"그건 케빈이 갖고 있던 갓파 인형이잖아."

"맞아. 케빈이 '가랏파'라고도 한댔지. '가랏파'의 시옷이 사이시옷이라면 '가랏파'는 '가라'의 '파'라는 의미일 수 있겠지."

"'가야의 무리'라는 의미일 수 있다는 뜻이야?"

"그렇지. 전에 케빈이 갓파가 바다에서 상륙한 거라고 했지? 그건 가야 사람들이 바다를 건너온 걸 뜻하는 거야. 또 갓파의 등에 거북이의 등껍질이 있다고 그랬지? '구지가'와 '구지봉'에서 보듯이 가야는 거북이와 관련이 깊어. 그러니까 갓파가 바다에서 상륙한 가야의 무리를 뜻한다면 곧 수로왕의 남매의 일행일 수도 있다는 생각이 들었어. 그렇다면 갓파가 처음 상륙한 곳이 바로 수로왕의 남매가 처음 일본에 도착한 곳일 수도 있는 것이지. 인터넷에서 갓파가 처음 일본에 상륙한 곳을 찾으니 금방 나오더군. 바로 규슈 남부에 있는 야츠시로라는 작은 도시야. 그곳에는 '갓파도래비'라는 기념 비석도 있었어."

"야츠시로? 귀에 익은 지명인데. 그런데 그 도시가 '팔대'와는 무슨 관련이 있다는 거야?"

"야츠시로를 찾아보니 지명을 한자로 이렇게 쓰더군."

은성은 허공에 손가락으로 획을 그었다. 은성이 쓴 한자는 바로 '八代(팔대)'였다. '야츠시로'가 귀에 익은 지명임에도 불구하고 그동안 도하가 '팔대

(八代)라는 글자와 연관시키지 못한 이유가 있었다. '야츠'는 일본어로 '여덟' 을 의미하기 때문에 '八'을 떠올릴 수 있지만 '시로'는 '성(城)'을 의미할 뿐 '代' 와는 언어적으로 직접 관련이 없기 때문이었다.

"고마워, 은성아. 너무 고마워. 이건 네가 아니었으면 절대로 알아내지 못했을 거야."

"아직 감사하기는 일러. 우리는 그저 '팔대'가 야츠시로라는 걸 알아냈을 뿐이야. 야츠시로에 가서 '팔대의 상궁'을 찾고 '북두 위의 상궁에서 태상의 방향으로 거북의 가슴을 파고드는' 것이 더 어려울 수 있어."

"하지만 그래도 야츠시로에 가보긴 해야겠지?"

"그래야겠지. 야츠시로가 아주 작은 마을이라는 것이 그나마 다행이야."

"소송이 얼마 안 남았는데 그 사이에 《가락국기》를 찾을 수 있을까?"

"그것보다 나는 네 안전이 더 걱정이야. 만약 네 아버지가 살해당한 이 유가 《가락국기》의 행방을 알고 있었기 때문이라면 너도 위험에 처할 수 있으니까."

"그렇겠지. 하지만 그래도 가야 하잖아."

"그럼 최 사무관하고 같이 가. 지금 상황에서는 그 사람하고 같이 가는 게 제일 안전할 거야. 훈련받은 국정원 요원이니까."

도하는 아무 말 없이 은성의 눈을 바라보았다.

"내 눈치 안 봐도 돼. 나는 괜찮으니까."

"너도 같이 가면 안 돼?"

"나는 여기 남아서 소송 준비를 해야지. 《가락국기》를 꼭 찾는다는 보 장도 없으니까 소송 준비도 완벽하게 해놓아야 해. 가뜩이나 다들 나한테 구술변론을 맡기려고 하는데 준비를 많이 해야 할 것 아냐."

"네가 없으면 안 돼. 네가 없으면 암호를 풀 수가 없어. 은성아, 염치없는 말이란 건 알지만 여기까지 같이 해왔으니 끝까지 같이 하자. 이 일이 내 개인적인 일만은 아니잖아. 독도 소송의 승리를 위한 일이야."

도하의 간곡한 설득으로 은성은 결국 고개를 끄덕였다. 은성은 다음 날 아침 서준의 자리로 찾아가서 커피를 한 잔 하자며 휴게실로 불러냈다. 은성이 서준과 단둘이 이야기를 하는 것은 처음 있는 일이었다.

"도하가 곧 일본에 갈 거라고 안 그러던가요?"

"처음 듣는 이야기입니다. 이 서기관님과 따로 이야기를 한 지가 오래되었습니다."

"도하 아버님의 암호에서 '팔대'는 규슈의 야츠시로라는 도시인 것 같습니다. 도하는 곧 《가락국기》를 찾으러 그곳으로 떠날 겁니다."

"……그렇군요."

"그런데 도하 혼자 보내면 위험할 것 같습니다. 그래서 뵙자고 한 겁니다. 저도 가겠지만 최 사무관님도 같이 가주셨으면 합니다."

뜻밖의 제안이라 서준은 놀란 눈으로 은성을 쳐다보았다.

"다른 뜻은 없습니다. 그저 도하가 걱정되고 당신이라면 도하를 잘 보호해 줄 수 있을 것 같아 하는 말입니다. 물론 힘을 합쳐 《가락국기》를 찾아내서 이번 소송을 이기고 싶은 마음도 크고요. 함께 가주십시오. 부탁합니다."

서준은 찬찬히 은성의 표정을 살폈다. 괜한 말을 하는 것 같지는 않았다. 은성이 먼저 손을 내밀었고 서준은 말없이 고개를 끄덕이며 그 손을 힘껏 맞잡았다.

그날 오후 세 사람은 함께 손태진 팀장의 사무실을 찾아갔다. 손 팀장은 세 사람이 들어왔는데도 아랑곳하지 않고 골프채로 퍼팅 연습을 하고 있었다. 도하가 소송에 필요한 고문서를 찾으러 일본에 다녀오겠다고 하자 손 팀장이 비아냥거렸다.

"내가 왜 자네들이 원하는 대로 해줘야 하지? 자네들은 내 의견에 번번이 반기를 드는 사람들 아닌가. 쓸데없는 생각 말고 사무실에 가서 일들이나 해. 난 지금 바쁘니까 나가 보라고!"

이번에는 서준이 나섰다.

"독도가 우리 영토임을 입증해 줄 가장 확실한 고문서가 일본에 있습니다. 그것만 찾으면 지금까지 나온 그 어떤 증거보다 강력한 힘을 발휘할 수 있습니다. 허락해 주십시오."

"그런 고문서가 대체 어디 있다는 거요? 난 듣도 보도 못한 얘기인데."

"길게 설명 드릴 시간은 없습니다만 국정원에서는 오래전부터 그 문헌을 찾고 있었습니다. 일본 정부에서도 우리나라보다 먼저 그 문헌을 찾으려고 혈안이 되어 있습니다. 그러다 최근 우리 쪽에서 그 문서의 위치에 대한 유력한 단서를 찾아낸 겁니다."

"그러다가 그 고문서도 못 찾고 소송에서도 지면 어쩔 거요? 내가 뭔가 책임을 뒤집어써야 하는 것 아니오?"

은성이 대꾸했다.

"저희를 일본으로 보내 주시지 않으면 오히려 더 큰 책임을 져야 하실 수도 있습니다. 만에 하나 우리가 패소하면 독도 소송의 결정적 증거인 고문헌이 있는데도 팀장님이 찾으러 가지 못하게 했다는 사실이 알려질 테니까요. 참고로 현재 상황에서는 우리가 승소를 장담할 수 없는 상황입니다."

"하하하. 나를 협박하는 건가? 우리가 질 수 있다는 이야기를 내가 부임하기 전에 진작 좀 이야기해 주지. 그런 줄 알았으면 이런 구렁텅이에 뛰어들지도 않았을 텐데. 그래도 자네들을 일본에 보내 줄 생각은 없어. 승소 가능성이 낮으면 소송을 안 하면 되지. 어차피 밖에서도 소송을 그만두라고 저렇게들 난리니까 안 하면 되지 뭐. 이까짓 소송 따위. 나는 이 난국을 타개하기 위해 일본에 통 큰 합의를 제안할 작정이야. 우리가 독도 해저의 메탄하이드레이트 개발권과 어업권을 넘기는 대신 일본은 독도가 우리 영토임을 인정하는 거지."

세 사람은 입이 딱 벌어졌다. 서준이 반기를 들었다.

"지금 그게 무슨 말씀이십니까? 독도의 알맹이는 넘겨주고 껍데기만 가진다는 말입니까? 국민들이 절대 용납하지 않을 겁니다. 재고해 주십시오."

"그건 당신처럼 과격한 사람이나 하는 생각이오. 대다수 점잖은 사람들은 알맹이와 껍데기를 다 잃는 것보다는 그 편이 낫다고 생각할 거요. 이 소송을 우리가 이긴다고 하더라도 일본이 독도가 우리 땅이라고 인정을 하겠소? 그러니 합의를 해서 끝내는 게 제일이야. 그렇지 않고 이번 소송에서 지기라도 하면 나 혼자 이완용에 버금가는 역적이 된다는 걸 내가 모를 줄 아나? 김 검사가 누구보다도 그 기분을 잘 알 텐데……."

손 팀장이 친일파 집안이라는 약점을 건드리자 은성이 주먹을 불끈 쥐고 손 팀장을 무섭게 노려보았다. 도하가 은성의 팔을 붙잡으며 진정시켰다. 서준이 호소하듯 말했다.

"그런 합의를 하면 더욱더 이완용 취급을 받게 될 겁니다. 재고해 주십시오!"

"재고? 이미 지난주에 실무팀 명의로 청와대에 이 의견을 전달했는데? 곧 청와대가 직접 일본과 물밑 교섭을 추진할 예정이오."

들으면 들을수록 황당한 말이었다. 도하가 말했다.

"팀장님, 실무팀원들은 아무도 이 사실을 모르고 있는데 실무팀 명의라니요?"

"이 사실을 실무자들이 꼭 알아야 하나? 실무자는 말 그대로 실무자요. 윗사람들이 정책적인 방침을 정하면 그에 맞는 실무적 조치를 취하는 데만 주력하면 되는 거요."

도하가 일단 그냥 물러가자는 눈치를 보내서 세 사람은 돌아섰다. 서준이 문을 열려는 순간 은성이 갑자기 홱 돌아섰다. 그러고는 말릴 틈도 없이 손 팀장을 향해 성큼성큼 걸어가더니 홀을 향해 굴러가던 골프공을 발로 밟아 버렸다.

"이게 대체 뭐 하는 짓이야?"

"팀장님이 저희를 보내 주지 않으시니 한국에 남아 있도록 하겠습니다. 하지만 한국에 남아 있으면서 제가 가만히 있지만은 않을 것입니다. 팀장님이 실무팀과 아무런 협의도 하지 않았으면서도 실무팀 명의로 독도 문제 협상을 청와대에 제안했다는 사실을 청와대 민정수석실에 알려 드리겠습니다. 덧붙여서 지난번 박기용 교수를 무리하게 임시재판관으로 선임하자고 했던 주역도 바로 팀장님이라고 할 것입니다. 그리고 팀장님이 어떻게 소송실무팀장이 되었는지 그 경위도 한번 조사해 보라고 하겠습니다. 그 사람들은 팀장님과는 달리 제가 친일파 집안 출신이라는 이유만으로 제 말을 무시하지는 않을 겁니다."

감정을 억누르고 최대한 낮은 목소리로 말을 마친 은성이 홱 돌아서서

문 쪽을 향해 성큼성큼 걸어가자 손 팀장이 다급하게 소리쳤다.

"이봐요, 김 검사. 여기 좀 앉아 보시오. 같이 이야기 좀 해보자고."

결국 손 팀장은 세 사람의 출국을 허락했다. 아울러 청와대의 일본과의 협상도 유보시키겠다고 약속했다. 다만 구술변론이 시작되기 한 달 전까지 독도 소송을 이길 수 있는 결정적 증거를 가지고 돌아오지 않으면 일본과의 협상을 다시 진행하겠다고 엄포를 놓았다.

일본으로 떠나기 전날, 세 사람은 인사동의 어느 한식집에서 모여 최종적으로 계획을 점검했다.

"야츠시로에 가면 자동차가 필요할 것 같아서 렌트카를 알아봤는데, 너무 작은 도시라서 렌트카 업체가 없더라고. 구마모토에서 차를 빌려 야츠시로까지 타고 갈까?"

은성의 질문에 도하는 고개를 가로저었다.

"아니야. 야츠시로에 도착하면 아는 분이 차를 빌려 주신다고 했어. 미야자키 선생님이라고 일본의 역사 소설가야. 그분 댁이 구마모토 인근인데 야츠시로까지 얼마 안 걸린대."

은성은 꺼림칙한 표정을 지었다.

"그 사람 믿을 수 있겠어? 일본인이잖아."

"아빠 친구라서 믿는 거야. 아빠가 돌아가셨을 때에도 비행기를 타고 장례식까지 오신 분이야. 그분에게는 내가 역사를 전공하는 대학원생인데 논문 쓸 자료를 찾으러 일본으로 간다고 둘러댔어."

세 사람은 다음 날 오전 열시 반 인천국제공항에서 만나기로 하고 외교부를 향해 길을 나섰다. 택시를 기다리는 동안 은성이 걸려온 전화를 받더니 도하와 서준에게 먼저 들어가라고 했다. 도하가 외교부에 도착한 뒤 얼마 지나지 않아서 은성으로부터 전화가 왔다.

"아까 내게 전화 온 사람은 도쿄지검의 와카미야 검사야. 드디어 네 아버님의 살해범을 알아냈대. 범인이 한국인인 것 같다고 나보고 신원을 확인해 달라고 하더군. 팩스로 사진을 받으려고 지금 나는 중앙지검에 와 있어."

"한국인이라고?"

그동안 범인이 일본인일 것이라고 믿어 왔던 도하는 뒤통수를 맞은 듯했다.

"일본 경찰이 현장에 있는 CCTV를 싹 뒤져서 범인이 촬영된 화면을 찾아냈나 봐. 그런데 범인이 너무 의외의 인물이라 어떻게 해야 할지 고민 중이야."

"누군데?"

그러나 은성은 아무런 말이 없었다. 도하는 빨리 말을 해보라고 재촉했다.

"그럼 내가 지금 너한테 팩스로 이 사진을 보내 줄게. 대신 그 전에 딱 한 가지만 부탁하자. 네가 뭘 보든 너무 마음 다치지 말아 주라."

도하는 뭔가 불길한 예감이 들었지만 그렇게 하겠다고 답했다.

"지금 바로 사진을 보낼 거야. 꼭 너만 봐야 한다."

도하는 곧장 아래층에 있는 OA실로 갔다. 복사기 대여섯 대와 팩스 두 대가 있는 그곳에는 다행히 아무도 없었다. 얼마 지나지 않아 팩스에 빨간 불이 들어오면서 사진이 전송되기 시작했다. 지지직거리는 기계음이 그녀의 마음에 불편한 파장을 일으켰다. 도하는 떨리는 손으로 전송되는 사진들을 받아들었다.

사진은 모두 두 장이었다. 첫 번째 사진에서는 어떤 택시가 아빠의 몸을 깔아뭉개며 지나가고 있었다. 밤이라 어두운 데다 택시의 창문이 검어서 안에 누가 탔는지 확인할 수 없었다. 두 번째 사진에서는 국제펜클럽 회의가 열렸던 사토 호텔 앞에서 누군가 그 택시의 조수석에 올라타고 있었다. 그 사람의 얼굴을 확인한 도하의 눈빛이 사진을 들고 있는 손처럼 덜덜 떨렸다. 도저히 믿기 어려워서 고개를 저으며 사진을 뜯어보던 도하는 소파 위에 털썩 주저앉아 긴 한숨을 내쉬었다. 사진 속의 인물은 틀림없는 서준이었다. 대체 그가 왜 그랬을까. 조수석에 탄 그가 직접 택시를 몰지 않았는지는 몰라도 적어도 아빠의 살인 행위에 동참했다는 것은 의문의 여지가 없었다. 그런데도 서준은 어쩌면 그렇게 천연덕스럽게 그 사실을 숨긴 채 아빠의 죽음을 이야기했던 것일까. 그것도 마치 일본인들이 죽인 것처럼. 그때 다시 은성으로부터 전화가 왔다.

"사진 받았어?"

"응."

"많이 망설였어. 네가 이 사실을 감당할 수 있을까 해서 말이야. 나도 엄청나게 충격을 받았는데 너는 오죽하겠어. 지금 수사관들하고 외교부로 가고 있어. 최 사무관을 아버님 살해 혐의로 긴급체포하려고."

살해와 체포라는 단어가 섬뜩하게 번뜩이는 칼처럼 도하의 가슴을 베었다. 마침 그때 서준이 OA실 안으로 들어오는 것을 보고 도하는 황급히 전화를 끊었다.

"어, 이 서기관님, 여기는 웬일인가요?"

서준은 언제나처럼 카푸치노의 거품 같은 희고 부드러운 미소를 머금고 도하를 바라보았다. 어떻게 저런 미소와 목소리를 가진 사람이 살인을 할 수 있을까? 그러고도 저렇게 감쪽같이 속일 수 있을까? 서준의 시선이 소파 앞 테이블 위에 펼쳐진 사진들로 뚝 떨어지지 않도록 도하는 서준과 시선을 맞춘 채 들어올리듯 서서히 자리에서 일어나서 서준을 향해 다가갔다. 심장이 쿵쿵 뛰었고 당황한 기색을 감추려다 보니 표정이 뻣뻣해지는 것이 느껴졌다.

"아, 뭐 좀 복사하려고요."

"그런데 아무 서류도 안 가지고 있네요?"

"아, 그, 그건…… 이제 가, 가져오려고요."

그때 서준의 시선이 슬쩍 미끄러져 흘러내리면서 테이블 위로 떨어졌고 유리그릇이라도 바닥에 떨어져서 깨진 것처럼 도하의 가슴이 철렁 내려앉았다.

"최 사무관님!"

도하는 황급히 그를 불렀다.

"네?"

"내일 K탑승구 앞에서 보는 것 맞죠?"

"네? J탑승구 아니었나요?"

"아, 그런가요. 그럼 내일 거기서 봐요."

도하는 그렇게 말하고는 돌아서서 테이블 위의 사진들을 재빨리 챙겼다. 하지만 손이 떨리는 바람에 사진 한 장이 나비처럼 좌우로 팔랑거리며 바닥으로 가라앉았다. 서준이 주저앉아서 사진을 주워 도하에게 주려다가 표정이 흙빛으로 변한 채 사진과 도하를 번갈아 보았다.

"……이 서기관님."

서준이 일그러진 표정으로 고개를 좌우로 저었다.

"이 택시를 같이 타고 아버님을 따라간 적은 있습니다. 하지만……."

"그 이야기를 왜 이제야 하시는 거죠?"

"믿기 어려우시겠지만 오해를 받을까 봐……."

"끝까지 저를 속이려 드는군요. 다시는 내 앞에 나타나지 마세요!"

도하가 목소리를 높이는 순간 문이 덜컥 열리면서 은성이 수사관 두 명을 대동하고 들이닥쳤다. 은성은 곧바로 서준에게 다가가 한쪽 손목에 수갑을 채웠다. 이 순간 은성과 서준은 소송실무팀에서 함께 동고동락하던 동료도, 도하를 사이에 두고 겨루던 연적도 아닌, 검사와 피의자의 관계일 뿐이었다. 서준은 도하를 쳐다보았다. 경멸과 실망과 분노에 가득 차서 자신을 바라보는 도하의 눈빛은 손목을 휘감는 수갑의 금속성처럼 싸늘했다.

'이대로 잡혀가면 도하는 영원히 나를 아버지를 죽인 살인마로 기억하겠지.'

서준은 왼손으로 은성의 오른팔을 잡아 비틀며 뒤로 밀어 버렸다. 은성은 속수무책으로 균형을 잃고 엉덩방아를 찧었다. 두 명의 수사관들이 덤벼들었지만 서준은 한 수사관의 멱살을 잡고 업어치기로 던져 버리고 다른 수사관은 정강이뼈를 세게 걷어차 자빠뜨렸다. 서준은 서류봉투를 수갑이 채워진 한 손에 끼워서 수갑을 가린 채 방 밖으로 뛰어나갔다. 외교부 청사의 경비원들이 호루라기를 불며 청사 바깥까지 뒤쫓았으나 서준이 차도를 역주행하며 내달리자 더 이상 뒤따라오지 못했다.

대체 어떻게 된 일일까? 추적을 따돌린 서준은 거리의 인파 속에 몸을 숨기고 이형준이 납치되던 날 밤을 회상했다. 사진 속의 택시는 분명 형기가 몰던 택시였다. 그 택시가 이형준을 깔아뭉갰다는 것은 곧 형기가 이형준을 죽였을 가능성이 높다는 뜻이었다. 형기는 이형준을 죽이는 임무를 부여받았다고 말한 적이 없었다. 게다가 형기는 서준에게 이형준을 죽인 건 일본인들 같다고 했었다. 그렇다면 형기는 이형준을 죽이고도 그 사실을 서준에게 속인 것이었다. 어쩌면 그는 처음부터 이형준을 죽일 의도를 가지고 있었는지도 몰랐다. 하지만 아무리 생각해도 납득이 가지 않았다. 대체 형기가 왜 이형준을 죽인 것일까? 그리고 그 사실을 왜 내게 숨기려 했던 것일까?

만약 형기가 이형준을 죽인 것이 사실이라면 그것은 전기용 팀장의 지시를 받았기 때문일 수도 있었다. 형기와 이형준은 사적인 관계가 있을 리 없기 때문이었다. 그렇다면 전 팀장은 왜 형기에게만 이형준을 살해하라는 지시를 내린 걸까? 전 팀장은 이미 나와 도하의 관계를 알고 있었던 것일까? 내가 도하의 옛 애인이라서 이형준을 살해할 수 없다는 생각에 형기에게만 살해 지시를 내린 것일까? 그렇다고 해도 왜 그 이후까지 내게 그 사실을 숨겼던 것일까? 내가 그 사실을 알면 소송실무팀에 잠입해서 암호의 진척 상황을 보고하는 데 장애가 생긴다고 판단한 것일까?

모든 답은 형기가 가지고 있었다. 서준은 일본에 있을 형기에게 전화를 걸었다. 그러나 형기의 전화기는 꺼져 있었다. 이미 일본 검경의 추적을 받기 시작한 모양이었다. 서준은 다음으로 전기용 팀장에게 전화를 걸려고 했다. 그러나 바로 그때 전 팀장으로부터 먼저 전화가 왔다.

"서준이, 너 지금 대체 어디 있는 거야?"

전 팀장의 목소리는 격앙되어 있었다.

"팀장님, 어떻게 된 겁니까? 이형준 씨 살해 건으로 형기와 저에 대한 검찰 수사가 시작되었습니다."

그러나 전 팀장은 이미 그 사실을 알고 있는지 다짜고짜 고함만 쳤다.

"너 지금 어디 있냐고, 이 자식아! 지금 당장 위치를 말해. 너희들은 이형준 살해 혐의는 물론이고 간첩 혐의로 체포될 거야. 빨리 본부로 들어와서 자수해."

"뭐라고요? 간첩 혐의요?"

서준은 하늘이 무너지는 것 같았다. 이미 전 팀장하고도 대화가 안 되는 상황이었다. 서준은 전화를 끊어 버렸다. 전 팀장에게서 계속 전화가 왔지만 받지 않았다. 자신의 위치를 파악하기 위해 통화를 시도하는 것 같았다. 서준은 아예 휴대폰의 전원을 꺼버렸다.

다음 날 아침, 서준은 신문을 든 채 공항의 투명 엘리베이터를 타고 아래위로 오르내리면서 2층 J탑승구 쪽을 바라보고 있었다. 서준의 시선이 향한 곳에는 은성이 주변을 두리번거리고 있었고 은성을 중심으로 변장한 무장 수사관들이 대기자용 의자, 항공사 티켓 판매대 앞, 주변 식당에서 자신을 잡기 위해 잠복해 있는 것도 보였다. 그럼에도 서준이 이곳에 오지 않을 수 없었던 것은 도하의 오해를 풀 수 있는 마지막 기회라고 생각했기 때문이다.

얼마 후 도하가 택시에서 내려 에스컬레이터로 다가오는 것이 보였다. 서준은 엘리베이터를 내려서 에스컬레이터 쪽으로 걸어갔다. 도하가 1층에서 에스컬레이터를 타고 위쪽으로 올라올 때, 서준은 2층에서 에스컬레이터를 타고 아래로 내려갔다. 서준도, 도하도 선 채로 움직이지 않았지만 교차하는 에스컬레이터는 두 사람을 제법 빠른 속도로 가깝게 안내했다. 은성과 잠복해 있는 수사관들의 시선이 도하를 쳐다보고 있었지만 선글라스를 쓰고 갈색 머리로 염색한 사람이 서준이라는 것은 알아보지 못했다. 차츰 가까워지는 도하의 얼굴은 밤새 한잠도 이루지 못한 듯 수척했고 눈두덩도 부어 있었다.

둘 사이의 거리가 충분히 가까워졌을 때 서준은 손을 도하를 향해서 뻗었다. 손 아래로 늘어진 목걸이가 흔들흔들하며 도하의 시선을 끌었다. 도하는 엉겁결에 그 목걸이를 받아들었고 목걸이를 준 사람을 유심히 쳐다보려고 했지만 두 사람은 서로 엇갈리면서 도하는 위로, 서준은 아래로 내려가 버렸다. 도하는 뒤를 돌아서 아래를 내려다보았다. 서준도 뒤를 돌아도하를 쳐다보다가 선글라스를 벗었다. 두 사람의 눈빛이 마주쳤고 아주 짧은 찰나였지만 서준은 그것이 도하와의 마지막 순간일지 모른다는 생각에 자신의 눈빛에 진심을 담으려 애썼다.

그때 선글라스를 벗은 서준의 얼굴을 알아본 2층에 있던 수사관들이 서준을 잡으러 에스컬레이터를 달려 내려오기 시작했다. 1층에서도 수사관 두 명이 에스컬레이터 앞으로 달려왔다. 두 에스컬레이터를 어지럽게 옮겨 타면서 수사관들을 따돌린 서준은 청사 밖으로 빠져나와 입구에 세워 둔 오토바이를 타고 서울 시내로 향했다. 경찰차들이 서준을 따라붙었지만 얼마 가지 못해 놓치고 말았다.

도하와 은성을 태운 후쿠오카행 비행기는 예정대로 활주로를 박차고 날아올랐다. 도하는 손에 쥔 목걸이를 다시 한 번 살펴보았다. 분명히 그 목걸이였다. 희석을 마지막으로 본 날 밤, 그와 하나씩 나눠 가진 그 목걸이였다. 이 목걸이를 주려고 밤하늘을 가리키며 이야기하던 희석의 목소리가 생생하게 떠올랐다. 도하의 서랍 속에는 아직도 이것과 똑같은 B-612 목걸이가 고이 간직되어 있었다. 그런데 대체 왜 저 사람이 이 목걸이를 가지고 있는 것일까. 그러다 문득 도하의 머릿속을 화살처럼 강렬하게 관통하고 지나가는 생각이 있었다. 혹시, 최 사무관이 희석과 같은 사람인 걸까? 도하는 눈을 번쩍 떴다. 그러고 보니 서준의 목소리가 희석의 목소리와 너무나 흡사했다. 얼굴도 유사한 점이 많았다. 코나 눈이 좀 다르긴 했지만 얼굴의 전체적인 윤곽과 체격은 희석과 거의 비슷했다. 그렇다면 희석이 아빠를 죽였다는 말인가. 최서준이 희석이라면 절대 그런 짓을 하지는 않았을 것이다. 그렇다면 희석과 서준은 동일 인물이 아니란 말인가. 숱한 의문들과 격한 감정들이 계속해서 도하를 각성시켰다. 창문에 초췌한 얼굴을 기댄 도하는 긴 한숨으로 하얀 칠판을 만들어 가는 손가락으로 희석의 이름을 적어 보았다.

10

북두 위의 상궁

후쿠오카에 도착한 도하와 은성은 신칸센을 타고 한 시간 반 정도 달려서 규슈 중부의 도시 구마모토에 도착했다. 그곳에서 작은 일반 기차로 갈아타고 두 시간 정도 더 달렸다. 해가 저물 무렵에야 차창 너머로 '八代驛(야츠시로 역)'이라 적힌 작은 팻말이 나타났다. 야츠시로 역사는 작고 허름한 단층 건물이었다. 플랫폼을 빠져나오자 신문과 잡지 등을 파는 작은 매점이 있었는데 도하가 매점의 주인에게 물었다.

"아주머니, 혹시 이 지역 지도도 파나요?"

"그럼요."

돋보기안경을 코끝에 건 중년 아주머니가 한일 간의 대치상황이 무색할 정도로 친절하게 웃으며 야츠시로 시내 지도를 몇 가지 꺼내 주었다. 지도를 잠시 살펴보다 도하는 '팔대의 상궁'을 떠올리며 질문했다.

"혹시 이 근처에 옛 궁궐 같은 게 있나요?"

"신사는 많지만 궁궐은 없어요."

쉽게 찾을 수 있을 거라고는 생각지 않았지만 반가운 대답은 아니었다. 역사를 빠져나오자 저물어 가는 엷은 햇살 아래로 아담한 마을이 펼쳐졌다. 역 앞 공터에는 손님을 기다리는 택시들이 줄지어 있었고 그 옆에는 오래된 버스가 궁둥이를 덜덜거리며 승객을 태우고 있었다. 버스 창 너머로 검버섯이 가득 핀 자그마한 노인들이 젊은 사람들을 모처럼 보는 양 일제히 이쪽을 쳐다보고 있었다. 그때 깡마르고 작은 체구의 노인이 환한 미소를 머금고 손을 흔들며 다가왔다.

"야츠시로에 오신 것을 환영합니다. 오시느라 수고 많으셨습니다."

"앗, 미야자키 선생님, 벌써 나와 계셨군요. 저희 때문에 일부러 나오신 거죠? 고생시켜 드려서 죄송합니다."

"고생은요. 이형준 선생님께서 주신 도움에 비하면 아무것도 아니지요."

"이쪽은 제 친구 김은성이라고 해요."

"김은성이라고 합니다. 잘 부탁드립니다."

"반갑습니다. 미야자키라고 합니다. 이분이 도하 양 남자 친구인가요?"

도하가 난처해 하며 대답을 못하고 있자 은성이 대신 대답했다.

"그런 사이 아닙니다. 그냥 대학 친구입니다."

"아, 그런가요? 두 분이 잘 어울려 보여서 실례를 했습니다. 허허. 일단 제 차에 타시지요."

은성과 도하가 차에 오르자 미야자키가 시동을 걸며 물었다.

"자, 어디로 모실까요?"

은성이 지도의 한 곳을 가리키며 말했다.

"여기요. 갓파도래비가 있는 곳."

출발한 지 십 분 정도 되어서 강폭이 널찍한 구마가와 강이 나왔다. 그 강변을 따라 오 분 정도 강둑을 달리다가 큰 버드나무 앞에서 멈추었다. 차에서 내려 살펴보니 과연 큰 냉장고의 서너 배 정도 될 법한 가로가 긴 직사각형 비석이 강을 내려다보고 있었다. 거뭇거뭇한 색깔과 둥글게 닳아 버린 모서리와 표면들이 비석의 오랜 연륜을 말해 주었다. 비문은 세로로 된 일본어로 새겨져 있었는데 도하가 은성을 위해서 한국어로 읽어 주었다.

"어느 날 물가에서 놀던 갓파 여럿이 인근 마을 사람들에게 붙잡혔다. 그들은 '돌이 다 닳아 없어질 때까지 장난을 치지 않겠으니 대신 일 년에 한 번은 잔치를 해주십시오'라고 애원했다. 그 모습을 안쓰럽게 여긴 사람들이 그들의 소원을 받아들여 잔치를 벌이게 되었다. 이것이 오늘날까지 이어져 온 '오래오래 되라이다' 축제이다."

"오래오래 되라이다? 그건 한국말이잖아?"

"응, 그러네. 일본 사람들은 외국어를 카타카나로 적는데 여기에도 '오래오래 되라이다' 부분만 카타카나로 적혀 있어. 일본인들 입장에서는 '오래오래 되라이다'가 외국어라는 뜻이지. 확실히 갓파는 한국에서 온 모양이야."

"어, 저길 봐!"

주변을 두리번대던 은성이 도로 건너편을 가리켰다. 그곳에는 사람 키의 두 배가 되어 보이는 거대한 갓파 동상이 서 있었다. 세 사람은 도로를 넘어가 그 동상을 맴돌며 관찰했다. 거대한 개구리처럼 생긴 갓파는 한 손에는 모자를, 다른 한 손에는 그물을 든 채 양반다리를 하고 앉아 있었다. 그리고 거북이 등껍질 위로 늘어진 그물 안에는 물고기 서너 마리가 담겨 있었다.

"저 정수리에 물이 고여 있는데 그 물이 마르면 숨이 끊어진다고 합니다."

미야자키가 갓파의 머리를 가리키며 설명했다. 도하가 은성에게 말했다.

"갓파의 정수리가 평평한 걸 보면 가야 사람이 맞는 것 같아. 아빠도 가야 사람들의 머리가 평평했다고 하셨거든. 문경 봉암사에 최치원 선생이 쓴 지증대사 사석비가 있는데 그 비석에 '편두거미존'이라는 다섯 글자가 새겨져 있다고 하셨어. '거미존'이란 '임금'을 뜻하는 이두 표현이고 '편두'는 머리가 평평하다는 뜻이래. 그러니까 '머리가 평평한 임금'이라는 뜻이지. 요즘 여자들이 파마를 하는 것처럼 가야 남자들은 어릴 때부터 머리를 무거운 것으로 눌러 평평하게 만드는 게 유행이었대."

거대한 갓파상 바로 옆에는 식료품 가게가 있었다. 그 가게의 주인으로 보이는 중년의 남자가 호기심 어린 눈으로 그들 쪽을 기웃거리고 있었다. 도하는 그 남자에게 이것저것 물어보았다.

"저기 갓파도래비에 적혀 있는 '오래오래 되라이다' 축제가 아직도 열리고 있나요?"

"그럼요. 해마다 5월 18일이 되면 열립니다. 갓파 탈을 쓴 사람들이 춤을 추면서 행진을 하지요."

"혹시 갓파가 어디서 왔는지 아시나요?"

남자는 고개를 갸웃거렸다.

"정확히는 모릅니다만 바다를 건너왔으니 아무래도 중국에서 오지 않았을까요?"

그날의 답사를 마치고 도하와 은성은 미야자키의 안내로 깔끔한 장어

구이 집을 찾아갔다. 매(梅), 난(蘭), 국(菊), 죽(竹), 네 가지 메뉴를 제공하는 곳이었다. 주문 직후 은성이 미야자키에게 물었다.

"조선시대 사대부들이 즐겨 그리던 매, 난, 국, 죽이 메뉴 명칭으로 사용되는 것을 보면 이 지역도 유교의 영향을 많이 받았나 보죠?"

미야자키와 은성의 대화는 도하가 통역해 주었다.

"그렇습니다. 이곳은 특히 한국의 영향을 많이 받은 지역이지요. 그런데 사실 일본 사람들은 대륙에서 건너온 것은 대부분 중국에서 왔다고 하지 한국에서 왔다는 것은 인정하려 들지 않아요. 아까 만났던 청년도 아무런 근거 없이 갓파가 중국에서 왔다고 추정하지 않았습니까. 한국이 작은 나라라고 무시하는 마음이 있는 것이지요."

잘 구워진 장어와 함께 정갈한 반찬들이 차려졌다. 배가 고팠던 은성은 별말 없이 먹기만 했지만 미야자키는 이런저런 이야기를 많이 늘어놓았다.

"일본인들은 한국인들이 자신들을 싫어하는 걸 잘 이해하지 못합니다. 중국이야 일본이 무력으로 쳐들어갔지만 한국의 경우에는 일본과 한국이 조약을 체결해서, 다시 말해 서로 원해서 합방을 했다고 생각하거든요. 중국에서는 일본이 난징대학살 등 잔혹한 살상도 벌였고 생체실험도 했지만 한국에서는 그렇지 않았다는 거예요. 오히려 일본이 한국에 좋은 일도 많이 해줬다고 생각합니다. 조선 전역에 철도가 깔린 것도, 학교나 전문 서적과 같은 교육 제도가 선진화된 것도, 등기 제도, 호적 제도 등 각종 사회 제도도, 농지가 개량되고 항구가 생기고 산업 시스템이 갖춰진 것도 일본이 짧은 식민지 기간 동안에 전수를 해주었기 때문에 오늘날 한국이 저렇게 성장할 수 있었다고 보는 것이지요. 하지만 그들은 식민지 지배의 부정적인 면을 보지 못하고 있는 것이 사실입니다. 당시 일본이 조선의 자본,

자원, 노동력을 수탈하는 바람에 오히려 조선의 근대 자본주의의 육성이 저해되기도 했지요. 제가 개인적으로 가장 중요하게 생각하는 일본의 책임은 한국의 분단입니다. 분단이 되어야 한다면 독일이 동독과 서독으로 갈라진 것처럼 패전국인 일본이 분단이 됐어야 했는데 엉뚱하게도 피해국인 한국이 분단이 되었습니다. 일본이 조선을 군사적 거점으로 삼은 탓에 1945년에 대일참전을 선언한 소련이 조선에 진주할 수 있는 명분을 주었고 그것이 결국 한반도의 분단을 초래한 것이지요. 그 결과 한반도에 한국전쟁이 터져서 같은 민족끼리 삼십만 명을 죽였고, 일본은 한국전쟁을 발판으로 경제 도약에 성공했지요. 저는 개인적으로도 일본이 그런 부분들에 대해서 한국에 대해 미안해 해야 한다고 생각합니다."

"미야자키 선생님은 제가 알고 있던 일본인들과는 다른 분이시군요. 이런 양심적인 일본인은 처음 만나 뵙습니다."

"저만 그런 것은 아닙니다. 일본인들 대다수는 평화주의자라는 것을 잊지 마시기 바랍니다. 지난 수십 년 동안 일본이 경제적으로 어려워지면서 최근에 우익이 활개를 떨치고 있지만 아직도 일본 사회에서 우익은 소수일 뿐입니다. 보통 사람들은 그들의 과격한 발언과 행동에 대해서 조용히 눈살을 찌푸리고 있습니다. 저는 오래전에 일본 총리를 지낸 이시바시 단잔이라는 분을 존경합니다. 이분은 제2차 세계대전 종전까지는 언론인으로 활약했고 전후에 정계에 뛰어들어 1957년 총리가 되었지요. 지병으로 취임 두 달 만에 퇴임하긴 했지만 말입니다. 이분은 정치인으로서도 훌륭했지만 언론인으로서 더 존경을 받았습니다. 이분은 당대의 반골 중의 반골이었습니다. 천황이 신궁을 지으려고 할 때 그럴 돈이 있으면 노벨상 같은 상을 만들라고 비판할 정도였습니다. 일본 패전일에는 이 날이 실로 일본 국민이 영원히 기념해야 할 새로운 일본의 출발일이라는 사설을 쓰기도 했지요. 일본의 교전권을 제한한 평화헌법을 놓고는 통쾌하기 짝이 없다고도 했습니다. 이시바시 선생은 한국에서 3·1운동이 일어났을 때 〈조선인 폭동에 대한 이해〉라는 사설을 쓰기도 했습니다. 조선인도 하나의 민족이며 고유의 언어와 역사를 갖고 있으므로 진심으로 일본의 속국임을 기뻐하는 조선인은 없을 것이라는 내용이었습니다. 이시바시 선생은 군국주의와 자유주의가 판치던 일본 사회에서 이른바 '소일본주의'를 주창했습니다. 다른 나라에 대한 침략을 그만두고 식민지들을 모두 포기하자는 거였죠. 이분이 도덕적 차원에서 이런 이야기를 했다면 아마 사람들은 철없는 이상주의자라고 경시했을 겁니다. 하지만 이분은 항상 현실적인 근거와 비전을 제시했습니다. 그때 들었던 근거는 일본이 식민지를 경영하면 군사비 지출이 늘어서 결국 국가 재정을 압박해 경제가 망가진다는 논리였습니다. 중국 같은 대국과 서로 민족 감정이 생기면 향후 외교와 무역에 지장을 초래할 것이며, 아울러 식민지 쟁탈전에서 영국, 미국, 독일 같은 제국주의 국가들과 대립할 시에는 국제적 고립을 자초할 거라고도 했습니다. 이시바시 선생의 이런 지혜는 군비확장에 천문학적인 돈을 쏟아붓고 있는 지금의 일본 정부도 새겨들어야 할 말입니다. 이분의 말대로 일본이 당시에 주변 식민지를 포기하고 진심으로 근대화를 도와줬더라면 지금쯤 중국이든 대만이든 한국이든 다들 일본을 인정하고 존중했겠지요. 실로 개탄스러운 일입니다."

"미야자키 선생님이 이 시대의 이시바시 단잔이 되어 주셨으면 좋겠습니다. 양심적인 지식인으로서 일본의 우경화 세력을 견제하고 나아가 총리까지 되시면 동북아가 훨씬 평화로워질 것 같습니다."

은성이 농담을 섞어 그렇게 말하자 미야자키는 손사래를 치며 너털웃음을 터뜨렸다.

"하하, 저 같은 시골 노인이 어떻게 그런 엄청난 일을 할 수 있겠습니까. 저는 대신 자라나는 젊은이들에게 기대를 걸고 있습니다. 그래서 저는 제 일에 보람을 느낍니다. 역사소설이나 다큐멘터리를 통해 요즘 젊은이들에게 제대로 된 역사를 알리고 새로운 시대에 자신들의 사명이 무엇인지 깨닫게 해주고 싶습니다."

식사가 끝난 후 미야자키는 두 사람을 여관으로 안내했다. 일본 전통주택을 개조한 단층 건물이었다. 주위에 대나무 숲이 병풍처럼 둘러쳐져 있었다.

"좀 작기는 하지만 이 지역 너덧 개 여관들 중 그나마 가장 크고 깨끗한 곳입니다. 두 분은 여기서 주무십시오. 저는 집에 갔다가 내일 아침 9시쯤 다시 오겠습니다."

다시 오겠다는 미야자키의 말에 도하와 은성은 내일부터는 오지 않아도 된다고 강하게 만류했다.

"그게 더 편하시다면 두 분이 편하실 대로 하시지요. 대신 제 차를 쓰십시오. 저는 기차를 타고 구마모토로 돌아가면 됩니다."

도하가 사양하는데도 미야자키는 자동차 열쇠를 은성에게 넘겼다. 미야자키가 택시를 타고 떠난 후 도하와 은성은 여관 안으로 들어갔다. 각자의 방으로 들어가기 전에 두 사람은 내일 계획에 대해서 이야기를 나누었다.

"도하야, 팔대의 상궁을 바로 찾아내기는 어려울 것 같아. 아버님이 남긴 암호 중에서 '북두 위의 상궁'이라는 단서를 이용해야 할 것 같아."

"북두가 뭘 의미하는 것일까? 떠오르는 것이라고는 북두칠성밖에 없는데."

"땅 위에 북두칠성을 상징하는 뭔가가 있는 게 아닐까. 북두칠성을 상징하거나 북두칠성 모양의 지명이나 건축물을 지칭할 수도 있겠지."

"그럼 시내 곳곳을 죄다 뒤지고 다녀야 하는 건가? 야츠시로에 오면 암호의 나머지 부분은 쉽게 풀릴 줄 알았는데 그게 아니었구나. 아, 내일 야츠시로 박물관에 한번 가볼까? 거기 가보면 단서를 찾을 수 있을지도 몰라."

"이런 작은 마을에도 박물관이 있어?"

"일본에는 박물관이 없는 도시가 거의 없어."

내일은 야츠시로 박물관에 가보기로 하고 도하는 방으로 들어왔다. 방도 좁고 천장도 낮은 작고 아담한 다다미방이었다. 도하는 샤워를 마치고 컴퓨터로 소송 문서를 작성하거나 팀으로부터 메일로 온 질문들에 대한 답변을 했다. 밤이 깊어지자 밖의 개 짖는 소리와 방 안의 시계 바늘 움직이는 소리가 유난히 크게 들리면서 서준이 준 목걸이가 생각났다. 서준과 희석은 과연 같은 사람일까.

공항에서 수사관들의 추격을 따돌린 서준은 곧바로 서울역으로 향했다. 개찰구 근처에 눈빛이 날카롭고 건장한 남자들이 어슬렁거렸다. 자신을 잡기 위해 국정원과 검찰이 주요 역과 터미널에 요원들을 배치한 모양이었다. 하지만 변장한 그의 인상착의가 빠짐없이 전달되기에는 아직 시간이 일렀다. 서준은 현금으로 승차권을 사서 유유히 플랫폼에 들어가 부산행 KTX에 올라탔다.

한편 서준을 체포해 오라는 명령을 내린 후 기다리고 있던 전 팀장은 부하 직원으로부터 급한 보고를 받았다.

"최서준의 휴대폰이 켜졌습니다. 부산행 KTX 안입니다. 서울역에서 이제 막 출발했습니다."

"부산? 일본으로 밀항을 하려는 모양이군."

"전화를 걸어 볼까요?"

"아니야. 어차피 안 받을 테니까. 다음 정차역은 어디야?"

"대전입니다. 대전역에서 체포할까요?"

"역에서 체포를 시도하다가는 인명 피해가 날 수도 있어. 코레일과 협조해서 기차가 역에 도착하기 전에 세워. 제 아무리 서준이라도 그 속에서 탈출하지는 못할 거야."

대전 지역의 국정원 요원들이 총동원되어 대전역 바로 앞 터널에 집결했다. 전기용 팀장은 헬기를 타고 대전으로 내려가 차를 갈아타고 터널 앞까지 갔다. 터널 입구와 출구에는 무장한 요원들이 총을 꺼내들고 대기했고 나머지 요원들은 터널 안 곳곳을 지키고 섰다. 얼마 후 부산행 KTX가 전기용 팀장의 신호에 따라 브레이크를 잡았다. 기차는 차츰 속력을 줄이면서 서서히 터널 안으로 진입하더니 기차 꼬리가 터널 안으로 들어가 보이지 않게 되었을 때 멈췄다. 서준의 휴대폰의 신호가 나오는 차량으로 요원들이 총을 들고 들이닥쳤다. 그러나 그들이 찾은 것은 서준이 일부러 전원을 켠 채 부산행 KTX 화장실 휴지통에 버려 놓은 그의 휴대폰뿐이었다.

그 시각 서준은 호남 방향 KTX를 타고 목포로 향하고 있었다. 목포항에서 배를 갈아탄 서준은 제주로 향했다. 제주도에는 예전부터 안면이 있던 한 사장이라는 인물이 살고 있었다. 그는 방파제나 등대를 비롯한 해양

시설 설치를 전문으로 하는 건설업체 사장이었으나 부업으로 불법 밀항을 시켜 주는 일을 했다. 그의 주선으로 서준은 그날 밤 현해탄을 건너는 소형화물선에 몸을 실을 수 있었다.

아침을 먹은 후 도하와 은성은 미야자키가 빌려준 자동차를 타고 야츠시로 박물관을 찾아갔다. 비행접시처럼 생긴 최신 철골 구조의 타원형 건물이 빛바랜 잔디 언덕 위에 착륙해 있었다. 밖에서는 단층 건물로 보였지만 막상 들어가 보니 지하에 한 층이 더 있었다. 벽을 따라가며 야츠시로에서 출토된 항아리, 불상, 그림, 고대 일본 무사들의 갑옷, 갓파 그림 등이 전시되어 있었다. 투피스 차림의 여직원이 따라오며 간략한 설명을 해주었지만 암호 해독에 도움이 될 만한 단서는 좀처럼 찾을 수 없었다.

"혹시 이 근처에 '상궁'이라고 불리는 곳이 있나요?"

도하의 물음에 여직원은 고개를 잠시 갸웃대더니 웃으면서 말했다.

"아니요. 십 년 넘게 이곳에서 일하고 있지만 들어보지 못했습니다."

"궁궐 같은 것도 없고요?"

"끝말이 궁(宮) 자로 끝나는 신사는 여러 곳 있지만 외형상 궁궐이라고 할 만한 곳은 없어요."

"그럼 고대 분묘는요? 큰 무덤 같은 거요."

"그건 있지요."

"정말요? 어디 있나요?"

"고대 분묘라면 야츠시로에 오백 개도 넘게 있어요."

"오백 개요?"

그 어마어마한 숫자에 도하는 다시 막막해졌다.

"그럼 혹시 북두칠성을 상징하는 무슨 지형이나 건물은 없나요?"

"북두칠성이요? 글쎄요, 잘 모르겠는데요."

더 묻는 걸 포기하고 이곳저곳을 살피던 도하는 가장 귀퉁이에 있는 전시물 앞으로 은성을 불렀다. 거기에는 유리관 속에 미니어처로 재현된 퍼레이드 행렬이 길고 구불구불하게 펼쳐져 있었다. 참가하고 있는 사람의 모형이 족히 천 개는 넘어 보였다. 여직원이 설명해 주었다.

"해마다 11월 22일에 열리는 묘견 마츠리에요. 마츠리는 일종의 축제인데 일본의 유서 깊은 지역에는 대부분 그 지역 고유의 마츠리가 있어요. 묘견 마츠리는 규슈의 3대 마츠리 중 하나이고 야츠시로에서는 단연 최대 규모의 마츠리지요. 길이가 보통 5, 6킬로미터쯤 되고 10킬로미터까지 늘어설 때도 있어요. 마츠리가 시작되면 묘견님이 묘견궁에서 나와 시내를 한 바퀴 돌며 액운을 쫓아 주지요. 저기 보이는 큰 가마가 바로 묘견님이 타는 '미코시'라는 가마예요. 미코시는 특별히 뽑힌 사람들만 들 수 있는데 그 사람들을 '우지코'라고 한답니다."

미코시라는 가마 뒤로 창을 든 무사들, 조총을 든 무사들, 기병들, 관악기와 현악기를 연주하는 오케스트라, 사자탈을 뒤집어쓰고 춤을 추는 무리 등이 따르고 있었다.

"그런데 묘견님이 누구인가요?"

"묘견님은 우리 고장을 지켜주는 신이에요. 전설에 의하면 2천 년 전에 바다 건너에서 왔다고 하지요."

그 말에 도하는 수로왕의 남매가 규슈로 넘어온 것도 대략 2천 년 전이라는 사실이 떠올랐다.

"혹시 묘견님이 남동생과 함께 왔나요?"

"남동생인지는 몰라도 고미노 상이라는 이름의 방위를 가리키는 신과 함께 왔지요."

"묘견님이 여자인가요?"

"저는 신이 남녀 구분이 있을 수 없다고 생각하지만 여자로 보는 사람들도 있어요. 묘견님을 묘견 공주라고 부르는 사람도 있으니까요."

"묘견님이 혹시 갓파와 함께 왔나요?"

"글쎄요. 그런 이야기는 들어본 적이 없는데요. 하지만 묘견님은 구사를 타고 온 걸로 유명하지요."

"구사요?"

"바로 저거예요. 거북 구(龜) 자에 뱀 사(蛇) 자를 쓰죠. 거북과 뱀이 합쳐졌다는 뜻이에요. 커다란 뱀 머리에 거북의 몸을 갖고 있죠."

여직원은 미니어처 행렬의 끝부분을 가리켰다. 그곳에는 거대한 거북선 같은 물체가 있었다. '구사'의 '사'가 뱀을 의미한다고는 하지만 짧은 뿔이 나 있고 눈썹이 짙은 그 머리는 뱀의 대가리가 아니라 용의 머리에 가까웠고 등에는 거북이 등껍질처럼 철갑이 붙어 있었다. 도하는 이효제 선생이 말한 신녀 이야기가 떠올랐다. 신녀와 묘견은 공통점이 많았다. 신녀는 2천 년 전 선견 왕자와 거북을 타고 동해를 건넜고, 묘견은 2천 년 전 고미노 상과 함께 구사를 타고 동해를 건넜다.

"묘견궁은 어디 있나요?"

"야츠시로에서 가장 큰 신사인 야츠시로 신사 안에 있어요."

"그럼 야츠시로 신사는 어디 있죠?"

도하와 은성은 곧장 야츠시로 신사로 향했다. 세로로 '妙見宮(묘견궁)'이라고 적힌 현판이 붙어 있는 동쪽으로 난 거대한 나무문으로 들어서니 좌우측에 작은 사당이 한 채씩 서 있었고 정면으로 난 벽돌 길이 본당까지 이어져 있었다. 본당에서는 짙은 푸른색 두루마기를 입은 신관이 제단 앞에 무릎을 꿇은 채 축문을 읊고 있었다. 본당의 처마 끝에는 놀랍게도 나무로 된 작은 구사가 매달려 있었다. 더욱 놀랍게도 기와지붕의 처마에는 수로왕릉에서 보았던 물고기 한 쌍이 서로 마주보고 있는 쌍어문이 그려져 있었다. 쌍어문이 이곳에 그려져 있다는 것만으로도 묘견이 바로 수로왕의 딸이었다는 심증이 공고해졌다. 본당 앞에는 거북이 모양의 석상 위에 사람 키 높이의 비석이 서 있었다. 그 비석에는 일본어로 묘견에 대한 설명이 적혀 있었다. 도하는 첫 줄부터 찬찬히 읽어 나가기 시작했다.

"묘견은 대일여래(大日如來)라."

은성이 가볍게 탄성을 질렀다.

"대일여래? 큰 태양의 보살이라는 뜻이잖아. 역시 묘견은 태양의 딸이었어."

"묘견은 일곱 형체로 나타나니 '칠체(七體) 묘견'이라 부르느니라. 여러 가지 변신이 있으니 하늘에서는 북두칠성, 한나라에서는 진무상제, 일본에서는 시라키야 마마카미로 나타나시느니라."

"북두칠성! 여기서도 북두칠성이 나오는구나."

"명주의 나루에서 구사를 타고 다케하라의 나루에 닿으시다. 3년 동안 진좌하신 후 지요가미네로 옮기시다. 77년을 사시다 다시 야츠시로의 상궁에 진좌하시다."

"'77년을 사시다 야츠시로 상궁에 진좌하시다'라는 말은 진수의 《삼국지》에서 '비미호 여왕이 왜국 땅에 머문 지 칠팔십 년쯤에 왕이 되었다'라는 부분과 거의 일치해."

"묘견이 비미호 여왕인 게 틀림없어. 그리고 우리가 그렇게 찾아 헤맨 '팔대의 상궁'은 바로 여기서 말하는 '야츠시로의 상궁'이고. 이제 '야츠시로의 상궁'을 찾아야 해. 야츠시로 신사까지 찾았으니 왠지 야츠시로의 상궁을 찾을 수 있을 것 같아."

그때 축문을 다 읊은 신관이 두 팔을 벌리고 손바닥을 세 번 마주치고는 제단을 내려왔다. 도하는 신관에게 조심스럽게 다가가 묘견에 대해서 물어보았다.

"묘견님은 불교의 묘견보살을 친근하게 부르는 이름입니다. 이 보살은 국토를 수호하고 빈민을 구제하며 중생의 소원을 들어주는 공덕이 있죠. 묘견님은 태양이기도 하고 북극성이기도 합니다."

"북극성요? 저기 있는 비석에서는 묘견님이 하늘에서는 북두칠성이라고 하던데요."

"북두칠성도 북극성에서 비롯된 겁니다. 북극성이 삼성(三星)을 만들고 삼성이 칠성(七星)이 된 것이죠. 옛날 사람들은 밤이 되면 태양이 쪼그라들어서 북극성이 된다고 믿었습니다."

신관의 그 말은 김해에서 이효제 선생님이 인용한 《삼국유사》의 한 구절을 연상시켰다. '1에서 3을 이루고 3에서 7이 이뤄지니 칠성이 머물 곳으로는 본디 이곳이 합당하니라.' 계속해서 도하가 물었다.

"저 비석에는 묘견님이 77년을 사시다 야츠시로의 상궁에 진좌했다고 적혀 있는데 그 야츠시로의 상궁이 어디인지 아십니까?"

"우리도 오랜 시간 동안 찾고 있습니다만 아직까지 못 찾았습니다."

도하는 신관에게 인사를 하고 은성과 함께 다시 이곳저곳을 둘러보았다. 그러다 두 사람은 본당을 돌아 뒤쪽으로 난 샛길로 들어섰다. 빽빽하게 들어선 대나무 숲을 따라 5분 정도 언덕길을 올라갔을 때 별안간 은성이 무릎까지 올라오는 풀들을 헤치고 숲으로 들어갔다. 거기에는 덤불에 덮인 자그마한 비석이 하나 있었다. 오랜 풍파에 윗부분이 비스듬히 깎여 나간 상태였다. 은성은 그 비석을 이리저리 살피다가 도하를 돌아보며 물었다.

"일본에 신사가 몇 개 정도 되지?"

"글쎄, 아마 몇 만 개도 넘을 거야."

"그중에서 최초의 신사는 어디 있지?"

"그건 잘 모르겠는데. 수만 개의 신사들 중에 최초의 신사라면 정말 대단한 곳일 텐데."

"나는 어디 있는지 알아."

"뭐라고? 어딘데?"

"바로 이 비석이 일본 최초의 신사를 안내하는 비석이야."

"정말?"

도하도 풀을 헤치고 허겁지겁 비석으로 달려갔다. 과연 비석에는 다음과 같은 문구가 새겨져 있었다. '황국최초신사영부사(皇國最初神寺靈府寺)'. 그 많은 일본의 신사들 중에서 최초의 신사를 이렇게 우연히 만나게 되다니. 도하는 언덕 위를 올려다보았다. 그곳에는 낡고 아담한 사당이 하나 있었는데 그곳이 바로 일본 최초의 신사인 모양이었다.

"도하야, 일본 최초의 신사에서는 누구를 신으로 모실까?"

"글쎄, 천황가의 시조가 아닐까? 천황이 신의 자손이라고들 하니까."

"그러면 바로 저 신사에 천황가의 시조가 있겠군."

"묘견과 천황가의 시조가 관련이 있는 것일까?"

"저번에 김성호 교수님도 그러셨잖아. 이즈모 시는 '이즈모국'이라는 신들의 나라가 있었다는 곳이고, 이즈모에 고대왕국을 건설했다는 신은 폭풍의 신인 '스사노오'이며, '스사노오'의 누나가 바로 태양의 여신이자 일본 천황가의 시조인 '아마테라스 노오미카미'라고."

"맞아. 그랬었지. 묘견이 아마테라스 노오미카미의 원형이었을 수도 있겠구나."

두 사람은 한달음에 언덕을 올라갔다. 신사 입구의 도리이를 지나서는 또 한동안 가파른 계단을 올라갔다. 숨이 턱까지 차는데도 들뜬 마음에 힘이 덜 들었다. 계단 위에 오르자 널찍한 정원 너머로 사당이 한눈에 들어왔다. 듬직한 언덕이 고풍스럽고 우아한 사당을 등 뒤에서 감싸 안고 있었다. 사당의 정문은 굵은 자물쇠로 잠겨 있었다. 사람을 불러 보았지만 아무런 대답이 없었다. 두 사람은 다시 신사로 돌아가서 신관에게 이곳에 들어갈 수 있도록 요청해 보기로 했다.

신관을 다시 만난 도하는 먼저 일본 최초의 신사라는 영부사라는 곳이 누구를 모시고 있는지 물어보았다.

"그곳은 묘견님이 받들던 '태상왕'을 모신 곳이지요."

"태상왕이 누구죠?"

"태상왕은 왕권을 자식에게 물려준 전대 왕이라는 뜻입니다. 묘견님의 아버지라는 뜻입니다."

"그 신사는 자물쇠로 잠겨 있던데요."

"그렇습니다. 일 년에 딱 한 번, 묘견 마츠리 때 열지요."

"오늘 열어 주실 수 없을까요?"

"그건 곤란합니다."

신관은 어림도 없다는 듯 잘라 말했다. 그러자 은성이 도하에게 자기 말을 통역해 달라고 했다.

"신관님, 사실 저희는 아기를 가지지 못하는 부부입니다. 일본의 신성한 신사에서 좋은 정기를 받아 아들을 갖고 싶어서 이곳저곳을 헤매다가 이곳 묘견궁까지 왔습니다. 묘견님이 그렇게 자비롭고 영험한 신이신데 그분의 아버님인 태상왕은 또 얼마나 대단한 신이시겠습니까. 꼭 그분의 위패에 제를 올리고 정기를 받고 싶습니다. 한국에서부터 바다 건너 이곳까지 왔으니 부디 도와주셨으면 합니다."

은성은 짐짓 간절한 눈빛으로 매달렸다. 도하는 어색하고 민망해서 신관의 눈을 피하며 간신히 통역을 마쳤다. 은성의 연기가 통해서였을까. 한동안 난처해 하던 신관은 잠깐 기다리라고 하더니 사무실로 들어가 어디론가 전화를 걸었다. 한참 후 신관이 체격이 건장하고 눈이 부리부리한 사내 한 명을 데리고 나타났다.

"그럼 이 사람을 따라가십시오. 아주 잠깐만 보여 드리겠습니다. 빨리 기도를 마치고 나오십시오."

말을 전혀 하지 않는 것으로 보아 벙어리로 보이는 사내는 아무 말 없이 대나무 숲 사이로 난 샛길을 앞장섰고 도하와 은성은 속으로 쾌재를 부르며 뒤를 따랐다. 영부사의 닫힌 문 앞에 이르러 사내가 비단주머니에서 기다란 열쇠를 꺼내 자물쇠를 연 뒤 문을 밀어젖혔다. 육중한 문이 삐걱거리며 열리자 그 안에 가득 쌓여 있던 어둠이 쏟아지고 바깥의 빛이 안으로 스며들었다.

가장 먼저 도하의 시야에 들어온 것은 문지방 바로 옆에 있는 나무 물통이었다. 어른 두세 명이 들어가 목욕을 해도 될 만큼 커다란 규모였는데

밑과 몸통에 쇠붙이로 테를 둘러 무척 튼튼해 보였다. 사내는 물통 위에 떠 있는 바가지로 물을 떠서 손을 씻고는 합장을 하고 앞을 향해 머리를 조아렸다. 제를 올리기 전에 치르는 '하라이'라는 의식이었다. 도하와 은성도 손을 씻고 똑같은 동작을 취했다.

사내는 두 사람을 돌아보며 안쪽으로 들어가라고 손짓했다. 은성은 가방 안에서 손전등을 꺼내 비추면서 한 발짝씩 들어갔고 도하는 불빛을 주시하면서 은성의 뒤를 따랐다. 손전등의 노란 불빛에 비쳐 주변의 사물들이 어슴푸레하게 형체를 드러냈다. 한 걸음씩 내디딜 때마다 양옆으로 동상들과 장신구들이 빽빽이 들어차 있었다. 그때 은성의 흥분한 목소리가 들렸다.

"아, 태극기다!"

손전등 빛이 머무른 벽에 큰 족자가 걸려 있었고, 그 족자 안에는 원형의 태극을 둘러싼 여덟 개의 괘가 그려져 있었다. 은성의 말대로 태극기의 문양과 흡사했다. 다만 태극기는 괘가 네 개인데 그곳의 괘는 여덟 개였다. 태극기는 태극 문양 안에서 청색과 적색을 구분 짓는 경계가 굴곡을 이루는 실선으로 그어져 있는데 비해 그곳의 태극문양에는 북두칠성을 상징하는 일곱 개의 점들과 추가로 그려진 하나의 점이 경계의 굴곡을 이루고 있었다. 그것을 보니 오히려 오늘날의 태극기 문양이 이것을 본뜬 게 아닐까 하는 생각도 들었다.

"은성아, 저 일곱 개의 점은 국자 모양이니까 북두칠성이 맞는 것 같은데 가운데의 여덟 번째 점은 뭘 의미하는 걸까?"

"북극성이 아닐까? 묘견은 북극성이면서 또 북두칠성이라고 했으니까."

태극 문양의 윗부분에는 예서체로 '太上秘法鎭宅靈符'라는 한문이 적혀 있었다. 은성이 읽고 해석했다.

"태상비법진택영부. 태상은 태상왕의 준말이고, '진택'은 무덤의 자리를 정하는 일을 말하고 '영부'는 영을 모시는 부적이란 뜻이겠군. 그러니까 이곳은 태상왕의 영을 모신 사당이라는 뜻이군."

그 족자 아래에는 실물 크기의 목각상이 앉아 있었다. 두루마기 차림으로 오른손에는 막대기를 왼손에는 여의주 같은 구슬을 들고 거북의 등 위에 앉아 있었는데 머리가 대패로 민 것처럼 평평했다. 그것은 가야인들의 특징이었다. 평평한 머리 위에는 원 모양의 후광이 만들어져 있었고 그 후광의 테두리를 따라 일곱 개의 별이 새겨져 있었다. 인물상 앞에 놓인 돌화로에도, 손에 든 여의주에도 북두칠성이 새겨져 있었다.

"은성아, 이 목각상이 바로 묘견이 받들었다는 태상왕인가 봐."

"태극 아래에서 가야의 왕권을 상징하는 거북의 등에 올라타고, 북두칠성을 후광에 새기고, 가야인들처럼 머리가 평평하고, 쌍어문이 새겨진 묘견궁 속에서, 수로왕의 딸인 묘견이 아버지로 추앙한 사람이라면 이 태상왕이라는 인물이 누구를 의미하는지는 너무나 명확하겠지, 도하야."

"그래. 이분이 바로 수로왕이셔."

도하와 은성은 새로운 역사적 발견 앞에서 흥분을 감추지 못했다. 야츠시로에서 가장 추앙받는 신인 묘견이 그 옛날 사당을 짓고 떠받들던 존재는 놀랍게도 수로왕이었다. 가야의 시조 수로왕이 현해탄을 건너 수백 킬로미터 떨어진 이곳에서 이천 년간 숭배를 받아 왔다는 사실은 흥미로움을 넘어 뭉클한 감동을 자아냈다.

그때 도하는 문득 사내의 존재를 잊고 있었다는 것을 깨달았다. 소리를 쳐서 불러 보았지만 아무런 답변이 없었다. 벙어리이니 답변을 못하는 것은 당연하겠지만 아무런 인기척도 없는 것이 이상했다. 도하와 은성은 급히 문으로 다가갔다. 그런데 문이 잠겨 있었다. 밖에서 잠근 모양이었다. 도하는 눈앞이 캄캄해졌다.

"뭐야? 아까 그놈이 우리를 가둔 거야?"

"그런 것 같아."

"대체 우리에게 왜 이러는 거지?"

은성은 문을 세차게 흔들며 고함을 질렀다. 주먹으로 몇 차례 문을 쳐 보기도 하고 발로 차보기도 했다. 그러나 두터운 나무문은 꿈쩍도 하지 않았다. 도하는 가방을 뒤적여 휴대폰을 꺼냈다. 미야자키나 경찰에 도움을 요청하기 위해서였다. 그러나 휴대폰 액정을 보니 수신율을 나타내는 막대그래프가 보이지 않았다. 사방이 높은 언덕으로 둘러싸여 있어서 전화가 되지 않는 모양이었다.

"은성아, 이제 우리는 어떻게 해야 하는 거지?"

은성은 대답이 없었다. 벽을 부술 수 있는 연장 따위도 없었다. 천장도 높고 틈이 없어 보였다. 어둠 속에서 두 사람은 벽에 기대앉은 채 막막한 침묵에 빠져들었다. 신사 밖에서 개 짖는 소리가 불길하게 들려왔다.

부스럭거리는 소리에 잠을 깬 도하의 눈에 문틈 사이로 햇살이 미세하게 스며들고 있는 것이 보였다. 날이 밝은 모양이었다. 정신을 가다듬고 몸을 일으켜 보니 배 위에 은성의 점퍼가 덮여 있었다. 허기와 갈증이 느껴졌다. 주변을 돌아보니 한쪽 구석에서 은성이 손전등을 켠 채 벽을 살피고 있었다. 도하가 다가가자 은성은 쪼그리고 앉은 채로 벽을 만지작거리며 말했다.

"이 벽을 봐. 시멘트가 아니라 증토인 것 같아."

"증토?"

"응. 지난번에 이효제 선생님이 가야가 증토라는 마른 흙으로 칠점산에 성벽을 쌓았다고 했었지? 여기 이 벽도 바로 그 증토로 만든 것 같아. 이 선생님이 흙에서 수분을 증발시켜서 증토를 만든다고 했었잖아?"

"응, 그랬지."

"그럼 만약 증토에 다시 수분을 공급하면 벽이 물러지겠지?"

"그렇겠지."

"지금 이 벽은 우리 힘으로 부술 수 없을 정도로 딱딱하지만 물을 먹여 무르게 만들면 잘하면 허물 수 있을지 몰라."

"그렇구나! 어떻게 그런 생각을 한 거야?"

"너 잘 때 저쪽 벽에다 소변을 봤거든. 벽이 물러지더라고."

도하가 멋쩍게 웃다가 물었다.

"그런데 수분을 어떻게 공급한다는 거야? 설마 또 벽에……."

"이번엔 아니야. 저기 물통이 있잖아."

은성은 하라이 의식을 위해 준비된 그 거대한 물통을 가리켰다. 두 사람은 바지를 걷어 올린 후 벽을 향해서 물통을 밀었다. 그러나 물통은 꿈쩍도 하지 않았다. 물통 안의 물이 너무 많아서이기도 했지만 물통 자체가 워낙 무거웠다. 할 수 없이 은성과 도하는 바가지로 물을 떠서 가장 약해 보이는 벽에 끼얹기 시작했다. 벽이 차츰 축축해지기 시작했다. 물통의 물이 반쯤 비워졌을 때 은성과 도하는 다시 물통을 밀기 시작했다. 물통의 끝이 서서히 들려 올라가더니 젖 먹던 힘까지 다 짜내자 마침내 물통이 기울어지기 시작했다.

"쾅!"

물통이 넘어지면서 물통 속의 물이 한가득 벽을 적셨다. 물이 벽에 난 미세한 구멍들을 채우면서 벽을 전체적으로 무르게 만들었다. 벽을 적시고 남은 물이 바닥에 한가득 고였다.

"이제 뭔가 뾰족한 것으로 구멍을 내야 해."

은성이 주변을 둘러보더니 한곳을 가리켰다.

"저것밖에 없는 것 같아."

은성이 가리킨 것은 바로 수로왕의 목각상이었다.

"조각상을? 그러다 부서지면 어쩌려고?"

"지금 이 마당에 그게 문제야?"

은성은 수로왕의 목각상을 도끼처럼 휘두르며 벽에 구멍을 내기 시작했다. 나무가 단단해서 물러진 흙벽을 파고들었다. 벽에 흉터처럼 작은 홈이 생기자 은성은 그 틈으로 목각상의 머리 장식을 밀어 넣고 빙글빙글 돌리면서 더 깊은 구멍을 팠다. 구멍이 생기면 도하가 옆에서 바가지로 물을 끼얹어서 벽을 더욱 무르게 적셨다. 은성의 이마와 코에 땀이 송골송골 맺혔다. 몇 시간이나 지났을까. 좁은 구멍 사이로 빛이 흘러들어 왔다. 은성이 계속해서 목각상을 돌리자 흙벽이 부슬부슬 허물어지고 사람 어깨가 들어갈 정도의 구멍이 생겨났다.

"이제 됐어. 도하야, 너부터 나가."

도하는 먼저 머리를, 다음에는 어깨를 밀어넣어 겨우 밖으로 빠져나왔다. 그녀가 땅바닥에 주저앉아 미처 몸을 추스르기도 전에 낯익은 목소리가 들려왔다.

"도하 상! 도하 상!"

미야자키가 달려오고 있었다. 그 뒤를 따라 신관도 헐레벌떡 뛰어오고 있었다. 곧이어 신사의 문이 열리고 미야자키와 신관이 들어와 은성을 데리고 나갔다. 두 사람을 살피며 미야자키가 걱정스러운 말투로 물었다.

"두 분 괜찮으십니까? 어떻게 이런 일이……."

"그건 저희가 묻고 싶은 말입니다."

은성이 신관을 노려보며 냉랭하게 쏘아붙였다. 신관이 두 손을 모으고 머리를 조아리며 어쩔 줄을 몰라 했다.

"죄송합니다. 어제 그 친구한테 일을 맡긴 게 잘못이었습니다. 문을 열어 드리라고 했는데 그만 가둬 버리다니……. 그 친구가 별 얘기가 없기에 저는 두 분이 구경을 마치고 가신 줄 알았습니다."

"왜 우리를 가뒀답니까?"

"그게…… 정신이 온전한 친구가 아니라서요……."

미야자키도 호통을 쳤다.

"아니, 어떻게 정신이 이상한 사람에게 안내를 맡길 수 있습니까? 하마터면 큰일 날 뻔하지 않았습니까?"

도하가 물었다.

"그런데 선생님께서는 어떻게 아시고 여기까지 와주셨습니까?"

"어제 오후부터 도하 씨에게 전화를 했는데 통화가 계속 안 되지 뭡니까. 무슨 일이 생겼나 싶어 노심초사하다가 야츠시로 시내 곳곳에 전화를 걸어 보았지요. 마침 신관님과 제가 아는 사이인데 신관님께 전화를 걸어보니 두 분이 야츠시로 신사에 온 것 같다고 하더군요."

"심려를 끼쳐 드려서 죄송합니다. 그리고 관심을 가져 주셔서 정말 감사합니다."

이틀을 푹 쉬면서 기운을 회복한 도하와 은성은 미야자키가 빌려준 차를 몰고 야츠시로 시내 곳곳을 돌아다녔다. 하지만 비미호 여왕의 궁궐터로 보일 만한 곳도, 북두칠성을 상징하는 지형이나 지물도 눈에 띄지 않았다. 지역 주민들을 찾아서 수소문도 해보았지만 몇 대째 야츠시로에 살고 있다는 점포 주인도, 경찰관도, 역장도, 스님도 여왕의 궁궐이나 북두칠성을 가리키는 지형물에 관해서 아는 게 없었다. 도하와 은성은 열흘이 넘도록 아무런 단서도 찾지 못하고 있었다.

무작정 발로 뛰기만 해서는 승산이 없다고 판단한 두 사람은 자료를 좀 더 검토하기로 했다. 도하와 은성은 야츠시로 도서관에서 그 지역 향토자료를 꼼꼼히 살피는 한편, 홍 교수가 준 복사본 《삼국유사》와 《삼국지》의 해당 부분을 다시 정독했다. 그러다 이틀째 되던 날 은성은 진수의 《삼국지》에서 추가 단서를 찾아냈다.

"여길 봐. 여왕의 궁궐을 묘사한 구절이야. 거처하는 궁실과 누관은 엄하게 성책을 설치하고 항상 무기를 가진 병사가 지키고 있었다(居處宮室樓觀, 城柵嚴設, 常有人待兵守衛). 여기서 누관(樓觀)의 한자가 망루 루(樓) 자에 바라볼 관(觀) 자, 즉 망루에서 바라본다는 뜻이잖아. 망루라는 건 높은 곳에 있는 것이고 바라본다는 것도 여기서는 경치나 전망을 바라보는 거잖아. 하지만 우리가 돌아다닌 곳은 거의 평야였어. 시내 전체가 다 그랬지."

"그랬었지. 그럼 야츠시로의 상궁은 평야 지대에 있지 않다는 건가?"

"그렇지. 비미호 여왕의 궁궐은 높은 곳에 있었던 거야."

"높은 곳이라면 시 외곽을 말하는 거야? 야츠시로 시내가 아니라 야츠시로 평야를 둘러싼 산들?"

"그럴 가능성이 있을 것 같아. 우리는 지금까지 경복궁이나 창경궁처럼 궁궐은 산으로 둘러싸인 평평한 지역에 있다는 선입견을 갖고 있어서 주변의 산들을 유심히 보지 않았던 거야."

"그럼 어느 산 위에 야츠시로 상궁이 있다는 거야?"

"아버님이 '북두 위의 상궁'이라고 했으니 당연히 '북두 위'에 있겠지. 다시 말해 북두칠성을 상징하는 산 위에 있는 것 같아."

도하의 머릿속에 이효제 선생과 함께 갔던, 초선대가 있던 칠점산이 떠올랐다. 이 선생은 가야의 성벽으로 추정되는 장소도 그 칠점산 위에 있다고 하지 않았던가. 두 사람은 도서관 열람실에서 지도책을 펼쳐 놓고 야츠시로시 외곽의 산들을 샅샅이 훑어보았다. 바다가 있는 서쪽을 제외하면 동쪽, 남쪽, 북쪽이 모두 산이었다. 같은 방향에도 산이 이중, 삼중으로 첩첩이 겹쳐져 있어서 전부 합치면 크고 작은 산이 스무 개나 되었다. 산 하나에도 봉우리가 하나만 있는 게 아니라 십여 개가 넘는 곳도 있었다. 산과 봉우리의 이름도 일일이 확인했지만 북두칠성과 직접 관련이 있는 이름은 하나도 없었다. 북두칠성의 모양으로 서 있는 봉우리들도 보이지 않았다. 그러던 중 은성이 도하에게 물었다.

"너, '八代'를 보고 야츠시로를 연상하기가 힘들다고 한 적이 있었지? 그 이유가 뭐였지?"

"'代'는 훈이 '카와르'이고, 음이 '다이'거든. 그러니 '시로'와 연관시킬 수가 없었지."

"그럼 '시로'는 원래 무슨 뜻이야?"

"'시로'는 '성(城)'이라는 뜻이야."

"성? 그렇다면 야츠시로는 '여덟 개의 성'이라는 뜻이군. 여덟 개의 성이라. 여덟 개의 성, 여덟 개의 성……. 여덟 개의 성이 이 지역을 대표하기 때문에 도시 이름을 야츠시로, 즉 '여덟 개의 성'이라고 지었겠군. 그렇다면 여덟 개의 성은 어디 있는 걸까? 성이 산 위에 있다면 여덟 개의 성은 여덟 개의 봉우리 위에 각각 있는 것이 아닐까?"

"아빠의 암호에서는 '북두 위 상궁'이라고 했잖아. 그렇다면 북두칠성을 상징해야 하니까 당연히 일곱 봉우리가 돼야 하는 거 아니야? 왜 여덟 개의 봉우리가 된 거지?"

"우리는 '북두'가 무조건 '북두칠성'이라는 편견을 갖고 있었던 것 같아. 어제 갇혀 있던 신사에서 본 족자에 걸린 태극 문양 기억나지? 그 원 안의 별들의 개수는 여덟 개였어. 북두칠성이 일곱 개이고 북극성이 한 개니까 합은 여덟 개!"

"북두칠성이 보이는 하늘에는 계절의 변화와 상관없이 북극성도 함께 보이잖아. 그래서 여덟 개가 되나 보다."

그로부터 얼마 지나지 않아서 도하가 지도 위의 한 곳을 손가락으로 짚으며 들뜬 목소리로 말했다.

"여기야, 팔정산(八丁山). 일본 말로 '핫초야마'. 여덟 개의 봉우리로 된 산. 여덟 개로 생각하니 굉장히 쉬웠네."

팔정산은 그동안의 고생을 민망하게 만들 정도로 지도상에 큼지막하게 소개되어 있었다. 그러나 산이 제법 커서 그 봉우리들을 모두 일일이 살피는 것은 엄두가 나지 않았다.

"도하야, 이젠 이 봉우리들 중에서 어느 봉우리가 궁궐이 있던 봉우리인지 선택해야 해. 먼저 이 봉우리들 이름의 뜻부터 살펴보자."

"아타라시(新)는 새롭다는 뜻이고, 구라가케(鞍掛)는 말안장, 쇼오(勝尾)는 승리의 꼬리, 마루야마(丸山)는 둥근 산……."

각 봉우리마다 사진을 살펴보던 은성이 고개를 갸웃거렸다.

"마루야마는 전혀 둥글지 않은데. 오히려 뾰족하고 돌이 많아. 그런데 왜 둥근 산이라는 이름이 붙었을까. '마루'라는 단어도 한국어에서 유래된 것은 아닐까. 한국에서 '마루'는 하늘이나 가장 으뜸을 뜻하는 말이거든. 종갓집 할 때 종(宗) 자가 마루 종 자 잖아. 다시 말해서 마루야마는 종산 (宗山), 다시 말해서 우두머리인 산이라는 의미가 아닐까."

두 사람은 등산 준비를 하고서 다음 날 아침 차를 타고 마루야마로 향했다. 마루야마는 야츠시로 평야의 젖줄인 구마가와 강이 바다로 흘러들어 가는 어귀에 우뚝 솟아 있었다. 비포장도로를 이십 분도 채 못 가서 차도가 끊겼다. 두 사람은 봉우리를 오르기 시작했다. 경사가 많이 가파르지는 않았지만 곳곳에 풀들이 무성하게 자라 있어서 팔다리가 풀에 걸리거나 발이 돌에 채이곤 했다. 한 시간 반 정도 등산을 하자 귤 밭이 나오고 그 위로 마루야마 봉우리가 보였다. 금방 닿을 것 같던 그 봉우리는 막상 다가가니 신기루처럼 거리가 좀처럼 좁혀지지 않았다. 그렇게 한 시간 반을 더 가서야 마침내 마루야마 정상에 도착할 수 있었다.

정상에는 학교 운동장 두세 개를 합친 넓이의 직사각형 터가 펼쳐져 있었다. 반듯하고 평평하게 다져져 있는 걸로 봐서는 확실히 자연의 산물은 아니었다. 그곳이 '북두 위의 상궁'의 터라고 확신하게 된 두 사람은 가슴이 벅차올랐다. 이곳이 북두 위 상궁의 터라면 이제부터는 여기에서 '태상의 방향으로 거북의 가슴을 파고들어야 할 때였다.

"은성아, '태상의 방향'이 어디를 의미할까?"

"태상은 태상왕인 수로왕을 말하잖아. 그러면 수로왕릉이 있는 김해 쪽이 아닐까?"

은성의 말에 도하는 김해가 있는 서쪽을 쳐다보았다. 그쪽에는 육지나 섬 한 조각 보이지 않는 망망대해가 펼쳐져 있었다.

"저쪽은 아무래도 아닌 것 같은데……."

도하와 은성은 '태상의 방향'을 놓고 다시 생각에 잠겼다.

"은성아, 혹시 지난번에 우리가 갇혔던 영부 신사 쪽은 아닐까? 그곳에 태상왕이 모셔져 있으니까 말이야."

그 말에 은성은 쌍안경을 꺼내서 영부 신사가 있는 방향을 살펴보았다. 그러나 '거북의 가슴'이라 할 만한 것은 보이지 않았다. 은성은 바위에 걸터앉아 담배를 꺼내 물고 불을 붙였다. 도하는 바위 위에 반쯤 드러누웠다. 파란 하늘이 호수처럼 깊었고 태양은 서쪽 바다를 향해 헤엄쳐 가고 있었다. 조만간 알아내지 못하면 다음에 다시 올라와서 찾아야 했다. '태상의 방향'은 '북두 위의 상궁' 자리에서 보아야 하기 때문이었다. 그때 은성이 자리에서 벌떡 일어나 바위 위에 우뚝 서서 말했다.

"《삼국유사》에 나오는 수로왕의 무덤의 크기가 《삼국지》에 나오는 비미호 여왕의 무덤의 크기와 거의 일치했었지? 수로왕의 무덤은 둘레가 삼백 보인데 비미호 여왕의 무덤은 지름이 백 보라고 했으니까. 비미호 여왕이 수로왕의 무덤을 흉내내서 무덤을 만들었다면 주변 지형지물과의 방향도 마찬가지로 수로왕릉을 보고 따라했을지도 몰라. 지난번에 김해시에 갔을 때 수로왕릉 안내판에서 수로왕릉이 가야의 궁궐의 동북쪽에 있다고 했었지? 그러면 여왕의 궁궐도 무덤의 북동쪽일지 몰라. 바로 그것이 암호에 나오는 '태상의 방향'이겠지."

쌍안경으로 동북쪽을 살피던 은성의 입가에 미소가 피어올랐다.

"거북이 한 마리가 저기 점잖게 앉아 있군."

도하는 얼른 쌍안경을 넘겨받아 은성이 가리키는 곳을 살펴보았다. 쌍안경이 보여주는 동그란 두 원 안으로 폭포가 보이고 그 물줄기를 거슬러 올라가자 꼭대기에 거북이 머리를 처들고 있는 것 같은 모양의 검은 바위가 나타났다. 두 사람은 다음 날 거북 폭포를 찾아가 보기로 하고 산을 내려왔다. 내려가는 길은 구름을 탄 것처럼 발걸음이 가벼웠다.

11

거북의 가슴을 파고들라

후쿠오카에 도착한 서준은 하룻밤을 묵은 후 다음 날 아침 일찍 도쿄로 떠났다. 곳곳의 공중전화에서 형기에게 전화를 걸어 보았지만 전화기는 계속해서 꺼져 있었다. 서준은 형기가 사는 동네나 신주쿠의 골목골목을 누비며 형기가 갈 만한 곳을 뒤졌지만 형기의 행적은 좀처럼 찾기 어려웠다. 일주일 너머 동경 시내 곳곳을 헤집고 다니던 서준은 마침내 한 선술집에서 형기를 찾아냈다. 빈 술병들이 세워진 테이블 위에 멍한 시선을 던져두고서 형기는 그늘진 얼굴에 담배를 물리고 있었다. 서준은 모자를 꾹 눌러쓴 채 그 옆자리에 앉았다.

"같이 한잔 할까?"

형기가 서준을 알아보고는 마치 약속했던 사람이 나타난 것처럼 씩 웃어 보였다.

"잘 지냈냐?"

"어떻게 잘 지냈겠어요. 일본 검찰에게 쫓기고 우리 조직에서도 쫓기는 데. 집도 압수수색 당해서 죄 없는 마누라와 딸아이만 충격을 받았어요."

노란 불빛에 비친 형기의 얼굴은 국제펜클럽 회의에서 만났을 때에 비해 눈에 띄게 초췌해져 있었다.

"이형준 씨는 니가 제거한 건가?"

서준은 형기를 쳐다보지 않은 채 그렇게 말하고는 대답을 기다리며 술잔을 들이켰다.

"이형준을 차에 태우고 가다가 일본 놈들에게 추격당했어요. 놈들이 차로 제가 몰던 택시 앞을 가로막더니 저를 택시에서 끌어내 버렸죠. 그리고 택시를 탈취해서 어디론가 가버린 거예요."

"전 팀장님에게 그렇게 말을 했어?"

"팀장님은 검찰로부터 보고를 받고 이미 제가 죽였다는 선입견을 갖고 계셨어요. 제 말이 들어갈 틈이 없었다고요. 전 팀장님 자기 확신이 강한 거 아시잖아요. 하긴 전 팀장님이 이해가 안 가는 것도 아니에요. 제가 처음부터 팀장님께 그런 사정을 사실대로 이야기했어야 하는데 검찰 수사에서 사진이 드러난 다음에야 그런 말을 했으니 팀장님에게는 변명으로밖에 안 들리겠죠."

"그럼 왜 그 사실을 숨겼어?"

"쪽팔려서요. 일본 놈들한테 얻어맞고 차 밖으로 질질 끌려나왔다는 말을 차마 할 수가 없었어요."

서준은 긴 한숨을 내쉬었다. 형기가 살인자로 몰리고 나서야 이형준과 택시를 일본인들에게 빼앗겼다고 변명을 했으니 전 팀장이 형기를 의심할 만도 했다. 자신과 형기가 국정원 입사 때부터 절친한 사이라는 것을 전 팀장이 누구보다도 잘 알고 있었던 데다 그 작전도 형기와 단둘이 했으니 전 팀장은 자신과 형기가 내통해 간첩 행위를 하고 있다고 의심하는 것이 어찌 보면 당연했다.

"우리 이대로 체포되면 무기징역 받는 건 십상일 텐데요. 살인죄에 간첩 혐의까지."

"그래도 어떻게 하겠어? 무죄를 입증할 수 있도록 최대한 노력해 봐야지. 너한테는 딸린 식구도 있으니까 행여나 어리석은 마음은 먹지 마라."

"물론 팀장님이 우리를 오해할 수도 있다고 생각해요. 하지만 우리 말은 전혀 들어볼 생각도 하지 않고 일본 검찰과 합세해서 간첩 혐의까지 씌우며 몰아붙이는 게 좀 이상하지 않아요? 팀장님이 뭔가 다른 고려를 하고 있는 것 같지 않느냐고요?"

"그게 무슨 뜻이야?"

"지금 상황 돌아가는 것을 생각해 보세요. 이형준이 타살된 것으로 밝혀지고, 그 범인이 우리로 지목되고, 우리가 간첩 행위까지 한 것으로 밝혀지면 전 팀장님은 무사할까요? 일단은 우리와 같이 의심을 받겠죠. 하지만 팀장님이 서둘러 나서서 우리를 체포하고 처벌해 버린다면 완전히 책임을 면할 수는 없겠지만 우리와 확실히 선을 그을 수는 있겠지요."

"너 지금 무슨 말을 하는 거야? 전 팀장님이 자기 책임을 덜려고 일부러 우리를 몰아붙였다는 거야?"

형기가 씁쓸하게 웃으면서 술잔을 들이켰다.

"형, 형은 옛날이나 지금이나 사람들을 너무 곧이곧대로 보고 믿는다니까요. 나이를 먹고 지위가 올라갈수록 사람들은 정치적으로 행동하잖아요. 형처럼 그렇게 순진하면 이용만 당한다고요. 전 팀장님도 옛날 훈육관

시절 우리가 알던 그런 분이 아니에요. 형, 이 말은 굉장히 조심스럽게 하는 건데요, 일본 외무성 쪽 정보제공자한테서 우리 정부가 독도 문제를 합의로 끝내려고 일본과 접촉한다는 말을 들었어요. 독도 개발권을 일본에게 나누어 주고 영유권을 우리가 인정받는 내용으로 물밑 협상을 제안한다면서요?"

서준은 놀라서 술이 깨버렸다.

"네가 그 사실을 어떻게 알았어?"

대체 그 정보가 어떻게 벌써 일본 측까지 흘러들어 간 것일까. 그 사실은 팀원들 중에서도 극히 일부만 알고 있어야 하는 기밀이었다. 혹시 손태진 팀장이 흘린 것일까? 손 팀장이 약은 인물이긴 하지만 오히려 약기 때문에 그런 위험한 짓을 할 위인은 못 되었다.

"형, 전 팀장님에게는 물밑 협상을 시도할 거라는 사실을 보고했었나요?"

"응, 했지."

서준은 거기서 말을 멈추었다. 형기는 전 팀장을 간첩이라고 의심하고 있는 것이었다. 서준은 고개를 흔들며 평소답지 않게 버럭 소리를 질렀다.

"너, 지금 대체 누구를 의심하는 거야!"

"형, 혹시 우리가 처음 이형준 사건에 관해 오더를 받던 날 전 팀장님이 한 말 기억 안 나요? 사람은 그저 이익에 지배받는 존재라고. 아무도 믿으면 안 된다고. 심지어 팀장님 자신조차도. 누가 알아요, 일본인들이 그날 이형준을 살해하는 것도 전 팀장님이 미리 계획에 담아놓고 있었을지."

형기의 말에 서준도 이번에는 꾸짖지 않았다. 두 사람은 말없이 계속 술을 마셨다. 술집에서 나온 서준은 형기와 비틀거리며 밤거리를 걸었다. 거리에는 하나둘씩 불빛이 꺼져 가고 있었다. 서준은 밤하늘을 향해 힘껏 의미 없는 고함을 질렀다. 고함 소리가 어둠 속으로 점점이 흩어져서 별이 되었다.

"……돌아가자. 돌아간다."

지난 십 년간의 삶을 송두리째 부정하는 외침이었다. 십 년 전 최서준이 되면서 손희석의 삶을 모두 포기했었던 것과 똑같이 이제는 최서준의 삶을 포기하고 손희석으로 돌아가겠다는 선포였다.

"형기야, 차 좀 빌려 주라."

"어디 가시게요?"

"야츠시로로."

"거긴 왜요?"

"만날 사람이 있어. 십 년 동안 찾았던 사람."

"저도 데려가세요."

"너는 왜?"

형기가 쓴웃음을 지으며 말했다.

"제가 갈 데가 어디 있어요?"

여관에서 밤을 보낸 후 손희석은 다음 날 형기와 함께 야츠시로를 향해 차를 몰았다.

도하와 은성은 거북나루 폭포 밑에 도착했다. 거북의 양 어깨 위로 흘러온 물이 거북의 턱 밑에서 수염처럼 모여서 떨어지고 있었다. 폭포 밑에서 거북의 머리까지는 대략 이삼십 층 건물 높이가 되어 보였다. 폭포 밑에는 축구장 두세 개 넓이만 한 작은 웅덩이가 형성되어 있었고 물은 폭포물이 떨어진 반대쪽 끝의 틈에서 구마가와 강으로 이어지고 있었다. 이제 남은 마지막 암호의 문구는 '거북의 가슴을 파고들라'뿐이었다. 그런데 거북의 가슴이 대체 어느 부분인지는 분명하지 않았다. 겉으로 보이는 것은 단지 거북의 머리와 등껍질뿐이었다.

"은성아, 혹시 저 폭포 물줄기로 가려진 부분 아닐까? '거북의 가슴을 파고들라'는 건 저 폭포의 물줄기를 뚫고 들어가라는 말 아닐까?"

"그럼 폭포 안에 무덤이 있다는 말이야?"

도하는 처음에는 도저히 말이 안 된다고 생각했지만 차츰 그럴 수도 있을 거라는 느낌이 들었다.

"그러면 어떻게 저 폭포수 안으로 들어가지?"

폭포 옆은 온통 가파른 암벽이어서 접근할 방법이 없었다. 웅덩이를 가로질러 가야만 하는데 물살이 세서 헤엄쳐 가는 건 엄두가 나지 않았다. 주변을 살펴보니 조각배 한 대가 물가의 나무기둥에 묶여 있었다. 인근 주민들이 폭포 우측 건너편으로 난 오솔길로 건너가기 위해 쓰는 모양이었다. 두 사람은 조각배에 올라타서 노를 저었다. 정면으로 폭포에 다가가면 물살의 저항을 받게 되어서 일단 오솔길이 난 방향까지 가서 암벽에 붙어 폭포 옆쪽으로 접근했다. 그때 도하는 호주머니에서 휴대폰의 진동을 느꼈다. 일본 전화기의 것으로 보이는 낯선 번호로부터 문자메시지가 도착해 있었다.

─도하야, 어디 있니? 지금 가고 있어. 손희석.

손희석이라는 이름을 보는 순간 도하는 마치 조각배가 제자리에서 빙글빙글 돌기라도 하는 듯한 현기증을 느꼈다. 희석이 십 년 세월의 강을 건너 이쪽으로 넘어오고 있다는 것이었다. 서준이 바로 희석이라는 것을 확인하는 순간이었다. 목걸이를 받은 후 그럴 가능성을 인식하고는 있었지만 그것이 가능성의 가상 공간에서 현실로 뚝 떨어진 것은 바로 이 순간이었다. 도하는 그 문자메시지에 답장을 하려고 했으나 무슨 말을 해야 할지 몰라 고민만 하였다. 그 사이에 휴대폰 화면에서 수신율을 나타내는 막대 그래프가 사라져 버렸다. 암벽에 둘러싸여서 전파가 차단된 모양이었다.

세찬 물방울들이 얼굴에 차갑게 날아들어 도하의 정신을 번쩍 깨웠다. 마치 희석이 돌아오고 있다는 것이 꿈이었던 것처럼. 조각배가 물가에 도착하자 은성은 배에 묶인 밧줄 고리를 폭포에서 가장 가까운 바위 끝에 걸고 밧줄을 잡아당겼다. 배가 암벽에 부딪히고는 휘청거리다 가까스로 균형을 잡았다. 은성이 먼저 바위 위에 올라가 손을 내밀어 도하를 끌어올렸다. 두 사람의 눈앞에 폭포수가 내리꽂히고 있었다.

"은성아, 우리 이제 저 안으로 들어가야 되지? 저 안에 공간이 있을까?"

"나는 아버님을 믿어."

두 사람은 등을 암벽에 바짝 붙인 채 게처럼 옆으로 걸어갔다. 폭포수 안으로 들어가자 단번에 온몸을 얼려 버릴 듯한 차디찬 물줄기가 도하의 정수리를 벼락처럼 내리쳤다. 도하는 한 손으로는 암벽의 돌기를 다른 한 손으로는 은성의 손을 붙잡고 버티어 냈다. 몇 발자국 가지 않아서 손에 암석이 더 이상 만져지지 않았고 폭포수 소리도 잦아들었다. 등 뒤가 허전해진 느낌이 들어 돌아서서 손전등을 비추었을 때 두 사람은 동시에 비명과 탄성의 중간쯤 되는 소리를 뿜어냈다.

눈앞에 널찍한 동굴이 펼쳐졌고 그 안쪽에 거대한 거북이 한 마리가 웅크리고 앉아 있었던 것이었다. 부리부리한 눈은 정면을 노려보고 있었고, 뾰족한 이빨이 돋친 아가리는 언제든 덥석 물겠다는 듯 쩍 벌어져 있었으며, 철갑으로 덮인 거북의 등에는 날카로운 바늘이 빽빽이 박혀 있었다. 그것은 얼핏 보아 거북선처럼 생기기도 했는데 자세히 보니 박물관에서 모형으로 보았던 '구사'였다. 은성은 구사와 그 주변을 요모조모 살펴보다가 도하를 불렀다.

"이리 와봐! 여기 문이 있어!"

은성이 가리키는 동굴 바닥에는 커다란 맨홀이 있었다. 두 사람이 힘을 합쳐 철로 된 맨홀 뚜껑을 들어 옮기고 나자 입구에서부터 수직으로 철제 사다리가 매달려 있는 것이 보였다. 손전등으로 그 바닥을 비추자 뱀 한 마리가 똬리를 틀고 앉아 있는 것이 보였다. 은성이 담배에 불을 붙여 바닥에 떨어뜨리자 뱀은 슬금슬금 도망가기 시작했다. 은성과 도하는 차례로 사다리를 타고 아래로 내려갔다. 쥐들이 찍찍거리며 달아났다. 몇 발자국 걸어가니 넓은 석실이 나왔다. 손전등으로 주변을 비추어 보니 양쪽 벽에는 크고 작은 파형동기 문양들과 창, 방패, 투구 등의 무기들이 진열되어 있었다. 거미줄도 별로 없이 비교적 깨끗하게 보존되어 있는 것으로 보아서 최근까지 누군가가 관리를 하고 있었던 것 같았다.

석실 끝에는 폭이 좁고 천장이 낮은 복도가 나 있었고 그 복도 끝에 문이 없는 널찍한 방이 나타났다. 그 방에 들어서자마자 두 사람의 입에서 탄성이 흘러나왔다. 높은 천장에는 붉은색 비단들이 아래로 드리워져 있었고 원형의 벽을 따라 거대한 갓파의 석상들이 호위무사처럼 서 있었다. 그 한가운데에는 수로왕릉을 꼭 닮은 거대한 무덤이 서 있었다. 봉분 바닥이 흙이 아니라 돌로 되었다는 점만 다를 뿐이었다. 그 앞에는 장방형의 비석이 서 있고 그 좌우에는 큰 거북 두 마리가 지키고 있었다. 비석 앞에는 널찍한 제단이 마련되어 있었다. 비석에 새겨진 원 무늬 안에는 북두칠성과 북극성이 금으로 박혀 태극 문양을 형성하고 있었고, 태극 밖에는 여덟 개의 괘가 새겨져 있었다. 이곳이 바로 두 사람이 그렇게 찾던 수로왕의 남매의 무덤이자 일본이 그토록 찾아 헤매던 비미호 여왕의 무덤이었다. 두 사람의 가슴은 벅차올랐다.

도하는 비석 앞에 쪼그리고 앉아서 비문을 읽어 보았다. 세월의 침식에도 불구하고 여전히 힘찬 필체가 느껴졌다. 간략한 내용은 비미호 여왕이 수로왕의 딸로서 14세에 가야에서 건너왔으며 규슈에서 77년간 머물다가 야마이 왕국의 초대 여왕으로 추대되어 태평성대를 일구었다는 것이었다. 진수의 《삼국지》에 나오는 비미호 여왕에 대한 설명과 야츠시로 신사의 비석에서 본 묘견의 행적과 일치했다. 그런데 비문에는 독도나 《가락국기》에 대한 언급이 없었다. 도하는 무덤 주위를 손전등으로 비춰 보았다. 그곳에도 별다른 게 없었다.

"은성아, 《가락국기》는 대체 어디 있는 거지? 여기에 책 같은 게 있을 것 같지는 않은데."

은성의 손전등의 불빛이 이리저리 돌아다니다 제단 한가운데에서 우뚝 멈췄다. 그곳에는 측우기처럼 길쭉한 직육면체 몸통에 원형의 입구가 터져 있는 철제 통들이 빽빽이 세워져 있었다. 어림잡아 삼백여 개는 되어 보였다. 도하는 그중 하나를 빼 들었다. 통이 보기보다 묵직해서 두 손으로 들어야 할 정도였다. 통을 조심스럽게 기울이자 하얀 가루들이 손전등의 빛을 받아 반짝거리며 바닥으로 떨어졌다. 도하는 그 가루를 손으로 받아 만져 보았다. 그리고 그것이 무엇인지 직감적으로 알 수 있었다. 불과 몇 달 전에 그런 가루를 만져 본 적이 있기 때문이었다.

"이건 유분인 것 같아. 사람의 뼈를 수습해 만든 가루 말이야."

도하는 유골함의 표면을 만지던 손끝에서 이상한 감촉을 느꼈다. 불을 비추어 살펴보니 철제유골함 표면에 한자들이 음각으로 빼곡히 새겨져 있었다. 도하는 그 글을 읽어 보려고 눈을 바짝 갖다 댔지만 희미해서 제대로 읽을 수가 없었다. 그러자 은성이 다른 통에서 유분 일부를 꺼내서 그 글자들 위에 바른 후 옷소매로 닦아냈다. 글자들의 미세한 골을 따라 하얀 가루가 스며들자 글자들이 한결 선명하게 드러났다.

유골함 가장 위쪽에는 '壹與女王(일여여왕)'이라고 적혀 있었고 그 밑에는 '일여 여왕 7년, 나라에 긴 가뭄이 있어 사람들이 굶어 죽는 일이 생기자 여왕이 비를 부르는 제사를 지내고……'라는 내용의 기록이 이어졌다. 당시 신하들의 계급과 출신, 일반 백성들의 풍습 등 일여 여왕 치하의 나라 사정이 간략하게 기술되어 있었다. 일여 여왕에 대해서는 서울에서 홍정운 교수가 《삼국지》를 인용해서 언급했던 적이 있었다. 비미호 여왕이 죽고 난 뒤 남자 왕을 세웠더니 나라가 어지러워져서 다시 종가로부터 '일여'라는 여인을 데려와 왕으로 세우니 나라가 안정되었다는 내용도 있었다. 유골함의 뒤에는 '야마이국은 여왕들이 왕권을 계승하였으나 남자 왕을 세우려는 세력이 일어나 큰 전쟁이 벌어진 후 남자 왕을 세우려는 세력은 나라로 도읍을 옮겨 천황 시대를 열었고 여왕의 세력은 쇠락하여 숨어들었다'는 내용도 적혀 있었다. 다른 유골함들에는 이여, 수화, 이화, 신여 등의 순으로 이름이 적혀 있었는데 이들 모두 여왕들인 모양이었다.

"대단해. 깨알만 한 크기로 이렇게 많은 글자를 철기에 새겨 넣다니. 2천 년 전에 이런 세공기술이 있었단 말이야? 가야의 철기문명은 과연 대단했구나. 대단해. 정말 대단해."

은성은 연방 그렇게 감탄을 쏟아냈다. 도하는 한쪽에 별도로 보관되어 있는 십여 개의 유골함들을 발견했다. 그것에는 맨 왼쪽부터 수로왕, 거등왕, 마품왕, 거질미왕 등 가야의 역대 왕들의 이름이 적힌 유골함이 세워져 있었다. 이들의 유골함은 텅 비어 있었다. 이들은 가야에서 죽었으니 당연한 귀결이었다. 이들 유골함은 일종의 상징물인 셈이었다. 야마이국은 자신들의 정체성을 가야를 계승한 유민 왕조였다고 스스로 인정한 것이었다. 그때 은성이 흥분된 목소리로 말했다.

"《가락국기》를 찾았어!"

"어디에 있어?"

"니가 보고 있잖아. 이 모든 유골함들이 바로 《가락국기》인 거야. 《가락국기》는 책이 아니라 바로 유골함에 새겨진 가야에 관한 기록이었어. 일연 스님이 《삼국유사》의 〈가락국기〉를 쓴 것도 바로 이것을 보고 옮겨 적은 것일지도 몰라. 《삼국유사》에 가야의 동, 서, 북쪽 한계를 언급하면서도 남쪽 한계만 명시하지 않은 것도 이곳을 보호하기 위해서였는지도 몰라."

그때 도하의 눈에서 눈물이 흘러내렸다. 아빠가 평생 비밀로 간직하다가 죽음의 순간에 비로소 자신에게 그렇게 간절하게 보여주려 했던 곳을 볼 수 있게 되었다는 것이 다행스럽고 감사했다. 도하의 눈앞에 암호를 해독하느라 힘들었던 순간들도 주마등처럼 스쳐지나갔다. 하지만 이것이 끝은 아니었다. 독도에 관한 기록을 확인하기 전까지는 완전히 기뻐하기 일렀다. 두 사람은 역대 왕들의 유골함들을 차례로 살피기 시작했다. 한참 후 은성이 유골함 하나를 들고 환호했다. 거등왕의 유골함이었다. 그 표면에는 다음과 같은 기록이 있었다.

'우산국은 서쪽의 무릉도와 동쪽의 우산도로 이뤄졌다. 무릉도에는 사람들이 살고 있으나 우산도는 규모가 작고 돌이 많아 사람 살기에 적합지 않다. 두 섬 사이의 거리는 대략 2백 리로 맑은 날 서로 보인다. 가락국의 거등 대왕께서 우산국을 점령하신 후 우산도는 중죄인들의 유배지로 이용하였다.'

실로 독도 소송을 승리로 이끌 수 있는 강력한 증거였다. 한동안 기뻐하다 말고 은성은 다른 유골함들을 찬찬히 살피기 시작했다.

"도하야, 혹시 야마이국이 언제까지 존재했는지 알아?"

"기록이 없어서 정확하지는 않지만 3세기까지 존재했다고 들은 것 같아."

"그럼 기껏해야 역사가 2백 년 정도인데 유골함이 너무 많은 것 같지 않아?"

"정말 유골함이 지나치게 많네. 꼭 지금까지 왕국이 이어져 온 것처럼……."

은성은 다시 유골함이 있는 쪽으로 가더니 가장 마지막에 놓인 유골함을 꺼내어 보았다. 그 속에는 유분이 들어 있지 않아 가벼웠다.

"유분이 없다는 것은 유골함의 주인이 아직 살아 있다는 뜻 아닐까."

은성은 그렇게 말하면서 유골함의 표면을 살펴보았다. 그리고는 도하를 향해 돌아서서 넋이 나간 듯한 표정으로 유골함을 내밀며 한번 읽어 보라고 했다. 도하가 받아서 읽어 보니 그곳에는 '渡河女王(도하여왕)'이라고 적혀 있었다.

"대체 이게 무슨 말이야."

"네가…… 바로 이 유골함의 주인이었던 거야?"

"설마……."

그 다음 내용을 읽어 보니 설마가 아닌 것 같았다.

일본에서 태어나 자랐으나 어린 시절 바다를 건너 모국으로 돌아갔다. 운명의 고해(苦海)를 무사히 건너라는 뜻에서 이름을 '渡河(도하)'라 했다.

도하는 여전히 믿기지 않는지 미간을 찌푸린 채 계속 고개만 저었다. 그러면서 어릴 때부터 아빠가 자신을 '공주님' 대신 '여왕님'이라 불렀던 것이나, 해마다 어떤 날에 다른 집에서는 보지 못했던 특이한 형태의 제사를 지냈던 것이나, 집에 거북을 닮은 장신구가 그렇게 많았던 이유들을 하나씩 알 수 있었다. 비미호의 후손 여왕들은 그 옛날 남자들을 왕으로 세운 무리에게 공격당해서 왕국이 무너진 후 왕조의 실질은 없이 족보상으로만 왕위 계승이 이루어져 왔던 모양이었다. 도하는 자기 앞의 유골함을 들고 살펴보았다. 예감대로 그곳에는 '승양(承陽)'이라는 이름이 새겨져 있었다.

"승양? 태양을 잇는다? 이 사람은 누구야?"

"우리 엄마 이름이야. 태양을 숭상하는 가야의 전통을 잇는다는 뜻이겠지. 엄마가 여기 있었어. 아빠는 엄마가 교통사고로 돌아가셨다고만 했는데 여긴 의문의 사고로 숨졌다고만 적혀 있어."

도하의 목소리가 차츰 떨려 왔다. 도하는 그때서야 아빠가 매국노라는 의심을 받으면서도 한국 정부에게 《가락국기》를 공개하지 않은 이유를 짐작할 수 있었다. 그것은 딸도 아내처럼 의문의 사고로 죽을지 모른다고 생각했기 때문이었다.

바로 그때였다. 사다리가 삐걱거리는 소리가 들리더니 동굴 입구 쪽에서 거친 발자국 소리들이 들려왔다.

"대단하군. 우리 일본이 육십 년을 찾아 헤맨 히미코 여왕의 무덤을 찾아내다니."

대여섯 명의 사내들이 손전등을 들고 도하와 은성을 눈부시게 비추는
터라 낯익은 목소리를 듣고 먼저 그가 누구인지 알아냈다. 그는 바로 미야
자키였다. 이전의 다정한 말투와는 사뭇 달랐다.

"대체 왜 이러시는 거죠?"

도하의 놀란 목소리는 사내들이 들고 있던 무전기에서도 흘러나왔다.
도청이 되고 있었던 것이었다. 은성이 주머니에서 미야자키의 자동차 열쇠
를 꺼내서 바닥에 내팽개치고 발로 밟고 나서야 무전기에서 더 이상 소리
가 나오지 않았다. 도하가 미야자키를 노려보며 물었다.

"당신은 대체 누구죠?"

"곧 죽을 사람들이 내가 누군지 알 필요가 없을 것 같은데……. 굳이 알
고 싶다면 다나카라고만 해두지."

"그럼 아빠 친구 분이 아니란 말인가요?"

"친구? 친구가 아니라 원수지. 네 애비는 우리 천황가를 욕보이기 위해
이런 쓸데없는 짓들을 하고 다닌 조직의 우두머리였으니까."

"아빠를 당신들이 죽인 건가요?"

"그게 이제 와서 뭐가 중요한가. 너도 곧 애비 따라 갈 텐데."

그러면서 그는 나이에 어울리지 않게 손뼉을 치며 큰 소리로 웃었다. 아
빠를 죽인 사람을 그동안 믿고 따랐다는 것이 섬뜩할 정도로 무섭고 분했
다. 동시에 도하는 아빠를 죽인 사람이 희석이 아니라는 것을 감지하고 안
도할 수 있었다. 도하는 다나카의 옆에서 쇠막대를 든 채 서 있는 사람을
보고 또 한 번 놀랐다. 그는 바로 도하와 은성을 영부 신사에 가두었던 정
신이 이상하다던 사내였다. 도하는 분노와 공포로 인해 눈앞이 어지럽고

온몸이 벌벌 떨렸다. 다나카가 은성이 들고 있던 거등왕의 유골함을 가리키며 명령했다.

"손에 든 게 《가락국기》라는 건가? 이리 줘 봐."

"너 같은 놈에게는 줄 수 없어."

은성이 등 뒤로 유골함을 숨기자 사내가 들고 있던 짧은 쇠막대가 순간적으로 긴 칼로 변하면서 은성의 턱밑을 겨누었다.

"놓아 둬라. 히데오. 어차피 《가락국기》도, 무덤도, 이놈들과 함께 여기서 폭파시켜 묻어 버리는 것이 가장 안전해. 괜히 세상 밖으로 가져갔다가 엉뚱한 데서 나타나기라도 하면 〈태정관 지령문〉처럼 골칫거리가 되니까. 제가 자기 무덤을 판다는 말이 이 바보 같은 놈들을 두고 한 말이었군. 무장헬기는 다 왔나?"

"곧 도착할 예정입니다."

이제 군복을 벗고 내각조사실로 들어가서 더 이상 '마쓰이 해좌'가 아닌 히데오로 불리는 그가 칼을 거두고는 깍듯하게 머리를 숙이며 대답했다. 도하가 날이 돋힌 목소리로 따져 물었다.

"지금 대체 뭐하려는 거죠? 아빠를 죽인 것도 모자라서 2천 년 역사의 유적까지 파괴하려는 건가요? 여기를 파괴한다고 역사도 파괴될 것 같아요?"

시거를 문 다나카가 담배 연기 사이로 미소를 지었다.

"역사는 과거에 속한 것이 아니라 현재에 존재하는 것이지. 미래에 필요하다면 현재 다시 쓰일 수도 있는 것이지. 그럼 미리 명복을 비네."

다나카는 시거를 바닥에 버리고 발로 밟고는 윙크를 하고 자리를 떠났다. 그들이 떠나고 나자 무덤 안의 공기가 한층 더 스산하게 느껴졌다.

"도하야, 서둘러 빠져나가야 해. 놈들의 말대로라면 무장헬기가 곧 여기를 폭파시킬 거야."

두 사람은 거등왕의 유골함과 도하 엄마의 유골함을 가방에 넣은 후 급하게 사다리를 올라갔다. 맨홀을 빠져나온 도하와 은성은 폭포수 쪽으로 달려 나왔다. 그런데 폭포 옆 바위에 비끄러매 두었던 조각배는 이미 총격으로 인해 벌집처럼 구멍이 뚫려 절반 이상 가라앉아 있었다. 도하는 희석에게 구조요청을 하기 위해 휴대폰을 꺼내 전화를 걸어 보았다.

"누구한테 전화하는 거야?"

"최 서기관님한테. 동굴로 들어오기 전에 연락이 왔었어. 이쪽으로 온다고."

하지만 동굴 안은 전파가 잡히지 않아서 연락이 닿지 않았다. 무장헬기의 프로펠러 소리가 들려오기 시작했다. 동굴 전체에 미세한 진동이 전해지면서 도하의 온몸에 소름이 돋았다. 그야말로 앉아서 죽기를 기다려야하는 상황이었다. 별안간 은성이 도하에게 스웨터를 벗어 보라고 했다.

"스웨터를? 안에 속옷밖에 안 입었는데."

"곧 죽을지도 모르는데 지금 그게 문제야? 실들이 필요해서 그래. 스웨터에서 최대한 길게 실을 뽑아내 봐."

도하가 스웨터를 찢어서 실들을 뽑아내는 동안 은성은 조각배의 나무들을 이용해서 종이배 크기의 작은 배를 만들고 있었다. 이어서 도하가 만들어온 실의 한쪽 끝을 도하 휴대폰 고리의 구멍 안으로 집어넣었다. 은성은 자기가 만든 배를 폭포수 아래로 띄워 보냈다. 배는 폭포수에 밀려 뒤뚱거리면서도 점점 더 먼 곳으로 나아가고 있었다.

"이제 최사무관에게 구조를 요청하는 문자메시지를 작성해 봐."

"어떻게 하려고 그래? 여기서는 전송이 안 되잖아."

"전파가 차단된 곳에서 문자메시지를 보내면 처음부터 전송이 불가하다는 메시지가 뜨지는 않아. 전송이 안 되어도 몇 차례 더 시도하다가 전송 불가 메시지가 뜨거든. 그걸 이용해서 휴대폰을 전파가 수신되는 물가로 보내는 거야."

도하는 자신의 위치를 설명하고 도움을 요청하는 문자메시지를 작성했다. 배가 웅덩이에서 구마가와 강으로 접어드는 지점까지 흘러갔을 때 은성은 도하의 휴대폰의 문자메시지 송신버튼을 누름과 동시에 실에 매달린 휴대폰을 힘껏 던졌다. 휴대폰은 마치 허공에서 줄을 타고 이동하는 유격 훈련병처럼 작은 배를 향해 날아가더니 배를 들이받고는 배와 함께 구마가와 강물로 휩쓸려 흘러가 버렸다. 문자메시지가 제대로 도착했는지 여부는 희석이 나타나야만 알 수 있는 상황이었다. 하지만 희석보다 무장헬기가 먼저 나타났다. '타타타타타타' 하는 소음과 함께 양쪽 날개에 기관총과 작은 미사일들을 장착한 검은색 헬기 한 대가 폭포를 노려보고 있었다. 동굴 입구에 있던 은성과 도하는 동굴안으로 달려 들어갔다.

"쾅! 쾅쾅! 쾅쾅쾅!"

헬기에서 발사된 미사일들이 폭포수를 뚫고 뒤쪽 암벽에서 폭발했다. 하나의 폭발음이 여러 차례 동굴 벽에 부딪히면서 천둥과 같은 소리가 들리고 동굴 전체가 지진이 난 것처럼 흔들렸다. 동굴 입구로 물이 흘러들어 왔고 도하와 은성은 물길에 휩쓸려 넘어졌다. 두 사람은 동굴 깊숙한 곳으로 피해 들어갔다. 맨홀의 뚜껑이 덜컹덜컹하더니 뒤집어지면서 그 아래로 물줄기가 치솟아 올랐다. 미사일이 폭발하면서 그 압력으로 인해 균열이 생겨 지하무덤에 물이 차는 모양이었다.

물은 계속 차올라 도하의 발목과 무릎과 허리를 차례로 뒤덮었다. 계속되는 포격에 동굴 입구가 무너져 내리고 천장에서 무수한 돌들이 비처럼 떨어졌다. 동굴 천장의 갈라진 틈으로 폭포수가 밀려 들어왔다. 그 와중에 두 사람이 몸을 숨길 곳은 오로지 구사뿐이었다. 구사의 꽁무니에 난 문을 통해서 낡은 구사의 뱃속으로 들어갔다. 천장이 낮아서 키가 큰 은성은 고개를 푹 숙여야 했다. 좌우로 난 구멍 옆에는 노가 한 개씩 걸쳐 있었다. 그곳에서 당장 날아오는 돌들과 물을 피할 수 있었지만 아무런 희망이나 탈출구가 보이지 않았다. 이대로 상황이 계속되면 죽음은 피할 수 없는 결론이었다.

도하를 찾아서 야츠시로 일대를 헤매고 있던 희석은 형기의 휴대폰을 통해서 도하의 구조 요청을 받았다. 마루야마 인근의 거북나루 폭포라고 했다. 희석은 형기의 차를 직접 몰고 자신이 낼 수 있는 가장 빠른 속력으로 그곳을 향해 달려갔다. 야츠시로가 작은 도시라 이동하는 데 시간이 그리 많이 걸리지는 않았다. 상공에 헬기가 떠 있고 폭격이 이루어지고 있어서 거북나루 폭포는 금방 찾을 수 있었다. 폭포 기슭에 도착한 희석은 차에서 내려서 주변을 살펴보았다. 헬기가 떠 있는 폭포 밑 웅덩이 물가에도 몇몇 무장한 사람들이 보였다.

"일단 저 헬기부터 막아야겠어."

"전투헬기 같은데 방탄이라서 소총 몇 발 쏘는 걸로는 꿈쩍도 안 할 거예요."

"수류탄을 던지면 어떨까?"

"보기엔 낮아 보여도 고도가 50미터는 될걸요. 바로 밑에서 던져도 근처에 닿기 어려울 겁니다. 그러다가 빗나가기라도 하면 우리도 죽는 거지요."

희석은 창문 밖으로 목을 빼 주변 지형을 둘러본 후 말했다.

"나는 폭포 위에서 방법을 찾아볼 테니 너는 폭포 밑에서 기다리고 있어."

"저도 가야죠. 그게 무슨 말이에요?"

"혹시 폭포 안쪽에서 이도하 서기관과 김은성 검사가 나올 수도 있어. 그때 네가 도와줘야 할 일이 생길지 몰라."

혼자 남은 희석은 폭포 위쪽을 향해 거칠게 차를 몰았다. 거북 머리 바위의 뒤통수가 보이는 곳에 차를 세운 후 콘솔박스에 있던 권총, 칼, 수류탄, 로프, 전기톱 따위를 몸에 지닌 채 차 밖으로 나왔다. 운전석 쪽 차문을 전기톱으로 절단해서 떼어낸 후 운전석에 앉아 시동을 걸고 액셀러레이터를 힘껏 밟았다. 차는 물길과 나란히 거북 머리의 뒤통수를 향해 무서운 속도로 내달렸다. 낭떠러지 아래로 헬리콥터의 프로펠러 일부가 시야에 들어왔을 때 희석은 운전석에서 뛰어내렸다. 차는 절벽을 박차고 날아올라 헬기의 프로펠러 위로 떨어졌다.

콰콰콰쾅!

헬리콥터는 엄청난 굉음과 함께 허공에서 이중 삼중으로 폭발하며 산산조각이 났다. 파편이 사방팔방으로 튀면서 절벽 위까지 날아들었다. 잠시 엎드려 몸을 피한 희석은 허리춤에 찬 로프를 거북 머리 바위에 걸고서 낭떠러지 밑으로 훌쩍 몸을 던졌다. 희석의 몸은 수직으로 낙하하다가 로프가 다 풀려 버리자 방향을 틀어 폭포를 향해 파고들어 갔다. 희석은 차가운 폭포수를 뚫고 동굴 바닥에 떨어졌다. 바닥에 고인 물이 충격을 완화시켜 주었다. 희석은 동굴 속에서 헤엄을 치면서 큰 소리로 도하의 이름을 불렀다.

"도하야! 도하야!"

구사 속에서 죽음을 기다리며 은성에게 안겨 있던 도하는 낯익은 목소리에 정신을 차렸다. 도하는 귀신에게 홀린 것처럼 멍한 표정으로 구사 입구로 나가서 희석의 목소리가 들리는 쪽을 바라보다 손을 흔들며 외쳤다.

"오빠! 희석 오빠! 여기야!"

상황이 급박하니 어색한 줄도 모르고 대번에 십 년 전의 호칭을 부르게 되었다. 이름을 부르자 비로소 희석이 현실 공간에 존재한다는 것을 실감할 수 있었다. 은성은 망연자실한 표정으로 두 사람을 번갈아 바라보고 서 있었다. 희석, 귀에 익은 이름이었다. 귀에 익은 정도가 아니라 한때 은성의 마음을 질투심으로 새카맣게 태운 이름이었다. 도하의 몸을 곁에 둘 수는 있어도 마음은 붙잡을 수 없게 방해했던 이름이었다. 그런데 그 이름의 주인공이 바로 최서준 사무관이었다니.

세 사람은 구사 안에 들어왔다. 무너지고 있는 동굴에서 안전하게 벗어나기 위해서는 구사를 타는 것이 좋다고 판단했다. 희석과 은성은 좌우로 나란히 앉아 노를 붙잡았고 도하는 키를 잡았다. 물이 많이 차올라서 구사는 이미 물 위에 떠 있었다. 은성과 희석은 노를 힘껏 젓기 시작했다. 구사가 기우뚱거리며 조금씩 앞으로 나아갔다.

폭포수의 장막을 뚫고 이천 년만에 부활한 구사가 저물녘 햇살이 내리쬐는 웅덩이 위로 그 위용을 드러냈다. 구사가 나타나자마자 물가에 대기하고 있던 다나카 일당이 총격을 가했다. 희석은 도하에게 노 젓는 것을 맡기고 권총을 노를 넣는 구멍에 밀어 넣은 뒤 방아쇠를 당겼다. 다나카 쪽의 사내 몇 명이 희석의 총알을 맞고 쓰러지면서 총격이 뜸해졌다. 그 사이 구사는 웅덩이 반대편으로 옮겨갔다. 물가에 이르자 희석이 구사의 닻을 내린 후 뛰어내려 구사를 물가의 말뚝에 밧줄로 비끄러매었다. 그때 은성이 소리쳤다.

"저기 누가 오고 있어!"

희석은 은성이 가리키는 쪽을 함께 바라보았다. 과연 멀찍이서 세 남자가 걸어오고 있었다. 앞에 선 두 사람은 항복을 한 듯 두 손을 들고 있고 뒤에 있는 사람은 손에 권총을 들고 두 사람을 번갈아 겨누고 있었다.

"안심하세요. 총을 겨누고 있는 사람은 제 국정원 동료입니다. 놈들을 생포한 모양이에요."

권총을 들고 있는 남자는 다름 아닌 형기였다. 그런데 앞에서 손을 든 두 남자도 희석의 눈에 낯이 익었다. 한 사람은 사토 호텔의 국제펜클럽 회의에서 본 적이 있었던 일본인 다큐멘터리 작가였다. 또 한 사람은 몇 달 전 도쿄의 도로 위에서 자신과 일전을 벌인 검술의 명수였다. 한편 도하도 총을 겨눈 형기의 얼굴을 알아보았다.

"은성아, 저, 저 사람, 네가 보내 준 사진에 나온 사람 맞지?"

"응, 그런 것 같아."

그러자 희석이 도하를 안심시켰다.

"내가 확인해 보니 저 친구가 아버님을 죽인 것이 아니니까 오해를 풀어. 당시에 저 친구가 나와 함께 택시를 몰았지만 나중에 택시를 괴한들에게 빼앗겼어. 그 사진들도 아버님을 살해한 괴한들이 우리에게 누명을 씌우려고 직접 찍어서 일본 검찰에 보낸 거야."

세 사내가 구사 바로 아래까지 왔을 때 희석이 형기에게 손짓을 했다.

"형기야, 수고했어. 이놈들을 이제 어떻게 할까?"

바로 그 순간 히데오가 품속에서 쇠막대기를 꺼내들더니 그 끝에서 솟구친 칼날을 희석의 턱 밑에 겨누고는 일본어로 총을 버리라고 말했다. 그런데 더 놀라운 건 형기의 반응이었다. 형기는 히데오를 제지하기는커녕 총구를 돌려 구사 꽁무니에 서 있던 도하와 은성을 향해 겨누었다. 희석은 눈을 부릅뜨고 형기를 노려보았다.

"너 지금 뭐하는 짓이야?"

"미안해요, 형. 총을 버리세요. 목 없는 시체가 되기 싫으면."

"네가 어떻게 이럴 수가……."

"내가 경고했죠? 형은 사람을 너무 잘 믿는 게 탈이라고."

희석은 느린 동작으로 들고 있던 권총을 바닥에 떨어뜨렸다.

"한국 정보원이 일본 정보원보다 내 말을 더 잘 들으니 이게 어찌된 영문인지 나도 잘 모르겠군. 허허."

두 손을 들고 있던 다나카가 히죽거리면서 그렇게 말하고는 한 발 앞으로 나와서 구사 안에 있는 은성과 도하를 향해 소리쳤다.

"이놈을 살리고 싶으면 《가락국기》를 내놓으시지."

"우리 모두를 그냥 보내 준다면 주겠다."

"좋아. 그렇게 하지."

은성은 배낭의 지퍼를 열어 유골함을 꺼내어 들더니 온 힘을 다해 던져 버렸다. 유골함은 공중에서 빙글빙글 돌며 다나카 일행의 머리 위를 지나 수풀 속으로 떨어졌다. 히데오가 힐끗 뒤를 돌아보는 틈을 타서 희석은 그의 손을 발로 걸어차 칼을 떨어뜨린 후 다시 그의 배를 걸어찼다. 히데오가 나뒹굴고 있는 동안 희석은 히데오의 칼로 구사와 물가의 말뚝을 연결한 밧줄을 베었다. 밧줄이 풀린 구사가 닻을 올린 후 웅덩이를 벗어나기 시작했다. 희석은 물속으로 뛰어들어 헤엄을 쳐서 구사에 올라탔다. 뒤늦게 다나카와 형기가 총을 쏘아댔지만 구사는 이미 물가를 벗어난 뒤였다.

다나카의 부하들은 《가락국기》를 찾아 숲을 뒤졌다. 얼마 후 흙더미 위에 거꾸로 처박혀 있는 유골함을 발견할 수 있었다. 그것은 독도에 대한 언급이 있는 거등왕의 유골함이 아니라 도하 엄마의 유골함이었다. 다나카는 바닥에 유골함을 내팽개치고는 무전기를 꺼내 히데오를 향해 소리쳤다.

"망할 놈들! 이건 엉뚱한 유골함이야. 진짜 《가락국기》는 아직 놈들에게 있다. 빨리 찾아와!"

다나카의 명령에 히데오와 형기는 물가에 세워 둔 모터보트에 올라타고 구사를 추격했다. 숨어 있던 다나카의 부하들도 대여섯 명 나타나 합세했다. 구사 안에서 도하는 키를 잡고 은성과 희석은 온 힘을 다해 노를 저었다. 구사가 구마가와 강으로 접어들면서 물길이 빨라 점점 속력이 붙었다.

그러나 모터보트보다 빠를 수는 없었다. 두 대의 모터보트가 빠른 속력으로 구사의 양쪽 몸통으로 따라붙으면서 구사를 향해 총격을 시작했다. 구사의 옆구리에 무수한 총알구멍이 생겼다. 구사의 꽁무니를 통해 밖으로 나간 희석은 밧줄을 잡고 잠수했다. 희석은 모터보트의 스크루에 다가가 밧줄을 던져 넣었다. 밧줄이 스크루와 엉키면서 모터보트가 옆으로 한 바퀴 크게 돌며 뒤집어졌다.

희석이 고군분투하는 동안 구사의 반대쪽 모터보트에 있던 히데오와 형기는 구사에 올라타서 도하와 은성을 쫓았다. 도하와 은성은 구사의 꽁무니를 빠져나와 등판 위로 도망쳤다. 형기는 권총을 들고, 히데오는 칼을 든 채 등판 위로 기어올라 왔다. 도하와 은성은 구사의 머리 쪽까지 달아

났으나 더 이상 피할 곳이 없어 머리만 붙잡고 어쩔 줄 몰라 하고 있었다. 그 사이 히데오와 형기는 구사의 꼬리 쪽에서 조금씩 도하와 은성을 향해 다가오고 있었다. 구사의 등판 위에는 날카로운 쇠바늘이 곳곳에 솟아나 있어서 전진하기가 쉽지 않은 상황이었다. 게다가 구사가 급류에 이리저리 흔들리고 있어서 균형을 잡기가 어려웠다. 은성이 배낭에서 거등왕의 유골함을 꺼내 들고는 형기와 히데오를 향해 소리쳤다.

"더 이상 다가오지 마. 한 발짝만 더 다가오면 이걸 강물 속에 던져 버리겠다."

그러자 형기가 권총을 도하를 향해 조준했다.

"네가 그걸 던지는 순간, 나는 이 여자를 쏴 버리겠다. 애비도 죽였는데 그 딸을 못 죽일 것 같아?"

도하의 두 눈동자가 커지더니 형기를 노려보았다.

"당신이 우리 아빠를 죽인 것이군요. 절대 용서할 수 없어."

그 사이 히데오가 칼을 들고 은성에게 서서히 다가가 말했다.

"《가락국기》를 넘겨라."

"대한민국 검사는 쪽발이 말은 듣지 않는다."

"가소로운 놈. 입만 살았구나. 그럼 내가 가져올 수밖에."

히데오가 싸늘하게 웃더니 번개처럼 칼을 휘둘렀다. 짧은 순간 피가 낭자하며 은성의 손목과 손이 강물 밖으로 잘려서 사라져 버렸다.

"은성아!"

도하가 기겁을 하며 은성에게 달려갔다. 은성은 손목 이하가 잘린 자신의 팔을 붙잡고 신음했다. 도하는 은성의 얼굴을 품에 감싸 안고 형기와 히데오를 향해 고함을 질렀다.

"그만 해. 그만 하라고. 《가락국기》를 가져 가. 그럼 되잖아."

히데오는 차가운 미소를 띤 채 다가와서 거등왕의 유골함을 집어 들었다. 형기가 도하에게 명령조로 말했다.

"둘 다 여기서 스스로 뛰어내려라. 그렇지 않으면 머리에 구멍을 내줄 테다."

바로 그때였다.

"조형기! 움직이지 마!"

희석이 구사의 꼬리 쪽에서 형기를 향해 권총을 겨누고 있었다. 형기는 서서히 뒤를 돌아보는가 싶더니 갑자기 비호같이 몸을 틀어 도하의 이마에 총을 겨누었다.

"형의 총보다는 내 총이 더 빠를걸? 총을 버려."

희석은 잠시 망설이다 권총을 계곡물로 던져 버린 후 형기를 향해 말했다.

"조형기, 어쩌면 네가 나를 이렇게 속일 수가 있어? 지금이라도 늦지 않았다. 총을 거두고 유골함을 내게 넘겨. 너와 청춘을 함께 보냈던 형으로서의 마지막 부탁이다. 네가 매국노라는 오명을 뒤집어쓰지 않을 마지막 기회야."

"매국노? 자본주의 사회에서 국적이 무슨 의미가 있어? 나라가 어디 밥 먹여 주던가? 내 딸이 희귀병에 걸려 매달 치료비가 천만 원씩 들어가는데도 내가 목숨을 바쳐 충성했던 나라는 눈도 꿈쩍하지 않아. 형도 나를 도와줄 수 없잖아? 하지만 《가락국기》는 나를 도와줄 수가 있어. 이것만 있으면 내 딸의 병을 고칠 수 있다고."

"너의 딸도 나라를 팔아먹은 돈으로 병을 고치는 것은 원치 않을 거야."

"형이 자식이 없으니 그런 소리를 하는 거야."

그때 은성이 날쌘 고양이처럼 뛰어들어 형기를 안고 쓰러졌다. 형기의 손에 들린 권총에서 반사적으로 총알이 발사되었지만 허공을 향한 것이었다. 형기는 은성과 엉켜서 뒤로 쓰러지면서 구사의 등판에 붙어 있던 날카로운 쇠바늘에 몸과 내장을 찔려 즉사하고 말았다.

다음 순간 히데오가 괴성을 지르며 칼을 들고 도하에게 달려들었다. 희석은 히데오를 막기 위해 달려갔지만 단숨에 막기에는 거리가 멀었다. 그 사이 히데오의 긴 칼이 바람을 가르며 도하의 하얀 목덜미로 날아들었다.

"턱!"

칼날이 뼈에 박히는 소리가 둔탁하게 들렸다. 피를 흘리고 쓰러진 사람은 도하가 아닌 은성이었다. 은성이 자신의 머리를 들이민 것이었다. 은성의 왼쪽 두개골에서 피가 쿨럭쿨럭 흘러나오고 있었다. 그 사이 희석이 히데오에게 달려들었다. 희석은 히데오의 손에서 칼을 빼앗으려 안간힘을 썼고, 히데오는 희석을 밀쳐내려 버둥거리면서 두 사람은 함께 넘어져 나뒹굴었다.

도하는 한동안 주변의 모든 사물이 비현실적으로 느껴졌다. 아무 소리도 들리지 않고 아무 색깔도 구별할 수 없었다. 사물이 제 소리와 색을 찾았을 때 도하는 기겁을 하고 소리쳤다.

"은성아! 정신 차려! 은성아!"

도하는 피범벅이 된 은성의 얼굴을 감싸 안고 오열했다. 은성이 숨처럼 희미한 말을 내뱉었다.

"나…… 친, 친일파 아니지……?"

맥없이 열린 눈꺼풀 사이로 은성의 충혈된 눈동자가 물기에 젖어 피눈

물이 흐르는 것처럼 보였다. 얼마 가지 않아 그 눈동자는 빛을 잃고 눈꺼풀에 영원히 덮였다.

그 사이 히데오와 희석 간에 결투가 벌어지고 있었다. 히데오는 칼을 들고 달려들었고 희석은 바닥에 떨어진 거등왕의 유골함을 들고 칼을 막아 냈다. 쇠와 쇠가 마찰하면서 내는 소리는 차갑고 무심했다. 희석은 최선을 다했지만 칼을 든 히데오의 허점을 잡아챌 수가 없었다. 어느새 구사의 등판 가장자리까지 몰려 더 이상 물러날 곳이 없어졌을 때 히데오의 칼이 희석의 허벅지를 베고 지나갔다. 희석은 자신의 의지와 상관없이 털썩 꿇어앉았다. 다음 순간 히데오의 칼이 희석의 팔을 베었다. 희석의 손에서 거등왕의 유골함이 떨어졌다. 히데오는 유골함을 집어 들고 만족스러운 미소를 지었다.

"이번에는 목을 벨 순서다. 마지막으로 하직 인사나 해라."

히데오는 칼을 쳐들었다. 희석은 고개를 들어 히데오의 칼이 허공 위에서 번뜩이는 것을 보았다. 정녕 이것이 끝이란 말인가 하고 생각할 때 별안간 총성이 들리더니 히데오의 이마에 구멍이 뚫렸다. 그는 앞으로 고꾸라지면서도 들고 있던 거등왕의 유골함을 구마가와 강물 위로 던져 버렸다.

주변을 살펴보니 헬기 한 대가 구사의 상공에 접근해 오고 있었다. 그 헬기는 일본에 있는 한국 국정원 요원들이 사용하는 민간 헬기였다. 창문 안에선 전기용 팀장이 희석을 향해 손을 흔들고 있었다. 이제야 사건의 전말을 파악한 모양이었다. 헬기에서 구조용 의자가 내려왔다. 희석은 도하와 은성을 태워 헬기로 올려 보내고 손을 흔들었다.

"오빠는 안 가?"

"나는 《가락국기》를 찾아야지."

희석은 자신을 내려다보며 공중으로 떠오르는 도하를 끝까지 바라보다 훌쩍 강물로 뛰어내렸다. 형기의 시체를 등에 꽂은 구사는 강물과 함께 흘러내렸다.

도하는 은성과 함께 한국행 비행기를 탔다. 일본에 올 때는 옆자리에 앉았던 은성이 한국으로 돌아갈 때는 화물칸에 누워 있었다. 한국에 도착했을 때 다른 실무팀원들은 이미 헤이그로 출국한 상태였다. 손 팀장은 전화로 도하에게 《가락국기》를 가져오지 못한 것에 대해서 격한 언사를 쏟아부으며 원망했다. 아울러 곧장 헤이그로 와서 팀에 합류하라고 했지만 도하는 이틀 뒤에 가겠다고 했다. 은성의 마지막 가는 길을 배웅해 주고 싶었다.

은성의 장례식은 공교롭게도 아빠의 장례식이 있었던 병원에서 치러졌다. 한때 은성의 약혼녀였던 도하는 가족도 객도 아닌 애매한 입장으로 사흘 밤낮을 꼬박 상가를 지켰다. 지난 반년 동안 고락을 같이한 실무팀원들은 한 명도 오지 못했다. 다만 징계를 받고 쫓겨났던 케빈이 문상을 와서 도하에게 큰 힘이 되어 주었다. 도하는 혹시 희석이 올까 싶어서 종종 상가 주변을 두리번거렸지만 희석은 끝내 모습을 보이지 않았다.

취재진도 장례식장으로 몰려들었다. 언론에서는 독도 관련 자료 수집차 일본으로 건너간 은성이 일본 정부의 사주를 받은 괴한에게 살해되었다고 보도했다. 하지만 반대로 일본 언론은 한국의 검사, 외교관, 국정원 요원이 밀입국해 일본의 유적지를 불법 도굴하는 과정에서 일본인들이 살해되었다며 역공을 펴부었다. 도하는 쇄도하는 언론의 인터뷰 요청에 일체 응하지 않았다. 자신의 발언이 추가적인 문제를 야기할까 두렵기도 했지만 무엇보다 은성의 죽음을 말로 인정하고 싶지가 않았다.

인터넷에서는 은성과 은성의 집안을 친일파라고 비난하던 악플들은 온데간데없이 사라지고 은성을 두고 독도를 구하기 위해 목숨을 바친 열사라며 추앙하는 글들이 쇄도했다. 은성이 잠정조치재판에서 크게 활약했던 사실도 뒤늦게 알려지기 시작했다. 일부 무책임한 언론은 은성의 유골이 독도 앞바다에 뿌려질 예정이라는, 유족들이 검토하지도 않은 사실을 보도하기도 했다.

장례식 도중 한국 정부가 비밀리에 은밀하게 일본 정부에 물밑 제안을 했다는 내용이 방송과 신문에 폭로되었다. 정부가 비밀리에 일본에게 독도의 형식적 영유권은 한국이 가지되 독도의 개발권은 한국과 일본이 무제한으로 공유하자는 제안을 했다는 것이었다. 정부는 그런 제안을 한 적이 없다고 완강히 부인했지만 외교부 직원인 도하조차 믿지 않았다. 《가락국기》확보에 실패하자 결국 손 팀장이 자신이 공언한 대로 그 협상을 제안한 모양이었다. 일본 언론은 한국 정부의 제안은 일본 정부에 의해 여지없이 거절당했다고 전해서 한국 정부를 더욱 망신스럽게 했다. 승소를 확신하고 있는 일본이 굳이 그런 협상에 응할 이유가 없었다는 굴욕적인 설명까지 덧붙였다.

은성의 유골은 서울 근교의 어느 납골당에 안치되었다. 장지로 가는 길에 도하는 아빠의 장례식 때 못지않은 상실감을 느꼈다. 은성의 영정 앞에서 도하는 두 손을 모으고 한 번도 해본 적이 없던 기도를 시작했다.

"그는 저의 가장 가까운 친구였습니다. 아빠를 빼면 엄마보다도, 그 누구보다도 제 곁을 오래 지켜 주었던 사람입니다. 그는 목숨을 걸고 저를 지켜 주었는데 저는 그에게 씻을 수 없는 상처들만 주었습니다. 부디 그곳에서는 나 같은 사람 만나지 말고 좋은 사람 만나길……."

밤새 잠을 이루지 못한 도하는 다음 날 아침 일찍 암스테르담행 비행기에 올랐다. 이제 소송이 끝날 때까지는 은성의 죽음도, 희석의 출현도, 자기 신분의 비밀도 돌아볼 여유가 없었다.

12

독도 인 더 헤이그

헤이그에는 겨울이 시작되고 있었다. 그 맑던 파란색 하늘이 버스 꽁무니에서 나오는 배기가스 같은 빛깔로 뒤덮여 사위가 어두웠다. 사람들을 우울함을 넘어서 슬픔에 빠뜨린다는 헤이그의 겨울 날씨였다. 그렇지 않아도 아빠를 잃고 은성까지 보낸 후 불안정한 독도의 운명까지 짊어져야 하는 도하는 울적했다. 일을 하면서도 거듭 자기도 모르는 한숨이 새어나왔고 문득문득 별다른 자극 없이도 눈물이 흘러내렸다. 종일 온몸이 납덩어리처럼 무거운데도 밤에는 잠을 쉽게 이룰 수 없어서 수면제에 의존해야 했다.

도하가 헤이그에 도착한 후 일주일 정도 지났을 때 재판 절차를 논의하기 위해 재판장이 한국과 일본의 대리인(Agent)을 평화궁으로 소환했다. 대리인은 법정에서 그 나라를 대표하는 사람으로서 한국은 손태진 팀장, 일본은 야마자 카이토 국장이 맡고 있었다.

"변론 일정은 한 국가가 먼저 나흘간 변론하면 그 다음 주에 상대방 국가가 나흘을 변론합니다. 그리고 마지막 세번째 주에는 이틀 동안 한 국가가 반론을 하고 나머지 이틀 동안 상대방 국가가 반론을 하는 방식으로 진행하겠습니다. 그럼 여기서 어느 나라가 먼저 변론을 할지 결정하겠습니다."

변론은 통상 나중에 하는 것이 유리했다. 그러면 상대방의 주장을 반박할 기회를 가질 수 있고 재판관들에게 보다 깊은 인상을 남길 수 있기 때문이다. 손태진 팀장이 나라명의 알파벳순으로 하자고 제안했다.

"관행에 따라 나라 이니셜의 알파벳순으로 하는 게 어떻습니까? Japan의 J가 Republic of Korea의 R보다 앞서니 일본이 먼저 하십시오. 저희가 나중에 하겠습니다."

나중에 변론하는 것이 유리하다는 걸 모를 리 없는 야마자 국장이 씩 웃으며 응수했다.

"아닙니다. 저희가 양보를 하겠습니다. 한국이 먼저 하시죠."

그러자 손 팀장은 다른 방안을 제안했다.

"그럼 동전을 던져 순서를 정하는 게 어떻습니까?"

야마자 국장이 비웃으며 빈정거렸다.

"영토의 운명을 결정하는 문제를 동전을 던져 해결하다니요. 조금 경박하지 않습니까? 차라리 ICJ가 추첨을 해서 순서를 결정하는 게 어떻습니까?"

결국 ICJ의 추첨으로 순서가 결정되었다. 운이 나쁘게도 한국이 먼저 변론을 해야 했다.

안 과장은 대사관 소회의실로 도하를 불렀다.

"커피 마실래? 아니면 다른 걸로?"

"아니에요, 과장님. 제가 할게요."

"아니야, 앉아 있어. 내가 할게."

안 과장이 직접 커피를 타주는 건 처음 있는 일이었다. 말투도 사뭇 부드러웠다. 도하는 왠지 불안한 기분이 들었다.

"김 검사님이 그렇게 돼서 충격이 컸겠다. 장례식에도 끝까지 남아 있었다면서?"

안 과장이 그렇게 질문을 던진 후 자신의 표정을 곁눈질하고 있는 것을 도하는 느낄 수 있었다. 도하는 대충 얼버무리며 안 과장의 시선을 피했다.

"같이 일하던 동료가 죽었는데 장례식도 못 가본 게 나도 영 마음이 편치 않더라고. 하지만 어쩌겠어. 벌써 헤이그에 와 있는 데다 우리는 공적인 책무를 우선 해야 하는 공무원인 걸."

평소 은성과 그리 사이가 좋지 않았던 안 과장이 그런 이야기를 하자 도하는 불쾌해졌다.

"이 서기관, 반론 말이야, 그걸 누가 해야 할지 고민이야. 원래 김 검사가 하기로 했던 건데 김 검사가 저렇게 되었으니……"

일차변론은 원고를 준비할 시간이 비교적 넉넉하지만 반론을 할 때에는 일본의 변론을 다 듣고 주말 동안 반론문을 작성해야 하기 때문에 준비할 시간이 고작 사흘뿐이었다. 드물기는 하지만 경우에 따라 재판부가 갑자기 질문을 던질 수도 있고 상대방과 논쟁이 벌어질 수도 있었다. 그런 상황에 대처하기 위해서는 소송 내용도 꿰뚫고 있으면서 순발력이 뛰어나야 했다. 원래는 실무팀장이자 국제법률국장인 손태진이 그 역할을 해줘야 하는데 팀원들 누구도 그가 그런 역할을 할 수 있다고 기대하지 않았다.

"팀장님하고도 상의를 해봤는데, 아무래도 이 서기관이 반론을 맡아 줘야겠어."

"네? 제가요? 저는 그런 변론을 할 능력이 없어요. 저보다는 안 과장님이 더 잘하시잖아요."

"나는 순발력이 떨어져. 국제법 지식도 이 서기관보다 못하고. 젊고 유능한 이 서기관이 좀 해줘야겠어."

"저도 순발력이 없기는 마찬가지예요. 직급도 낮고요."

"직급은 한국 사람들이나 따지는 거지. 국제법정에서는 변론만 잘하면 그만이라고."

첫 변론기일. 오현호 외교부장관을 비롯한 한국 대표단이 평화궁 안으로 걸어 들어갔다. 그 뒤로 취재진이 카메라 플래시를 터뜨리며 구름처럼 몰려갔다. 평화궁 주변에는 소송팀을 응원하기 위해 원정을 온 한국인들이 태극기를 흔들며 축구응원을 할 때처럼 큰 소리로 구호를 외치고 있었다. 한국인들보다는 규모가 작았지만 일부 일본의 우익단체도 '독도는 일본 땅'이라고 쓴 피켓을 들고 서 있었다. 오기 전에 대사관에서 본 한국의 뉴스 방송에서도 광화문 광장에 소송팀을 응원하는 사람들이 인산인해를 이루고 있는 장면이 나왔다. 은성이 죽은 후 그때까지 독도 소송을 놓고 찬반으로 나뉘어 갈등하던 사람들이 싸움을 중단하고 합심하여 재판의 승리를 성원하고 있었다.

"일동 기립."

법정 경위의 구호 후에 재판관들이 들어왔다. 모두 열네 명이었다. 한국의 임시재판관이 탈락한 빈자리가 아쉬웠다. 재판장이 진행 발언을 했다.

"그동안 진행된 절차들을 확인하겠습니다. 일본과 대한민국은 다케시마/독도에 관한 분쟁을 국제사법재판소의 판결에 따라 해결하기로 하는 특별협정을 체결하고 본 재판소에 제출하였습니다. 이후 양 당사국이 합의하여 정한 기한까지 서면과 증거자료들을 제출하였습니다. 재판소 규정에 따라 이들 서면의 사본을 오늘부터 일반 대중에게 공개하고 관행에 따라 재판소의 인터넷 홈페이지에도 게재합니다. 지금부터 본격적인 변론을 시작하겠습니다. 오늘부터 나흘 동안은 한국의 주장을 듣겠습니다. 그럼 순서에 따라 한국 측에게 먼저 발언권을 드리겠습니다."

한국은 오현호 외교부 장관, 진형수 법무부 장관, 이승철 대사, 손태진 팀장이 각각 하루씩 나누어 변론을 하기로 했다. 나흘 동안의 변론 중에서 전반부는 한국이 역사적으로 독도의 영유권을 취득했다는 것을, 후반부는 일본의 독도 영유권 침탈 시도에도 불구하고 독도를 내어준 적이 없다는 것을 논증할 계획이었다. 오현호 장관이 자리에서 일어나 재판관들에게 인사를 한 후 변론을 시작했다.

"존경하는 재판관님들, 이 법정에 나와서 독도가 대한민국의 영토라는 것을 설명할 수 있게 된 것을 무한한 영광으로 생각합니다. 저는 역사적 시간 순서에 따라 역사적 사실과 그에 관한 법률적인 평가를 말씀드리고자 합니다.

독도에 관한 가장 오래된 기록인 《삼국사기(1145년)》에 따르면 신라 지증왕 때인 512년에 이사부가 울릉도와 독도를 포함한 우산국을 정벌했다고 기록하고 있습니다. 이어서 《고려사(1451년)》라는 기록에 따르면 서기 930년경 우산국을 승계한 '우릉도'에서 고려 왕조에 사신을 보내 공물을 바쳤고, 이에 고려 태조는 이들에게 벼슬을 주었다는 기록이 있습니다. 현종 9년 (1018년) 때는 우산국이 동북 여진의 침입을 받자 고려 왕조가 이원구를 보내서 농기구를 하사하기도 했습니다. 덕종 때인 1032년에는 '우릉성주'가 아들을 보내 덕종에게 토산물을 바쳤다는 기록이 있습니다. 이 모든 기록들은 이미 천 년 전부터 한국이 울릉도와 독도를 포함한 우산국에 대해서 주권을 행사하면서 실효적 지배를 해오고 있었다는 뜻입니다.

이후 조선시대에는 보다 구체적으로 울릉도와 독도를 구별하여 인식하는 기록들이 나옵니다. 《세종실록지리지(1432년)》에는 '우산과 무릉은 본래 두 섬으로 울진현 정동쪽 바다 가운데 있다. 두 섬의 거리가 서로 멀지 아니하여 날씨가 맑으면 볼 수 있는데 신라 때는 우산국 또는 울릉도라고 칭하였다'라고 기록하고 있습니다. 《신증동국여지승람(1530년)》도 '우산도와 울릉도를 무릉과 우릉이라고도 한다. 두 섬은 (울진)현 동쪽 바다 가운데 있다. ……일설에 우산과 울릉은 본래 한 섬이라고 한다'라고 기록하고 있습니다."

오현호 장관은 그 밖에도 각종 고지도들을 화면으로 보여주면서 독도가 과거부터 한국령이었음을 설명했다. 지도들은 그 시각적 이미지 때문에 언론에는 매우 중요한 것처럼 부각되곤 하지만 실제 국제재판에서는 지도 작성자가 무엇을 근거로 작성했는지가 불확실하고 통상 지도에 나오는 모든 영토에 대해서 일일이 영유권을 판단해서 그리는 것이 아니기 때문에 큰 무게를 가지지 않았다.

둘째 날에는 진형수 법무부 장관이 한국의 역사적 근거 중 가장 핵심이라고 할 수 있는 울릉도쟁계에 대한 변론을 시작했다.

"존경하는 재판관 여러분, 저는 17세기에 한국과 일본이 울릉도의 영유권을 둘러싸고 벌였던 희대의 영유권 분쟁에 대한 이야기를 시작하고자 합니다. 이 사건을 한국에서는 '울릉도쟁계(爭界)'라 하고 일본에서는 '겐로쿠 다케시마일건'이라고 부릅니다. 이 당시 조선과 일본은 지금처럼 전쟁이나 국제재판을 하지도 않고 외교 문서의 교환만으로 이 문제를 평화적으로 해결해 냈습니다. 이런 의미에서 무력으로 독도에 밀고 들어온 현재의 일본은 400여 년 전 자신들의 조상들에게 부끄러워해야 합니다.

울릉도쟁계의 발단은 안용복이라는 어부에게서 비롯되었습니다. 안용복은 1693년 동료 어부들과 함께 울릉도로 들어갔다가 일본 어민들에게 납치당해서 현재의 오키 섬, 시마네 현 등으로 끌려갔습니다. 그곳에서 안용복은 울릉도가 조선 영토라고 주장했고 이에 일본 막부와 조선 정부 사이에 울릉도의 귀속을 둘러싼 논쟁이 붙었습니다. 막부는 돗토리 번에 울릉도가 그 영역에 속해 있는지에 대해 조사를 지시했는데 돗토리 번이 울릉도와 독도 외에 이나바국과 호키국에 부속한 섬은 없다고 답변하여, 울릉도뿐만 아니라 독도도 자국령이 아님을 명확히 했습니다. 이에 막부는 최종적으로 울릉도와 독도가 조선 영토임을 인정하고 1696년 1월 28일 도해금지령을 내렸습니다.

이 결정이 아직 조선에 도착하지 않았던 1696년 5월 안용복은 또다시 울릉도로 갔다가 또 일본인들을 만났습니다. 안용복은 그들에게 울릉도와 자산도(독도)가 모두 조선 땅이라고 주장하면서 일본인들을 쫓아내고 당시 오키 섬 도주와 시마네 현 태수에게도 같은 내용으로 따졌습니다. 당시 안용복이 지참했던 〈조선팔도지도〉에는 울릉도와 자산도(독도)가 각각 별도로 함께 그려져 있었고 이를 옮겨 적은 일본 관리도 울릉도와 독도를 강원도 안에 있는 지명으로 특별히 표기했습니다. 이상이 울릉도쟁계의 간략한 전말로서 이는 《숙종실록》과 《증보문헌비고》뿐만 아니라 일본의 고문헌에도 수록되어 있습니다.

울릉도쟁계 이후 한국과 일본은 모두 울릉도와 독도를 조선령으로 기록하게 됩니다. 《동국문헌비고(1770년)》 및 《만기요람(1808년)》에는 '《여지지》에 이르기를, 울릉도와 우산도는 모두 우산국 땅인데, 이 우산도를 왜인들은 송도(松島)라 부른다'라며 일본의 명칭까지 인용하여 분명하게 독도를 기록하고 있습니다.

일본의 국가최고기관인 태정관은 1877년 울릉도쟁계를 검토한 이후에 '울릉도 외 일도는 일본령과 관계가 없으니 명심하라'라는 지령을 내렸고 이때의 '외 일도'는 마쓰시마로서 당시 일본이 독도를 칭하던 명칭입니다."

진형수 장관은 1900년에 고종 황제가 발령한 칙령에 대한 설명을 시작했다.

"19세기 말부터 일본 사람들은 한반도 인근에서 어업을 하거나 울릉도에 와서 살면서 나무를 벌채해 가는 경우가 많았습니다. 이 당시 울릉도에 살던 일본인들은 500명에 이르고 일본인들이 자기들 경찰서를 설치하기도 할 정도였습니다.

이에 대한제국 정부는 울릉도와 독도에 대한 행정체계를 정비하기 위해 우용정 일행으로 하여금 울릉도를 답사하게 한 후 울릉도를 승격시켜 독립된 군을 설치하기로 했습니다. 그 결과 대한제국은 1900년 10월 25일 '대한제국 칙령 제41호'를 발했는데 그중 제2조에는 '군청은 대하동에 두고 구역은 울릉전도(全島)와 죽도(竹島), 석도(石島)를 관할할 것이라고 규정하고 있었습니다.

여기서 '석도'는 독도를 가리킵니다. 당시 사람들은 독도를 돌이 많다고 해서 '돌섬'이라고 부르고 있었습니다. 그런데 '돌'은 한국의 경상도나 전라도 등의 방언으로 '독'이라고 읽습니다. 한국의 현재 지명들 중에서도 돌을 뜻하는 '독'으로 된 지명들이 여럿 있습니다. 따라서 당시 '돌섬'을 '독섬'이라 부르게 되고 그것을 다시 한자로 표현하다 보니 '돌'이라는 뜻의 '석(石)'자를 써서 '석도(石島)'라고 쓰게 된 것입니다. 황제가 독도에 관해서 칙령을 발령하는 것은 주권행사의 대표적인 예로서 당시 조선 왕조가 독도에 대해서 실효적 지배를 했다는 분명한 근거가 됩니다.'

셋째 날에는 이승철 대사가 변론을 시작했다. 이승철 대사는 범위를 넓혀서 일본이 한국을 침탈하는 과정 전반에 관한 설명을 하고자 했다. 1905년 일본의 독도 편입의 불법성과 그 이후 일제강점기 동안의 독도에 대한 실효적 지배의 무효성을 논증하는 데 있어서 구체적인 법적 요건을 따지는 것 외에도 그 배경이 되는 당시 식민 지배의 불법성을 설명하자는 것이 살아 있을 때 은성이 했던 제안이었다. 이것은 그 당시 동아시아의 역사를 잘 알지 못하는 재판관들로 하여금 정의에 대한 균형감각을 바로 잡아 줄 수 있다는 것이 근거였다.

"존경하는 재판관님들, 저는 이제부터 일본이 과거 독도를 포함한 한반도를 어떻게 침탈했는지에 대해서 역사적 배경을 설명하고자 합니다."

그러자 일본의 야마자 국장이 즉각 이의를 제기했다.

"재판장님, 과거에 일본이 한국을 어떻게 식민지화했는지는 역사 문제입니다. 그러나 이 사건의 쟁점인 다케시마의 영유권 문제는 영토 문제 내지 법률 문제입니다. 역사적으로 따지더라도 두 사건은 서로 무관합니다. 일본이 식민지 지배를 한 대상은 다케시마를 제외한 한반도였고, 다케시마 편입은 1905년에 있었던 반면 일본의 한국병합은 1910년에 있었습니다. 한국이 굳이 식민지 지배 과정을 주장하려는 것은 일본의 이미지를 나쁘게 만들고 자신들이 피해자인 척 동정을 얻기 위한 한국의 비열한 수법일 뿐입니다."

이승철 대사가 반론을 했다.

"일본이 독도 영유권을 주장하는 가장 중요한 근거는 1905년의 편입입니다. 일본의 한반도 침탈은 1870년대부터 지속적으로 이루어져 왔고 특히 1904년 러일전쟁을 전후해서 급진적으로 진행되었으며 1910년의 한일 강제병합은 이미 예정된 수순의 마무리에 불과한 것이었습니다. 일본이 독도를 편입한 1905년은 이러한 일본의 한반도 침탈이 한창에 이르렀던 시점이었습니다. 그런데도 일본이 독도 편입을 한반도 침탈과 별개의 사건이라고 주장하는 것은 마치 칼을 들이댄 강도가 피해자로부터 빼앗은 물건을 강도와는 무관하게 자기가 스스로 집어간 것이라고 주장하는 것과 다를 바가 없는 것입니다. 1905년의 일본의 독도 편입을 정확하게 설명하기 위해서는 그 시대적 배경을 설명하지 않을 수가 없는 것입니다. 또한 일본이 제출한 서면을 보면 일본이 독도에 대해서 실효적 지배를 했다는 내용의 대부분이 일제강점기 때 이루어진 것입니다. 이를 반박하기 위해서라도 저희는 일본의 식민지 지배가 강압적이고 불법적임을 설명할 필요가 있는 것입니다."

재판장은 잠시 옆에 앉은 재판관들과 이야기를 나누고는 결정했다.

"일본 측 이의는 받아들이지 않습니다. 한국 측은 계속해서 변론하기 바랍니다."

"감사합니다, 재판관님들. 일본의 메이지 정부는 1868년에 수립되자마자 내부에서 자국의 경제 발전과 내분 극복을 위해서 조선을 쳐야 한다는 소위 정한론이 횡행했습니다. 결국 일본은 1875년 '운양호'라는 군함을 몰고 와서 강화도 인근에서 교전을 유발했고 오히려 조선에게 책임을 물어서 소위 강화도 조약이라고 하는 조일수호조규를 체결하여 조선을 강제로 개항시켰습니다. 이때부터 일본은 그때까지 조선의 종주국이었던 청나라와 본격적으로 조선에서의 주도권 다툼을 시작했고 그 결과 조선에서는 갑신정변 등이 일어나기도 했습니다.

1894년 조선에서 동학농민운동이 일어나자 조선 정부는 이를 제압하기 위해 청나라 군대를 불러들였습니다. 그러자 일본도 조선에 군대를 파병하였습니다. 이 과정에서 동학농민운동은 진압되었으나 청나라와 일본은 조선 땅에서 청일전쟁을 벌이기 시작했습니다. 전쟁에서 승리한 일본은 1895년 청나라가 일본에게 요동반도와 대만 등을 할양하고 조선에 대한 종주권을 포기한다는 것을 약속한 시모노세키 조약을 체결하였습니다. 이로써 일본은 그동안 조선 지배에 있어서 가장 큰 장애물이었던 청나라를 물리친 것입니다.

그런데 이 무렵 러시아가 소위 '삼국간섭'을 통해서 일본의 기세를 꺾어놓았습니다. 남하정책을 추진하던 러시아가 일본이 요동반도를 얻게 된 것에 위협을 느끼고 1895년 독일·프랑스와 함께 일본에 대하여 요동반도를 청나라에게 돌려주도록 압력을 넣은 것입니다.

삼국간섭 이후 조선에서는 민씨 일파가 러시아 세력에 기대기 시작하면서 친러 인사들을 주축으로 내각이 구성되었습니다. 이에 분노한 일본의 미우라 공사는 1895년 10월 8일 일본인 낭인들을 시켜서 민비인 명성황후를 시해한 후 시체에 기름을 붓고 불을 질렀습니다. 그럼에도 일본 정부와 사법부는 미우라와 그 일당 48명을 조사한 후 증거불충분을 이유로 모두 석방시켰습니다. 이 사건 후 일본으로부터 신변의 위협을 느낀 고종은 1896년부터 대한제국을 수립할 때까지 1년 동안 러시아 공관에서 국정을 보아야 했습니다.

러시아가 남하정책을 추진하고 조선에서 러시아의 영향력이 커지자 위협을 느낀 일본은 1904년 2월 8일 마침내 러일전쟁을 일으켰습니다. 당시 대한제국은 전운이 감돌자 러일전쟁 직전인 1904년 1월 23일 중립을 선언했습니다. 그러나 일본은 이를 묵살하고 일본 군대를 대한제국의 사전 동의 없이 서울에 주둔시켜 버린 후 대한제국을 겁박하여 1904년 2월 23일 한일의정서를 체결하였습니다.

그 내용은 대한제국이 일본군에게 충분한 편의를 제공해야 하고 일본은 전략상 필요한 대한제국의 영토를 마음대로 사용할 수 있다는, 정상적인 국가들 사이에서는 불가능한 불평등하고 굴욕적인 것이었습니다. 당시이 의정서 체결에 반대한 대신 이용익은 모든 관직을 박탈당한 채 일본으로 압송되어 10개월 동안 연금되기도 했습니다.

이 의정서에는 '대일본 제국 정부는 대한제국의 독립과 영토 보전을 확실하게 보증한다'라는 조항도 있었지만 이것이 한일의정서 체결을 위한 거짓 미끼였음은 그로부터 불과 6년 후에 대한제국이 일본의 식민지가 된점에 비추어서 명백합니다.

한일의정서에 따라 대한제국에 주둔하기 시작한 일본군은 러일전쟁이 끝난 이후에도 돌아가지 않고 한일강제병합이 완성될 때까지 계속해서 주둔하였습니다. 요컨대 일본은 폭력과 기망을 통해서 1904년부터 일본군을 주둔시켜 한국을 강제로 점령하기 시작한 것입니다.

일본은 1904년 8월 22일 대한제국을 압박하여 제1차 한일협약을 강제로 체결하여 대한제국이 재무, 외교, 경찰, 군부 등에 관한 정책에서 일본 고문의 의견에 따라 정책을 시행하도록 했습니다. 일본은 이어서 대한제국의 지배권을 외국의 유력 국가들로부터 차례로 확인받습니다. 즉, 미국으로부터는 1905년 7월 가쓰라-태프트 밀약을 통해서, 영국으로부터는 같은 해 8월 제2차 영일동맹을 통해서, 러시아로부터는 러일전쟁을 승리한 후인 같은 해 9월 포츠머스 조약을 통해서, 각각 대한제국에 대한 지배권을 인정받았습니다. 이 모든 일들이 독도 편입을 불과 수개월 전후 해서 벌어진 일들입니다.

독도 편입이 이루어진 1905년에는 이른바 '을사늑약'이 체결되어 대한제국의 외교권을 일본에게 빼앗겼습니다. 당시 일본군이 대한제국의 궁궐 밖을 포위하고 있었고, 이토 히로부미가 무장한 헌병들을 데리고 어전회의가 열리고 있는 곳으로 직접 쳐들어와서 대신들 한 사람 한 사람에게 찬반을 묻고는 조약 체결에 반대하는 참정대신 한규설을 별실에 감금하였습니다. 이완용 등 5명의 대신들이 찬성을 하자 이토는 다수결에 의해 조약안이 가결되었다고 일방적으로 선언해 버리고는 고종 황제의 재가를 받지도 않은 채 외부대신의 직인을 탈취해서 조약에 날인했습니다.

고종 황제는 나흘 뒤 이 조약이 총칼의 위협과 강요 아래 체결된 것으로 무효임을 선언하면서 이를 세계 각국에 알렸습니다. 프랑스 공법학자 레이도 1906년 2월 프랑스 잡지 《국제공법》에 특별기고를 하여 이 조약이 무효임을 주장하였습니다. 강압적 조약 체결에 항의하는 한국의 유생과 전직 관리들의 자결이 이어졌습니다. 그러나 이미 열강의 승인을 받은 일본의 강점을 막지는 못하였습니다. 그로부터 5년 뒤인 1910년 8월에 결국 한일병합조약이 조인되었습니다.

일본의 독도 편입은 바로 이러한 일본의 한국 침탈이 정점에 이르렀던 시기에 이루어진 것입니다. 그런데도 일본은 1905년의 독도 편입이 한반도에 대한 식민지 지배와는 아무런 관계가 없이 주인이 없는 섬이 있길래 평화적이고 적법하고 정당하게 자기 땅으로 편입했다는 양심적이지 못한 주장을 하고 있는 것입니다."

이승철 대사는 오후 변론에서 일본의 독도 편입 경위를 구체적으로 설명했다.

"1900년대 초에 독도에서 강치잡이를 하며 많은 수입을 올리던 나카이 요자부로라는 사업가가 있었습니다. 그는 독도에서의 강치잡이를 독점적으로 해보려고 조선 정부로부터 독도를 임차하려고 했습니다. 그 과정에서 만난 마키 수산국장과 기모쓰키 해군성 수로부장이 그에게 독도는 한국령이 아닐 수도 있으니 일본에 편입 신청을 할 것을 권유했습니다.

그런데 마키 수산국장은 독도를 강원도 영역으로 기술한 《한해통어지침(1903년)》이라는 책의 발간사를 쓴 적이 있고, 기모쓰키 수로부장은 독도를 한국령으로 설명한 《환영수로지》와 《조선수로지》를 발간한 사람이어서 독도가 한국령임을 알고 있던 사람이었습니다. 아무튼 이들의 종용으로 나카이 요자부로는 조선 정부가 아닌 일본 정부에 독도를 편입한 후에 자신에게 임대해 달라는 요청을 하게 되었습니다.

그런데 나카이 요자부로의 신청을 받은 내무성의 이노우에 서기관은 '이 시국에 한국령으로 여겨지는 암초를 얻어 외국에게 일본이 한국을 집어삼키려는 야심이 있다고 의심하게 만드는 것은 득보다 실이 크다'며 출원을 각하시키겠다고 했습니다. 이때 이노우에 서기관이 독도를 한국령이라고 판단한 이유는 바로 삼십여 년 전인 1877년에 태정관이 울릉도와 독도가 한국령이라고 판단했기 때문이었습니다.

그런데 여기서 반전을 일으킨 인물이 있었으니 그는 일본 제국주의에 대한 동경과 야심이 넘쳤던, 이 법정에서 변론을 하러 나온 일본의 대리인인 야마자 카이토 국장의 할아버지이기도 한, 당시 일본 외무성의 정무국장이었던 야마자 엔지로입니다. 그는 독도 편입은 사소한 일일 뿐이므로 외교적 문제를 고려할 필요가 없고, 독도에 망루를 세우고 무선 또는 해저 전선을 설치하면 러일전쟁 중에 적함 감시에 유리하므로 지금 시국이야말로 독도 편입이 필요하다고 말하며 오히려 나카이에게 서둘러 청원서를 보낼 것을 종용하였습니다. 결국 일본 내각은 1905년 2월 22일 시마네 현 고시 제40호로 독도를 '다케시마'라 칭하기로 하고 시마네 현으로 편입하는 결정을 하였던 것입니다.

이 당시 편입을 신청했던 나카이 요자부로도 당초 독도를 한국령이라고 생각했고, 그에게 조언한 마키 수산국장과 기모스키 수로부장도 독도가 한국령이라는 책에 발간사를 쓰거나 책을 편찬했으며, 내무성의 서기관도 독도가 한국령이라고 판단했음에도 불구하고, 일본 제국주의 신봉자인 외무성의 국장이, 독도가 옛날부터 일본령이라거나 한국령이 아니라는 이유가 아니라, 독도에 망루를 세우면 러일전쟁 중에 적함 감시에 편리하다는 이유로 독도 편입을 추진한 것입니다."

"일본의 독도 편입은 국제법적 요건으로 따져 보더라도 적법하지 않습니다. 당시 독도를 편입한 내각 결정문의 요지는 첫째, 다른 나라가 점령하였다고 인정할 만한 형적이 없고, 둘째, 나카이가 1903년 이래 막사를 짓고 어업에 종사하여 왔기 때문에 국제법상 '점령'으로 인정된다는 것입니다.

여기서 점령이란 국제법상 무주지 선점(Occupation)에 해당하는 말입니다. 무주지 선점의 요건은 두 가지인데 첫째는 해당 영토가 무주지여야 한다는 것이고, 둘째는 그 영토에 대해서 실효적 지배가 있어야 한다는 것입니다. 그러나 일본은 이들 두 요건을 충족하지 못합니다. 첫째, 앞서 말씀드렸다시피 독도는 이미 그 이전에 한국이 권원을 취득한 상태였으므로 무주지가 아니었습니다. 둘째, 실효적 지배는 국가가 주체가 되어야 하고 국가가 주체가 되려면 공무원처럼 국가로부터 권한을 위임받은 사람이 그런 행위를 해야 하는데, 나카이 요자부로는 공무원이 아닌 일반 개인이기 때문에 실효적 지배에 해당하는 행위를 할 수가 없습니다. 게다가 물고기를 잡으려고 잠시 막사를 친 정도가 실효적 지배에 해당하는지도 의문입니다. 따라서 일본은 무주지 선점의 요건도 갖추지 못했습니다."

"일본은 17세기부터 독도가 일본령이었다고 하면서도 1905년에 독도를 무주지 선점을 하였습니다. 이것은 그 자체로 모순입니다. 이미 자기 소유인 영토를 왜 무주지를 전제로 편입을 하겠습니까? 이것은 1905년 이전에 독도가 일본령이 아님을 일본도 잘 알고 있었다고 자백하는 것과 다름이 없습니다.

일본은 1905년 독도 편입을 감행할 당시 이해 당사국인 한국에는 전혀 영유권에 대해서 물어보거나 편입 사실을 알리지 않았습니다. 한국이 최초로 이 편입 사실을 알게 된 것은 그로부터 1년이 지난 후였습니다. 1906년 3월 일본의 관리 등 45명으로 구성된 조사대가 독도에 상륙해서 조사를 벌이고 울릉도 군수 심흥택을 만나고 돌아갔습니다.

독도 편입에 놀란 심흥택은 바로 다음 날 '본군(本郡) 소속 독도'라고 언급하면서 독도가 편입된 사실을 강원도관찰사에게 보고하였고 강원도관찰사 서리는 다시 의정부 참정대신에게 보고하였습니다. 이에 참정대신 박제순은 독도가 일본령이 되었다는 설은 전혀 근거가 없다며 일본인의 동태를 다시 조사해서 보고할 것을 지시하였습니다. 심흥택 군수가 이런 조치를 즉각 취했다는 것은 당시 조선이 울릉군수를 통해서 독도를 실효적 지배하고 있었다는 사실을 반영합니다. 또한 앞서 언급했던 울릉군의 관할을 정한 칙령 제41호에 나오는 '석도'가 독도라는 또 다른 정황증거가 되기도 합니다."

마지막인 네 번째 날에는 손태진 팀장이 나서서 해방 이후의 사정에 대해서 변론했다.

"1943년부터 제2차 세계대전의 전세가 연합국에 유리하게 전개되자 연합국 고위 정치가들 사이에서는 독일, 일본, 이탈리아의 식민지에 대한 전후 처리 문제가 논의되기 시작했습니다. 미국의 루스벨트 대통령과 영국의 처칠 수상 및 중국의 장제스 총통은 카이로 회담을 마치고 1943년 11월 27일 '일본은 폭력과 탐욕으로 약탈한 다른 일체의 지역으로부터 구축될 것이다. 3국은 한국민의 노예 상태에 유의하여 적당한 시기에 한국을 자주 독립시킬 결의를 한다'는 내용이 담긴 카이로 선언을 공표했습니다.

1945년 7월 26일에는 미국, 영국, 중국, 소련이 '카이로 선언의 모든 조항을 이행하고, 일본국의 주권은 혼슈, 규슈, 홋카이도, 시코쿠와 연합군이 결정하는 제 소도(小島)에 국한된다'는 내용의 포츠담 선언을 공표했습니다. 이 내용은 1945년 9월 2일 일본의 항복문서에 삽입되어 조인됨으로써 일본에 대해서도 법적인 구속력을 갖게 되었습니다. 독도를 포함한 한반도는 카이로 선언에서 '일본이 폭력과 탐욕으로 약탈한 지역'에 해당되는 것이고 카이로 선언과 포츠담 선언에 따라 해방 후에 독립된 한국이 일본으로부터 반환을 받은 것입니다."

"일본에 설치된 연합국 사령부는 포츠담 선언을 집행하기 위해 소위 SCAPIN이라고 약칭하는 연합국최고사령부지령들을 발령합니다. 그중 제677호는 일본의 통치권과 행정권의 범위를 설정한 것인데 제3항에서 울릉도, 제주도와 함께 리앙쿠르암(독도)을 분명하게 배제하였습니다. 이어서 같은 해 6월에는 일본 어선의 활동 범위를 정한 소위 '맥아더 라인'이라 불리는 연합국최고사령부지령 제1033호가 발령되는데, 여기에도 독도는 일본의 영역에서 분명하게 배제되어 있었습니다."

손태진 팀장은 시간 안배를 제대로 하지 못하는 바람에 변론 종결 시간을 십여 분 남겨둔 시점에서 재판장에게 시간 연장을 요청했다.

"재판장님, 아직 변론 내용이 남아서 그런데 시간을 삼십 분만 더 주실 수 없습니까?"

"재판의 공평과 적정을 위해서 그것은 곤란합니다."

준비한 변론 내용이 삼분의 일이나 남아 있는 상태에서 한국의 변론은 끝나 버렸다. 여러 차례 변론 연습을 했어야 함에도 불구하고 손 팀장이 한 번도 제대로 연습을 하지 않았기 때문에 생긴 사고였다. 나흘이 천 년이 넘는 세월 동안 독도를 중심으로 일어난 일들을 충분히 설명하기에는 빠듯한 시간이기는 했다. 손태진 팀장이 변론하지 못한 나머지 쟁점들은 최후변론을 할 도하가 적절하게 끼워 넣어서 변론을 해야 했다.

다음 주 월요일부터는 일본의 변론이 시작되었다. 일본 외상은 자신감이 엿보이는 미소를 머금은 채 법대 앞에 섰다.

"존경하는 재판관님, 저는 이 자리에서 일본의 영토인 다케시마에 대해 말씀드릴 수 있는 기회를 얻게 된 것을 무한한 영광으로 생각합니다. 한국이 다케시마 문제를 영토 문제가 아닌 역사 문제로 다루게 된 것은 1952년 1월 28일 이승만 대통령이 다케시마를 포함하여 공해상에 이른바 '이승만 라인'이라는 법적으로 근거가 없는 선을 그은 것이 계기가 되었습니다. 이후 한국 정부는 1945년 9월부터 다케시마를 무력으로 불법점거해 버렸습니다. 그 당시부터 일본은 다케시마 영유권 문제를 ICJ에서 해결하자고 제안했으나 거부당했습니다. 그 당시 변영태 외무부 장관이 '다케시마는 일본에 의한 한국 침략의 최초의 희생지다. 일본이 독도를 탈취하는 것은 한국에 대한 재침략을 의미한다'라고 했는데, 이것이 한국이 다케시마 문제를 역사 문제로 보게 된 근원이 됩니다.

이후 한국은 다케시마 문제에 대해서 대체로 침묵을 지키다가 노무현 대통령 때인 2005년부터 공세적으로 전환하였습니다. 노무현 대통령은 다케시마 문제를 포함하여 과거사 문제를 연구하기 위한 국책연구기관을 만들 것을 지시했고 본인도 적극적으로 대응했습니다. 2012년 8월에는 이명박 대통령이 다케시마를 방문하기도 하였습니다. 이러한 도발적인 행동의 근거로 한국은 다케시마가 역사적, 지리적, 국제법적으로 한국의 고유 영토라고 주장합니다. 그렇지만 한국은 그동안 충분한 증거를 제시하지는 못하고 일본에 대해서 감정적, 신경질적으로 문명국 사이에서 좀처럼 보기 힘든 분노와 증오만을 퍼부어 왔습니다. 지금 이 순간에도 이 법정까지 들릴 정도로 소란스러운 한국인들의 응원 소리를 들으면 한국인들의 독도 영유권 주장이 얼마나 비이성적인지 감을 잡을 수 있을 것입니다.

그것은 지난주에 있었던 변론에서도 마찬가지였습니다. 불행하게도 한국은 지난주 변론에서 수많은 역사적 사실들을 날조하고 일본의 주장들을 왜곡하였습니다. 저희는 먼저 한국의 역사에 대한 왜곡을 바로잡고 난 이후에야 본격적으로 일본의 주장을 펼칠 생각입니다. 일본의 가장 권위 있는 역사학자로서 일본은 물론 중국과 한국에서도 오래 수학을 한 아키노 교수가 오늘 하루 동안 이 엄숙한 국제법정에 일본과 한국 사이의 역사를 바로 세우는 위대한 작업을 해주실 것입니다."

그때 자그마한 노인이 꾸부정한 자세로 다리를 절면서 천천히 앞으로 나왔다. 갸름한 얼굴에는 곳곳에 검버섯이 피어 있었고 꾸부정한 고개로 넓게 드러난 뒷목에는 깊은 주름이 패어 있었다. 그는 코끝에 안경을 걸고 변론을 시작했다. 연로해 보이는 외모와 대조적으로 목소리가 카랑카랑하고, 영어발음은 비록 원어민처럼 구사하지는 못했지만 또박또박 끊어서 발음하니 다른 사람들이 이해하는 데에는 문제가 없었다. 오히려 그런 외모와 말투가 묘한 신뢰감을 조성하고 있었다.

"한국은 《삼국사기》나 《고려사》 등의 고문서들을 나열하면서 신라가 우산국을 정복했으므로 그때부터 다케시마가 한국 땅이라는 취지로 주장하고 있습니다. 여기서 일본이 분명히 해두고 싶은 것은 일본은 한국이 우산국을 정복했다는 점에 대해서는 이의가 없다는 것입니다. 그런데 문제는 우산국이 울릉도 외에 다케시마까지 그 영토로 포함했느냐는 것입니다. 그러나 한국이 제시하는 모든 증거를 다 뒤져 보아도 당시 우산국이 울릉도 외에 다케시마까지 그 영토로 포함하였다고 볼 수 있는 부분은 찾아볼 수 없습니다.

한국은 이들 고문서에 나오는 우산도가 다케시마라고 주장하기도 합니다. 그러나 우산도가 다케시마를 가리킨다는 것은 명확하지 않습니다. 예를 들어 《태종실록》만 보더라도 울릉도 탐사를 마치고 돌아온 김인우라는 사람이 우산도에는 집이 약 15가구, 남녀 모두 86명이 살고 있었다고 보고하고 있는데, 다케시마에는 오늘날에도 이렇게 많은 사람들이 살고 있지 않습니다. 그 밖에 한국의 여러 고지도들은 지금 울릉도 북동쪽에 있는 작은 섬인 '죽도'라는 섬을 '우산도'라고 표기하고 있습니다."

그는 화면에 지도 한 장을 띄우고 변론을 계속했다.

"존경하는 재판관 여러분, 스크린에 보이는 지도는 한국의 《신증동국여지승람》에 첨부되어 있는 〈팔도총도〉라는 지도입니다. 이 지도에는 두 개의 섬이 큼직하게 같은 크기로 그려져 있는데 왼쪽에, 즉 한반도 쪽에 그려진 섬 위에는 '우산도'라고 쓰여 있고, 그 오른쪽 섬 위에는 '울릉도'라고 쓰여 있습니다. 만일 한국 측 주장대로 '우산도'가 다케시마를 말하는 것이라면 이 섬은 울릉도의 동쪽에 있고 울릉도보다 훨씬 작은 섬이어야 합니다. 하지만 이 지도에 나와 있는 우산도는 울릉도와 거의 같은 크기이며 위치도 울릉도 서쪽입니다. 그러므로 이 지도에서 말하는 우산도는 지금의 다케시마가 아닌 것입니다. 이 지도 외에도 한국 측의 수많은 고대 지도에서 우산도는 독도라고 볼 수 없는 자리에 그려져 있습니다. 이는 한국인들이 우산도를 제대로 인식하지 못했거나 다케시마가 아닌 울릉도 주변의 죽도나 관음도로 인식하고 있었다는 증거입니다."

"한국은 안용복의 진술에 과도한 증명력을 부여하고 있습니다. 그러나 안용복은 범죄자입니다. 당시 조선 정부는 공도정책을 시행하여 백성들이 울릉도에 넘어가는 것을 금지하고 있었는데 안용복은 조선의 공도정책을 두 차례나 어기고 울릉도로 고기잡이를 나갔던 상습범이었습니다. 백기주 태수에게는 자신이 '울릉도와 다케시마의 감세장'이라고 사칭까지 했습니다. 당시 조선 관리들도 안용복을 믿지 못하겠다고 할 정도였습니다. 한국이 의존하고 있는 안용복의 진술들은 안용복이 울릉도에 건너갔다는 죄목으로 사형에 처해질 수도 있는 상황에서 한 변명들로 신빙성이 떨어집니다. 안용복은 1696년 5월에 울릉도에서 일본인들을 만났다고 하지만 막부는 조선과 교섭을 한 이후 1696년 1월에 도해금지령을 내린 상황이었습니다. 그러므로 그 이후에 울릉도에서 일본인들을 만났다는 것은 개연성이 떨어집니다.

이처럼 신빙성이 떨어지는 안용복의 진술을 《숙종실록》이 그대로 실었고 그 후에 나온 문서들인 《동국문헌비고(1770년)》 및 《만기요람(1808년)》 등이 그것을 그대로 옮겨왔기 때문에 이들 고문서도 역시 신빙성이 없는 것입니다. 존경하는 재판관님들이 이렇게 문명화된 시대에, 국제법의 전당인 ICJ에서, 이 거짓말쟁이의 검증되지 않은 말들에 따라 작성된 문서들만을 근거로 판단하시지는 않으리라 믿습니다.

한국은 울릉도쟁계 당시 울릉도 외에 다케시마도 한국령으로 인정받았다고 주장하나 이것은 명백한 거짓입니다. 당시 교섭의 대상이 되었던 것

273

은 울릉도뿐이었고 다케시마는 제외되었습니다. 지도를 하나 보여드리겠습니다."

아키노 교수는 화면에 또 다른 지도들을 띄웠다.

"지금 보시는 지도는 1711년 수토관으로 울릉도에 파견되었던 박석창이 그린 〈울릉도도형〉이라는 지도입니다. 여기 '해장죽전 소위 우산도'라고 표기된 섬은 오늘날 울릉도 옆에 붙어 있는 '죽도'라고 불리는 섬으로서 다케시마와는 다른 섬입니다. 일본이 원산인 대나무인 해장죽이 있는 곳은 바로 죽도이기 때문입니다. 이 지도는 울릉도쟁계 직후에 작성된 것입니다. 만약 울릉도쟁계 당시에 울릉도 외에 다케시마까지도 조선 영토로 확인을 받았다면 수토관이 마땅히 다케시마까지도 찾아가서 살펴보고 보고서에 포함시켰어야 하는 것 아닐까요?

한국은 울릉도쟁계가 다케시마까지 포함했다는 근거로서 돗토리 번이 울릉도 외에 다케시마도 자기 령이 아니라고 회신했다는 점을 들고 있습니다. 그러나 돗토리 번이 울릉도 외에 다케시마에 대해서도 회신한 것은 막부에서 '울릉도 외에 다른 섬들도 있는가?' 하고 물었기 때문입니다. 돗토리 번이 회신한 이후에도 막부는 울릉도에 대한 도해만 금지했지 다케시마에 대한 도해를 금지하지는 않았습니다. 당시 막부와 조선이 교환한 서신에도 울릉도만 언급되었을 뿐 다케시마까지 언급되지는 않았습니다. 이것은 오히려 막부가 당시 교섭대상을 다케시마가 아닌 울릉도에 국한시켰다는 것을 보다 분명하게 확인시켜 주는 것입니다."

"울릉도쟁계 이후에도 일본은 다케시마를 자국령으로 인식하고 있었습니다. 이와 관련해서 '덴포 다케시마일건'이라는 사건을 소개해드리겠습니다. 막부가 1696년 1월에 울릉도 도해금지를 명했지만 그럼에도 몰래 울릉도로 건너가는 일본인들이 없지는 않았습니다. 그중 하나가 하치에몬이라는 사람입니다. 그는 1833년 어느 날 도해가 금지된 울릉도로 가서 자원을 캐올 궁리를 하였습니다. 그 과정에서 그는 하마다 번주와 오카다 다노모라는 원로 등에게 의견을 구했는데 그들이 답하기를 울릉도가 일본의 땅인지는 모르겠지만 다케시마라면 가도 좋다고 했습니다. 하치에몬은 재판을 받을 때 가까운 다케시마에 건너간다는 명목으로 울릉도에 갔다고도 했습니다.

즉, 당시 사람들은 일본인이 울릉도에 가면 안 되지만 다케시마에는 가도 된다고 인식하고 있었고, 이는 다케시마가 1696년의 도해금지령에 포함되지 않았다는 점을 보여줍니다. 결국 하치에몬의 울릉도 도항이 밝혀져서 그는 사형을 당했습니다. 이 사건 이후 막부는 전국에 고시문을 세워서 울릉도 도해금지를 명했습니다. 이 고시문에도 현재의 다케시마에 대한 언급은 전혀 없었습니다.

한국은 〈태정관 지령문〉을 매우 중요한 근거로 들고 있으나 이 역시 다케시마가 한국령이라는 근거가 될 수 없습니다. 〈태정관 지령문〉은 '다케시마(울릉도의 과거명) 외 일도는 일본과 무관하다'고 하고 있는데, 여기서 일도는 한국의 말대로 마쓰시마입니다. 그러나 당시 울릉도는 다케시마라는 명칭 외에도 마쓰시마라고도 불리기도 했습니다. 따라서 〈태정관 지령문〉에 나오는 '다케시마 외 일도'는 모두 울릉도를 말하는 것입니다.

둘째 날에는 야마자 카이토 국장이 직접 변론했다. 한국 주장의 신빙성을 법적인 관점에서 탄핵하면서 일본의 근거도 본격적으로 주장하기 시작했다.

"한국은 고문서나 고지도에서 고대부터 다케시마를 인식했다고 주장했으나 그것이 전혀 근거가 없다는 것은 이미 지난 시간에 아키노 교수가 정확하게 반박한 바 있습니다. 저는 거기다가 국제법의 관점에서 한 가지 지적을 덧붙이고자 합니다. 설사 한국의 고문서나 고지도에 나오는 섬이 다케시마라고 하더라도 그것은 영유권의 필요조건일 뿐 충분조건이 될 수 없습니다.

국제법상 영역법에 따르면 어떤 영토의 권원을 취득하기 위해서는 발견만 해서는 부족하고 더 나아가 국가가 지속적인 점유나 주권행사를 해야 하기 때문입니다. 그러나 한국이 제시한 그 어떤 자료에도 한국이 고대에 다케시마에 대해서 지속적인 국가의 주권행사 또는 이른바 실효적 지배를 했다는 자료는 없습니다. 단지 일부 문헌에 다케시마가 언급되었다거나 일부 지도에 다케시마가 그려졌다는 것뿐입니다. 국제법 역사를 보면, 포르투갈과 스페인이 15세기에 유럽 밖으로 진출할 때 교황의 승인을 받아 자신들이 발견한 영토가 모두 자신들의 것이라고 주장한 적이 있었으나 이는 불과 얼마 지나지 않아서 영국, 프랑스, 네덜란드 등으로부터 거부당했습니다. 진작부터 발견 외에 국가가 실효적으로 점유하거나 지속적이고 평화적으로 주권행사를 해야만 권원을 인정받을 수 있었던 것입니다."

"일본의 〈태정관 지령문〉이 나온 이후에도, 조선은 여전히 다케시마를 제대로 인식조차 하지 못하고 있었습니다. 한국의 《고종실록》을 보면 1882년 이규원이 고종 황제로부터 우산도에 대해서 조사해 오라는 명을 받고 울릉도를 시찰하고 돌아와서는 '청명한 날 높은 곳에 올라 먼 곳을 바라보면 천 리를 엿볼 수 있는데 돌 하나 흙 하나 없습니다'라고 보고했습니다. 당시 이규원과 동행한 사람이 그린 것으로 추정되는 〈울릉도외도〉라는 지도에도 오늘날의 다케시마는 그려져 있지 않습니다. 1900년에 대한제국이 우용정 일행을 울릉도에 파견했을 때에도 우용정의 보고서에는 독도에 대한 언급이 없었습니다. 그 직후인 1900년 대한제국은 울릉도를 승격하는 내용으로 칙령 제41호를 발령했습니다. 한국은 여기 나오는 '석도'가 다케시마라고 주장하지만, 그 직전 이규원도, 우용정도 찾지 못한 다케시마를 어떻게 갑자기 알 수 있었겠습니까? 독도가 석도라는 데 대해서 한국이 들고 있는 유일한 증거는 전라도나 경상도의 방언으로 돌을 '독'이라고 하니 석도가 독도라는 것입니다. 그러나 이것은 언어유희에 가까운 지나친 추론입니다. 1900년 칙령의 '석도'는 울릉도 근처의 섬인 관음도라고 보면 가장 합리적입니다.

게다가 칙령에서 석도가 다케시마를 가리킨다고 하더라도 한국이 다케시마에 대해서 실효적 지배를 했다는 증거는 없습니다. 앞서 말했듯이 현대 국제법에서 권원이 인정되려면 인식만으로는 부족하고 실효적 지배를 해야 하기 때문입니다.

한국은 1906년 심흥택이 '본군 소속 독도'라고 하며 의정부에 보고했다는 것을 중요한 근거로 들고 있습니다. 그러나 결국 대한제국이 일본 통감부나 일본 정부에게 이 문제를 항의하거나 알린 적도 없습니다. 물론 한국은 그 당시 일본이 자신들의 외교권을 강압적으로 빼앗았기 때문이라고 변명할 것입니다. 그러나 그 당시 한국 정부가 일본 정부와 빈번하게 협의의 장을 가져 왔다는 것은 양국의 사료에 명백히 나타나 있습니다."

셋째 날부터 일본은 자국의 입장을 주장하기 시작했다. 변론은 야마자 국장 외에도 세계적인 국제법 교수들이 나와서 한두 시간씩 번갈아 가면서 진행했다. 불어를 하는 교수들도 나왔는데 이는 불어에 대한 자부심이 강한 재판관들을 배려하기 위한 것이었다.

"일본은 17세기부터 영토 권원 취득에 필요한 국제법 요건을 갖추어 왔습니다. 일본의 문헌에 따르면 1618년경 호키국 요나고의 오야와 무라카와 두 집안은 막부로부터 도해면허를 발급받아서 70년 동안 교대로 매년 울릉도로 가서 전복을 채취하고, 강치를 포획하고, 대나무를 벌채하는 등의 사업들을 해왔습니다. 오야 구에몬 가쓰노부라는 사람이 1681년에 막부의 순검사에게 제출한 문서를 보면 '울릉도에 가는 도중에 둘레가 20정 정도 되고 초목이 나지 않는 바위산이 있다. 이 작은 섬에서 강치 기름을 조금 얻을 수 있다'고 하여 다케시마에 대한 기록이 남아 있습니다.

국제법은 영토 권원을 판단할 때 실효적 지배의 실적을 중요하게 평가하고 있고, 실효적 지배는 국가의 권력행사가 핵심입니다. 17세기 막부는 자국민들이 울릉도와 다케시마를 지나다니는 데 대해 이처럼 허가를 하면서 관리를 해왔는데 이것은 일본의 실효적 지배의 실적이라고 평가할 수 있습니다."

"한국은 일본의 다케시마 편입이 일본의 고유영토론과 모순된다는 지적을 하지만 그렇지 않습니다. 이를 설명하기 위해서는 국제법상 영역에 관한 법리의 변천사를 조금 설명드릴 필요가 있습니다.

아시다시피, 국제법에서 영역법은 서구 유럽 국가들이 대항해시대에 신대륙을 발견하고 아시아나 아프리카에 활발하게 진출하면서 유럽 국가들 사이에서 새롭게 발견한 영토가 어느 나라의 지배권에 속하는지를 판단하는 과정에서 발전해 왔습니다. 당초 국제법은 유럽 외의 지역에서 기존에 있었던 역사적 권원을 인정해 주는 경우가 없었습니다. 유럽 외의 다른 나라들은 문명화가 이루어지지 않았다는 이유로 국가로 인정조차 하지 않았고 그들의 영토를 무주지로 보았습니다. 그 영토들은 유럽 국가들 중에서 먼저 가서 실효적 지배를 하는 국가의 소유로 인정받았는데 이것이 선점의 법리였습니다. 이론상으로는 선점을 중심으로 그 이전부터 인정되던 할양, 정복, 시효, 부합 등이 이른바 권원 취득의 유형론(doctrine of modes of acquisition)으로 형성되어 지금까지 이어져 오고 있습니다.

그러다 1928년에 그 유명한 팔마스 섬 사건에서 막스 후버 중재재판관이 선점, 할양, 정복, 시효, 부합 등의 공통적 요소로 '국가의 지속적이고 평화로운 주권의 시현'을 추출하고 이것이 '권원과 대등하다'는 판결을 하였습니다. 그 이후 영토 분쟁 소송에서는 '국가의 지속적이고 평화로운 주권의 시현'이 가장 중요한 판단 기준이 되었고, 이른바 '실효적 지배'라는 용어도 사실상 많은 경우 이와 같은 것으로 사용되고 있습니다.

팔마스 섬 사건의 중재 판정에서 또 하나 중요하게 다루어진 문제가 시제법(intertemporal law)입니다. 막스 후버 재판관은 '권리의 발생은 당시 존재하던 법에 따르는 것이지만 권리의 존속은 법의 발전에 의해서 요구되는 요건에 따라야 한다'라고 했습니다. 적법하고 유효한 권원이 있는지 여부는 현재가 아니라 과거 그 시대의 국제법에 근거해서 판단해야 하는 것이지만, 시대가 바뀌는 과정에서도 계속해서 그 권원을 유효하게 유지하기 위해서는 새로운 시대가 추가로 요구하는 법적 요건을 갖추어야 한다는 것입니다. 일본이 1905년에 시마네 현 편입을 통해서 다케시마에 대해서 역사적으로 가지고 있던 권원을 재확인한 것은 바로 이 시제법에 따른 것입니다. 국제법은 그 역사가 짧을 뿐만 아니라 일본이 이를 수입한 것은 19세기 말에 불과했습니다. 그 당시 국제법은 유럽 밖의 국가들의 영토에 대한 역사적 권원을 인정하는 경우가 없었습니다. 일본은 시제법에 따라, 시대의 변화로 인한 새로운 국제법 요건에 따라, 당시 가장 강조되고 있었던 '선점'의 법리에 충실하게 다시 권원 취득의 요건을 갖추었을 뿐입니다. 1905년 다케시마 편입 이후에는 팔마스 섬 사건 중재 판정 이래 또다시 새롭게 강조된 '국가의 지속적이고 평화로운 주권의 시현'의 요건을 갖추기 위해서 다케시마에 대해서 여러 가지 실효적 권력행사 조치를 취한 것입니다."

"한국은 장시간에 걸쳐서 일본이 한국을 식민지 지배한 과정을 설명했습니다. 일본 정부는 과거 한국을 식민지 지배한 점에 대해서 유감과 반성의 뜻을 표현해 왔습니다. 그러나 한국에 대한 식민지 지배는 당시는 물론 현재의 국제법 책에도 자발적으로 식민지화가 된 대표적인 예로 거론되고 있을 정도로 평화적으로 이루어졌습니다.

그리고 지금의 상황을 기준으로 당시의 일들을 판단하는 것은 무리가 있습니다. 그 당시는 서구 제국주의 국가들이 아시아 국가들을 침탈하고 있던 때였습니다. 당시 서구 열강들의 침탈에 위협을 느낀 조선 내부에서도 주변 강대국인 청나라, 러시아, 일본 중에서 어느 나라와 손을 잡아야 하는지를 놓고 국론이 분열되어 있었습니다. 한때 청나라나 러시아와 손을 잡아야 한다는 친중파, 친러파도 있었지만 일본이 중국과 러시아와의 전쟁에서 이기는 것을 보고 힘이 센 일본과 손을 잡아야 한다는 친일파가 가장 큰 지지를 받았습니다.

그 결과 조선은 자발적으로 일본과 합방을 했습니다. 물론 조선 내부에 친중파, 친러파가 뒤섞여 있고, 친일파와 강한 대립을 하고 있었기 때문에 불미스러운 일도 있었습니다. 하지만 일본은 중국이나 러시아에 대해서는 전쟁을 벌여서 침공을 했지만 조선에 대해서만큼은 전쟁을 벌이지 않았습니다.

시대가 바뀌어 식민 지배가 끝나고 나자 한국 내에서는 그 당시 일본과 손을 잡아야 한다고 했던 친일파가 결과적으로 역적으로 몰렸습니다. 하지만 그 당시에는 일본과 손을 잡는 것이 최선의 선택이었습니다. 그 당시 친일파들은, 중국에 대한 사대주의에 관성적으로 물들어서 유교식 기득권만 누리려고 하던 수구적인 사람들과는 비교할 수 없을 정도로 도덕적이고 진보적인 사람들이었습니다. 이들은 수백 년 동안 중국의 영향을 받아 후진적인 문화와 관습을 극복하지 못하고 있는 자기 나라를 개혁하기 위해서는 아시아에서 근대화에 가장 앞서나가 있는 일본을 배워야 한다고 판단한 것입니다.

그 당시 상황에서 한국 혼자서 강대국들의 제국주의 침탈을 꿋꿋이 막아낼 수 있었다고 보는 사람은 아마 한국에도 별로 없을 것입니다. 한국이 일본과 합치지 않았다면 한국은 지금까지도 후진적인 인습과 관습의 영향 아래 갓을 쓴 채 중국의 속국으로 머물러 있었거나 러시아의 지배를 받아 공산화가 되었을 것입니다. 그랬다면 일본의 지배를 받았던 것보다 훨씬 더 힘들고 굴욕적인 운명을 겪었을 것입니다.

무엇보다도 다케시마는 한국에 대한 식민지 지배와는 무관합니다. 한국은 다케시마는 일본이 러일전쟁을 수행하기 위해서 편입한 섬이라고 주장했는데, 이 말이 사실이라고 하더라도 다케시마 편입이 러일전쟁과 관련이 있을지언정 한국에 대한 식민지 지배와는 무관한 것입니다. 다케시마에 대한 편입을 신청한 나카이 요자부로나 다른 관련자들 중에서 그 누구도 당시 한국을 식민지 지배하는 작업을 하고 있었던 사람은 없습니다.

한국이 다케시마 편입을 식민지 지배와 연결 지으면서 내세운 가장 중요한 근거는 1905년의 편입이 일한병합이 이루어지던 1910년 직전에 일어났다는 것입니다. 그러나 일본이 다케시마를 침탈하려고 했다면, 어차피 조금만 기다리면 한국 전체가 일본령이 되는데 무엇하러 고작 5년을 앞당기려고 편입을 했겠습니까?"

"1905년 편입 이후 시마네 현은 바로 그해에 다케시마를 관유지 대장에 기재하고 1906년부터 1941년까지 다케시마를 강치어업자에게 대여하고 사용료를 징수하였습니다. 1941년부터 1945년까지는 마이즈루 진수부가 다케시마를 인수한 후 고카무라의 야하타 조시로에게 대여해 주었습니다. 태평양전쟁이 끝나면서 다케시마는 해군성에서 대장성 소관으로 넘어갔고 현재는 국유재산대장에 '다케시마방어구'로 등재되어 있습니다. 1905년 편입 직후부터는 물론이고 종전 이후 한국이 독도를 불법점거하기 시작한 1954년에 이를 때까지도 일본 관리들이 빈번하게 다케시마를 방문하여 조사하고 관리를 했습니다.

이상에서 보다시피 1905년 편입 이후부터 일본은 현대 국제법이 요구하는 실효적 지배를 약 50년 동안 해왔습니다. 설사 1905년의 편입이 국제법에서 말하는 무주지 선점의 요건에 해당하지 않는다고 하더라도 그때부터 50년 동안의 실효적 지배는, 그동안의 국제 판례에 비추어 볼 때 그 앞의 모든 근거가 부정되더라도 그 자체만으로 충분히 일본의 영토 권원을 뒷받침할 수 있는 것입니다."

마지막 날에는 일본 패전 이후의 사정들에 대해서 변론이 이루어졌다.

"한국은 일부 SCAPIN의 조항에 다케시마가 일본의 관할권 밖에 있다는 것을 두고 그것이 한국령으로 판단된 것이라는 거짓 주장을 하고 있습니다. 먼저 SCAPIN 제677호는 패전 이후 연합국이 일본을 통치하는 동안 임시적으로 일본의 통치권과 행정권의 범위를 설정한 것일 뿐입니다. SCAPIN 제677호 제6항에는 이 지령이 포츠담 선언 제8항의 '일본을 구성하는 작은 섬들'의 범위에 관한 연합국의 최종 결정으로 해석되어서는 안 된다는 취지로 규정하고 있습니다.

소위 맥아더 라인이라고 하는 SCAPIN 제1033호는 어업권에 관한 것일 뿐 영토 주권에 관한 것이 아닙니다. 이 맥아더 라인에도 이것이 영역에 관한 연합국의 최종 결정이 아니라는 취지가 기재되어 있습니다. 그리고 얼마 후 SCAPIN 제2046호가 이러한 SCAPIN을 폐기하였습니다. 즉, 한국이 들고 있는 SCAPIN은 영토 획정에 관한 것이 아닐 뿐만 아니라 최종적인 것도 아니었으며 후에 폐기되었습니다.

최종적인 영토 획정은 1951년에 체결된 샌프란시스코 평화조약에서 이루어집니다. 이 조약 제2조는 '일본은 한국의 독립을 승인하고, 제주도, 거문도 및 울릉도를 포함한 한국에 대한 모든 권리, 권원 및 청구권을 포기한다'라고 규정하고 있습니다. 그런데 여기서 일본이 반환해야 할 한국 영토로 제주도, 거문도, 울릉도만 기재되었을 뿐 다케시마는 포함되지 않았습니다. 이것은 연합국이 다케시마를 일본 영토로 인정했다는 뜻입니다.

이 점은 이른바 '러스크 서한'에 의해서 명백하게 드러납니다. 샌프란시스코 평화조약이 체결되기 직전인 1951년 7월, 양유찬 주미 한국대사는 에치슨 미국 국무 장관 앞으로 독도를 한국령으로 명시해 달라고 요청하는 서한을 보냈습니다. 이에 대해 미국의 국무 차관보인 러스크가 1951년 8월 한국의 양유찬 주미대사에게 '우리들의 정보에 의하면 무인도인 이 바위섬이 조선의 일부로 취급된 적은 없으며 1905년경부터 일본의 시마네 현 오키 섬 지청의 관할하에 있다. 이 섬은 일찍이 조선에 의해 영유권 주장이 이루어졌다고는 볼 수 없다'는 내용으로 서한을 보낸 것입니다.

당시 미국은 샌프란시스코 평화조약의 체결을 주도하는 국가였습니다. 그 미국이 국제법에 근거해서 공정하게 따져본 결과 다케시마가 조선의 일부로 취급된 적이 없고 일본의 관할하에 있다고 판단한 것입니다. 밴 플리트 주일대사의 귀국보고서에도 다케시마는 일본 영토이며 샌프란시스코 평화조약에서 포기한 섬들에 포함되지 않는다는 것이 미국의 결론이라고 명기되어 있습니다."

일본 측의 변론이 모두 끝이 났다. 변론자들이 모두 ICJ 변론 경험이 여러 차례 있는 세계적인 전문가인 데다가 영어나 불어를 모국어로 쓰는 사람들이라 설득력이나 전달력이 뛰어났다. 처음으로 소송을 해보는 한국의 아마추어들과 돈을 받고 소송을 대신해 주는 일을 업으로 하는 세계적인 프로들의 차이는 컸다. 워낙 유명한 국제법의 권위자들이라서 재판관들도 한국 측이 변론할 때와는 달리 변론자의 한마디 한마디를 긴장해서 경청하는 듯했다. 행사에서 연설을 할 때처럼 본인이 내용을 체득하지 못한 채 아랫사람이 적어준 내용을 그대로 읽는 손 팀장이나 독도 문제에 대해 전문성이 없는 일부 한국 고위 관료의 변론과는 수준이 같을 수가 없었다.

한국이 반론을 해야 하는 그 다음 주 월요일이 밝았다. 변론을 맡은 도하는 원고를 준비하느라 사흘 동안 잠을 거의 자지 못했다. 반론을 준비하면서 도하는 쟁점마다 은성이라면 어떻게 변론할 것인가를 생각해 왔다. 과거에 세미나를 준비하는 과정에서 작성한 노트를 보면서 은성의 논리와 생각들을 회상하고 정리했다. 그 과정에서 은성의 목소리가 수시로 떠올라 마음이 무너질 듯 흔들리곤 했다.

도하가 이 부담스러운 변론을 하기로 마음먹은 것은 안 과장이 밀어붙여서 어쩔 수 없었던 것만은 아니었다. 그것은 은성을 위해서였다. 은성이 법정에서 독도에 대해, 일본에 대해서 하고 싶었던 말을 영매처럼 대신해주고 싶었다. 은성이라면 자신을 도와줄 수 있을지 모르고 자기가 실수를 하더라도 괜찮다고 해줄 것 같았다. 소송에서 이겨서 은성에게서 친일파였다는 딱지를 벗겨 주고 싶었다. 물론 일본을 누르는 것은 아빠의 죽음에 대한 복수이기도 했다.

가장 앞줄에 앉아서 깊은 숨을 몇 번이나 몰아쉬었지만 도하는 불안감과 긴장을 떨쳐 버릴 수가 없었다. 도하의 작은 어깨에는 지구만큼 무거운 것이 올려진 듯했다. 혹시나 희석이 왔을까 방청석을 돌아보았지만 그를 찾아볼 수는 없었다. 대신 자신을 보며 웃고 있는 노인을 쳐다보고 가슴이 철렁 내려앉았다. 그는 바로 다나카였다. 그와 눈이 마주친 후 도하는 마치 도깨비라도 본 것처럼 가슴이 쪼그라들었다. 야츠시로에서 겪었던 힘든 일들에 대한 기억이 미친 짐승처럼 되살아나 도하를 괴롭혔다.

"일동 기립!"

재판관들이 입장하고 재판장이 재판을 시작한 후 한국 측에게 변론을 하라고 하였다. 도하는 자리에서 일어나 법대 앞으로 향했다. 심장이 뛰는 소리가 갈수록 크게 들려왔다. 다나카를 보고 놀란 가슴이 좀처럼 진정되지 않았다. 젊은 여성이 변론자로 나서자 재판관들과 방청객들은 특별한 관심을 보이며 일제히 눈과 귀를 도하에게 집중했다.

"일본은 한국에게 우산국의 영토 범위가 독도까지 포함한다는 것을 입증할 증거가 없다고 주장하지만 그렇지 않습니다. 우산국이 독도까지 포함한다는 증거는 이미 제출되어 있습니다. 《세종실록지리지》에는 '우산과 무릉은 본래 두 섬으로…… 신라 때는 우산국이라 불렀고 혹자들은 울릉도라고 불렀다'라고 되어 있습니다. 즉, 당시 사람들은 현재의 울릉도와 독도를 모두 합쳐서 우산국의 영역으로 이해했다는 것입니다.

이 기록에서 하나 더 확인할 수 있는 사실이 바로 과거 한국 사람들은 울릉도와 독도를 모두 합쳐서 울릉도라고 부를 때가 많았다는 것입니다. 《고종실록》에도 고종이 이규원에게 '우산도라고도 하고 송죽도라고도 하는데 다 《동국여지승람》에 실려 있다. 또 송도, 죽도라고도 하는데 우산도와 함께 이 세 섬을 통칭 울릉도라고 하였다'고 하여 울릉도가 세 개의 섬으로 이루어져 있다고 이해하고 있습니다. 이후 1900년에 울릉도에 관한 칙령을 발령할 때에도 울릉도의 행정구역이 울도, 죽도, 석도라는 세 섬으로 이루어져 있음을 분명하게 명시합니다. 지금도 한국에서 독도는 울릉도의 일부로 관할구역이 편성되어 있습니다. 즉, 울릉도는 역사적으로 독도까지 포함하는 명칭으로 사용되어 왔습니다. 이것은 독도가 울릉도의 속도라는 증거이기도 합니다. 예를 들어 하와이 제도는 하와이 섬을 비롯한 수많은 섬들로 이루어져 있지만 통틀어 그냥 하와이라고 부르는 것과 마찬가지입니다."

"일본은 역사적 권원을 인정하는 데 있어서도 실효적 지배가 필요하다고 합니다. 그에 따르더라도 한국은 역사적으로 독도에 대해 실효적 지배를 해왔습니다. 우선 앞서 말했듯이 우산국의 영역은 울릉도와 독도를 포함하는 것이었고 독도는 울릉도의 속도였습니다. 따라서 울릉도나 우산국에 대해서 과거 한국의 왕조들이 행했던 권력적 행위들, 이를 테면 관리를 파견하거나, 관찬지리지나 관찬지도에 기입하거나, 사람들을 잡아오거나 하는 행위들은 독도에 대해서도 국제법에서 말하는 실효적 지배나 에펙띠베떼에 해당하는 것입니다. 페드라브랑카 사건, 동그린란드 사건 등 ICJ의 국제판례에 따르면 사람이 살기 어려운 작은 섬 등 외딴 지역에 대한 주권의 행사 정도는, 상대방이 이의를 제기하지 않는 이상 아주 경미한 것으로도 족하다고 하고 있습니다. 독도는 사람이 살기 어려운 외딴섬이고, 일본이 조선시대를 통틀어서 조선 정부에 독도가 일본령이라고 주장한 적이 없었으며, 이 시점이 지금으로부터 오백 년도 더 넘은 과거의 일이라는 점을 고려하면, 관찬문서에 기재해서 관리하는 것으로도 실효적 지배가 인정되어야 할 것입니다."

"일본은 한국 고문헌에 나오는 우산도가 독도가 아니라 울릉도나 현재 울릉도 근처에 있는 죽도라고 합니다. 그 근거로 우산도가 울릉도를 지칭하거나 죽도를 지칭하고 있는 문헌이나 지도를 듭니다. 물론 한국의 고문서나 고지도에 나오는 '우산도'가 울릉도를 지칭할 때도 있었습니다. 워낙 외딴섬이고 사람이 살지 않는 섬이라서 수백 년 전이었던 당시에는 기록이 부정확한 부분도 있었습니다. 그러나 명칭이 헷갈린 것은 일본 측 기록도 마찬가지입니다. '다케시마'는 당초 울릉도를 가리키는 이름이었지만 지금은 독도를 가리키고 있고, '마쓰시마'는 당초 독도를 가리키는 이름이었지만 일부 일본의 기록에서는 울릉도를 가리키고 있기도 합니다.

그러나 독도가 어느 나라 영토인지 가리는 데 있어서, 섬의 이름을 얼마나 정확하고 일관성 있게 가지고 있었는지는 별로 중요한 것이 아닙니다. 보다 중요한 것은 동해에 두 개의 섬이 존재하고 그 두 섬이 모두 한국의 영토로 인식되었다는 사실입니다. 당시 조선이 동해에서 두 개의 섬을 인식하고 있었다는 것은 명백합니다. 《세종실록지리지》에도 '우산과 무릉은 본래 두 섬으로'라고 하고 있을 뿐만 아니라 '두 섬이 서로 거리가 멀지 않아 맑은 날에 보인다'라고 기록되어 있어서 이들이 물리적으로 별개인 두 개의 섬을 언급하고 있다는 점은 의심할 여지가 없습니다. 일본은 여기서 우산도가 현재의 죽도라는 주장도 하지만, 죽도는 울릉도 해변에서 고작 2킬로미터 떨어진 섬으로 워낙 가까워서 날씨가 맑지 않아도 보입니다.

명칭이나 지도상 위치에 대한 일부 혼돈이나 실수야말로 울릉도와 독도가 모두 한국의 영토였다는 사실을 반영합니다. 만약 울릉도와 독도가 서로 다른 나라 영토였다면 그때 사람들은 보다 분명하게 구분해서 인식했을 것입니다. 위치도 동서로 뚜렷하게 구별했을 것이고, 그 사이에 경계선도 그었을 것이며, 명칭도 두 섬을 통틀어 울릉도라고 하거나 우산국이라고 부르지는 않았을 겁니다. 그러나 당시 사람들은 그렇게 하지 않았습니다. 왜냐하면 지난 천오백 년 동안 울릉도와 독도는 하나의 권역으로, 하나의 법률적 운명공동체로 취급되어 왔기에 굳이 경계를 구분할 필요가 없었기 때문입니다."

"고대로부터 1905년 일본이 독도를 불법으로 편입하기 전까지 한국과 일본의 모든 고문헌에서 울릉도와 독도는 한 세트로 같이 취급되었고 법률적으로 그 운명이 구분되어 처분된 적이 없습니다. 한국의 자료를 예로 들면, 《세종실록지리지》에는 물리적으로는 별개인 두 섬이 모두 우산국의 영역이었다고 함과 동시에 울릉도라는 하나의 이름으로 불렸다고 하고 있습니다. 《신증동국여지승람》에도 우산과 무릉이 '본래 1도'라고 하여 하나의 섬으로 취급된다는 점을 분명히 하고 있습니다. 《만기요람》, 《동국문헌비고》에도 울릉도와 독도가 모두 우산국이라고 하였습니다. 《숙종실록》의 안용복 사건에서도 울릉도와 독도가 모두 조선령이라고 언급되고 있습니다.

일본의 자료를 보더라도 마찬가지입니다. 일본이 독도에 대한 실효적 지배의 근거로 말하는 〈도해면허〉는 울릉도에 대한 것입니다. 울릉도에 대한 도해면허로 독도까지 효과가 있었다는 식으로 말하는 것입니다. 《원록구병자년조선주착안일권지각서》에 나오는 〈조선의 팔도〉라는 지도에도 울릉도와 독도가 함께 강원도령으로 표시되어 있습니다. 〈은주시청합기〉에서도 울릉도와 독도가 영토의 구분 없이 함께 은주 밖의 영토로 소개되고 있습니다. 〈태정관 지령문〉에도 '울릉도 외 1도'라고 하여 울릉도와 독도를 함께 쓰고 있 습니다. 〈조선국교제시말내탐서〉의 '죽도(울릉도)와 송도(독도)가 조선의 부속이 된 전말'이라는 부분은 제목에서부터 보듯이 울릉도와 독도가 함께 쓰이고 있을 뿐만 아니라 그 본문에도 '죽도와 송도는 이웃 섬'이라고 되어 있습니다."

"일본은 안용복을 믿을 수 없다고 하고, 그때부터 수백 년 뒤에 나온 독도를 명백히 한국령으로 보고 있는 문서들까지도 모두 안용복의 거짓 진술에 기초한 것이라고 신빙성을 희석시켜 버리려고 합니다. 그러나《숙종실록》,《승정원일기》,《동국문헌비고》등에 나오는 안용복의 진술은 일본의 고문헌인《죽도기사》,《죽도도해유래기발서공》,《이본백기지》,《인부연표》,《죽도고》등과 같은 일본 문헌에 나오는 안용복 사건에 대한 기술과 시기, 장소, 일정 등에서 대부분 부합되고 있습니다. 2005년에 발견된《원록구병자년조선주착안일권지각서》에도 안용복이 2차 도일을 했을 때 안용복이 죽도(울릉도)와 송도(독도)가 강원도 영토로 표시된〈조선의 팔도〉를 소지했다는 사실이 기록되어 있습니다. 이것도 안용복의 진술과 일치하는 것입니다. 일본은 막부가 도해금지령을 1696년 1월에 내렸는데 안용복이 1696년 5월에 울릉도에서 일본인을 만났으니 안용복의 말이 거짓이라고도 합니다. 그러나 막부가 1696년 1월에 내린 도해금지령은 그해 8월에야 요나고의 일본 어부들에게 통지되었고 조선에는 1697년 1월에야 통보되었습니다.''

"울릉도쟁계의 대상이 되었던 울릉도는 독도까지 포함하는 의미였습니다. 그 이유는 수도 없이 많습니다. 첫째, 앞서 설명한 바와 같이 1905년 이전까지 한국과 일본 양국에서 울릉도와 독도는 같은 영토로 취급되었고, 법률적인 처분이 구분되어 일어난 적이 없습니다.

둘째, 안용복이 울릉도쟁계 직후인 1696년 5월 일본에 2차로 가서 일본의 관리들에게 울릉도와 독도가 분명하게 그려진 지도를 내밀면서 그 섬들이 모두 강원도의 일부로서 조선령임을 강조했습니다. 그러나 일본 관리들은 안용복의 1차 도해 때와는 달리 조선과 아무런 추가적인 교섭을 하지 않았습니다. 이것은 당시 막부도 울릉도쟁계에서 말하는 울릉도가 독도까지 포함하고 있었다고 생각했다는 것을 의미하는 것입니다. 만약 당시 울릉도쟁계에 울릉도만 포함되고 독도는 포함되지 않았다고 알고 있었다면 일본 막부는 안용복의 말을 듣고 다시 조선 정부에 확인을 해서 바로잡거나 추가 교섭을 벌였을 것입니다.

셋째, 일본은 돗토리 번이 막부에게 울릉도와 독도가 모두 자신의 관할이 아니라고 했지만 막부는 조선 정부에게 울릉도에 대해서만 도해금지를 명했다는 것을 근거로 독도는 일본령으로 취급되었다고 주장합니다. 하지만 당시 막부가 도해금지령을 발령하면서 '울릉도'만 언급한 이유는 도해금지령의 전제가 되는 17세기 전반의 〈도해면허〉가 '울릉도'에 도해할 수 있다고 기재하고 있었기 때문입니다. 도해금지령은 도해면허를 취소하는 성격이었기 때문에 '울릉도'에 대한 도해면허를 취소하기 위해서 '울릉도'에 대한 도해금지령을 내리면 충분했기 때문입니다. 물론 〈도해면허〉에서의 울릉도와 도해금지령에서의 울릉도는 모두 당시의 관례에 따라 울릉도와 독도를 포함해서 지칭하는 것이었습니다.

넷째, 당시 막부가 돗토리 번에게 울릉도와 독도의 영유권 귀속을 문의한 것은 막부가 그에 대해서 잘 몰랐기 때문입니다. 따라서 돗토리 번이 울릉도와 독도가 모두 일본령이 아니라고 하는데도 독도만 일본령이라고 판단했을 리는 없는 것입니다. 만약 막부가 정말로 당시에 독도를 일본령이라고 생각했다면 돗토리 번에게 즉시 수정을 해주었을 것입니다. 하지만 막부는 돗토리 번의 의견을 그대로 수용하는 입장이었습니다. 다시 말해서, 당시 막부도 독도가 조선령이라고 인식했던 것입니다. 때문에 설사 울릉도쟁계에 독도가 포함되지 않았다고 하더라도 당시 일본 막부가 독도를 조선령으로 보았다는 것은 확실한 사실이고 이것은 200년 뒤 태정관이 울릉도와 독도가 모두 일본령이 아니라고 판단한 것과 일맥상통하는 것입니다.

다섯째, 1877년 일본의 태정관은 〈태정관 지령문〉이 '다케시마(당시 울릉도)와 외(外) 일도(一島)'는 일본과 관계가 없다고 했고, 이 지령에 첨부된 〈기죽도약도〉에는 이 섬이 송도(松島) 즉, 당시 일본이 독도를 부르던 명칭으로 독도임을 정확하게 표기하고 있습니다. 일본은 지난 변론 때 '다케시마 외(外) 일도(마쓰시마)'에서 다케시마와 마쓰시마가 모두 울릉도를 가리킨다는, 초등학생도 납득하기 어려운 황당한 주장을 했습니다. '외(外)'라는 것은 당시 울릉도를 가리키던 말인 '다케시마'를 제외한 다른 섬이라는 것입니다. 그런데 이 〈태정관 지령문〉이 이러한 결론을 내리게 된 근거 문서가 바로 울릉도쟁계 관련 기록이었습니다. 즉, 울릉도쟁계 당시 막부뿐만 아니라 이후의 메이지 정부도 공식적으로 당시 울릉도쟁계에서 조선령으로 확인된 것이 울릉도 외에 독도까지 포함된다고 인식하고 있었던 것입니다."

"일본은 울릉도쟁계 직후 울릉도 수토관으로 파견된 박석창의 보고서에 독도에 대한 언급이 없다는 점을 들어서 울릉도쟁계에 독도가 포함되지 않았다고 주장합니다. 그러나 그 시기는 울릉도쟁계 직후가 아니라 그것이 마무리된 후 15년 이후로 울릉도쟁계로부터는 상당히 시간이 지난 후였습니다.

또한 수토관이 반드시 독도까지 가야만 하는 법은 없습니다. 박석창이 독도까지 가지 않은 이유를 기록상 확인할 수는 없지만 합리적으로 추측해 볼 수는 있습니다. 독도가 울릉도로부터 상당히 멀리 떨어져 있어서 배로 이틀 정도를 더 가야 하는 데다가, 수토관이 가는 이유는 인구, 납세, 병역 등 주로 사람에 관련된 일들을 조사하기 위함인데 독도에는 사람이 살지 않았기 때문이었을 것입니다. 1900년 우용정 일행이 독도까지 가지 않았던 이유도 이와 같은 맥락이었을 것입니다. 아무튼 박석창과 우용정의 보고서에서 분명한 것은 적어도 이들 보고서가 독도가 조선령이 아니라고 한 건 아니라는 점입니다. 이것은 1960년대의 돗토리 번이나 1877년의 태정관이 울릉도와 독도가 모두 분명하게 일본령이 아니라고 한 것과 대조됩니다. 영토 분쟁에서는 증거의 상대적 우월을 종합적으로 비교하게 되는데, 어떤 자료가 독도를 전혀 언급하지 않는 것과 명시적으로 자기 영토가 아니라고 못을 박는 것은 비교할 수 없을 정도로 증명력에 큰 차이가 있습니다.

하치에몬에 대한 재판 기록은 단지 몇 사람의 진술에 불과한 것이기 때문에 큰 비중을 둘 수가 없습니다. 하치에몬이 울릉도에 밀항을 하려고 했으면서 관헌에게 걸리면 독도에 가려고 했다고 변명했다는 것도 여러 가지로 해석될 수 있습니다. 그것은 당시 '울릉도'가 울릉도와 독도를 모두 칭하는 것임에도 불구하고 자기만은 울릉도에 국한되는 것으로 알았다는 식으로, 명칭을 꼬투리 삼아서 사형을 면하기 위한 꼼수를 만들어낸 것으로 보입니다. 예를 들면 부속섬들을 포함한 하와이 섬 전체에 가지 말라고 했는데 자기만은 하와이 본 섬에만 가지 말라는 것인 줄 알았다고 변명하는 식입니다.

설사 하치에몬이나 그 주변 사람이 독도를 제외한 울릉도에만 도항이 금지되었다고 정말 믿었다고 해도, 그것은 그들만의 오해로서 울릉도쟁계의 해석에는 아무런 영향을 미치지 못합니다. 울릉도쟁계에 독도가 포함되었는지 여부는 당시 국가의 의사를 중심으로 객관적으로 판단하는 것이지, 백오십 년 뒤에 하치에몬이라는 개별 범죄자가 어떻게 이해했는지에 따라서 영향을 받는 것이 아닙니다.

이규원이 청명한 날 울릉도의 높은 곳에 올라서 사방을 둘러보았지만 아무것도 보지 못했다는 것도 한국의 독도 영유권을 부인할 근거가 되지 못합니다. 울릉도의 높은 곳이라도 어느 지역에서나 독도를 볼 수 있는 것이 아니고, 독도 방향을 쳐다보아야 볼 수 있는 것입니다. 또 날씨가 대강 맑더라도 독도가 안 보일 수도 있습니다.

앞서도 말씀드렸다시피, 이규원을 보낼 당시 고종이 이규원과 나눈 대화를 보면 오히려 고종 황제가 울릉도 외에 우산도라는 별개의 섬을 인식하고 있었다는 것도 확인할 수 있습니다. 즉, 당시 고종은 이규원에게 '우산도라고도 하고 송죽도라고도 하는데 다 《동국여지승람》에 실려 있다. 또 송도, 죽도라고도 하는데 우산도와 함께 이 섬을 통칭 울릉도라고 하였다'라고 말하고 있습니다.

이에 대해서 이규원이 답변하면서 독도를 제대로 알지 못하는 무지를 드러내기도 합니다. 하지만 국제법상 왕이 잘못 알고 행동하는 것이 문제이지 신하가 착각을 하는 것은 별 문제가 안 됩니다. 더구나 이로부터 얼마 후인 1900년 고종 황제는 칙령 제41호로 울릉도가 울도, 죽도, 석도의 세 개의 섬으로 이루어져 있다는 것을 분명히 하기 때문에 이규원의 개인적 무지와 독도를 발견하지 못한 실수는 더더욱 문제가 되지 않습니다. 일본은 18년 전 이규원과 우용정이 독도를 알지 못했는데 어떻게 칙령 제41호가 독도를 인식할 수 있었겠느냐고 의문을 제기하지만, 그에 대해서는 당시 고종이 독도를 18년 이전부터 인식하고 있었기 때문이라고 대답할 수 있습니다."

다음 날에는 근대부터 현재까지 있었던 사실들을 중심으로 반론을 펼쳤다.

"독도 영유권에 대한 일본 정부 입장의 변천 과정을 정리해 보면, 1877년에는 태정관이 조선령이라고 보았고, 1905년에는 내각이 무주지라고 보고 선점을 했으며, 1953년부터는 일본 정부가 한국과의 왕복문서 교환 과정에서 독도가 '고대부터' 일본령이라고 주장했고, 언젠가부터는 '늦어도 17세기부터' 독도가 일본령이라고 하고 있습니다. 이들 결론들만 놓고 보더라도 일본의 독도에 대한 입장이 일관성이 없고 모순된다는 것을 쉽게 알 수 있습니다.

일본은 1905년의 편입이 새로운 국제법이 요구하는 요건을 갖추기 위한 영유권의 재확인이라고 합니다. 그러나 국제법의 역사에서 자신의 고유 영토에 대해서 '무주지 선점'을 하는 경우는 존재하지 않습니다. 왜냐하면 자기 영토를 무주지로 취급해서 선점한다는 것이 논리적으로 모순된다는 것은 너무나 자명하기 때문입니다. 일본은 팔마스 섬 사건에서 나온, 권리의 발생은 그 당시 법에 의하는 것이지만 권리의 존속을 위해서는 시대에 맞는 요건을 갖추어야 한다는 취지의 시제법을 근거로 들고 있습니다. 하지만 그 시제법의 내용은 역사적으로 기존부터 권원을 가지고 있던 영토에 대해서 영유권 재확인을 해야 한다는 의미도 아니고, 특히 '무주지'임을 전제로 한 선점을 해야 한다는 의미는 더더욱 아닙니다."

"일본은 1900년 칙령의 '석도'와 독도가 다른 것이라는 취지로 말하고 있습니다. 그 근거로 한국이 오로지 방언에만 의존하고 있다고 비판합니다. 그러나 독도가 돌섬에서 비롯되었다는 것은, 언어학, 지명학 및 당시 역사를 바탕으로 한 인구학까지 동원한 과학적인 결론입니다. 특히 '돌'의 방언이 '독'이라는 사실을 밝혀낸 사람은 오구라 신페이라는 일본인입니다. 만약 일본의 주장대로 독도가 석도가 아니라면 석도는 어디란 말입니까? 칙령에 나와 있는 죽도를 제외하면 남은 섬이라고는 관음도 정도가 있는데 관음도는 그 크기가 지나치게 작고 석도라고 이름을 붙일 아무런 이유가 없습니다. 그로부터 6년 후 심흥택 군수가 독도를 울릉군 소속이라고 보았다는 것도 석도가 독도라는 또 다른 중요한 정황증거입니다. 또한 《고종실록》을 보면 칙령이 나오기 18년 전에 이미 고종이 울릉도가 세 개의 섬으로 이루어져 있다는 것을 인식하고 있었다는 것이 나타나 있습니다. 게다가 그 세 개의 섬 중의 하나로 당시 일본이 독도를 부르던 명칭인 '송도'를 명시적으로 언급하고 있습니다.

일본은 1900년 칙령 자체는 실효적 지배가 아니라고 주장하는데 국제법상 맞지 않은 주장입니다. 국제법상 실효적 지배를 위한 주권행사에는 입법, 행정, 사법의 행위가 모두 포함될 뿐만 아니라, 황제의 칙령 발령은 의심할 여지없이 입법과 행정 모두의 효과가 있는 권력적 행위, 주권행사 행위입니다."

"일본은 일제시대에 자신들이 독도를 실효적 지배했다는 것도 영유권의 근거로 주장합니다. 그러나 식민지 지배를 한 국가가 피식민지 국가를 상대로 식민지 지배 시기의 실효적 지배를 영유권의 근거로 주장하는 것은 궁색하다 못해 파렴치합니다. 이것은 마치 강도가 남의 집을 강제로 뺏고 수십 년 동안 살다가 원래 주인이 집을 반환해 달라고 하자 그동안 그 집에 오래 살았기 때문에 취득시효를 근거로 내 집이 되었다고 주장하는 것과 마찬가지입니다. 이 때문인지 그동안 백여 년이 넘는 영토에 관한 국제판례의 역사에도 아직 이런 식의 주장이 제기된 경우는 보지 못했습니다. 아울러 이 시기의 실효적 지배는 불법 편입의 연장선상에서 이루어진 것이므로 적법할 수 없습니다."

"샌프란시스코 평화조약은 1950년 4월부터 포스터 덜레스가 미 국무장관 특사로 임명되면서 급물살을 타게 되었습니다. 당시 덜레스는 그동안 추진되어 오던 평화조약의 성격을 크게 두 가지 점에서 바꾸어 놓았습니다. 하나는 소련과 중국을 중심으로 한 공산주의 세력의 확장으로 인해 반공연대가 필요해지면서 일본에 대해서 전쟁에 대한 책임을 강하게 묻지 않는 비징벌적인 조약을 체결한다는 것이었고, 둘은 내용을 상세하게 규정하지 않고 최소한의 원칙만을 규정하는 이른바 단축형 조약을 추진한다는 것이었습니다. 내용을 상세하게 규정할 경우에 관련 국가들 사이에 이견이 생겨서 신속하게 조약을 체결할 수 없다고 본 것입니다. 이러한 맥락에서 평화조약은 독도의 영유권이 어느 나라에 있는지를 구체적으로 명시하지 않은 것입니다.

러스크 서한은 평화조약이 체결되기 불과 한 달 전인 1951년 8월 10일에 작성되었는데, 이 당시에는 일시적으로나마 미국이 한국령이 아니라고 판단한 것은 사실입니다. 그런데 러스크 서한을 보면 당시 미국은 '우리의 정보에 따르면'이라고 한정을 하고 있습니다. 즉, 독도 영유권과 관련한 모든 자료를 검토한 것이 아니라 미국이 가지고 있던 제한적인 정보를 바탕으로 판단했다는 의미입니다. 당시 미국이 가지고 있던 자료라고는 일본 정부가 자국 영토를 확장하기 위해서 독도를 일본령으로 선전한 팸플릿과 당시 한국 정부의 부정확한 응답 등이었습니다.

당시 한국의 양유찬 대사가 미 국무 장관을 만나 독도를 한국령으로 포함시켜 달라고 요청하였는데 미국은 '독도'가 바로 자신들이 알고 있던 리앙쿠르암이라는 것도 확인하지 못하고 있었습니다. 당시 한국 정부도 정확한 정보를 미국 측에 제공하지 못하였습니다. 주미대사관의 한 관리는 정보를 더 달라는 미 국무부에게 독도와 파랑도가 '다케시마 인근'에 있다고 할 정도였습니다. 당시 한국은 전쟁 중이었고 주미대사관의 직원은 서너 명에 불과할 정도로 상황이 좋지 않았습니다. 이러한 부족한 정보를 취합한 후에 러스크 차관보는 자기들의 정보에 의하면 독도가 한국령임을 확인할 수 없다는 결론을 내렸던 것입니다.

그러나 미국은 러스크 서한의 결론을 평화조약에 반영하지 않았습니다. 당시 미국은 러스크 서한을 제3국은 물론 일본에게도 발송하지 않고 오로지 한국에게만 발송했습니다. 미국은 평화조약에도 독도가 일본령이라고 명시하지도 않았을 뿐만 아니라 곧이어 열린 샌프란시스코 평화회의에서도 독도의 영유권에 대해서 언급하지도 않았습니다. 이런 정황들은 러스크 서한이 일전에 있었던 양유찬 대사를 통한 독도를 한국령으로 명기해 달라는 한국의 요청에 대한 답변일 뿐, 평화조약과는 무관하다는 것을 의미합니다.

오히려 당시 평화조약을 추진하고 그 후 미국의 국무장관이 된 덜레스는 훗날 미국의 이러한 입장이 48개 당사국들 중 하나의 입장일 뿐이고 미국은 독도 문제에 대해서 법률적 이해관계가 없다고 선언을 했습니다.

그 이후부터 현재까지도 미국은 독도 영유권 문제에 대해서 중립을 지키고 있습니다.

일본은 평화조약의 일부 미국 초안들을 연구해서 당시 평화조약이 일본령으로 결론을 내린 것이라는 주장을 하기도 하지만 이 역시 근거가 없습니다. 당시 만들어진 초안들 중에는 독도를 한국령으로 본 것도 있고, 미국이 아닌 영국 등 다른 나라의 초안들에도 독도를 한국령으로 본 것도 있습니다. 게다가 초안은 어디까지나 초안일 뿐입니다. 국제법원은 협상 중의 제안, 선언, 인정 등은 조약 해석에 고려되지 않는다고 판시하고 있습니다. 요컨대 초안에 지나친 의미를 부여해서 평화조약이 판단하지 않기로 한 부분까지 판단하였다고 무리하게 추리하는 것은 '해석'의 한계를 벗어난 '입법' 행위입니다.

백보 양보해서, 평화조약이 독도를 일본령이라고 명시했다거나 묵시적으로 그런 판단을 내렸다고 하더라도, 그것은 한국을 구속할 수 없습니다. 왜냐하면 한국은 평화조약의 당사국이 아니고, 조약은 당사국들만 구속할 수 있기 때문입니다. 특히 평화조약 제21조는 한국이 몇몇 조항의 이익을 받을 권리를 취득한다고 규정하고 있습니다.

결국 샌프란시스코 평화조약은 독도를 한국령으로도 일본령으로도 결정하지 않은 것입니다. 그렇다면 평화조약 이전의 사정에 기초해서 독도 영유권을 판단할 수밖에 없습니다. 그 직전의 국제법 내지 국제 질서가 독도를 한국령으로 보고 있었다는 점에 대해서는 지난번 말씀드렸던 독도를 한국령으로 보고 있었던 SCAPIN들이 정황증거가 될 것입니다.

일본의 주장대로 그 SCAPIN들은 일본의 영토에 관한 최종적인 연합국의 판단은 아니었습니다. 그러나 그 이후 샌프란시스코 평화조약에서 독도에 관한 최종적인 판단을 내리지 않은 이상 그것이 최종적인 판단이 되고 말았습니다. SCAPIN의 효력이 종료되었다는 것은 중요하지 않습니다. 영토 분쟁에 등장하는 오래전의 수많은 문서나 정책들도 지금의 관점에서는 모두 종료된 것입니다.

SCAPIN이 최종적인 연합국의 판단이 아니었다고 하더라도 그것은 적어도 당시 연합국이 한때나마 독도를 일본령이 아니라고 공식적으로 판단하고 있었다는 사실을 입증해 주고 있습니다. 영토 분쟁에서 국제재판소는 '증거의 상대적 우위'로 영유권을 결정합니다. 한때 연합국이 독도를 한국령으로 보았다는 사정은 이러한 상대적 우위를 판단하는 중요한 요소가 되어야 하고 이를 배제해야 하는 아무런 근거를 찾을 수 없습니다."

종료 시간을 십여 분 앞두고 도하는 마무리 변론을 시작했다.

"백여 년 전에 대한제국의 헤이그 특사 세 명이 기차를 타고 먼 길을 떠나 이곳 헤이그에 왔지만 일본의 방해로 회의에 참가조차 할 수 없었습니다. 그때 특사 중 한 명인 이위종은 외국 기자들에게 이렇게 말했습니다. '당신들이 말하는 권리의 신은 유령이요, 당신들이 정의를 존중한다는 것은 겉치레요, 당신들의 기독교 정신은 위선이다. 한국은 왜 희생이 되어야 하는가? 약하기 때문이다. 일본은 왜 모든 의무와 조약을 짓밟아 버릴 수 있는가? 강하기 때문이다. 그렇다면 왜 정의를 말하고, 권리를 말하고, 법률을 말하는가? 왜 솔직하게 대포가 유일한 법이요, 강자는 처벌될 수 없다고 실토하지 않는가?'

존경하는 재판관 여러분, 오늘 한국은 독립 국가로서 대표권을 가지고 국제법정에 서 있으니 겉으로만 보면 백여 년 전보다 정의가 진전된 것처럼 보일지 모릅니다. 그러나 오늘날에도 이위종 특사의 말씀은 그대로 적용될 수 있습니다. 한국은 이 법정에 나올 이유가 하나도 없는데도 강자인 일본이 대포와 외교력과 돈을 앞세워서 강제로 한국을 이곳으로 끌고 나왔습니다.

일본은 오백 년 전에도 총칼로 한국의 영토를 짓밟았고, 백 년 전에도 군대를 몰고 와서 한국의 영토를 빼앗아 갔으며, 올해도 군함을 앞세우고 쳐들어와서 독도를 유린했습니다. 폭력으로 겁박한 다음에 형식적인 합법화를 시도하는 수법도 백 년 전과 다를 바 없습니다. 백 년 전에는 강제로 날인시킨 조약을 받아 갔고, 지금은 날조한 증거로 판결문을 받아 가려고 한다는 것만이 다를 뿐입니다.

존경하는 재판관들 여러분, 지금까지 다른 변론자들은 모두 이 법정에 나와 변론할 수 있게 된 것을 무한한 영광으로 여긴다고 말했지만 저는 솔직히 분노와 수치심이 앞섭니다. 이 법정에서 변론하는 저의 심정은 마치 성폭행을 당한 피해자가 법정에 나와서 몹쓸 일을 다시 떠올리면서 그 경위를 세세하게 밝히고 가해자가 제기하는 거짓 질문들에 대해서 대답해야 할 때처럼 형언할 수 없이 구차하고, 착잡하고, 괴로웠습니다. 하지만 여기서 침묵하게 되면 오히려 피해자가 원해서 그런 몹쓸 일을 당한 것으로 몰릴 수 있기 때문에 저희는 악조건 속에서도 고군분투했습니다.

이번 소송의 쟁점은 단순히 한 작은 섬의 영유권이 어느 나라에 있느냐를 결정하는 것이 아닙니다. 침략과 폭력으로 점철되었던 제국주의 시대의 과거사에 대해서 국제 사회 전체의 차원에서 반성을 하고 재발의 싹을 자를 것인지, 아니면 그 일에 대해서 합법적인 면죄부를 주고 재발할 여지를 남겨둘 것인지를 결정하는 것입니다. 부디 이 문제들에 대해 재판관 여러분들께서 현명하게 판단하셔서 앞으로 다시는 저와 같은 젊은 여자가 분노와 수치심을 안은 채 이 자리에 서지 않도록 해주시기 바랍니다."

　도하의 변론은 그렇게 끝났다. 변론을 하면서 도하는 아빠를 만났고 은성을 만났다. 변론 속에 아빠의 한과 은성의 분노를 담았다. 변론이 끝났을 때, 도하는 굿을 마친 무당처럼 온몸에 기운이 빠져서 그 자리에 풀썩 쓰러질 것만 같았다. 젊은 외교관이 혼자 국제법정에 서서 세계적인 석학들과 일본 최고의 외교관을 상대한다는 것은 어쩌면 무모한 것일 수도 있었지만 도하가 예상보다 선전해 준 것에 대해서는 다들 이견이 없었다. 도하의 반격이 의외로 날카로웠는지 일본 대표단은 적잖게 당황한 표정이었다. 이틀을 쉰 다음 일본의 재반론이 있을 예정이었다. 도하는 일본의 반론에는 참석하고 싶지 않을 정도로 온몸에 기운이 소진되었다.

　도하는 호텔로 돌아오자마자 저녁을 먹지도 않고 옷을 벗지도 않고 쓰러져서 깊은 잠에 빠져들었다. 헤이그에 있는 스헤베닝겐 해변에서 자신이 혼자서 수영을 하는 꿈을 꾸었다. 햇살은 눈부셨고 파도는 잠잠했고 바다색은 투명한 파랑색이었다. 도하는 파도를 헤치며 작은 섬을 향해서 헤엄치고 있었다. 섬은 가까워 보였지만 아무리 헤엄을 쳐도 가까워지지 않았다. 차츰 힘이 빠지고 더 이상 헤엄칠 수 없을 것 같았을 때, 섬의 암석 위에 한 남자가 앉아 있는 것이 보였다. 그는 희석으로 보이기도 하고 은성으로 보이기도 하고 아빠로 보이기도 했다. 애타는 심정으로 손을 뻗어 보았지만 그 사람은 도하를 알아보지 못했다. 도하는 계속해서 물속으로 잠겨 갔다.

　다음 날 호텔방의 전화벨 소리에 잠을 깨고 보니 오후 두 시였다. 전화를 걸어 온 사람은 배상희 서기관이었다.

"네, 차석님!"

"이, 이 서기관…… 큰일 났어!"

허둥지둥하는 그에게서 도하는 뭔가 심상치 않은 기색을 느꼈다.

"일본이 우리 측에 비밀리에 합의 제안을 했대. 일본이 우리에게 독도 영유권을 인정해 주고 위안부에 대한 사과와 피해 보상을 하는 대신 독도 근해에서의 해양개발권을 나눠 달라는 거야."

"지난번 우리가 제안했다가 거절당한 바로 그 조건을 일본이 거꾸로 제안해 왔군요."

"그렇지. 우리가 소송에서 의외로 선전하니까 소송을 중단하고 합의로 끝내고 싶어진 것 같아."

"이제는 우리가 거절할 차례죠."

"그런데 청와대가 방금 그 제안을 받아들였대. 아무래도 손 팀장님이 그렇게 하자고 한 것 같아."

도하는 또다시 정신이 아득해졌다. 창 안으로 비쳐 오는 햇살 앞에 차마 고개를 들 수가 없었다.

작가의 말

이 소설을 막 쓰기 시작한 스물여덟 살 청년을 기억한다. 그때는 산타 클로스의 빨간 선물보따리처럼, 책이라는 자루 속에 의미들을 두둑하게 채워두면 내 삶까지 덩달아 충만해질 것 같았다. 내 생각과 감정을 활자로 박제해 두면 삶의 기억들을 마모시키는 시간의 공격을 견딜 수 있을 것 같았다. 글을 통해서 타인으로부터 이해받고 세상과 소통할 수 있을 줄 알았다.

그러다 선악과를 맛본 아담처럼, 서서히 내 문장의 초라함과 그 사이에 드러나는 밑천의 곤궁함이 남사스럽기 시작하였다. 설익은 내 생각 앞에 타인을 초대하는 것이 얼마나 어쭙잖은 짓인지, 사람과 사람이 온전히 이해하고 이해받으려고 덤비는 것이 얼마나 무모한 시도인지 깨닫게 되었다. 그럴수록 펜은 모래주머니라도 찬 듯 무거워졌고, 새 글을 발표할 때마다 진땀이 났다. 내밀하게 끄적인 문장들을 저잣거리에 펼쳐놓는 것도, 그 문장들에 비춰진 내 자의식을 마주치는 것도, 민망함을 넘어 왠지 서글퍼졌다.

그러한 심적 불편을 감수하면서도 거듭 글을 쓰는 것은 앞서 노출된 내 알몸에 옷을 걸쳐 수치심을 덜어보려는 몸부림이다. 이번에 《독도 인 더 헤이그》를 고쳐 쓰는 내 자세가 유난히 더 그러하다. 전면 개정은 다른 작가들은 잘 하지 않는 일이고, 나 역시 오직 이 소설에만 하는 것이다. 그만큼 이전의 책에는 담지 못했던, 외교부에서 독도법률자문관으로 일하면서 얻은 경험과 배움을 첨가하고 싶었다. 급변하는 독도 관련 상황들과 갈수록 진화하는 한일의 독도 영유권 논리들을 반영하기 위해서라도 전면 개정은 불가피하였다.

공교롭게도 이 글을 헤이그에서 적는다. 글을 쓰려고 헤이그에 온 것은 아니다. 지난 가을부터 ICTY(유고 내전의 주모자들을 재판하기 위해 유엔이 설립한 국제형사재판소)에 파견되었다. 우아하고 품격 있는 재판소 건물 안에서, 인간이 수십만의 인간을 야만적으로 도륙한 사건을 읽고 쓰는 일을 한다. 기록 더미에서 풍기는 피비린내에 취할 때면, 죽은 자에게나 죽인 자에게나 살아남은 자에게나 앞으로도 집단적 살육을 반복할 공산이 큰 인류 전체에게나, 짧은 인생과 죽음의 숙명이 차라리 다행으로 여겨진다.

이 흉폭하고 상스러운 인간의 본성을 쳐서, 이성과 문명과 정의에 복종시키려는 시도들 중의 하나가 국제법이다. 국제법의 강물이 때로 무력과 재력과 강대국의 이해관계 등의 부유물로 혼탁해질 때도 있지만, 그래도 아직 흐르고 있다는 점 때문에 나는 기대를 저버리지 못한다. 때로 탁한 피를 토해내는 신통찮은 신장처럼, 비록 그것이 최선을 보장해 주지는 못할지언정 최악의 상황을 모면하는 데에는 꽤나 역할을 할 수 있다고 믿는다.

　각종 국제기구가 밀집된 헤이그는 국제법 본류가 시작되고 지류들이 거쳐 가는, 심장과 같은 곳이다. 당초 《독도 인 더 헤이그》의 제목은 이런 맥락에서 지어졌다. 독도 문제가 한일의 감정적 충돌이나 소설과 같이 전쟁과 소송이라는 극단적 대결이 아니라, 헤이그가 상징하는 평화와 이성의 방식으로 해결되기를 바랐다. 한일 양국을 각각 선악의 자리에 집어넣고 악을 향해 분노의 화염방사기를 최대 출력으로 뿜어대는 방식만으로 해결되기에는, 독도 문제는 너무나 섬세하고 복잡하다고 보았다. 소설이라는 형식을 통해서 그 섬세한 결들과 복잡다단한 면면을 널리 알리고, 독자들과 함께 합리적이고 문명적인 접근 방식을 고민해 보고 싶었다. 그러나 십 년도 더 지난 지금, 독도 문제를 바라보는 심정은 이전보다 훨씬 더 착잡하고 답답하다.

　틀에 박힌 삶에서 벗어나 보려고 이 소설을 썼던 것인데, 돌아보면 그후 나는 이 소설이 구축한 독도와 헤이그의 틀에서 벗어나지 못하였다. 국방부 국제정책팀에서, 법원 국제규범연구반에서, 외교부 국제법률국에서, 대학원 박사과정에서, 대한민국 역사박물관에서, 국제해양법재판소 아카데미에서, ICTY에서, 번번이 나는 독도 아니면 국제법과 얽혔다. 그 과정에서 소설이 현실이 되어가는 것을 외교부에서 직접 목격하거나, 이런저런 현장에서 내가 소설 속으로 소환된 듯한 기묘한 경험들도 하였다.

　그런 경험을 할 수 있었던 것은 모두, 이 책을 보고 자질이 부족한 나를 외교부로 초대해 준 이기철 대사님 덕분이다. 그분 특유의 열정과 도전을 두려워하지 않는 자세가 먼지 속에 묻혀 있었던 이 책과, 국제법 공부를 중단하고 있었던 나에게 새로운 생기와 활력을 전염시켜 주었다. 아울러 내게 국제법을 가르쳐 주신 서울법대 정인섭 교수님과 비미호 여왕을 둘러싼 한일의 고대사를 알려주신 故 이종기 선생님께도 감사와 존경을 올린다.

헤이그의 겨울은 어둡고 스산하기로 유명하지만, 수교 50주년을 맞이하면서도 예정된 기념행사 하나 없는 오늘날 한일관계의 엄중함에는 미치지 못할 것 같다. 하지만 겨울이 깊어지면 봄이 오기 마련이고, 봄이 오면 이 깊은 겨울은 헛되지 않을 것이라 믿는다. 긴 겨울나기 동안 이 책이 그 누군가에게 한때나마 벗이 된다면 지난 십여 년간 이 책을 쓰기 위해 태운 무수한 청춘의 조각들이 하나도 아깝지 않을 것이다.

헤이그의 겨울에

정재민 씀